完美世界13

PERFECT WORLD

辰东◇著

山东画报出版社
济南

图书在版编目（CIP）数据

完美世界. 第13册 / 辰东著. — 济南：山东画报出版社, 2016.7（2023.9重印）
ISBN 978-7-5474-1964-9

Ⅰ. ①完… Ⅱ. ①辰… Ⅲ. ①长篇小说—中国—当代 Ⅳ. ①I247.5

中国版本图书馆CIP数据核字(2016)第160181号

WANMEI SHIJIE 13

完美世界13

辰东 著

责任编辑 许 诺
装帧设计 杨 洁

主管单位 山东出版传媒股份有限公司
出版发行 山东画报出版社
社 址 济南市市中区舜耕路517号 邮编 250003
电 话 总编室（0531）82098472
市场部（0531）82098479
网 址 http://www.hbcbs.com.cn
电子信箱 hbcb@sdpress.com.cn
印 刷 湖南天闻新华印务有限公司
规 格 169毫米×233毫米 16开
20印张 357千字
版 次 2016年7月第1版
印 次 2023年9月第5次印刷
书 号 ISBN 978-7-5474-1964-9
定 价 34.80元

CONTENTS

目录

001 第510章 幽宇对决大师兄
007 第511章 我是荒
014 第512章 天命神话
020 第513章 无敌荒
026 第514章 万众瞩目
031 第515章 粉墨登场
039 第516章 道主
044 第517章 昭告天下
050 第518章 天下动
054 第519章 璀璨末世
060 第520章 开启三世铜棺
065 第521章 十仙
070 第522章 火为镜
076 第523章 仙殿对至尊殿堂
081 第524章 两强对决
086 第525章 至尊一脉
093 第526章 战利品
098 第527章 仙矿
103 第528章 仙宝殿
109 第529章 会合
116 第530章 罪血后人
121 第531章 罪与辉煌
127 第532章 火城
132 第533章 无上人杰
138 第534章 罪血杀伐
143 第535章 王者辈出
148 第536章 天劫

154 第537章 最强大劫
161 第538章 雷池新生
168 第539章 相逢
174 第540章 没有杂质的情分
179 第541章 揭幕
185 第542章 灵界
191 第543章 罪血之怒
196 第544章 魔王发威
202 第545章 一夫当关
209 第546章 六冠杀意
215 第547章 至尊液
221 第548章 霸道
227 第549章 过关
233 第550章 无人区
238 第551章 一角未来
243 第552章 仙道花开
249 第553章 “仙古”
256 第554章 身份大白
263 第555章 还我真尊
270 第556章 斑斓古界
275 第557章 不同的路
281 第558章 纷纷成神
286 第559章 炉火纯青
294 第560章 成神首战
301 第561章 食为天
308 第562章 冥族

第510章 幽宇对决大师兄

天摇地动，骨文闪耀。

血液溅起，伴着赤光，显得非常灿烂。

“神血！这血拥有异象！”就连一些老辈高手也都神色严肃，瞳孔中射出一缕缕光，惊叹道。

洒落的血释放出炽烈的红光，似乎在燃烧，散发出恐怖的波动，每一滴都比红宝石还要璀璨绚丽。

“咚！”

两人的掌指再次交击，发出闷雷般的轰响。

两大年轻高手擦身而过，顿时符文交织，神光冲天。一击之后，他们各自远去，而后收拳，站在一座山上。

“至尊道场出了个人物啊，居然能硬接幽宇一掌而不死，只是掌指出血而已。”有人轻叹道。

人们看到，那个清秀的少年立于山巅之上，一只手鲜红，带着血珠，他正低头盯着自己的手掌。

“能做到这一步就不错了，能挡住幽宇的一击，这等人物也算令人震惊了。遍寻各州，又有多少人可以做到？”

幽宇是皇族的初代，融合了天命石，战力无法揣度，而现在这个没落山门的弟子居然抵挡住了他的一击而未死。

另一座山上，幽宇屹立不动，他紫发浓密，随风飘舞，双目若神灯般释放出可怕的光芒，璀璨而慑人，有一种无敌的气概。

“幽宇无敌，谁与争锋？”幽宇一招击伤没落山门的少年，让天人族的年轻人十分振奋。

最近，天人族有太多的负面消息——仙珍被夺，荒大开杀戒，接着羽伦又被这个小门派的弟子斩杀，简直糟糕透顶。

现在幽宇出击，纵横无敌，有一种“舍我其谁”的风采，令天人族年轻一代热血沸腾。

“幽宇这孩子的确超凡入圣，比我们想象的还要强一大截，区区一个没落山门的弟子又怎能与我族的年轻至尊相比？”一名神火境的老者说道，目光中满是赞赏。他很欣慰，天人族后继有人，未来注定会再现辉煌。

“这是肯定的。我族的初代体内流淌着古老的皇血，骨子里有无敌的印记，如果连一个小山门的弟子都不能轻易压制，如何傲视上界三千州？”另一名神火境的老者傲然说道。

一群年轻的天人更加激动，为自己的族群而自豪。可以预见，幽宇将统率他们走向中兴之路，天人族注定要崛起，气吞山河，史上留名。

天人族的真神也到了，只是他们神色严肃，并未如弟子那般露出喜色，反而目射冷光，恨不得立刻亲自出手。

“幽宇这么强，看样子要战胜至尊道场的传人很容易，用不了太久。”

“幽宇才出一拳而已，就已经让那少年受伤了。”

就在各族生灵议论之际，金狼、裂天魔蝶、血海的主人、凤舞、椒图等全都露出惊异之色，目光灼灼，盯着场中。

“闭嘴！你们懂什么？根本不是你们想的那样，血是幽宇的！”金狼喝道。他化成一个青年，满头金色发丝如同太阳般发出刺目的光，瞳孔则如刀子般慑人。

众人心头一颤，被金狼发出的可怕威势所震撼，闻言后又大惊——他是什么意思？血不是至尊道场的弟子所流？

所有人都一呆，表情僵住了。

原本很多人都在议论，认为幽宇一拳伤敌，正惊诧于他的强大，可现在却听到这样的说法，众人觉得太突兀了。

“幽宇的血？”不少人用力吞了一口唾沫，觉得不可思议，满脸震惊之色，看向场中，惊讶地说道。

幽宇站在山峰上，身姿挺拔，如一位魔神，散发出的强大的精神威压让人窒息。他双目深邃，宽大的袍袖遮住了双手。

另一边，至尊道场的少年虽然手掌鲜红，有血滴落，但是似乎真的没有什么伤口。

人们一片哗然。第一击而已，幽宇就吃了个小亏，那个小山门的弟子却没有负伤，这让人难以置信。

“这不会是真的！”天人族的一群年轻人脸色发白，用力握拳，盯着前方，不甘心地大叫道。

方才他们还在欢呼振奋，没想到根本不是那么一回事，战况居然是这样。这让他们既吃惊，又有些担心幽宇会落败。

该族神火境的老者也愕然不已，连他们刚才都没有看出端倪，他们太相信幽宇的强大了，没有料到那少年的肉身可怕得邪乎。

远处，观战的人一片喧哗，声音嘈杂无比。

“嗯？”

天人族的真神目光闪烁，有些释然，长出了一口气。

各教的杰出人物都睁大了眸子，露出惊讶之色。

而金狼、剑宫的圣女、凤舞、穆子潇、裂天魔蝶等，则神色凝重，盯着战场中的变化。

石昊的右手通红，发出赤红的火光，火光一路向上，蔓延至整条手臂，与骨文缠绕在一起，发出阵阵轰鸣声。

“血泥手！”神崖书院的翘楚穆子潇沉声道，神色非常凝重。

那三个字仿佛有种魔性，其他人闻言全都脸色大变。

就连一些老者也都心中一颤，眉毛倒竖，睁开神目，凝视石昊的那条手臂，而后忍不住倒吸了一口凉气。

各教修士都不寒而栗，身上起了一层鸡皮疙瘩。

血泥手是一种非常可怕的拳印，是上界最毒辣的几种拳印之一，一旦练成，打在同阶者身上，可当场让人血肉枯竭，精气燃尽，化成血泥。

这种秘术是一种禁忌手段。

曾有不少天神惨死在这种拳印下，甚至还有一些教主也饮恨于此，故此血泥手堪称斩杀大人物的“魔手”。

不过，血泥手并非某一教的不传之秘，只要有心，肯付出代价，就能够得到完整的经文。只是它极难修炼，一个弄不好就会耗尽自己的精血，让自身亏损，所以至今没有几个人练成。

人们没有想到，幽宇掌握了这种秘术，并以自己的血为引，施展了血泥手！

显然，至尊道场的传人遇到了大麻烦。

石昊的整条手臂都灼痛难忍，仿佛要化掉了。他感觉很不好，此时的确有些麻烦。

“开！”他大喝一声，吐气如雷，顿时，虚空中闪电交织，他的整条手臂都在喷薄瑞光。他想用自己强大的宝术抹除红色符文。

然而这种秘术很特别，如附骨之疽，粘上后难以摆脱，眼看就要跟他的血肉融为一体了。

这就是血泥手的可怕之处，化肉身为血泥，这个过程难以阻止！

“砰！”

石昊不再一味防守，而是以攻代守。他的整条手臂内血肉律动，汹涌的血液化成一柄神剑，发出炽盛的剑气。

“哧！”他的毛孔发光，喷出一片血雾。而后，骨文暗淡，原本如在燃烧的手臂恢复了正常。

“至尊道场的大师兄好厉害，居然可以破解血泥手！”

别说是年轻人，就连一些老者也都睁大了眸子，非常震惊。

过去有很多天神、教主死在这一拳印下，就是因为它太过诡异毒辣，一旦击中同阶者，就很难被破解。

“轰！”

那片山地中发出刺目的光。两位年轻强者再次出手，冲撞在一起，如同两座大岳发生碰撞，声势浩大。

两人疾速交手，化成了两道朦胧的影子，周围腾起成片的神光。他们的速度太快了，转瞬间就搏杀了上百回合。

众人无不震撼，他们原以为幽宇数十招就能结束战斗，不承想至尊道场的大师兄强得超乎想象，竟能与幽宇势均力敌。

此时的这个场面推翻了很多人在开战前的猜想。双雄争霸风云变，这注定会成为一场难以预测的大战。

幽宇很强势，自一开始就主动攻伐，杀招不断，一会儿如朱厌腾跃，一会儿若大鹏展翅，向前扑杀。

“嗷！”他左右手分别捏出法印，一手如虎，一手如龙，震动虚空。伴着巨大的咆哮声，一虎一龙显化，扑了出去，轰杀石昊。

“哧！”石昊双拳发出璀璨的光辉，震得长空扭曲，他神力惊世，硬撼一龙一虎。

两人之间发出刺目的光，如同闪电一般，这是神力冲击碰撞所致，此地一时光束滔天。

若有人被波及，一定会在刹那间尸骨无存。

石昊挡住对方，而后整个人迸发瑞光，散发出一股惊人的波动。他的一条腿如同龙蛇摆尾，抽了出去，非常有力。

这是金蛇腿，是他自元天秘境中得到的宝术，名字很一般，但是威力惊人，此时他的一条腿如同龙蛇化成的鞭子，抽得虚空发颤。

幽宇非常了得，抬手间搬起一座山岳，向石昊砸去。

“咔嚓！”

石昊的金蛇腿留下一道金色的鞭影，抽在了山体上，山体炸裂开来，一时间巨石崩碎，尘沙飞扬。而他的这一腿方向不变，锁定幽宇，继续抽了过去，竟发出龙蛇共鸣之音。

“砰！”幽宇双臂格挡，被震得气血翻涌，满头紫发乱舞。他双目发光，瞳孔中飞出两杆战矛，璀璨而刺目。

石昊张口就吐出一大片闪电，将战矛击飞，使其化作骨文，消散于虚空中。

与此同时，石昊右掌拍下，一个光团在他的掌中聚集，最后光团化成一个巨大的雷霆之球，足有山头那么大，砸向幽宇。

这是将雷帝宝术化成了闪电掌，瞬息爆发。

“啊……”幽宇大吼，竟震荡出天音，嘴里的符文如涟漪般向外扩散，而后衍化为海啸般的符文浪涛。

类似于狮子吼神通，幽宇吼出的是“天人啸”，狂暴无比，顿时虚空震荡，下方的几座大山寸寸炸开，景象十分恐怖。

石昊用手一划，成片的骨文浮现，隔绝天音，同时他的双手中出现一杆金色的战矛，战矛为雷电所化，直接刺了出去，直指幽宇的眉心。

“轰！”天地震动。幽宇双手合印，夹住矛锋，迸发出无比璀璨的圣光，整个人庄严肃穆。

许多人震颤，这是天之印，施术者双手相合，号称可以截断世间一切有形物质，为天人族禁忌绝学之一！

果然，矛锋炸开，化成惊天雷电，淹没了此地，电弧冲向四面八方，如同金色汪洋席卷高天，骇人至极。

不过，不少人眼尖，看到幽宇的手指间有一滴血落下——那里有伤口。

“是了，他在跟至尊道场的传人第一次碰撞时，就伤了手掌，因此他直接施展出了血泥手。”

人们大为震惊，此刻才真正意识到，幽宇是因手指出现伤口，才趁势发动了可怕的血泥手。

至尊道场传人的肉身究竟有多恐怖？竟在第一击时就让幽宇受了轻伤，真真可怕得邪乎。

一个没落的山门竟无声无息地培养出了这样一个年轻至尊，而此前他居然一直声名不显、不为人知，此事有点怪异！

许多人盯着石昊，一些人更是露出惊异之色。

幽宇冷漠无情，两只手若天地碰撞，合在一起，天之印再次相合，震散石昊祭出的一片符文，天宇都随之剧颤。

“轰！”

石昊身体发光，骨文密布，上苍劫光随即出现，以铺天盖地之势淹没前方，这是他昔日的那块至尊骨形成的宝术。

这个地方瞬间沸腾起来！

第511章 我是荒

骨文密集，上苍劫光汇聚成片，若一挂又一挂星河从高天垂落，将幽宇所在之处淹没，宛若上苍严厉的责罚。

“天之印！”幽宇大喝一声。他预感到不妙，于是当机立断，双手合在一起，再次祭出了天人族的禁忌宝术。顿时，无尽的符文以他为中心炸开，如海啸般向外汹涌。

此地全被骨文笼罩，茫茫一片，什么都看不到了。

下方，一些大山竟然如冰雪融化般迅速瓦解，在两大宝术下化成飞灰，而后消失。

观战的众人脊背冰凉，战战兢兢，皆不由自主地倒退。这是何等的天威！同为尊者，有几人可以接下此招？

“轰！”天地颤抖，虚空模糊，紧接着严重变形，像是要爆裂一般。

光幕散开后，只见幽宇披散着头发，目光冰冷，盯着前方。他的一只手在淌血，依旧是早先出现伤痕的那只手。

经过这一次大碰撞，那伤口再次开裂，无法愈合。他的血液似乎被注入了一种妖异的魔力，发出红艳艳的光芒。

石昊神色平静，身上无任何不适，只是心中很遗憾，这是他第一块骨上记载的宝术，而今还是不全，未能发挥出真正的威力。

它名为“上苍之手”。

在天之城借助仙玲珑悟道时，这一宝术的印记虽然在他血肉中浮现了，但有些骨文还很模糊，并未被他尽数悟出，想补全还需要时间。

“可惜，还差一点，不然刚才多半就将幽宇击灭了！”

石昊不得不承认，自己早先小觑了此人。幽宇不愧为天人族的初代，融合天命石后绝对是一个可怕的对手。

事实上，幽宇心中更震惊，一个没落的小山门怎么出了这样一个传人？

远方，天人族的人皆难以平静。天之印号称“至强天术”，最近幽宇还实现了一次完美进化，修为提升了一大截，两相叠加，绝对可以俯视一般的初代！

可是眼下幽宇对付这个默默无闻的少年居然这么吃力，他的右手一直在淌血，伤口难以愈合，这一幕实在过于惊人。

四野静悄悄的，这样的结果出乎各教修士的预料——没落的小山门的传人强大得难以想象，连皇族的第一年轻至尊都很难镇压他。

“够了，到此结束吧！”幽宇说完，气势陡升，爆发出惊人的神力波动，这波动让下方大地崩开，让上方天穹扭曲，让远处山峰龟裂。

他的气息前所未有地强大，一瞬间，他如一头史前巨兽出闸，又如真龙苏醒，要祸乱人世间。

所有人都控制不住心悸，灵魂也跟着战栗起来。

但是，刹那间，这种恐怖的气息消失了，可谓来得快去得也快。

与此同时，幽宇的身影也变得越来越模糊，最终彻底从这片天地间消失了。

这是怎么了？众人心中一惊，四处寻找幽宇。

“幽宇身为初代，这是他的宝术，如今展现出来了！”有人道出了究竟。

各教修士心中一震。这种宝术很特别，居然让他从天地间消失了，强大如神也根本发现不了他的踪迹。

而且，这绝不是其最恐怖之处，后面必然还有雷霆之威！

很多人心里发毛。这样的神通让人防不胜防，幽宇若借此袭杀，谁能挡住？

不过，也有一些人面露兴奋之色，比如金狼、裂天魔蝶、椒图、血海少主等，他们终于要见到天人族初代的天赐神术了！

这等年轻翘楚来此就是为了摸底细、探虚实，而今见到了幽宇的宝术，自然激动。

天人族的人也再次振奋，众人心想，终于见到族中的青年至尊发威了，此战多半将因此而落幕。

这些人虽然没有见过幽宇施展宝术，但是都知道幽宇的宝术有多么恐怖，那可是最适合他的无敌术！

云曦紫衣飘动，身段傲人，容颜绝美，此时她面色平静，静静地望着战场。

另外一边，清漪清丽出尘，神情恬淡，无任何担忧之色。

石昊不动如山，他站在虚空中，俯视着山川，道：“幽宇，这就是你的手段吗？躲在黑暗中？”

“我在天穹俯视着你，这一切该落幕了。”幽宇的话从空中传来，听声音辨别不出其真实方位。

“轰！”

突然，虚空中爆出惊人的波动。石昊觉得双目刺痛，紧接着，竟有奇怪的符文作用在他的身上。

“天之决断·剥夺光明！”

幽宇的声音传来，冷漠无情，像是在高高在上地进行一场可怕的裁决。

石昊双目刺痛，只觉眼前光明消退，无边黑暗涌来。他轰出一拳，打向声音传来之处，但是击空了。

“轰！”一记猛烈的法印打来，凶猛而霸气，轰向石昊的后脑，顿时骨文成海，可怕无比。

石昊虽然什么都看不到，但是并没有轻易被击中，而是迅速避开了。

“天之决断·剥夺诸世音！”幽宇冷酷的声音再次传来。一种莫名法则出现，笼罩了这片天地。

石昊发现所有的声音都消失了，整个世界寂静无声，死一般阒寂——他双耳失聪了。

“你可有遗言？”

在这黑暗而冷寂的世界中，石昊只能听到幽宇的话语，其他声音、事物皆捕捉不到。

这种宝术很诡异，居然可以剥夺人的感官！

“天之决断·剥夺肉身！”幽宇的声音再次传来。密集的骨文笼罩而下，这是杀招，真正的杀机来了。

石昊虽然看不到、听不到，但是心中产生了一种危机感，他体表符文绽放，双手捏印，时刻准备迎击。

“咚！”那种骨文无处不在，全面攻击他的肉身，像是一柄神锤砸在他的每一寸肌体上。

石昊身体剧震，即便他的护体符文腾起，并且双手捏拳印向外轰击，可还是没能全部防御住。

对方的这种宝术很特别，无孔不入，全面作用在一个人的肉身上，要碾磨对手。

这与以往不同！

石昊感觉虚空中仿佛出现了一个巨大的磨盘，在不停转动，碾磨他的肉体，恐怖至极。

事实上，这片天地中的确有这样一个磨盘，是由骨文衍化而成的，只为剥夺石昊的肉身。此时，这一宝术之恐怖展露无遗。

“杀！”石昊大喝一声，一时间上苍劫光连绵成片，无差别地攻击四方。这本就是一种作用范围极广的禁忌大神通。

“你的挣扎是徒劳的，这是天地的裁决，剥夺你的视觉与听觉，磨灭你的肉身，让你就此陨灭。”幽宇冷冷地说道。

他不知身在何处，像是超然物外的神，俯视着在人间轮回的悲苦凡人。

“轰！”

上苍劫光爆发，震开了磨盘，骨文也随之暗淡了不少，再难真正毁掉石昊的肉身。

“天之决断 · 剥夺元神！”幽宇喝道。这一次他严肃而冷厉，动用了更为恐怖的手段，将宝术发挥至极致。

只听得“嗡”的一声，石昊眉心剧痛，元神竟要被拉扯出来，眼看就要从额骨内脱出，与肉身分离。

这是非常严重的事，一旦两者分开，他必然危在旦夕，无意识的肉身肯定会被对方彻底毁掉，而失掉了躯壳，元神将成为无根之萍。

这是什么诡异的神通？

石昊到现在都有点摸不着头脑，对方像是无形的，宝术来自四面八方，作用在他全身上下，令他难以躲避。

他想攻击对方，却寻不到目标，这导致他非常被动。

“噗！”

石昊咯了一口血。原先的剥夺光明、剥夺诸世音、剥夺肉身还在继续，现在又加上了剥夺元神，让他疲于应付。

石昊的肉身被磨盘压住、大力碾磨，同时元神被一条神链缠裹着拉扯，仿佛天地要对他进行裁决，将他斩开。

“为什么我伤不到他？”石昊心中疑惑。他负伤了，嘴角淌血，但还不至于伤了根本。

一道无形光幕撑开，他的唯一洞天隐约呈现。

但是，第一洞天并未彻底开启，因为虚空中有一股压力，只有将其击穿，他的洞天才能真正呈现。

这一瞬间，他心头划过一道亮光，彻底明白了——所谓剥夺光明、剥夺诸世音、剥夺肉身、剥夺元神，其实都是幌子，蒙蔽了他。

对方真正的宝术，与空间有关！

石昊瞬间明白了，自己其实是陷入了一个虚空牢笼，刚才对方所有的攻击都是表象，真正的宝术是虚空道！

这宝术果然非凡，太具有欺骗性了，就连强大的初代也难以察觉，若他没有及时醒悟，必定会莫名其妙地死去。

石昊一番思忖，总算明白了是怎么一回事。他知道，想要破法，最有效的手段就是以强大的神通击穿牢笼。

“轰！”

石昊捏拳印，施展了自己完美无缺的轮回宝术！

此时，这种力量不仅体现在时间上，还体现在刚猛的神力上。他将时光之力凝聚成拳，拳头爆发万丈光芒，轰向天穹。

“噗！”幽宇咯血，露出吃惊的神色。对方居然感知到了他宝术的秘密，击裂了牢笼，撼动了他的核心宝术。

虚空剧震，幽宇也受到波及，他身体摇动，嘴里淌落的血染红了衣襟。

虚空道被识破，出现裂痕，空间牢笼顿时变得不稳，石昊眼前一下子恢复了光明，耳中也听到了声音，肉身发光，元神稳固，全部合一。

“你竟然看透了！”幽宇擦去嘴角的血，冷冷地说道。他强健的肌体发光，爆发出恐怖的气息，威力急剧提升。

“这是我开启的虚空牢笼，只要我愿意，可以困你一世，在这里我就是法，你已经进来就别想出去了！”幽宇寒声道。

众多修士早已不见踪影，原来这里与外界隔绝！

幽宇腾空而起，在天穹上俯视着石昊，道：“在虚空道作用下，我就是主宰，而你只是阶下囚。这是属于我的世界！”

石昊平静地道：“既然你这样认为，那我就在这个世界中击败你。”

他没有急着撕开这片空间，而是准备一战。

“虚空束缚·剥夺感知！”幽宇大喝道，再次施展出强大而诡异的天赋宝术，想要禁锢石昊。

只是，这一次石昊有了准备，自然无所畏惧。他开启唯一洞天，将之缓慢撑开，虽然顶着巨大的压力，但他还是成功了。

至此，那些诡异而古怪的宝术再不能近身。

“嗯？”幽宇大吃一惊，在他的虚空道下，居然还有人可以展现出此等领域。

“是你！”他一下子惊醒了。早先他就有所怀疑，现在则完全确定了，因为他已经了解到了荒有这种手段。

“没错，我是荒。我们见过！”石昊说道。

幽宇闻言，忍不住长啸，震怒之下，爆发了所有潜能，神力似一股怒焰喷出！

“我正在寻你！”他大吼道。

荒最近几日毁天人族神矿，杀该族强者，让他们焦头烂额，被各族看笑话。最重要的是荒夺走了仙珍，这次绝不能放过他。

此外，他居然还化身为一个没落山门的弟子，大战天人族最杰出的弟子，让天人族的威名严重受损，都快成为笑谈了。

“斩了你！”幽宇大喝道。无论如何，这一战绝对要进行到底，无法避免。

“既然知道我是谁了，那我就陪你战上一场！”

石昊周身发光，鲲鹏法浮现。他很久没有全面释放这种宝术了，过去为了避免暴露身份，他一直在压制着使用，现在则完全放开了。

“杀！”两人同时大喝出声。

这一战很惊人，颤抖的虚空牢笼中，两人战到狂暴，热血沸腾。

“啊！”幽宇长啸，披头散发，不仅动用了自身的虚空道，还施展出了天人族最高宝术——天之印。

两人激烈搏杀，早已过了四五百招。

石昊越战越勇，最后以唯一洞天护体，将鲲鹏法演绎到极致，战得酣畅淋漓、浑身舒畅。

“好久没有这样放手一搏了。鲲鹏法沉寂太久，你天人族不是想要吗？我就给你看看！”石昊喝道。

他开始爆发神威，不再有任何迟滞，肉身与骨文结合、与精神合一，战力一下子又提升了一截。

瞬息而已，幽宇感觉压力倍增！

“鲲鹏破万法！”

石昊大吼，浑身璀璨，体外竟形成了绚烂的金色羽毛，羽毛带着黑色斑纹，散发出让人心悸的力量。

这当然不是真实的羽翼，而是由骨文化形而成的。

“杀！”

他大喝一声，顿时所有神羽发光，释放出不朽的气息，而后全面射出。所谓破万法竟是如此，见此一幕，幽宇心中发毛。

这是鲲鹏真羽，成千上万的羽毛化成利箭疾速冲来，洞穿天地，将前方淹没。

“虚空道！”幽宇大喝道，想要以空间法则干扰石昊，将他束缚住。

同时，幽宇双手相合，施展天之印进行阻挡，释放出至强的力量，崩断了一些真羽。

可是，这是石昊将宝术演绎到极致的一击，凝结着他可怕的战力，称之为“巅峰一击”也不为过。

虚空道无法束缚石昊，天之印也难以将真羽全部击断。

“噗！”

鲲鹏真羽破空而来，密密麻麻，最后有很多支没入幽宇的躯体。

“啊……”幽宇一声大叫，身体颤抖。

这个牢笼不再稳固，直接被鲲鹏法残余波动撕裂，两人一同出现在外界。

众人心中震颤，刚才两人消失了，现在终于再现，却只见幽宇浑身是血，这太不可思议了。

“发生了什么？”

“天人族第一年轻至尊身上怎么插满了金色神羽？”

所有人都呆住了，极度震撼。

石昊迈步走出虚空牢笼，带着一种无敌的风采，睥睨幽宇，道：“凭你也想挑战我？”

第512章 天命神话

“简直是风云突起，幽宇要败了吗？”

很多人睁大了眸子。战局发展到这一步，出乎众人预料，变化实在太快了。

无论是年轻一代还是老辈人物，都十分震惊。十数州之中难觅对手的幽宇，居然吃了这样的大亏，似乎危在旦夕！

“喀……噗！”

幽宇踉跄后退，再次咯出一口血。他修长而强健的身体上插满了金色神羽，这个景象让众人惊呆了。

他何其神勇，自出道以来所向披靡，一路高歌猛进，强大到让年轻一代难以望其项背，从未有人在他手上走过数十招。

而今他却被伤得这样重！

金狼、剑宫的圣女、裂天魔蝶、血海少主、椒图等几位初代都目露光芒，战场风云突变，令他们深感吃惊。

天人族则当即炸开了窝，年轻一代个个脸色苍白，族中的第一年轻高手居然败得这么惨，简直无法想象。在他们心中，幽宇是无敌的。

可是眼前所见，让他们的心凉了半截，有种挫败感。天人族中兴的希望——幽宇，要败亡了吗？

天人族的神火境高手目中光芒暴涨，体外火光冲霄，杀气弥漫，就要出手，一举格杀前方那个清秀的少年。

一个小山门的弟子，居然这么强大！

“不能留下他！”天人族内有真神寒声道。这是他的心语，以神念传音，响在每一个族人的耳中。

这种结果对天人族来说是不可接受的耻辱，他们不能允许一个少年踩着天人族的第一年轻至尊上位！

不过在众目睽睽之下，如果明目张胆地出手，他们多半会被众人声讨，遭一些大教落井下石。

“制造混乱，杀了他！”有人低语道，想让天人族的年轻一代在激愤之下出手，令这片区域混乱，而后暗中强势攻击。

天人族年轻一代早就有不少人眼睛发红了。他们心中无敌的丰碑居然要倒塌了，这无疑令人难以接受。

“杀了他！”一些人叫嚣着，手持宝具就要冲上去。

云曦衣裙扬起，随风猎猎作响，一头紫发也在飘舞，一张瓜子脸莹白俊俏，瞳孔若宝石般闪亮，琼鼻挺翘，非常美艳。

她心中也不能平静，连强大的幽宇都败了，这实在超出她的预料，令她震惊。天人族年轻一代的荣耀即将在这一战中终结吗？从没落的小山门怎能走出这样一个强大的弟子？

她心中波澜起伏，看看幽宇，又看向那个清秀的少年。

“云曦，你也出手。”有真神暗中传音，让她祭出那件族中高层赐下的秘宝。

云曦闻言神色一滞，很是犹豫，但是族人再次催促，命她尽快出手，扰乱这片战场的平静。

她白皙透亮的俏脸上写满了迟疑。虽然身为天人族的一员，应该服从命令、迅速出手，可是这样做不够光明磊落。

“快一些，时间来不及了！”有族老低喝道。

云曦只得服从命令，她掌心发光，一物显现出来，喷薄瑞光，状若一朵莲花，晶莹而灿烂，被她拈在了指间。这是天神所赐的圣物！

她很清楚这件秘宝究竟有多强，这样击出，多半能毙掉一位真神。

忽然，不远处漾起涟漪，出现神秘的波动。一个女子向这边望来，她清丽绝俗，白衣展动，若广寒门徒临尘。

云曦见到清漪，心中出现波澜。她微微出神，想到不久前众人在天仙书院的对话，心情复杂，那个时候这个白衣少女在为石昊打抱不平。

而现在白衣少女在浅笑，一点青色火焰在她眉心出现，如同一个烙印，熠熠生辉，释放出神秘而可怕的波动。

此外，清漪还拉来了凤舞，以及天仙书院的几名老者。

云曦一怔，对方这是在针对他们吗？要阻止天人族出手？

“长老……”云曦回头，看向族中的真神，迟疑道。

“还有什么可犹豫的？难道你想看着幽宇战死、我天人族蒙羞吗？”一个神火境强者脸色不太好看，呵斥道。

突然，天人族的所有神级高手都身体一震，在同一时间脸色大变，而后睁大了眸子，望向战场中。

因为，就在这一刻他们听到了一个惊天消息，这消息如同霹雳般在他们耳畔炸响——那是幽宇在暗中传音，向他们禀告。

“他是荒，是来自下界的石昊！”

幽宇浑身都是伤。金色神羽无坚不摧，不仅刺透了他的肉身，有些还钉进了他的骨骼。

他怒火中烧，此人抢走了他们神矿中的不世仙珍，还连续击杀族中的英杰，这是赤裸裸的针对与侮辱。

“竟然是他！没什么可说的，不用忌惮，直接出手灭掉！”有真神暗中说道，当场就爆发了杀气，不再隐忍，要以雷霆万钧之力出手。

“不！”幽宇出言阻止。他非常想亲自除掉荒，让荒伏尸脚下。他暗暗立誓，不能败给此人，要讨回自己的尊严。

“你在说什么？”真神暗中皱眉，略带不满。如今洞悉了那少年的身份，他们如何还能坐得住？

“这是我的战斗，我不希望你们出手，我要放手一搏，与他展开巅峰一战！”幽宇坚定地说道。今日若败了，他还有什么脸面？

他是天人族第一年轻高手，即便在三千州天才大战中失利，也不能败给而今与天人族针锋相对的荒。他咽不下这口气！

无论如何他都要赢，要将石昊斩于身前，以其鲜血洗刷刚才的屈辱！

而且，从大局考虑，他已经将石昊的身份告诉了族人，这就够了。眼下是他与荒之间的战斗。

幽宇早已退出去足够远，他体内符文闪耀，刺目无比，正在燃烧鲲鹏真羽，想要化解身体的剧痛。

石昊相当惊讶。如果是其他尊者，肯定早就死了，更别谈什么活下来或者化解鲲鹏真羽，而幽宇居然还在坚持着。

要知道，那可不是真正的羽毛，而是骨文，它带着鲲鹏之力，自射进幽宇血肉中就开始发光，要毁掉对方的肉身。

即便是强大的初代，也难逃败亡！

幽宇太特别了，虽然他的肉身出现了裂痕，但他强行压制住了伤势。此时他体内发出大道神钟般的鸣音，震耳欲聋。

这不光是因为他的秘法惊人，还因为他体内有什么东西在帮他化解死局，渡过这一难关。

石昊迈步，向前逼去。

幽宇则连连倒退，身体变得模糊，快从天地中消失了。他在施展虚空道，这是天赐神术，只要他有心躲避隐藏，对手就难以寻到或接近他。

“轰！”

突然，一道圣光从幽宇的体内冲出。

他的躯体中有一块奇石，正喷薄瑞光，一会儿赤红如焰，一会儿紫气氤氲，一会儿洁白如玉，将此地映照得无比璀璨。

幽宇身体发光，照亮了整片天宇，一种非常宏大的气息弥散开来，这一切都源自他体内的奇石。

“哧！”

插在他身上的鲲鹏真羽全都被逼了出来，倒射在虚空中，碎成骨文，化为能量，最后消散。

“那是……天命石！”

所有人都睁大了眼睛，看着他发光的躯体。那块奇石喷薄的瑞光映照得此地神圣祥和，大道也随之共鸣。

许多人眼睛都红了。这种东西为稀世之物，每一块都能造就一个绝代高手。人们忘不了太古六大天人的神话，正是六块天命石，最后造就出了一个无上皇族！

“可惜，天命石一旦与人初步融合，就意味着已经择主，即便被夺走，也无法与他人熔炼为一体了。”

“但是，天命石研磨碎后，应该还算是神圣之物。”

幽宇发生了惊人的变化，伤口愈合，骨骼接续，被鲲鹏真羽伤到的地方也痊愈了，并且每一寸皮肤、骨骼都在放光。

人们惊叹不已，这种奇石果然是造化之物。

“天命石”，这个名字可不是随意起的，而是有其深意——得到它便等于得到了上天的认可，代表了天命。

拥有一块天命石，等于多了几条命，只要它还在，拥有者就能快速复原。此外它还蕴含大道真义，有奇异物质，可让人完美进化。

这东西的价值无法想象！

山脉中一片喧哗，许多人在喊叫，嘈杂声震耳欲聋。

这不仅是因为天命石珍贵，还因为两人又要交手了。

“一块石头而已，算得了什么？”石昊平静地说道，向前逼去。他的发丝自然散落在胸前与背后，目光炯炯，神情十分自信。

“你的无知会让你死无葬身之地。”幽宇冷冰冰地说道，声音低沉，却如惊雷般，震动这片山地。

他身体发光，恢复到了巅峰状态，并且身上瑞气蒸腾，明显与之前不同了。

“咦，不太对劲，幽宇发生了某种蜕变。”连天人族的人都露出了惊讶之色，就更不用说其他人了。

“你们都退后，不要出手。”这一刻，天人族的真神也露出惊异之色，让云曦以及族中的年轻弟子不要妄动，因为他预感到了什么。他眼神炽热，隐隐透出某种期待。

另一座山峰上，清漪也敛去了眉心的青色火焰，恢复平静，清澈的双眸看着战场中的一对年轻至尊。

“轰！”

让人吃惊的事情发生了，幽宇的背后银辉滔天，如同火山喷发般，震动了苍穹，击散了附近所有的云朵。

他的背后出现了一对银翼，银翼巨大，圣光缭绕，洒落下的洁白光辉如同无尽星辰在排列。

“天之翼！”天人族一个神火境高手声音轻颤。

“隆隆！”

幽宇体内发出海啸般的声音，那是他的血液流动造成的，震得一些人站立不稳。

“哧！”从他头上生出一对龙角。

“天之角！”天人族的一位真神激动得身躯都在微微抖动。

“锵！”

下一刻，幽宇身上出现了一块又一块甲胄，甲胄闪动着光辉，那是由符文凝聚而成的，并不是有形的物质。

“天赐神甲，成了，他竟晋升到了这种状态！”天人族许多老者心中震颤，无比惊喜。

随后，他们像是放下心来，不再忧虑，不再担心，退后准备观战。

“这是传说中的天命神话？”各族修士起初不解，但很快就明白过来，他们想到了天人族的传说。

得到天命石，与之融合，等于得到天地认可，有些天资卓绝的奇才更是能进一步引发一些蜕变，让实力激增。

据说有些奇才蜕变后就为背生天之翼、头长天之角、身披神圣甲胄之貌，可征伐世间!

这种变化，即为“天命神话”。

从古至今，天人族中能显现天命神话的人如凤毛麟角，但都极度强大!

“受死！”幽宇身披甲胄，发出神圣光辉，疾速冲来，杀向他眼中的大敌。

“再强也不过是重现太古六大天人的辉煌而已，算得了什么？镇压你！”石昊说道，神色平静，双目深邃，没有一丝波澜。

他十分冷静，泰然自若，无所畏惧，散发着自信的风采!

众人震撼不已，展现天命神话的人都出现了，他居然还这样神采飞扬，到底是怎样一个怪胎?

石昊站在原地，不动如山，而后直接挥拳，一瞬间金光万丈，震动天宇!

第513章 无敌荒

石昊的这一拳金光万丈，此地顿时被罡风席卷，一些山峰竟被刮得离地而起，在半空炸开。

一个清秀的少年，挥出的一拳却如此刚猛霸气！

对面，幽宇身披骨文化形而成的甲胄，身体喷薄瑞光，遮天蔽日。他杀到近前，拳头扭曲了虚空。

“轰！”

这是一场令人灵魂震颤的大碰撞，响声震天，神圣符文一个又一个地绽放，印满虚空，至强神力汹涌澎湃。

这一刻，宛若天翻地覆！

虚空模糊了，大地崩开，一条又一条黑色的大裂缝在山脉中交织，撕裂开不少山体，形成震撼人心的恐怖场面。

两雄争霸，如两条真龙从仙古时代冲来，在当世激战，要挣脱人间的束缚。

“呼！”

大风刮起，幽宇向后退去，扇动一双巨大的银翼，洁白的光辉与雾霭随之一同扩散，让远方一些山体都在摇动。

他异常强大，这是他融合天命石后进化的结果，天命神话让他比以前强了一大截！

另一边，石昊毫发无损地站在那里，他衣袂飘动，发丝飞扬，眼神犀利，修长的身体上骨文炽盛，显得从容而镇定。他居然能对抗天命神话，这是何等的威势！

四野鸦雀无声，人们内心却大为震撼。好强大的一个少年！没落的小山门竟出了这样一个弟子！

到现在还有很多人都不知道，这是荒！

天人族众人心有不安，这个对手到底有多强，蜕变到这一步的幽宇都无法直接将他镇压吗？

云曦吹弹可破的俏脸上写满了惊诧，双眸闪动，盯着战场中央。

天人族的真神心中“咯噔”一下，荒的强大让他感到一股沉重的压力。

不过很快他又稳住了心神，因为幽宇还未动用天之翼、天之角以及天赐神甲，那才是真正的撒手锏！

“无知的人，竟敢挑战天命神话，你将死无葬身之地。”幽宇轻语道。他的声音很冷，没有任何感情，像是俯视人间的主宰，看着芸芸众生在世间悲苦轮回。

片刻后，他消失了。

他施展天赐神术，再次将石昊拉进了那片虚空牢笼中，与石昊进行最终的大对决！

黑暗袭来，虚空中冰冷而寂静。

有了第一次的经历，石昊已经洞悉了他的秘密，他所谓的剥夺光明、剥夺诸世音、剥夺肉身、剥夺元神等宝术，不过是假象，其真正的本质为虚空道。

“嗯？”

石昊一惊，在撑开唯一洞天时，他受到了巨大的阻力，难以开启。

他一声轻喝，运转原始真解功法，骨文烙印在每一寸血肉中，精、气、神均疾速攀升到巅峰，整个人开始发光。

与此同时，唯一洞天终于被撑开，如同一轮神月，又像是金色的太阳，将他笼罩在当中，璀璨而夺目。

幽宇吃了一惊。这一次他的天赋神术可是比以前强了不少，天命神话出现，他的实力随之提升了一大截，虚空道自然也威势大盛。

他没有想到，石昊依旧能展开守护光幕，简直不可思议。

“这是什么领域？”幽宇看着那层光幕，眸子开合间射出光芒。

“出手吧，让我看一看天命神话到底有多辉煌！”石昊说道。他被笼罩在洞天之中，若烈日当空，他的发丝都被染成了金色。

“天命无敌！你可以上路了！”幽宇非常自信，大喝一声，发动了可怕的攻击。

“轰！”

他头上的一对龙角发光，从中飞出两道利刃，斩破虚空，割裂天地，发出龙吟声，仿佛震动了九天十地。

利刃带着可怕的气息，疾速冲来，一刃飞向石昊的眉心，一刃对准其腰腹。

天之角！

这是天命神话的体现，是天赐之角，威力巨大，能轻易剖开山川，若拥有者足够强大，更是可以在瞬息间斩落日月星辰！

石昊双目深邃，体内骨文轰鸣。这次他没有动用盖世宝术，而只是在运转原始真解功法，并暗暗催动在化灵境时悟出的法。

他血肉晶莹，成千上万道神光凝聚，化成无数熔炉，只不过每一座都很微小，在他的体内聚合后再如血液般流淌而出。

“轰！”

石昊双手结印，他血气澎湃，身前浮现出一座巨大的熔炉。

这是原始骨文凝聚的结果，同时熔炉也伴着一些血气，带着浩瀚的波动。“哐当”一声，炉盖开启，将那两道利刃收了进去。

顷刻间，神火沸腾，天地摇动。

“镇压！”石昊一声大喝，不仅炼化了那对光刃，还催动熔炉，向幽宇头上的天之角压去，主动攻击。

“当！”

天之角发威，无数光刃飞出，如同璀璨星光般，照亮此地。

石昊也出手了，他体内铿锵声不绝于耳，不仅有熔炉，还有道钟、天剑、鼎、塔等，它们全部化形，冲向前去。

并且，它们都不是单独出现的，而是密密麻麻、成千上万。这些法器全都是骨文浓缩而成的，此时一齐对抗天之角。

这是一场大对决，两人身体发光，一时神光冲霄，同时他们也冲向彼此，展开了激烈的搏杀。

仅一瞬间，两人就又大战了上百回合。

“你不是有雷帝宝术、轮回神通吗？都使出来吧，我全部接着！”幽宇冷声说道。

“怕你接不住！”石昊说道。他并不想将这些宝术全部用出，此时将其中一种演绎到出神入化之境，已然足矣。

“杀！”

幽宇暴怒，动用了全部力量。这一刻天赐神甲发光，他整个身体宛若金刚不坏之身一般，与石昊激烈碰撞，当当作响。

同时，他双手结印，动用了天人族的至高宝术之一——天之印！

天地震动，圣光弥漫。这片虚空牢笼内到处是符文，骨文与法则交织，可怕无比。

石昊若没有唯一洞天护体，在这样的战场中对决，必然要吃大亏，被幽宇死死地压制。

因为幽宇是这片虚空牢笼的掌控者，正如他所说，从某种意义上来说，他是这里的主宰。

幽宇发丝乱舞，身上的圣光更灿烂了，甲胄也铿锵作响，给石昊造成了极大的压力——对方的神甲太厉害了，他很难将其击穿。

两人若两条真龙在空中纠缠、激烈厮杀，转眼间两百回合过去了，石昊也早已动用了禁忌宝术！

“斩！”幽宇大喝一声，眸中发出炽烈的光，显得很无情。他动用了撒手锏，想迅速结束战斗。

一瞬间，虚空中到处都是他的身影！

天之翼拍动，连虚空中都出现了裂痕，马上就要被击碎了。这对银翼如两柄阔刀般，斩向石昊的肉身。

石昊第一次这么吃惊，他以手迎击，虎口居然出现了一道裂痕。看来，这对天之翼强大得很。

若非他的肉身修炼到了极致，估计就扛不住这一击！

见此情形，幽宇瞳孔急剧收缩，换作其他的初代，一定已经被天之翼斩灭了，怎么可能徒手硬撼，硬接下来？

要知道，这可不是一般的羽翼，而是规则印记化成的，是天命石内蕴的大道，无坚不摧！

石昊冷漠地道：“天命神话我已经从头领教到尾了，还有什么新奇之处吗？”

两人一路激烈搏杀，已大战五百回合。

幽宇目光冰冷，对方这是什么意思？简直自负到张狂。他的甲胄铿锵作响，天之翼也随之拍动，要震裂虚空，斩杀石昊。

“轰！”

石昊身上腾起无尽的金色火焰，如同魔神复苏。他将鲲鹏法提升到了他所能演绎的极致，精、气、神顿时沸腾，消耗巨大。

他的背后出现一对巨大的羽翼，金色羽毛上带着黑色斑纹，羽翼轻轻扇动间，竟有一丝丝混沌气弥散。

这是鲲鹏翅。来到上界后，石昊还没有真正动用过鲲鹏翅呢，要知道，在下界时，他以此横扫诸敌，神勇无敌！

“当！”

他背后由骨文化成的两翅交击，发出巨响，迸发出无尽的符文，散发出一缕缕混沌气。

“轰！”

紧接着，鲲鹏翅展动，向前劈杀，狂暴无比，让这片虚空牢笼出现许多裂痕，即将炸开。

“哧！”

幽宇眼中带着炽热与疯狂，挥动天之翼，迎击鲲鹏翅。霎时，银白圣光滔天，仿佛无尽星辰坠落，汇聚在一起。

这一战也许就要落幕了，看一看谁更强！

“咔嚓！”

幽宇愕然，脸上的自信与振奋一下子凝固了。他的天之翼竟被截断了！那伴着丝丝雾霭的鲲鹏翅，将他的银色巨翼斩断了，声音无比刺耳。

“啊……”他怒吼着，满头发丝倒竖，浑身发光，猛地撞向石昊，身上的天赐神甲铮铮而鸣。

“杀！”石昊大喝一声，身形未动，但他背后那对由骨文化成的巨大的金色羽翼则若垂天之云笼罩而下。

“轰！”

幽宇那号称不可摧毁的护体神甲瞬间被鲲鹏翅击出裂痕，光芒一下子暗淡了。

“什么天赐神甲，不过是骨文的凝聚，怎么可能无法磨灭？”石昊轻语道。他的身体被唯一洞天笼罩，仿佛立身在金色的太阳中，发丝都被映成了金黄色，背后的鲲鹏翅也更为璀璨了。

“噗！”

幽宇大口咯血，横飞了出去。

“爆！”

幽宇大喝一声，身上的甲胄全部脱落，化成一块又一块骨片，而后发光、燃烧，向石昊冲来，要在这里炸开。

石昊瞳孔收缩，金色符文收敛，并腾起阵阵黑雾。一条黑色的大鱼随之浮现，在黑色的汪洋中搅起浪涛，浪涛席卷高天，淹没前方。

他自身则疾速横移，退避了出去。

这是鲲鹏法的另一种形态。

那些甲胄碎片炸开，在黑色汪洋中如陷泥沼，至多翻出大浪，难以有大作为。

所有这些都是骨文所化，但是与真实场景没什么区别。

“啊——”

幽宇大吼，动用所有力量，燃烧骨文，凝聚天之印，并将其与虚空道结合，释放出最强一击。

“哧！”

石昊快到极致，再展鲲鹏翅，奋力一击，金色羽翼如垂天之云般落下。他自己都感到这一击消耗巨大。

“噗！”

幽宇横飞了出去。

石昊跟进，敛去骨文化成的羽翼，一拳轰出，顿时金光冲天，将幽宇击穿，让他整个人倒飞了出去。

同时，虚空牢笼裂开，二人一同坠入现实世界。

所有人都见到了这一幕——石昊一拳将幽宇轰得半边身子受损，横飞过高空。

“连天命神话都败了吗？”人们战栗不已，许多人大声惊呼。

幽宇眼神冰冷，体内一件秘宝发光，而后飞了出来，散发天神威压。

然而，石昊依然不惧，他祭出一块黄泥，“砰”的一声粘在了法器上面，那件法器瞬间光芒暗淡。

“杀了他！”天人族真神暗中喝道。现在必须出手，不然幽宇难逃厄运。

云曦与天人族所有年轻族人都得到了命令，神火境的高手自然也出手了，纷纷向前冲去。

石昊神觉敏锐，疾速后退，快得不可思议，同时他手中发光，出现一柄刀，这刀非常大，竟长达数百丈。

石昊轻轻一挥，顿时山河失色，日月无光！

“拦不住，太快了！”天人族的强者大叫，只得眼睁睁地看着。

须知那是闪电化成的刀，众人再快，又怎能快过闪电？

石昊在数百丈外抡动闪电刀，“噗”的一声斩中幽宇。紧接着，刀芒收敛，闪电刀化成一条闪电蛟龙，抓住一块奇石后迅速退回，没入石昊的掌心。

“荒！”幽宇一声大叫，脸上血色尽褪，无比苍白。他伤势严重，还失去了天命石，相当于被废！

“什么？他是荒？”

各教修士闻言震惊不已。

山地一时难以平静，如沸水一般沸腾开来！

第514章 万众瞩目

荒，一个充满邪恶力量的名字！

他的身份泄露后，群雄大为震惊，一时间人声鼎沸，嘈杂声震耳欲聋。

“怎么会是他？没落小山门的弟子竟然是荒？”

这个名字激起了轩然大波，众人气血上涌，睁大了眼睛，盯着前方那个清秀的少年。

从普通修士到尊者再到神，男女老少都无比震撼，体内似有一股热流在奔腾，这实在令人心潮澎湃。

“天啊，他就是荒，终于见到了！竟有这样的手段，果然非同寻常！”

许多人大叫，感觉不可思议。

真相被揭发得太突然了，众人没有心理准备，此时得知这个消息都很激动，深感难以置信。

荒，崛起于五行州，曾同各路初代大战，名动数十州。后来他与天人族产生了恩怨纠缠，据闻惹来许多教主前往，天之城因此而风云汇聚。

现在他身份曝光，自然成了焦点。所有人都议论纷纷，睁大了眸子，像看怪物一样盯着他。

“杀冥子、斩太阳神藤、灭紫金真犼、力敌仙殿传人、击败战王……一件接着一件，他的战绩太辉煌了！”

“现在他又大败幽宇这个天人族第一青年至尊，实在神勇！”

许多年轻人眼神炽热，热血澎湃，目光中带着敬畏，看着场中那个少年。对他们来说，这是同代中的绝世强者。

“我就说嘛，他这么清秀，气质出众，宛若谪仙，怎么可能是那些人口中所谓的败类？不过是暂时栖身在没落的小山门而已，他是荒！”

天仙书院的一些女生眼中发光，握紧拳头，神色非常激动，早先她们就因此而与人争辩过。

“太厉害了，他就是荒！连天命神话都被他攻破了，天纵神人啊！”

很多人都非常兴奋，有些人崇拜，也有些人畏惧，众人都注视着场中的强大少年，心绪难以平静。

要说谁最失落，显然是天人族的人。这一刻他们像是一脚踏进了万丈深渊，只觉天翻地覆，眼前发黑。

竟然连幽宇都战败了，还差点当场惨死。这一结果让他们战栗不已，充满了耻辱感。

神级高手的身体都在发光，烈焰腾腾，杀气冲天。刚才他们竟然击空了，没能快过那个少年，眼睁睁地看着他一刀斩伤幽宇。

“啊——”有神灵嘶吼，满头发丝乱舞，愤怒无比，释放出无边杀气，让树上的叶子都簌簌坠落。

有人抱住了幽宇，快速帮他疗伤，阻止闪电骨文侵蚀他的伤体，以免他殒命。

幽宇身受重伤，脸色苍白。一个绝代青年强者，原本气吞山河，可以傲视各族翘楚，结果却大败，落到了这一步。

幽宇不是一般人，他已经是天人族的最强代表，站在了巅峰，如今却被人这样干净利落地击败了，这对天人族年轻一代来说是巨大的打击。那一刀简直劈掉了他们的自信，击断了皇族的骄傲，斩下了太古的辉煌！

皇族中的初代融合了天命石，并且开启了天命神话，力量已经达到最强，但还是被人打败了，此事何其可怕。

这简直击中了整个族群最痛的地方，重创了他们的信念！

“啊……这不是真的！”一些年轻人大叫，不能接受这个事实。

很多人望向那里，有点同情天人族。众人心想，该族惹谁不好，竟惹上这样一个魔王，这一战简直快让该族年轻一代的信心崩溃了！

云曦也怔住了，她万万没有想到那竟然是荒，是来自下界的那个少年石昊。她娇躯震颤，心一下子乱了。

早先幽宇暗中传音，告诉族中的神级高手他的对手是荒，不过包括云曦在内的年轻一代并不知情。

直到这一刻，大战落幕，荒的身份真正曝光，云曦才明了。她忍不住颤抖，看着前方那个少年。

他崛起于下界，嬉笑怒骂，纵横征伐，曾惹得人神共愤，曾强势如魔王，曾痴嗔如无赖，曾如末世英雄般大战七神而力挽狂澜……

这个少年率性而为，一路前进，凭一己之力生生杀到上界来，闯出了“荒”这个令各方瞩目的名号，惊动各大教。

云曦默然，绝美的脸上写满了复杂的情绪。石昊为了保护她而穿行数十万里，结果却在天人族沦为了阶下囚，而今他们竟在这个地方、在这种场面下相见……石昊强大无比，击败天人族的绝代天骄幽宇，让云曦心中翻起巨大的波澜。

远处，清漪一袭雪衣，秀发柔顺，眼睛清澈，气质出尘，脸上带着淡淡的笑，静静地望着场中的身影。

她早已知道，这个少年必有强大的手段，不会落败，即便遇上天命神话，也能自保，因为她太了解这个家伙了。眼下所见果然如此。

"清漪师妹，你是不是早知道他是荒？"凤舞问道。

"猜到了一二。"清漪微笑道。

"可惜啊，他原本成功闯过天梯，即将加入我天仙书院，结果却发生了意外。"一名老者捶胸顿足，后悔不已。他也洞悉了一切，但是还能说什么？被那个臭名昭著的家伙抢走后，难道还能指望将人夺回来吗？

"什么，他是荒？还是曾经在我天仙书院闯过天梯的那个人？"书院中的一些学生听闻震惊不已，都开始发愣。

"这个大师兄……"许多人哑口无言了。他们曾对他极度不屑，还想组织力量征讨、镇压这个行为不端的家伙，怎想到他的身份一重又一重，所谓没落山门的弟子不过是掩饰，这个人他们根本惹不起！

"他闯过了天仙书院的天梯？"各族修士听到后一阵哗然，这一消息再次引发轰动。

因为天仙书院太有名了，天仙书院的最高考验自然也引起了其他大教一些弟子的兴趣，他们都详细了解过，谁不知闯那天梯的难度？漫长年月下来，无人可以横渡那天梯。

"是了，因为他是荒，所以这般强大，能够成功也在情理之中！"

人们吃惊过后，又都释然，只因这个人是荒，这便足够了。

从某种意义上来说，众人高度认可了荒，认为荒可以位列而今上界顶尖的年轻翘楚之内。

一时间，所有人都向前望去，盯着那道身影。

山地上方，石昊屹立不动，手中托着一块奇石。这块奇石色彩缤纷，一会儿洁白如玉，一会儿赤红如霞，一会儿紫气氤氲，发出的炫目的光芒冲上云霄，笼罩了此地。

这就是天命石，它只有拳头那么大，但是散发的波动非常恐怖，如汪洋在汹涌澎湃，令山地中的古木都跟着起伏、摇动。

它的光芒太璀璨了，化为赤红时，顿时染红了整片天穹；化为紫色时，如紫气东来，又像是有大片云朵倾覆而下。

圣洁的气息从石昊的掌心蒸腾而上，弥散开来，光芒万丈。

无须多想，这是绝世神圣之物！

毫无疑问，此刻的石昊万众瞩目，是各教强者关注的焦点。

“荒，你心性卑劣，手段残忍，屡屡针对、冒犯我天人族，今日容不得你留在世间！”一个冷漠的声音响起，正是天人族的高手。一时间神火跳动，炽盛无边，滚滚杀气随之弥散开来。

众人心头一跳，知道该来的终究要来了。

荒与天人族势如水火，在场的人都知道，如今怎么可能善了？

天人族此时上下一心，怒焰滔天，杀气腾腾。刚才他们并没有急于行动，而是冷漠观望。

早先他们急于出手，是担心幽宇落败，可现在一切都成定局了，早出手晚出手都一样。

没能救下幽宇，眼睁睁地看着他被斩中，失掉天命石，让天人族一群强者心中剧痛，无比愤怒。

“还在向我身上泼脏水，这么虚伪，你们还要脸吗？可否举例，我如何对不住你们？”

场中的少年无比镇静，唯一洞天发光，如同金色的太阳笼罩着他，他整个人看起来璀璨而强大，如战神一般。

“你混入我天之城，欲盗我族至宝飞仙石，事败后还恶言中伤我族，如今更是来到火州，残忍杀害我族高手，毁我神矿。所作所为，灭绝人性，人神共愤，应该遭天谴！”一个神灵冷漠地说道。

山地上，各教都来了许多修士，人影幢幢，密密麻麻，所有人都在低语。

最近，这些事闹得沸沸扬扬，很多人都听闻了。

“我曾听闻，是天人族想谋他的宝术。”

“这次荒真的好猛，只身大战，毁天人族神矿，手段惊人。”

有人贬，有人赞。生灵众多，想法不可能一样，但是纸终究包不住火，真相如何，早晚会大白于天下。

“可笑！我救你族天女，却被你们强掳进天之城，你们谋我宝术，囚我进黑牢，还有比你们更无耻、更忘恩负义的族群吗？”石昊大声斥责道。

在有些高手看来，事实如何，无须多辩，只看行动。但是石昊相信，在天下人面前驳斥、争辩，别说事情是真的，就算是假的，也会让人产生联想从而热议，此举足以让天人族灰头土脸、焦头烂额。

远处，云曦低下头，脸色通红，心中难受。

石昊继续开口道：“神矿是我毁的，这是在向你们讨利息。不过你们天人族真的很弱，枉为皇族，所谓的高手跟土鸡瓦狗一般，即便是你族所谓的年轻至尊也很差劲，简直不堪一击！”

这样的话语一出，天人族众人脸色铁青，气得浑身哆嗦，简直快要背过气去。

众人更是一片哗然。这个强大的少年还真是不客气，什么都敢说，这样戳天人族的痛处，让他们的脸往哪里放？这是要撕破脸斗到底啊！

而且，天人族很难反驳。

现在谁不知道，荒大闹火州，将草原搅了个天翻地覆，连败天人族高手，连天神都被惊动，赶来救场了。

至于天人族的年轻俊杰大败之事，那就更无法辩驳了。众目睽睽，所有人都目睹了，此事就发生在刚才。

现在荒这样揭他们伤疤，让天人族众人有一种强烈的挫败感及深深的屈辱感，真是比杀掉他们都难受。

事实上，石昊当众说出这简单的几句话，比大战几场、毁掉神矿、击败幽宇更具有杀伤力！

天人族很多人眼睛都红了，难以忍受心中的愤恨，想要仰天长啸。

有时候，嘴上几句话比教主的全力一击还要有力道，能让一族大感挫败和屈辱。此时天人族很多人都在颤抖，纷纷握紧了拳头。

“小孽畜，你满嘴胡言，恶意中伤我族。不说其他，单从你无故毁我族神矿、杀我族人这件事来说，就不能容你在世上多活一天！”有人吼道。

“云曦，祭出你的天神法器，杀了他！”有高层在暗中冷漠地命令她动手。

云曦身体一震，猛地抬头。

“这是我族的耻辱，若能由你这个同辈人击杀他，天人族还能保存那么一点颜面。”那个声音很冷。

云曦心头大乱，向场中那个少年看去。

与此同时，石昊也察觉到了，向这边望来。

第515章 粉墨登场

云曦身体轻颤了一下，看着荒，看着下界的石昊——他还不足十八岁，却已经可以傲视上界初代。

“快出手，杀了他！”那个高层暗中低声道。

终于，云曦稳了稳心神，在天空中迈步，向对面的山峰走去，接近石昊。

“咦，天人族年轻一代还有人要出战吗？”众人大为惊讶，都到了这一地步，昔日的皇族还不死心吗？

到了这个时候，所有人都坚信，在三千州中能与石昊匹敌的年轻人真的不多，显然天人族的杰出者并不在此列。

“这个女子真的很美丽，如同画卷中走出的仙子！”很多人惊叹道。

云曦实在漂亮，她肤若凝脂，瞳若宝石，身材完美，紫衣展动间飘然若仙，足以称为绝世佳人。

“她是天人族的明珠，同样融合了天命石，地位极高。”有人认出了她。

云曦抬头看着对面的山峰，那上面的少年是如此平静，他手托天命石，彩光漫天，金辉冲霄，衬得他如同一位神主。

她心情复杂，他们曾针锋相对，也曾一路同行，生死与共，如今竟走到了这一步。

“不能再向前了！”天人族有人暗中传音，告诫她不要靠得过近。

很明显，云曦不可能是荒的对手，她只有利用两人间的纠葛令对方分心，站在足够安全的距离内，突然祭出天神法器，才可能发动致命一击。

天人族的神凝神叮嘱，并且随时准备出手。

“她这是……”凤舞目露神光，看着场中，又看向天人族，道，“荒危在旦夕，天人族无论如何都不会放过他。”

清漪眉心发光，一道青色火焰跳动，熠熠生辉。她一身雪衣，不染半点尘埃，显得空灵而出世。她轻语道：“我相信他不会有事的，他的命很硬。”

“你要出手助他一臂之力？”凤舞看着她的眉心，知道那是古火——青月焰，为世间最珍稀的火种之一。

虚空中，云曦幽幽一叹，她身躯婀娜，莲步轻移，身上的紫衣发光，如有云烟腾起，让她整个人都显得有些朦胧。

她黛眉微蹙，眼中光芒闪动，盯着石昊，张了张嘴，几次想要开口，但又都闭上了樱唇。

此时再相见，还能说什么？

对面的石昊很平静。他问心无愧，同来自下界，他自认为做到了仁至义尽。

在天之城，也许云曦是没有能力，不能决断，所以只能被天神送去闭关，无法解救他，对此，他并无憎恨。

可是如今再次相对，如果对方出手，那就完全不一样了。石昊也不会留情，他的双目炯炯有神，紧紧盯着云曦。

云曦感觉一阵灼痛，对方的目光让她心中翻腾。她止住了脚步，有些失神，有些难受，看着前方。

两人依旧没有说话，不过云曦就此止步，不再前行。

后方，天人族的神点了点头——还在安全距离内。这也算是对云曦的一种考验，看她究竟是否心向族人。

周围一片寂静，石昊不说话，云曦则神色复杂。她忆起了一些旧事，过往的音容笑貌，昔日的不羁与纠缠，还有他们一路同行的扶持，只是，谁也没有料到而今两人再相见却相顾无言。

最后，她敛去惆怅，神色平静了下来，目光也渐渐有神。

她毅然摊开手掌，动用宝具。

“锵！”

一声金属颤音响彻天地。她的掌心喷薄瑞光，一个器物浮现出来，释放出神力与至强符文。

一瞬间，现场气氛变得极其紧张！

石昊瞳孔收缩，盯着云曦，浑身骨文也马上炽盛了起来。

“坏了！”有人低语道，预感到不妙。云曦的法器很特别，有天神波动，不用费力催动就能发出强大的威势。

云曦目光坚定，看向石昊，抬起手掌，她掌中有一株洁白的莲花，绽放冲霄的圣光，散发恐怖的骨文波动。

她拈花而立，显得神圣而祥和，她抬手指向前方，对准了石昊。

各族修士都露出惊异之色。传闻石昊曾经保护这个女子穿行数十万里，现在看来不一定为真啊，不然此时她何以这样相对？

天人族的一些强者见到这一幕，都露出了淡淡的笑意。

很快，清漪意识到不妙，天人族的这一招够狠，让当事人出面，以实际行动针对石昊，这比说什么都有用。

既然云曦出手了，那么石昊所说的曾经护送她横穿血色平原的话还能相信吗？这很不妙。

果然，许多人见到这一幕后，神色都变了又变，低声议论了起来。

“荒真的够狠啊，看来天人族所说的也不一定为虚！”

“先入为主，现在看来真相不见得是那样。”

云曦催动骨文，天神法器铿锵作响，瑞光更盛，淹没了这座山峰，让此地璀璨夺目，氤氲之气蒸腾。

“云曦战斗意识不够强，怎么能这样？早先直接袭杀才有机会啊。”天人族的一个神灵皱眉，有些不满地说道。

幽宇脸色苍白，一言不发地看着场中。今日他败得很彻底，只能看着云曦出手了。

“开始了！”各教修士惊呼道。

天人族的明珠手持法器，竟杀了过去，一步步接近石昊。

“对不起！”云曦大眼通红，这样说道。

天仙书院这个方向，几名老者蹙眉，他们身上有火焰跳动，散发出强大的气息。

“是否要帮这少年一把呢？但是很麻烦啊，天人族肯定有高手驾临，免不了要有一场大战。”有人低声道。

凤舞皱眉，她觉得这个少年很熟悉，竟然有点像当年她在铜雀坛上遇到的那个家伙。

清漪眉心发光，一簇青色的神焰跳出，如同一轮青月悬空，闪耀着不朽的光辉。她盯着战场，同时注意着天人族的方向。

石昊一叹，终究是到这一步了吗？竟要与她动手！

他横移百丈远，就要展开凌厉的攻击。他身上并不缺少可怕的法器，谁敢小觑他，那么必定要败亡。

云曦疾速冲来，手中的法器一点，竟震裂了虚空，可以想象它的威力有多么强大！

石昊诧异之余，很容易就避过了。

虚空中出现一片大裂缝，顿时不稳了！

“对不起，在天之城我真的没有办法……”云曦开口道，脸上带着愧疚，似乎心中很难受。

虚空裂缝蔓延，已经震动起来，干扰了众人的神觉。她快速传音，道：“我将这天神法器送你，它能破空，你可以借它横渡虚空而去！”

石昊一怔，身上炽盛的骨文稍稍收敛。他没有出手，诧异地看着云曦，没有想到她会说出这样的话。

“快走！我不知道他们来没来，但应该快了，趁现在还有最后的机会！”云曦干扰虚空后，还在以神念传音，显然又焦急又担忧，还无比谨慎。

“谁？”石昊问道。

“两位天神去迎接护道人了，那种禁忌的存在即将驾临，即便这里有人保护你也不行，赶紧离开！”

云曦说到这里，扬起了手，将那洁白的莲花祭出。它轻轻转动，悬空而起，向石昊那里落去，但并没有杀机。

石昊目光炽烈，这出乎他的预料，他本以为云曦要对他出手，不免有些失望，可眼下却完全不是那么一回事！

“快走，不然来不及了！”云曦催促道。

“我是谁？我是荒！天人族奈何不了我，不用你这样冒险行事。”石昊平静地说道，话语中带着强大的自信。

他用手一点，一道柔和的光将洁白的莲花抵挡住，让它倒转，飞了回去，落在云曦手中。

云曦呆住了，有些心痛。她觉得石昊与她之间有了隔阂，他不原谅在天之城发生的事，所以现在不愿意接受她的帮助。想到这里，她双目中的热泪顿时滚落了下来。

“我……对不起你！”云曦的话语中带着颤音。

不管怎么说，这个强大的少年历经生死磨难，护送她回到族中，却被自己的族人那样对待，还被囚禁于黑牢受刑，的确让人难以释怀。

“赶紧离开，不然真的走不了了。”云曦擦去泪水，认真地说道，请求石昊持着这件天神法器逃走。

“云曦，你误会了，我并不是在针对你。”石昊摇头，露出一丝笑意，非常灿烂。

云曦见到他这个样子，一阵恍惚。这个家伙为何到这种关头了还不逃，依旧如过去那般？

“不对！”

显然，很多人都发现了这边的异常。他们不是要交手吗？为什么还站在那里不动？

虽说云曦第一击震裂了虚空，但虚空大裂缝并不能隔绝所有人的神念，还是有人可以探查到其中的情况。

“果然是天人族理亏啊，那女娃在帮助荒！”

这样的话语一出，山地中各族修士一片哗然，众人没想到，居然发生了这样的事！

刹那间，天人族众强者的脸色变得十分难看。云曦竟然背着族人，要帮石昊逃走。

“天人族这不等于被抽脸，坐实了恩将仇报的恶名吗？”有人低语道。

山地中掀起了波澜，再难平静。

“轰！”

天人族许多人脸色铁青，神级高手震怒，再也不想着挽回最后的颜面了，直接出手，向前扑杀。

“你还不快走！”云曦叫道。她非常焦急，绝美的脸上写满了忧虑，又要将那天神法器送出。

“不用！”石昊摇头。此时他的背后出现了一对雷电神翅，神翅轻轻一拍，雷光万丈。他整个人也化成一道闪电，疾速而行，竟迎上了神！

所有人都目瞪口呆，这个少年居然没有逃，反而要迎战诸神！

到了现在，天人族什么里子面子都不要了，一下子就冲过来十二名神火境高手，众人一齐爆发，祭出宝具。

“咦！”

石昊大吃一惊，他们的宝具当中有大杀器，虽然未达到天神级别，但也极其恐怖。

“哧！”

他毫无保留地将丹炉内的天河水与闪电、黄泥等全部倾泻而出，进行无差别攻击，强大的诅咒也随之爆发。

与此同时，一个玉净瓶闪耀光辉，向前镇杀。

这是石昊护送云曦穿过血色平原时，从战族一位王的后代那里缴获来的战利品，接近天神级。它曾被黄泥腐蚀，而今勉强还能用。

十二名真神疾速躲避，不想沾染上丹炉内的诅咒，更不愿被恐怖法器击中。

他们没有想到石昊身上的宝物这么多，不仅抵挡住了他们的大杀器，还能反过来压制他们。

“哧！”

石昊振动神翅，这对雷电化成的光翼非常强大，带着他疾速而行，此时的他有如人形闪电！

“噗！”

石昊与一名神火境强者相遇，两者大碰撞后，只见那名神级高手瞬间在空中炸开。

“什么？”很多人大叫道，完全没明白发生了什么。

石昊变向，迅速扑杀另一人，他依旧是全力出手，一拳击出，爆发璀璨神光，将第二名神火境高手击杀。

山地中众人震撼不已，全都惊叫出声。

“噗！”

接着，第三名神火境高手被石昊以闪电之速追上，也被轰杀了。

这自然是法力免疫的结果。不用说各教修士，就连天人族的神灵也没有料到他的这种能力会如此强大。

因为在神矿大战时，亲身经历过的神火境高手都被击杀了，没来得及将消息传递出去。

天人族虽然知道石昊有这种能力，但是绝对没有料到这种能力这么惊人，能强大到无视神火境法力攻击的程度！

他们以为石昊有手段，靠的是大杀器，故而他们也准备了，结果不是这么一回事。

“啊……”

又一人惨叫。石昊一拳将第四个神轰杀了。

所有人都心中发毛，这还是一个尊者吗？居然在追杀神火境的高手！

十二名神级高手原本想围攻石昊，将他困在中心，结果此时跟他距离这么近，相当于接近了一头发狂的凶兽。

石昊发丝狂舞，眼眸若冷电，如虎入羊群般，大战四方！

“小孽畜，你敢！”后方出现五名真神，个个面目狰狞，一起杀来。

对方居然这样斩杀天人族高手，这一幕让他们难以接受。

他们早已研究透彻，石昊当日能杀真神，是因为那天是雷雨天，他引动了惊世雷劫，可现在晴空万里，他无法再用那种禁忌之法。

“轰！”

石昊想都没想，取出一张赤红如血的符箓，抖手就冲他们扔了过去，让它在虚空中爆发！

霎时，响声震天，赤色烟霞绽放，笼罩大半边天空，法力如汪洋般汹涌，无比恐怖。

这是石昊从天人族六杰之一的羽伦身上得到的符箓，而今正好派上用场。

羽伦身份特殊，不仅是六杰之一，更是某一天神的后代，非常受宠，因此被赐予了这张稀世神符。

就连他的族人都没有几人知道他身上有这种东西，自然更不知道它落入了石昊手中。

现在这张神符炸开，让五大真神都蒙了，而后疾速向后退去！

他们本来手持大杀器而来，结果在这一神符的爆发下，那些可怕的秘宝皆被炸裂，化作了碎片。

有两人被符箓发出的光芒扫中，其中一人承受不住天神之威，当场形神俱灭，还有一人被重创，横飞而起。

另外三人反应神速，险而又险地逃过了一劫。

“噗！”

让天人族众人目眦欲裂的事发生了——石昊振动身后的雷电神翅，俯冲了过去，将那遭受重创的真神斩落，击散其元神。

“啊——”一群人发狂了，愤怒地大吼。

这么短的时间内，两名真神就命丧当场。

这一结果，别说让天人族震惊了，就连观战的各教修士也为之惊惧不已，这太不可思议了，一个尊者居然造成了如此结果！

法力免疫的时间到了，石昊果断后退，收回各种法器，守护己身，降落在至尊道场的山门前。

这一战果可谓极尽辉煌，镇住了所有生灵！

怎么会这样？很多人都极度震惊，这个少年太可怕了！

“轰！”

片刻后，远空传来轰鸣声，炽盛的光芒也随之绽放。一道恐怖的身影靠近，让整片天地都颤抖起来。

“放肆！”

显然，前来的生灵感应到了此地发生了什么，无比愤怒，吼声震动天地。

“天神！”许多人感应到了这种威压，身躯战栗不已。

“老祖！”天人族众强者大叫道。今日接连战败，他们心中有一团火在燃烧！

“小小的一只蝼蚁，屡犯我族，今日看你往哪里走！”相隔还很远，一只比山岭还粗大的手掌就探了过来，笼罩这片天地，向至尊道场的山门覆盖而去。

所有人都脸色苍白，这可是天威，如何抗衡？

突然，至尊道场内也出现一只大手，直接扇了出来，同时有一个声音道：“蝼蚁，你敢动我的弟子？滚！”

众人闻言一怔，几乎以为听错了，那个人竟称呼天神为蝼蚁？

让他们更为震撼的事还在后面，那只大手扇来后，居然“轰”的一声将天神的整条手臂拍得爆碎，而后从此地消失了。

紧接着，远方传来一声巨响，一个庞然大物横飞了出去，而后跌落在山脉中，压塌了不少山峰——显然是那个天神的躯体！

第516章 道主

远处烟尘冲天，所有人都呆住了，如泥塑木雕般，站在那里一动不动，难以开口说话。

眼前的这个小破山门，满是断壁残垣，遍地的瓦砾伴着枯死的老树以及半人高的蒿草，显得一片荒凉。

可是现在谁敢轻视？

一只土黄色的大手从虚空中退去，消失在山门内。

这一幕镇住了所有人！各教修士呆立不动，都蒙了。

远方，大地裂开，巨石崩碎，山岭被砸断。那是一个天神啊，竟被狠狠地扇飞了出去，撞倒了二十几座山峰。

那片山地一片殷红，让人触目惊心。

“这是真的吗？”有人低语道，生怕触犯什么禁忌。

“我……我刚才看到了什么？天啊，一位高高在上、俯视各族生灵的天神被扇飞了！”有人大吼道，像刚从梦中惊醒。

人们口干舌燥，发出咽口水的声音，都觉得难以置信。这种场面，这个结果，实在震撼人心！

残破的山门前，只有一个少年站在废墟上，他披散着黑色的长发，眼神纯净，看起来从容而平静。

“轰！”

远方山地上，一个庞大的身影站起，震开压在身上的山峰，顶天立地，双目如同两轮血月般盯着这里，可怕无比。

他带着滔天的杀意，迈步走来，震得整片山地剧烈摇动，山石滚落，成片的参天古树哗哗作响，枝叶凋零。

各教修士全都惊惧不已，不由自主地向后退，内心生出凛冽的寒意。众人在这惊人的压力下瑟瑟发抖，灵魂一阵悸动。

在这股无上威压下，许多人都在哆嗦，一些人甚至不由自主地跪了下去，浑身骨文炽盛，对着那天神顶礼膜拜。

这是一种难以控制的臣服，源自灵魂与本能，是对上位者天神无条件的服从与敬畏！

天神之威不可挡，下阶的修士一旦遇上，根本没办法与之抗衡，他们会产生一种天生的惊惧，从而忍不住对其叩首。

只是，这样一个高高在上的强者，刚才居然被人一巴掌扇飞，并断掉了一条手臂！

“齐道临！”

天神莫罗发怒，声音如天上惊雷，震得四野抖动，连四方的云朵都被震散了。

“啊！”一些人大叫，捂着耳朵踉跄倒退，更有一些人七窍流血，满脸雪白，骇然退去。

这等威势实在惊人。

“老祖！”天人族众人大叫道，看着赶来的天神。

“聒噪什么？再不识抬举，灭了你！”小破山门内传来不耐烦的声音，霸气显露无遗。

所有人都后背生寒，心中阵阵发毛。这是何等吓人！这人张口就要消灭一尊天神，还说得这般胸有成竹。

“齐道主，你为何要这么做？我明明与你无冤无仇。”

庞大的天神迈步走来，大地随之抖动，一些巨石竟被震得离地而起，像是簸箕里的谷物般，被高高颠起，而后又落下去。

他每迈出一步，地上的山石、枯木等巨物就会被震上半空，而那些扎根在地下的粗大老树则剧烈摇动，眼看就要折断了。

他慢慢走近了，人们已经看到他了！

“无冤无仇？那你跑到我的山门来做什么？还欺凌我弟子，你在找死吗？想化成飞灰？”齐道临的声音传出，语气强硬得让人哑口无言。

对方可不是什么阿猫阿狗，而是一位天神，可是齐道主态度恶劣，语气强硬，那意思像是随时可以捏死他。

“老祖受重伤了！”天人族众强者心中一阵惊悚，族中这么强大的人物居然被人击成这个样子。

这对他们来说，跟天塌下来了一般。天神作为族中的高层，护佑天人族在上界鼎盛下去，而今却丢掉一臂！

这一切，皆因一个少年而起。

天神莫罗靠近了，他身穿紫金甲胄，头上戴着紫金冠，束着长发，浑身闪烁着可怕的光辉，有一股慑人的杀伐气。

他的眼神无比可怕，比太阳还炽盛，让人无法正视。所有人只要与之目光相对，都会感觉灵魂剧痛，唯有对他低头，或远远仰望其背影。

这是一种天威！

只是这位天神如今状况不是很好，右臂断了，紫金甲胄也破碎了。

“嗡！”

天神莫罗发光，虚空随之颤抖，刚才爆开的臂骨和散开的血气快速聚拢，重组成臂膀。最后，一片炽盛的符光中出现了勃勃生机，他的断臂再生了。

这就是天神的威势，即使肢体断开，也可以快速长好，不用漫长的休养。到了这等境界，早已高高在上，超越众强。

“他只是一个散修，很多人都知晓，怎么成了齐道主你的弟子？”天神莫罗的态度明显软了很多。

“我不久前收的不行吗？再有，我凭什么向你解释？再不识抬举，别怪我无情！”齐道临呵斥道。

“齐道主，不要忘了，你曾在我天人族学艺。”莫罗提醒道。

“闭嘴，我那是偷师。再有，你滚还是不滚？”齐道临说道，一点也没觉得不好意思，反而理直气壮。

许多人哑口无言，震撼于齐道临的强势，同时也不禁惊叹这位道主太另类了。

只有一些老辈人物知晓原因，那些被齐道临偷师的大教中，有一大半都是他所憎恨的，因而他才故意为之。

齐道临过去为某一个古老道统的唯一传人，在那一教被仙殿伙同他人联手攻击时，部分大教落井下石，一些过去跟那一教关系不错的大教也坐视不理，见死不救。

因此，齐道临后来疯狂偷师，壮大己身，有意祸乱一些大教。

天神莫罗脸色铁青，僵在了那里，齐道主毫不留情，强硬而冷淡，让他进退不得，实在丢人。

同时，他心中非常震惊。当年齐道临被各教围剿，虽然战力不比一般的教主弱，但境界还是差了一截。那时，他与齐道临都是天神，可而今再看，齐道临早已超脱在上。莫罗心中很不是滋味！

莫罗比齐道临年岁大了不少，可对方却迅速崛起，在短短的时间内成为一方之主，将他远远地甩开了。

他心里很不平衡，因此最初相见时有些托大，直接称呼对方的名字。

但是现在，他沉默了。

“老祖，六杰折损了半数，真神等亦有几位殒命。而且幽宇被重创，天命石落入那小孽畜之手了！”天人族一个神暗中传音，不忿地说道。

“什么？”莫罗惊怒交加。别的还好说，但是幽宇被斩伤，遗失无价至宝天命石，这不能容忍。

毕竟，一块天命石就意味着可以造就一位绝代高手，庇护天人族不衰，甚至助天人族再现无上辉煌。

莫罗盯住了石昊，眸子中射出冷厉的寒光，周身杀气弥漫，让人感觉他夺回天命石的决心不可动摇。

“齐道主，让他交出我族奇石！”莫罗说道。

“你有什么资格在这里说三道四？我不杀你，当我好脾气是吗？”

洪大的声音从小山门内震出，令所有人惊骇不已，他们看到一道又一道金黄色的涟漪扩散，冲向莫罗。

那是声音化成的实物，比骨文还炽盛，比汪洋还浩瀚，全部压向那高高在上的天神。

莫罗震惊了，第一次也就罢了，这次他准备充分，并且以老天人赐下的秘宝护体，可还是抵挡不住！

伴着这种道音，在金色的涟漪中，他整个人横飞了起来，像是被一柄巨锤砸中。

天神莫罗被砸进了远方的山脉中，遭受重创，久久难以爬起。

现场鸦雀无声，所有人都毛骨悚然，这是何等威势！

天人族从尊者到神，都战栗不已，个个面如死灰。这还如何应战，连族中的天神都不堪一击，被这样震飞。

他们看着山门处的少年，第一次发现自己惹了一个大麻烦，居然引出这样的祸患！

但现在说什么都晚了，大仇早已结下。

忽然，一股波动传来，一条金光大道铺展开来，也不知道绵延了多少万里，很快到了近前，那上面站着的两人散发出冲霄的神辉。

一个目光犀利的中年男子搀扶着一个老人，两人伴着大道共鸣声，踩在数万里长的金光大道上，出现在此地！

这等阵仗惊住了各教修士，人人噤若寒蝉，不敢乱语。

“护道大人！”

天人族众人大叫，一个个都快哭了。这次他们实在被压制得太惨，此时见到族中的禁忌人物，顿时像找到了靠山。

过去一向是他们强势无比，压制别人，今天却屡屡受挫，连族中天神都被呵斥，他们的心情可想而知。

“齐兄，你这是要与我天人族开战吗？”金光大道上的中年人开口道。他也是一个天神，昔日与齐道临是同一境界的。

“你们敢战吗？”冷漠的声音从山门内传出，接着齐道临又补了一句，“我奉陪！”

所有人都心中一颤，齐道临只是一个人而已，如今竟要挑战一族？而且这一族还是昔日的皇族！

场内一片寂静。

那个天神没敢再说话，因为此话关系太大了，如果他接下来，这场对战可能就会演变为族群之战，影响他们的族运！

“小齐，你的脾气越来越大了。”天人族的护道者开口道。他身体干枯，头上长有一对黑色的犄角，周身被朦胧光辉笼罩。

伴着炽盛的光辉，至尊道场山门前多了一道身影，齐道临出现了，他一身金色道袍，仙风道骨，超然世间。

“小辈争霸，神火境高手出手干预也就罢了，”齐道临头顶神辉站在那里，声音变冷，“连天神都敢来，真不想活的话，来多少我杀多少！”

他话语铿锵，铮铮如剑鸣，震颤人心，让所有人心中都一阵惊惧。

第517章 昭告天下

齐道临站在山门前的瓦砾上，道袍迎着罡风猎猎作响，周身神辉澎湃，冲上云霄，让整座至尊道场都变得神圣了起来，不再荒凉。

“小齐，你的翅膀真是硬了，张口就要杀天神，闭口就要斩皇族。”护道者冷森森地说道。他并非天人族，特别之处就是头上有一对黑色的犄角，但究竟来自何族无人知晓。

“都杀到我山门来了，还让我好脾气？要不改天我也去天之城转悠转悠，大战一番？”齐道临平淡地说道，但是没有人认为他在说笑。

从这位道主的行事准则来看，他说得出便做得到。

“齐道主，你别太过分，我族护道前辈亲自来与你交谈，你却是这个姿态，真当我天人族软弱吗？”那个中年天神开口道。

他气度不凡，目光如火炬般跳动，身躯被光芒淹没，骨文交织成铠甲，披在他身上，散发惊人的波动。

但现在他的身份只是一个“道童”，负责搀扶护道者，侍奉左右。

事实上，他昔日的确只是护道者身边的童子，只不过经过漫长岁月后成长了起来，如今可以睥睨一方，傲视各族生灵。

“真要过分的话，我早就大开杀戒了，就跟你们一般不要脸。管你什么尊者、真神、天神，不分身份全部镇杀。”

齐道临很随意地说道，但这话听在众人耳中，却是惊雷阵阵，仿佛有一股滔天的杀气席卷而来！

“小齐，我只问一句，能否将这个少年交出来？”天人族护道者说道。他拄着一根拐杖，身体佝偻，双目开合间却有一种慑人的光芒。

他目光所到之处，如同闪电横过，虚空都亮了起来，随后他更是将目光投向石昊，盯着石昊看个不停。

石昊心头一震，这个老者果然恐怖，单是目光扫来，就如同带着滚滚杀气的天刀劈落，绝对能使一座山峰崩开。

还好，齐道临就站在旁边，他向外溢出一缕缕神圣光辉，笼罩了整座山门，让那股杀气无法靠近。

“不能！”齐道临很干脆地拒绝。

“他是我族要除掉的祸胎，齐道主你这是故意针锋相对吗？此前，他与你根本没有多大的关系。”远方的山地中，天神莫罗站起身来，擦去嘴角的血，开口道。他重接断骨，向这里走来，让这片山脉再次开始颤动。

“我郑重地说一句，荒是我至尊道场的唯一传人。此语不是废话，而是要告知天下，都给我听清楚！”齐道临喝道。

这一刻，他浑身发光，声音如惊涛骇浪，横扫八荒，传向各地，震动了这片天域。

这是在昭告天下吗？所有人都大吃一惊！

一瞬间，火州、天仙州、昆州等临近这个地方的所有生灵全都有所感应，抬头望天。

显而易见，自今日后，荒的身份确定了，他已是至尊道场的唯一传人，而不再是一介散修，谁要对他动手就得先掂量一番。

“你……”天神莫罗脸色大变，到了这一步，双方僵住了，天人族显然不可能让齐道临更改决定。

众人震惊不已，议论了起来。

尤其是一些老辈人物，更是露出惊异之色，他们深知这位道主的脾气，真把他惹毛了，他连天都能掀翻。

“唉，我老了，但可不服老，小齐，我们走上几招如何？”护道者开口道，头上的犄角发光，眼中也闪动神光。

他而今寿元不多，必须出手。因为到了晚年他已通灵，偶然看到了一幅可怕的画面，预感到石昊对天人族来说是一个祸患。

“没问题！”齐道临答应得非常干脆，但之后又扫了护道者一眼，“你血气干枯，还能战吗？”

这样的话语让众人哑口无言。齐道临当真是自负与强硬到了极点，这是在小觑天人族的护道者啊。

“无妨，最近偶得一滴不老神液，可以让我苟延残喘几年，应这一战没问题。”护道者说道，纵身一跃，一下子就到了苍穹之上。

所有人都吃了一惊，看他老迈不堪，不承想身手却这么迅疾，快到众人眼前一花就失去了他的踪影。

齐道临从容而镇定，“唰”的一声，也出现在天宇上，接近域外。

而山地中，天人族众人的目光都炽热了起来，盯着石昊，杀气弥漫，很多人准备动手。

莫罗也是如此，他眼中凶光一闪，心中思忖，若趁现在不顾一切地出手，彻底解决这个后患，齐道临真会发狂吗？

他与另外一名天神对视了一眼，短暂地交流。

“他是一个疯子，臭名昭著，什么都做得出来。”

“这样吧，我先将天命石取回来。”莫罗说道。若什么都不做，他实在不甘心。

莫罗站在远处，冷漠地俯视着石昊，虽然没有出手，但是元神如利剑般发光，喷出可怕的光雨。

他有一股冲动，虽不能杀石昊，但可以悄然在石昊心中留下一枚种子，使种子扎根其中，日后破其道心，阻碍他崛起！

若足够小心，应该可以瞒过齐道临。所以他没有急着取天命石，心想，还不如就这样施展出绝护手。

随后，他敛去了眉心的神光，暗中以秘法凝结一枚神念种子，准备施展一种名为“种魔术”的古老秘法！

这种法很是隐秘，难以被察觉，他也是无意中得到的。

然而，魔种刚祭出，还没有接近，石昊的神觉就有所感应，《原始真解》所记载的骨文闪烁不定，迅速浮现。

“轰！”

紧接着，天上落下一只巨大的巴掌，巴掌铺天盖地，覆盖了整座山峰，将莫罗压在下方，让他无从逃脱。

“什么？”他大吃一惊，他做得这么隐蔽，却还是被发觉了。

“我是什么人？偷师百家，种魔术我也会，你还敢在我面前班门弄斧？”齐道临冷声道。紧接着，那只手掌爆发骨文，恐怖无比。

“啊……”

强大如莫罗也只能惨叫。他对抗不了，祭出的法器全部崩碎了，而后他的肉身也寸寸崩开。

“住手！”护道者大喝一声，炽盛的光芒汹涌而来，阻挡齐道临。

“在我的地盘还敢施展绝护手，自己找死！”齐道临不为所动，巨大的手掌依旧向下拍去。

莫罗在这只大手下根本无法抵抗，强大的肉身崩开，最后，他只剩一道元神未灭。

“大人救我！”莫罗大叫，惊恐到了极点。

“自作孽！”齐道临冷哼一声，不过却放了他一马，“我留你元神，让你休养数十年，寻到合适的肉身，到时候留给我的弟子去斩。”

各教强者心中都阵阵发毛。这就是齐道主吗？太强大了！当年他还被各教追杀过呢，现在看来如果他要搅风搅雨的话，没有多少人制得了他。

天空中，护道者阴沉着脸，道：“小齐，你过分了，让我看一看这些年你到底变强了多少！”

这一刻，他血气滔天，震撼了三州，不知道有多少大教的高手抬头，向这个方向望来。

在他的身边，虚空裂开，裂缝不知道蔓延出去多少里，整个世界仿佛都要破碎了。

此时此刻，他不再老迈，甚至变得肌肤晶莹，腰背也挺直了，头上黑发如瀑，他一下子化作青年，周身生气勃勃。

“有点意思，看来不老神液真的发挥作用了，正好试一试我的八九天功威力如何。”齐道临很平淡地说道，根本不惧一族护道者。

“轰！”

齐道临站在域外，金色道袍猎猎作响，一只手背在身后，他的四周已腾起无边的氤氲之气，神圣的光辉顿时普照世间。

他施展了八九天功，所掌握的八九种至强宝术同时释放，相互融合，发出震耳欲聋的大道神音。

天地茫茫，有雷电冲霄，有真凰带着火焰长鸣，有巨鹏展翅，有苍龙咆哮，甚至还有星辰连接成片，化作涟漪，向外扩散可怕的道光。

这是八九天功运转时，几种宝术融合、叠加在一起，产生的各种惊世异象！

“噗！”

最后，护道者所施展的最强神通被击散，他大口咯血，整个人横飞了出去，显然遭受了重创。

“咔嚓！”

关键时刻，他使用替命术，用两只犄角代替己身，结果两只角全部折断，带着血坠落下来。

护道者疾速远去，再也没有回头！

并非护道者不够强，而是这八九天功太厉害了，并且两人都是以最强手段对决，不胜即败。

这样的对决，一招与数千招没有什么区别。

“我看谁还敢再叫我‘小齐’。”齐道临降落在山门前，这样自语道。

石昊腹诽，老头子真是小心眼，估计之所以发威，是因为不满天人族护道者一口一个“小齐”地叫他。

那位护道大人如果知道了真相，想来一定会吐血，再也不会像这般招祸。

山地中鸦雀无声。

所有人都被镇住了，齐道临击败了皇族护道者？这绝对会掀起惊天波澜！

老辈人物都意识到变天了，当年臭名昭著的天神齐道临，而今已经跻身于最强教主一列，成为巨头。

而他的年纪却远远小于那些人，这是一种巨大的优势！

“轰！”

此处骤然人声鼎沸。

天人族人心惶惶，那名天神还有其他弟子全都脸色发白。

在这种情况下，只有老天人出手才能镇压齐道临了，不然天人族绝对没有获胜的希望，可是老天人还能活多久？

齐道临看起来白发白须，其实血气旺盛，相对老天人来说他才起步，还有的是时间，可以活上漫长的岁月！

他若想变年轻，便可以在一瞬间化作青壮年的模样。

“八九天功还是有不小的缺陷，比不上六道轮回，需要改进。”齐道临皱着眉头自言自语。

随后，他猛然抬头，目光扫向八方，道：“今日我昭告天下，荒是我至尊一脉的传人！”

他郑重地宣告，显然是为了保护石昊，以免有人继续打石昊的主意。

“但我允许所有尊者来杀他！”

接下来这一句让所有人愕然。

“神火境的也可以，尽管对他出手。”齐道临再次补充道。

石昊闻言，眉毛拧了起来。这个老头子什么意思，想让他举世皆敌吗？

“但如果是天神等不顾身份，害我弟子，那就别怪本座灭你教道运，斩尽你教弟子！”齐道临的声音洪大无比，震动天地。

至此，所有人都明白了。

小辈争霸，齐道临根本不会去管，就如同数千年前他的两名弟子被各教门徒围攻时一般，他也不曾理会。

可若有天神不顾身份，针对他的弟子，那么他一定会亲自登门。

第518章 天下动

齐道临臭名昭著，他要想报复一个大教，那真是挡不住。

至尊道场没有很多门徒，就他们两人，齐道临根本不担心别人来报复，所以他才敢强势放言。

蒿草丛生的山门中，地基裸露，烂瓦遍地，但在师徒二人的光辉普照下，却显得神圣而尊贵。

“荒成了至尊道场的传人，如今齐道主已昭告天下，从今以后打他主意的人应该不多了吧？”

“你错了，以后还会有，而且多半都是狠茬子！”

“至少明面上不敢了吧？”

各教修士议论纷纷，非常激动，刚才的一场大战令人热血沸腾。天人族的护道者都败了，这件事影响极大。

荒无疑成了一个名人，臭名昭著的齐道临宣布他为该门弟子，这消息肯定会传遍诸多大族，不知他是否会因此而成为“不良修士”。

天人族最失落，很多人面色灰白。这个打击太大了，天神不敌，连护道者都被人斩落下来两只角。

这让堂堂皇族情何以堪？

所有人都低头，握紧了拳头。这是莫大的耻辱，可是又有什么办法，老天人会出手吗？可他就要进入广袤的无人区了。

同时，还有一些人悔恨难当，当初如果不觊觎石昊的宝术，与他结好，如今完全会是另一种情形。

现在说什么都晚了！

“荒，一名少年而已，却让我族天神遭劫，护道大人受伤，年轻翘楚落败，真是奇耻大辱！”

一些人悲愤不已，悔不当初，如今这样的结果太糟糕了。

只是眼下他们心中再恨，也得低头掩饰，那个齐道临绝不是什么善茬儿，一个弄不好杀了他们也说不定。

云曦站在一座山峰上，曳地长裙随风飘舞，洁白的面孔上有些惆怅。她的眸子似乎笼罩着一层薄雾，整个人静立不动，呆呆出神。

“你还好吧？”石昊传音问道。今天云曦不计后果要助他逃走，他怎会对她不闻不问？

“还好。”云曦勉强笑了笑。今日她所做的事出格了，没有替天人族考虑，有通敌之嫌。

“别回天之城了。”石昊说道，担心她会被天人族为难。

云曦摇头。她的祖父与亲人都在那里，她怎能不回去？而且她终究是天人族的一员，无论如何也不能叛族而去。

“你不用担心，我不会有事。老天人还有几位天神对我很好，他们会理解我的所为。而且，如今融合了天命石的人不多了。”云曦没有继续说下去。

如今幽宇半废，她将成为天人族最强大的天才，皇族不会自毁长城，只会劝服她，让她对族群有归属感。

“要不，我将另外一人也斩了？”石昊说道，目光在人群中搜索。他倒是真想将另外一个融合了天命石的天人给收拾了。

“别！”云曦吓了一大跳，出言制止道。

“只要你还活着，而我也还春秋鼎盛，天人族便不会轻举妄动，不会有过激行为。”齐道临插嘴，对石昊说道。

云曦看了石昊一眼，目光中带着失落，莹白动人的俏脸上有些伤感，眸子中也有些水雾。如今走到这一步非她所愿，只是很多事已经发生，无可挽回。

她挥了挥手，快速远去。

天人族离去了，不敢再大放厥词，他们明白，若再敢说一句狠话，肯定一个都跑不了。

至此，这场风波落幕！

可以说，这次天人族损失惨重，神矿被毁，族中高层战败，真神、年轻至尊又被石昊斩杀，实在太过惨烈。

“终究是昔日的皇族，不复当年之威了。”人们感叹道。

“他们的辉煌留在了太古，并非今朝的帝族。”

众人先后离开，一时间这片山地人影幢幢，最后慢慢恢复了平静。

随着消息的传出，各州都大为震动！

一些大教在第一时间得到了消息，全都万分惊异，少年魔王荒竟惹出这么大的风波，将臭名昭著的齐道临都牵扯进来了。

天人族大败，可谓颜面尽失。

“好一个荒，先杀冥子，再斩太阳神藤，败圣羽族初代，战闪电子，如今又击败天命神话，战绩是何等辉煌！”

各方轰动，很多大州的修士都在谈论此事。

一时间，荒名动数十上百州，引起各方关注。

“他成了气候？”古老的铜殿巍峨无比，如同一座巨山。一个青年盘坐在内，眸子倏地睁开，射出两道冷电。

这里是仙殿，号称上界最古老、最神秘的道统传承地之一！

仙殿传人目光深邃，气息恐怖，比元天秘境中的那位仙殿“年轻大人”强了一大截。

若有人在这里，一定会大吃一惊。

两人虽然容貌相同，但是有着本质的区别。此人太恐怖了，眸子开合间，像是能看穿虚空，金色与银色的符文不断呈现，一缕又一缕大道气息从他的身体弥散而出。

“大人，无须动怒，他绝不是您的对手。”一个老仆人说道。他背上长着金色羽翼，气息惊人。这是一个顶级神灵，但是只能在仙殿为仆。

“让次身回来。他代我行走世间，荒废修行，他失利，我脸上也无光。”这个青年淡漠地说道。

“大人是要……”老仆人神色一变。主身要杀次身，再凝结出一个更强的次身吗？

“我知道，你与他关系不错，但你不用担心，现在没有时间了，我不能再耗费元气去分出一个次身来。”青年冷漠地说道。

他站起身来，望着青铜仙殿外的混沌气，道：“百川汇海，三千州天才大决战就快开始了，我要达到最强状态！”

老仆人一阵心颤，他知道青年要做什么了。

“大人不再等了吗？现在就要两身合一吗？”

“不错，主身、次身融合归一。我要以最强姿态打进‘仙古’，主宰沉浮！”青年冷漠地说道，有一种舍我其谁的无敌气概。

若外人听到这些消息，一定会当场惊呆，因为这实在难以置信。

外面那个那么强大的仙殿传人，居然只是一个相对较弱的次身，而非真身，这实在有些恐怖。

“很多人或许都产生错觉了吧，以为我不能无敌于天下，甚至当世都有不敌之人，更遑论与古代的那些怪物比了。我要给他们一个惊喜！”仙殿传人的主身冷冷地说道。

“大人天纵之资，古来罕有，一定可以横扫诸天敌！”老者说道，背后的金色羽翼拍动，一缕缕道气弥漫。他很强大，却也只能在这里为奴。

青铜仙殿外混沌气缭绕，并且还凝聚着一道道天地母气，景象惊人。这是夺天地造化之地。

一般人若是在这里，一定会震惊不已。

这个地方，就连各大教主也想进来，哪怕只在这古殿中参悟数日也好。这里有古代遗刻，还有人仙传承！

“也许，很多人都以为，古代那些怪物跳出来后，我连前十甚至前二十名都进不了吧，嘿！”青年自言自语，脸上带着嘲讽之色。

“大人之资，超乎他们的想象，到时候所有人都会为之惊颤。”老仆人说道。

他并不是一味恭维，而是这个青年真的太强了，仅是主身出去，就足以掀翻一片天地。

而不久后，主身与次身将会融合，那会多么强大？简直不可揣度！

事实上，如今能猜到他还没有展现最强姿态的或许也只有补天教，因为月婵能分主次身也是得了仙殿的法。

与此同时，其他神秘古州被雪藏的不世奇才纷纷出关，引发了天地异象。

一个金色的湖泊就在此际沸腾了。

地下水府中喷出冲霄的圣光，震动这片天宇，惊动了这一州诸多大教，很多人惊讶地向水府的方向望去。

一个女子从水府中复苏，腾空而上，爆发万丈金光。她一头金色发丝飞舞，连瞳孔都是金色的，俯视着山川万物。

她的气息分外强大，明明还没有点燃神火，却让人感觉极其恐怖。

“这一道统很多万年没有人出来了，人们都以为他们沉寂了，不承想，绝世水府中的混沌阵开启，走出一个金发天女！”

有强大的人物惊叹道，颇为感慨。

除此之外，其他大州也有异常，随着三千州天才大战即将开启，被雪藏的人开始出关！

第519章 **璀璨末世**

山地中很宁静，齐道临盘坐在一块大青石上，金色道袍猎猎作响，他须发皆白，很有一副得道高人的样子。

但是石昊知道，老头子有时候很猥琐，连他这个弟子都是“偷”来的，每次想到此事，他都有一种被耍了的感觉。

“道主，你这么强大，怎么也算是一方之主了吧，你就随便赐我一些法器吧，我要求也不高，你用过的东西，马马虎虎，说得过去的，随便送我几件吧。”石昊说道。

齐道临慈祥地笑了起来，道：“这算得了什么？”

石昊听闻，赶紧补充道：“道主，千万别送我什么天神法器，你都成为教主级的人物了，怎么也得送一件镇教之宝吧？”

齐道临的笑容更和蔼了，道：“这些法器太寒酸。”

石昊大为惊异，但又觉得不妙，老头子会如此大方？

“你看这是什么？”齐道临摊开手掌，笑意灿烂地说道。他的金色道袍发光，那只手在虚空中一划，天地顿时嗡嗡作响。

“隐身法器吗？”石昊狐疑地盯着齐道临的那只手掌，因为他什么都没有见到。

“法器格局太小，我送你的东西，价值无可估量，比法器大多了。”齐道临淡定地说道。

“什么？”石昊四处寻觅。

“整个世界。”齐道临傲然说道，一手指天，一手指地，“这些都是你的！”

石昊哑口无言。

他就知道，老头子名声不太好，或许应该说很糟糕，以他的为人，不太可能送出什么至宝，果然……但他这也太能忽悠了。

齐道临一脸庄严肃穆，道：“这么大的世界，广袤无边，九天十地任你纵横，想要什么，自己去取吧！”

“老头子，别这么严肃好不好，我起鸡皮疙瘩了。”石昊小声道。

齐道临当头棒喝，道：“孽徒，你这是什么态度，没体会到为师的良苦用心吗？别人送奇珍、秘宝、骨书，为师可是送了你整个世界，让你可以上击九天，下探九幽，天地有多广阔，你的心就有多广阔，你的未来就有多广阔！”

石昊无语了，这老头子还真能说，加之动用了秘法，他浑身绽放出神圣的光辉，还真能唬人。

但是，石昊从来都不是一个能被忽悠的人。他体内《原始真解》的骨文运转，让他相当清醒，根本就不受影响。他咕哝道：“但是，我只想要一件秘宝，可以用这整个世界跟你换。”

“孽徒，你气死我了！当年你的两位师兄经我棒喝，当即顿悟，心中立下凌云壮志，热泪盈眶，高歌着要掌握整片大世界，去闯荡，去搏杀，英雄气盖世！你看你，成什么样子，觉悟太低！”齐道临数落道。

“是顿悟还是气得泪流满面啊？为啥后来他们被人打跑后，便再也没有回来了？”石昊小声道。

“你在说什么？太不像话了！质疑道主，怀疑师兄，你想背叛师门吗？”齐道临吹胡子瞪眼。不管怎么说，这陈年旧事让他很没面子，即便臭名昭著如他也不想提这件事。

“话说，道主，我那两位师兄去哪儿了？你没去找吗？”石昊一副探索欲望十足的样子。

“你给我闭嘴！再敢提这件事，我就清理门户！”齐道临瞪眼骂道。

“我只是感到奇怪而已。以道主这等战力，教导出的弟子怎么会差呢？当年是何等人物将两位师兄给打跑了，让他们抛弃师门，再也不肯回来？”

“小子你找揍吧？”齐道临眉毛直跳，不客气地说道。

虽然知道这个孽徒是在故意气他，但他还是吐露了一些旧事：“这一次，说不定你能见到那个人。”

“啥，打跑两个师兄的家伙还活着？道主，你也太弱了，要是我，抬手就灭了他！”

“你这欺师灭祖、大逆不道的混账，我废了你！”

“别啊，道主你得有大气魄。你刚才还在说，心有多大，世界就有多大，未来的成就就有多大。”石昊嘀瑟道。

“我从不以大欺小。”齐道临咬牙说道。

很快，石昊就了解到，当时虽说是一群人来围攻至尊道场，但是其实暗中另有人出手，击败了两位师兄。

那个人后来参加了三千州天才大决战，获得了天下第一！

“一个古代怪物啊，还可能封印到了这一世，你是说，我多半会遇到？”石昊摸着下颌，直嘬牙花子。

他觉得，这一次大决战，高手太多了，以他目前不败的战绩，到时候多半会遇到无法想象的对手，注定得血拼。

“道主，你看我连天命神话都击破了，这次你再估摸下，我能排进前几？”石昊说道。

齐道临叹了一口气，难得地郑重了起来，一本正经地说道：“我又了解到了一些情况，你争取进前二十名吧，实在不行，努力闯进前三十名。”

石昊一听，脸当即就沉了下来，上次还让他争取进前十，实在不行前二十名也可以，怎么现在又退了十名？

“老头子，你什么意思，也太小瞧我了吧？”他相当不满意。

齐道临轻叹，神色凝重，道：“因为我得到了一些秘闻，实在是了不得。”

“什么秘闻？”石昊问道。

“我给你的那堆骨书，记载了一些令人震惊的古代奇才，他们也曾想在神火境踏出不同的路，你都看过了吧？”

“是！”石昊点头。那些人都失败了，下场很惨，死的死，废的废，可惜了一批惊世的无上天骄。

“近日，我了解到，这些人有的没死，还活在一些禁地的冰窟中。”齐道临严肃而认真，说道，“这意味着来自古代的怪物又多了一些，而且极度恐怖！”

石昊愕然不已。他在研读那些骨书时，还遗憾这样一群在史上光芒璀璨的绝世天骄过早地殒命，没办法与他们切磋。

结果现在却听到，有人可能还活着！

“我怎么觉得压力倍增？道主你该不会是危言耸听吧？”石昊真的觉得，这一战越来越艰难了，想不流血都不行。

而自出世以来，他还从未有过一败！

“为了不打击你的信心，我已经说得很委婉了，你别介意，人生的路还长，你积淀太浅。毕竟他们都是经过了漫长岁月的怪物，你只要活下来，在将来崛起就可以了。”齐道临说道。

石昊越听越不是滋味，斜睨着老头子。这还算委婉？简直就要戳他鼻子了。

“群星闪耀，古代所有的怪物都会出来，究竟谁会成为冉冉升起的金色太阳，独自璀璨于天宇上，傲视群星呢？”齐道临自语道。

“我啊！”石昊指着自己，大言不惭地说道。

齐道临摇了摇头，道：“我说三十，你就不要多想了，好好地夯实根基，努力活下来就行了。”

起初，石昊还没有弄明白“三十”是什么意思，呆了一下，醒悟后气得直咬牙，这老头子居然认定他最多也就止步三十名，给他起了个小绰号。

“这么看不起我？到时候我进造化战场后，看我不将他们一一轰飞！”石昊叫嚣道，表达自己的宏愿。

“有志气、有理想总归是好的，但进入‘仙古’后，要早点从梦中醒来，什么都不如活着要紧。”齐道临叹道，很认真地告诫石昊。这不是开玩笑或打击人，而是他真的这样认为。

因为这一世群星璀璨，古代的最强怪物都会出来。

“为什么都挤到一起了，急着投胎吗？”石昊诅咒道。

“都说了，这是最后一次机会。只有那朵仙道之花开放，才能进入‘仙古’，花开花谢将满三千次，花要凋零了，最后一条大道也即将开启。”齐道临说道。

石昊一惊，这时他才了解到，想进造化地，必须等那朵花开放才行。

花开花谢几多轮回，这将是它最后一次盛开，之后它将永久凋零，因此过了这一世，就再无机会进入“仙古”。

“而且，有人推测出，仙道之花最后一次绽放后，我们这一纪元也可能要终结了，末世将至。”齐道临很平静地述说着，眸子看着远方的天际。

“什么，末世？”石昊心头大惊。

“也许不是末世，但是曾有禁忌人物联手，耗尽法力与心血进行推演，发觉前路茫茫，看不到未来，所以，所有人都要去争渡，只有超脱这一世才行！”

石昊被惊得一愣一愣的，好长时间没说话。

很久后，齐道临才微笑道：“怕了吗？”

“怕啥！”石昊中气十足，看向齐道临，道，“既然时日无多，未来茫茫，人生当高歌！道主，你这么强大，我现在去当个魔王，抢夺各教圣女，开一个大大的后宫，应该没问题吧？”

齐道临脸上的微笑顿时僵住了，而后伸出大手就拍他，道：“孽徒，你在想什么呢！我以为你会斗志昂扬，结果却跟我说这样的话，反了你了！”

石昊被揍得嗷嗷直叫，抱头鼠窜，喊道："看来指望不了你，只能靠我自己了，男儿当自强！"

石昊被揍得惨叫连连，最后实在熬不住了，妥协道："别打了，关于这事，以后再说，我自己努力！现在，有另外一件事，保你感兴趣。"

齐道临不为所动，依旧揍他。

"道主，你不想知道你师父去哪儿了吗？那待会儿别求我！"石昊愤懑地叫道。

齐道临一下子僵住了，手举在半空，一动不动。他双目深邃，盯着石昊，看得石昊心中直发毛。

"说……你知道了什么？"齐道临话语中带着颤音，连身体都在微微抖动。

石昊见状，好整以暇，先是展平自己的衣衫，而后又咳嗽了一声，清了清嗓子，结果又惹来一大巴掌！

"老头子，你再敢这样对我，打死我也不说！"他叫板道。

"好徒儿，为师错了，说吧。"齐道临顿时把声音放柔和，说道。

石昊打了个冷战，心中有点发毛，道："算了，我说，一切都是为了我的人生理想，去那里夺机缘，增强实力。"他这样安慰自己。

他看着齐道临，道："我说出来后，你可千万别激动，万一你控制不住自己，跑过去乱来，估计我就得继承你的衣钵，马上升格为至尊道场的道主。"

"小兔崽子，你敢咒我。"齐道临黑下了脸。

"冷静，一定要冷静。"石昊说道。

他又等了很长时间，让齐道临调整好自己的情绪，直到又要挨揍，才道："我看到了三世铜棺，九条龙拉着它，停在一处古地中。"

"什么?!"齐道临浑身冒出无穷的符文，一股恐怖气息从他的天灵盖内冲起，撕裂高天，震动这片山地。

"冷静，千万别乱来。"石昊说道。他还真怕老头子受刺激后，直接跑去开棺。

"快说，怎么回事！"齐道临催促道。

石昊并不隐瞒，一一道来，说到他熬煮九条龙的龙骨，想炖出一锅龙髓汤失败时，还不忘表示遗憾。

"哎哟，疼死我了！"石昊痛叫。

"你这小兔崽子，我揍不死你，什么都敢吃，连它们你都敢炖？"

可怜的石昊又被揍了一顿，他愤愤不平，跟老头子叫板，扬言不带他去。

最后，这对极品师徒一路吵吵嚷嚷，赶往火州大平原，要去开启三世铜棺。

第520章 开启三世铜棺

火州，广袤无边。

草原深处，师徒二人从天而降。

“冷静，千万别乱来。”石昊还真怕他一激动，直接去打开青铜棺椁，那样做会有莫大的危险。

“带路！”齐道临话语简洁，神色严肃，八九天功自行运转，一身金色道袍也随之猎猎作响。

两人像离弦之箭一般没入地层深处，一转眼就进入了无边的黑暗中，他们继续施展土行法术，一路下沉。

地下空旷无比，寂静无声。这是石昊将三世铜棺移来后开凿出的巨洞，距离地面也不知道有多少里，伸手不见五指。

刚一接近，强大如齐道临都不禁汗毛倒竖，只见他须发皆张，一身道袍鼓荡出罡风，浑身爆发出璀璨的神光。

他的周围形成了一片无形的场域，将自己和石昊护在当中，而后他盯视前方。

地下世界被照亮，只见九具晶莹的骨架横陈在土层中，还有一具硕大的长满绿锈的铜棺。

“真的是……三世铜棺！”齐道临颤抖着伸出手，一步一步向前，想要去抚摸铜棺，脸上写满了激动。

“稳住！”石昊提醒道。此刻他的心七上八下，心想，这次该不会害了这位道主吧？

齐道临站定，只见层层符文密布上空，照亮了整片地下世界，让一切都清晰可见。

九具龙骨洁白剔透，铜棺则古老而厚重，镌刻岁月沧桑，两者连在一起，形成一种诡异的景象。

隐隐约约间，仿佛有古代的祭祀音响起，又像是有无边的喊杀声如海啸般拍击而来。

石昊心中惊异，以前他独自来的时候并不是这样，今天他们还没有接触铜棺，怎么就有了这等异常反应？

“不同的人，不同的景。”齐道临开口道。他虽然心绪起伏，但是并未因激动而失去理智，他道行高深，不可能犯那种低级错误。

那团神秘火焰在哪里？石昊四处寻找，但没有找到。

“师父，当年你为了追逐三世铜棺，将自己的命都搭了进去，导致至尊殿堂没落，今日我也看到了它。”齐道临开口道。

这是他第一次亲口说出自己究竟来自何地！

石昊并不意外。他早已料到，至尊道场的道主就是至尊殿堂的最后一位传人，这个道统与仙殿自古对立。

“师父，你说这铜棺关乎甚大，来自仙古，带出了重要的消息，也可能与我们的传承有关，所以一路寻觅，想要开启它。今日我就站在它的面前，不知道能否完成你的心愿。”齐道临说道。

石昊毛骨悚然，赶忙开口道：“道主，别乱来，你睹物思人，可以在此凭吊，看一看棺椁上是否有老道主留下的线索，但千万不能自陷绝境。”

他已经了解到，三世铜棺无法真正开启，一旦触碰，妄想将它打开，便会有生死大祸。

至尊殿堂的主人昔日何其强大，就因为开启此棺而遭受重创，最后才被仙殿的古老存在联手击杀。

“我自然知道。”齐道临点头道，他并不是要一味地蛮干。

随着齐道临的接近，铜棺开始发光，变得透亮如玉，与以往大不相同，散发出不朽与强大的气息，显得非常神秘！

“越强大的人接近它，遭受的反噬力越大？”石昊脸上惊容毕现。也许只有超过某个临界点，才能不惧这股光辉。

齐道临心头剧震，强大如他，在靠近铜棺时也不禁躯体摇动，元神如被天刀逼近，竟有种要被斩开的危险感觉。

“好厉害，不愧为三世铜棺，是传承自仙古的神圣之物。”齐道临说道。

“嗡！”

齐道临浑身骨文交织，他施展出八九天功，数种宝术叠加、融合，他的气息一下子变得宏大无比！

在他头上，一颗又一颗大星闪烁，连成一片，汇成星河，星河涟漪扩散，如同开启了另一个世界。在其周围，有苍龙腾空，横亘天穹；有真凰长鸣，赤霞一片；

有巨鹏展翅，金光万重……

石昊震惊不已，这种威势果然可怕，这样施法绝对超越几种宝术力量的相加！

然而，铜棺也不凡，铜锈消失，棺身变得如同玉石般晶莹剔透，释放出不朽的光辉，让齐道临震动。

“我这是要遭劫吗？估计我也会被余波波及！”石昊自语道。他觉得将老头子引到这里来是个错误，这位道主太乱来了。

“不用担心，我有分寸，不会自寻死路。”齐道临传音，显然他承受了巨大的压力，竟在大口喘气。

实力越强，就被三世铜棺压制得越厉害。

他一步一步前行，浑身骨文炽烈燃烧，八九天功被他发挥到了极致，他才勉强到了近前。他踏入巨棺内，而后伸手触碰到了小棺。

“轰！”

齐道临身体剧震，大口咯血，但是他依旧不肯住手，坚定而执拗地要去开棺。

“道主别勉强，你想看的话，我帮你开启，你这样做太危险了。”石昊在后面喊道。

“不同境界的人所见不同。”齐道临坚定地摇头，他知道，只有顶尖人物才能探索到终极秘密。

他身体摇动，看起来随时会倒下去，但是他依旧固执地伸手，将铜棺掀开了一角！

这一刻，仙道宝音轰鸣，自那一角缝隙中传出，震得齐道临整个人剧烈抖动，“哇”的一声喷出一大口血。

“老头子，你快住手，真想让我立刻就继承道主之位啊。”石昊大叫道。

“砰！”

齐道临被一股莫大的威压击退，整个人横飞了出去，撞进了土层深处，土层上立刻出现了一个人形深洞。

石昊一惊，快速钻进洞中，追了上去。

他居然前行了百里才发现齐道临！老头子震塌了最后的这片空间，被土石掩埋，满嘴血沫，一身金色道袍都裂开了，好不凄惨。若非有八九天功护体，他刚才多半要殒命！

“好厉害、好恐怖的三世铜棺，不愧为自古就存于世间的至宝！”齐道临叹道。

而后，他的眼睛亮了起来，显得振奋而激动，道："我感受到了师父留下的气息，有印记落在当中。这是给我的提示吗？我要看个究竟！"

"道主别冒险了，会有生命危险的。"石昊劝阻道。

"我齐道主聪明绝顶，怎么可能会自己送死？放心，我有分寸。"齐道临说完，化成一道光，再次出现在铜棺前。

石昊默然，跟了过来。他第一次意识到，修行这条路很长，最起码现在看不到尽头。谁敢说自己屹立在巅峰之上？连老头子这样的人物都在这里负伤了。

齐道临浑身发光，再次运转八九天功，接近小铜棺。小铜棺也正在发光，炽盛无比，仿佛化成了洁白的玉石。

"开！"齐道临大吼，八九天功被发挥到极致后，简直拥有了击穿大世界屏障之力，终于将棺盖再次掀开了一些。

"师尊示警！"他感应到一片残缺的印记，震惊得心中发颤，一阵悚然。

远处，石昊也是一惊，当年的至尊殿堂之主到底何等强大，居然能在三世铜棺内留下印记，其修为必定震古烁今！

然而，齐道临再次被震飞了。修为越强，遭受的冲击便越大。

但是，他并不气馁，一次又一次返回，坚持开启铜棺，想要看清楚老至尊留下的残缺印记中到底记载了什么。

第六次时，他终于成功见到了一段残缺的古字。

"来了，他们要来了……"短短的几个字化成神识符文没入齐道临的脑中，让他感知到了惊悚、战栗，还有绝望。

就连远处的石昊也能感受到这种情绪波动，他也见到了那段神识闪耀出的古字，当即脸色大变，心头一阵惊悸。

这位老至尊，古来罕有对手，绝对是无上的禁忌人物，修为更在齐道临之上，居然会留下这种神识。

他在恐惧，在惊颤，在绝望。这意味着什么？

石昊觉得心中发毛，这留下的残缺印记究竟要告诉后人什么消息？

齐道临从头凉到脚。那位老至尊虽然只是曾为他筑基，不曾留下绝世之法，但依旧是他心中最重要的人，也是他眼中无敌的神话。可是连老至尊都在惊惧发抖，这简直不可想象！

他嘴角流血，倒退数步，离开铜棺，盘坐在地上，默默思量。

"也许，只有擒住仙殿那个自太古开始就一直在沉眠的古老存在，才能得悉全部真相。”石昊皱眉说道。

因为，老至尊最后曾与仙殿有过一战，也许他当时说出了什么，只是该教没有透露。

良久，齐道临睁开了眼睛，他的伤势好了一些，他再次运转八九天功，道：“最后一次尝试。”

“轰！”

九具龙骨发光，铜棺如金色的太阳般炽盛，放射出不朽的光辉，晶莹得近乎透明！

“轰！”

齐道临被震得连连倒退，一步一吐血，但是那铜棺却发生了异变，竟然在自动开启，最后棺盖打开了一小半。

不仅石昊瞠目结舌，就连齐道临也呆住了。他只是最后一试而已，居然导致了这种变化，真的要开棺成功了。

圣洁无瑕的光雨自那棺中冲出，而后洒落。

突然，一道身影冲出，立在半空！

别说石昊了，连齐道临也汗毛竖立，后背“嗖嗖”冒寒气，头皮发麻，身上起了一层鸡皮疙瘩。这场惊变太突然了。

沉寂了万古的铜棺中，居然就这样冲出了一个人！

这个人像是傲立在时间长河上，身披万重光辉，照耀古今，书写不朽。

第521章 十仙

光雨伴着晶莹剔透的花瓣从铜棺中洒落，一个白衣男子随之而出。他丰神如玉，唯一的瑕疵是没有发丝，头上光溜溜的。

他的瞳孔很特别，竟然是“卍”状的符文，符文如同仙火在燃烧，有一股穿透人心的伟力。

这是什么人？别说石昊了，就连齐道临都觉得心中发毛。这个人太可怕了，周身的神韵难以言表，有一种不朽的气息，超脱人世。

他拈花而立，风姿绝代。

若是一般的男子，头上无发，手中持花，一定会让人作呕，可他却风姿无双，阐释无尽大道神韵。

“一位古僧！”齐道临瞳孔收缩，倒吸了一口凉气，他想到了一些传闻。

仙古时，曾有过这种修行者，而今的西方教据传就是参考了他们的教义，得到过他们残缺的法，继而崛起，成为顶级的道统。

石昊从齐道临的神念中得悉这一切后，不禁悚然心惊，这未免太骇人了！

这位古僧是何等境界？

漫长岁月过去，他依旧还活着，那就是说他可能是一尊真正的仙！

今日所见，太过震撼，让齐道临与石昊瞠目结舌，一股寒气从头顶蔓延到脚底，两人心中都敬畏不已。

不过，他们并未感觉到压力，那白衣古僧不曾出手，目光平和，有的只是一种超然世外的无上风采。

两人还未回过神来，如太阳般炽盛的铜棺中就再次飞出一道人影，立在半空。

他发丝浓密，披散在胸前背后，目光深邃，一身道袍展动，身体被原始母气缭绕。他高高在上，令人忍不住要顶礼膜拜。

再仔细一看，这个人实在让人恐惧。

因为他的眸子中，有太阳升起、太阴西沉的景象，还有群星破碎、宇宙寂灭的可怕场景，震撼人心。

他仿佛踏过时间长河，见证了沧海桑田、时代变迁。

他的手中持有一杆古幡，弥漫着混沌气，一见之下就让人觉得，此器可以开天辟地，威力无穷！

齐道临惊呆了，看起来有点痴傻，他实在是被镇住了。

“这难道是清微天主？”他近乎梦呓，声音模糊不清，整个人都傻了。

有人掘出过仙古遗迹，发现了一些记载。据说曾有这样一尊仙，他是一位道人，号称无敌，所向披靡，陨灭在仙古年代。

这位道人手持一杆古幡，可裂天地，可化混沌，法力无边。

石昊小心询问、得悉情况后，被惊得一愣一愣的。难道真正的仙还活着，又出现了？

他汗毛倒竖，浑身冰冷。

“据传，清微天主与大赤天主是师兄弟。”齐道临自语道，声音依旧如同梦呓般。眼前所见，让他觉得不可思议。

石昊对仙古时代不了解，但是对清微天与大赤天早有耳闻，并不陌生，毕竟它们对道门来说意义非凡。

“哧！”

铜棺再次爆发炽盛光辉，涌动金色岩浆，一个披头散发的青年男子也随之出现。他目光妖异，如同一个盖世妖仙降世。

这个人，齐道临认不出，不知道他的来历。

这个场面让人神魂惊悸，唯一令人安心的是，三大强者出现后，并未针对他们。

紧接着，不断有人影出现，个个都有盖世神姿，足以俯视众生，他们展现的大道神韵也不可想象。

强如齐道临，此时都蒙了，近乎发傻地抬头看着那些人。

也不知道过了多久，铜棺的盖子自动闭合，不再有人出现，而半空早已排了一列可怕的身影。

仔细点数，不多不少，整整十人。

无论是那名白衣神僧，还是清微天主，抑或是后来出现的人，都有一种无法描述的神韵，他们没有释放威压，却能让人由衷地臣服。

石昊梗着脖子，苦苦支撑。齐道临也是如此，身躯微微抖动，正在艰难地抗拒。显然，修为越高，承受的压力也越大。

两个人都太骄傲了，即便是面对这样的无上生灵也不肯屈服，而是竭尽所能地对抗与坚持。

“不是都……死了吗？怎么又出现了！”石昊艰难地开口道，声音微弱得如同蚊虫。

齐道临也不解，他相信掘出的古迹所展现的证据，说道：“有古怪！”

自始至终，这十个生灵都没有看向他们，而是都注视着一个方向，像是可以望穿土层、勘破虚空、得见未来一般。

最后，只听得“嗡”的一声轻响，混沌气汹涌澎湃，十道身影随之冲天而起。

“走！”

齐道临似有所觉，抓住石昊跟了出去，瞬息到了地面。

“轰！”

十道身影在苍穹中寸寸断裂，化成十道光，炽盛无比，仿佛照亮了古今未来，惊天动地。

“这是怎么了？”石昊惊异，心头颤动。

“不是活人。”齐道临开口道，双眸盯着高天。

他们没有真正的肉身，都只是光，灿然炫目。清微天主的古幡也不是实体，也只是一团光，与他合在一起。

“这究竟是轮回的旧事还是人啊？”齐道临咬牙切齿道，想到刚才自己差点出丑，顿时发丝乱舞，眸光如神矛般锐利。

最后，十道光向着同一个方向而去，疾速消失在天际。

“那个方向是……”齐道临脸色大变，情绪波动比刚才见到那些人时更剧烈。

“道主，怎么了？”石昊问道。

“那个方向是广袤的无人区！”齐道临神色严肃无比，深深地吸了一口气，一阵头大，连太阳穴都疼起来。

这会发生什么？没人说得清。

“他们还活着吗？”石昊惊讶地问道。

“不可能！”齐道临摇头道。他仔细感应过了，刚才那十道身影并非活着的生灵，也无意志。

两人默默站着，看向远方，谁都无法预料会有怎样的变故，也不知为何会发生这种事。

“我们可能加速了某种进程，不知道是好还是坏，也许这几日内会有什么事发生。都说三世铜棺神秘，有莫大的因果。看来不会错！”齐道临长叹，眉头紧皱。

随后，他们又回到了地下，看着铜棺，久久未语。

“这棺中还有东西吧，不可能只有刚才的十道光。”很长时间后，石昊说道。

“有，最起码我刚才见到还有人不曾出来。”齐道临点头说道。

他们盯着古棺，不愿轻举妄动了。

忽然，远处的黑暗中亮起一团光，它摇曳而来，慢慢接近此地。

“就是它！”再次见到了那团神秘的火焰，石昊很激动。

它只有拳头那么大一团，却很特别。它由纯粹的符文组成，并不像是神焰，有种古朴的气息，散发着大道神韵。

齐道临双目深邃，看着这团火，看得直蹙眉，竟也没有看出个所以然来。

“这是混沌焰吗？”石昊小声问道。

“不是！”齐道临摇头。他虽然没有亲眼见过混沌焰，但是读过骨书上相关的记载，混沌焰绝非眼前的这个样子。

“仙火？”

见识广博、臭名昭著、偷师百家的齐道主也头痛了。他竟然看不透这团火，越瞧越觉得邪门，就是弄不清楚。

“火州的形成是不是与它有关？”石昊小声道。

齐道临闻言心头一动。火州广袤无边，保守估计方圆也有数千万里，甚至可能还要大上十数倍，难道只因一团火在地下，就造成此州不时莫名其妙着火？

“用我教给你的仙古祭祀语跟它沟通试试看，让它跟你走。”

石昊闻言，立刻行动起来。

然而，那团火很淡定，悬在虚空中与他们对峙，不曾有任何变化。

石昊在这里磨叽了两个时辰，口干舌燥，最后嗓子都冒烟了，那团火也不曾动弹一下，气得他真想一巴掌把它给抓过来。

“道主，不管用啊。还是你出马吧，以八九天功将它收了，而后再传给我。”石昊撺掇齐道临出手。

齐道临盯着不远处那团火，观察片刻后点了点头。他觉得这团火很古怪，值得出手探个究竟。

然而，他一动，骨文才刚绽放，那团火便已有所感应，瞬息扑了过来，速度快到极致。

那团火的光芒比刚才强烈了万倍不止，整片天地一下子变得分外璀璨，让人双目都要失明了。齐道临感到震惊，大叫不好！

这火太诡异了，恐怖到邪乎，绝对能焚死巨头。

齐道临身体发光，准备带着石昊一起离去，然而他吃惊地发现，这团火快得不可思议，眨眼已到了近前，隔在师徒二人之间。

唯一让他放心的是，这火是冲着他来的，并未焚向石昊。

齐道临不敢多想，疾速冲霄而去，离开了这片地下世界。

炽烈的火光逐渐暗淡下来，这团火又恢复了刚才的样子，柔和地悬在石昊近前。

“老头子跑得真快，把我扔在了这里！”石昊磨牙，自语道。

原本拳头大的火团突然发生变化，开始延展，化成了一株小树。小树有半米多高，完全由符文组成，异常神秘。

石昊的眼睛当时就直了，这株小树怎么很像柳神？

刹那间，这团火又变了，化成一道又一道闪电，密布在虚空中。这闪电也是由符文组成的。

“在模仿雷帝宝术？”他心头一跳。

接着，这团火再变，化成一只鸟，拍打翅膀，鸟儿俯冲时又化成了鱼，围绕着他在虚空中游了一圈。

“鲲鹏！”石昊神色阴晴不定。这团火能感应到他学过的法和接触过的无上宝术，这是在效仿他，还是在与他沟通？

第522章 火为镜

这是什么火？强大如石昊，这个时候也有点蒙了。

这太诡异了。柔和的火光在他面前不断变化，火中出现一个又一个符文，如由金属铸成，闪动光泽，很有质感。

“又开始了！”石昊目光如刀锋，紧张地盯着它。

这团火的变化一次比一次清晰，一次比一次真实，甚至有了生命气息。

此时，火团再次化成一株树，主干如同虬龙向天攀升，一根又一根枝条垂落下来，如同秩序神链，哗啦啦作响。

“更像柳神了！”

随后这团火模仿雷帝宝术，密布的闪电凝聚成人形，傲立于苍天，演绎万古不灭法，神秘无比。

“原来可以如此！”

石昊心中剧震。这团火并未展示具体的术，只是在演绎，而后阐释出一种超脱的意境，给他极大的触动。

它像是一面镜子，映照出无上法！

一瞬间，石昊仿佛看到了自己的不足，他盯着这团火映照出来的法与道，发现了自己的法与道里的一些瑕疵。

“以火为镜。”石昊的目光越来越灼热。

他让自己静下心来，盯着这团火一遍一遍地演绎那些法与道，对照己身，寻找自己道途上的弱点。

“照这样下去，即便我不是雷帝，不是鲲鹏，也许有一天也能展现只有他们才能发挥出的最强战力吧。”石昊心中思忖。

任何一种宝术，通常都只有开创者才能发挥到最强，因为那是最适合他自己的东西，后人很难与之契合到完美境界。

一阵罡风扑面而来，地下世界也随之抖动，齐道临回来了。他施展了八九天功，同时还运转着一个法轮，俯冲到了此地。

突然，此地爆发出一片炽盛的光辉，一股难言的灼热感向石昊袭来，让他顿觉剧痛，无论是血肉还是灵魂都像快要被焚成灰烬。

石昊双目刺痛，神念宛若被天刀斩中，都快晕厥过去了，感觉像坠入了史上最残酷的炼狱。

他大叫“坏了”，这团火正在爆发，好像要发威了，他可能要因此而遭劫。

不过，片刻之后，石昊预想的万古黑暗与虚无并没有到来，他依旧活着，还站在原地，只是那团火却消失了。他伸展手臂查看，发现自己并无损伤。

“好厉害！这团火足以烧死无上禁忌人物。”齐道临神色复杂，惊疑不定，正四处寻觅。

那团火平静时，柔和而神圣，若一盏古灯长明不熄，伴着诸天，照着大道，可是一旦爆发，就可怕无比。

齐道临深刻体会到，即便是老天人在巅峰时期来到这里，多半也得饮恨，因为那由符文组成的火焰太诡异了。

“它去哪里了？”齐道临问道。

石昊摇头。刚才光芒璀璨，他几乎以为自己将被焚成尘埃，根本看不清那团神秘的火究竟飞向了何方。

齐道临蹙眉，他的神觉何其强大，刚才却一下子就捕捉不到那神秘火焰的气息了，它像是凭空消失了。

这很怪异，仿佛那团火膨胀到极点后就人间蒸发了般。

“不会进入你的身体了吧？”齐道临疑惑地说道。他抓住石昊的一条手臂，探查了一番，却没有捕捉到任何踪迹。

石昊内视，也同样没有任何感应。

“奇怪了，去了哪里？”师徒二人继续寻找。

“是不是进铜棺了？”石昊说道。

“不可能，我刚才就在这个方向。”齐道临摇头。他就站在铜棺与火光之间，那团火绝对没有接近九具龙骨和铜棺。

在地下世界转了一大圈，他们也没有任何发现。

“咦，它动了。”石昊惊异地看到铜棺在摇动，九具龙骨发光，氤氲光雾弥散开来，释放出一股惊人的波动。

随后，虚空模糊、塌陷，紧接着这个地方也开始扭曲。

“起程了！”齐道临目光如电，盯着那里，但是没有动。

因为，在这个过程中可能会有危险，当年他的师尊就是因为追逐远渡的三世铜棺而遭受重创，最后殒命的。

“轰！”

伴随着一股强烈的波动，虚空猛然裂开，如同金色的大日炸开。九具龙骨与三世铜棺一下子从这里消失了。

“十道仙光出世，不知道会发生什么事。我得回去了，要密切关注这几日上界的变化。”齐道临神色凝重地说道。

这种变化不知道是好还是坏，很难预料其影响与结果。

临行时，齐道临再次为石昊检查了一番，确定他体内并无那团火焰，这才放心，道：“不行的话，就去夺大赤天火。”

那是一团负有盛名的古火，依据掘开的古迹看，其力量极度惊人。因为昔年的大赤天主纵横九天十地，可怕到极致。

“不用了！”石昊摇头道。他不想去夺大赤天火，一是不想走其他人的路，二是不愿齐道临去冒险，因为那火焰是天仙书院与神崖书院的交易筹码。

光芒一闪，他们从这个地方消失，来到了地面，而后回归那寂静的山门。

接下来的两日，齐道临每日观天，且不时赶往各地，去探究上界是否出了什么异常，看得出他很紧张。

十道仙光冲出铜棺，没入广袤的无人区方向，不可能毫无缘由。

“哈哈……”一阵大笑声传来。

在齐道临又一次消失后，山门迎来了访客。

石昊大喜，迎了出去，居然是二秃子孔求己。

当然，现在这只孔雀可不是什么秃子了，每次出行时，其五色羽翼都异常亮丽，如不朽的仙金横空，灿烂夺目。

“你怎么来了？”来到上界后，石昊特别想念下界的人，可惜知道他底细的人中没有几个上来的。

“你闹出这么大的动静，我想不知道都不行。击破天命神话，斩伤幽宇，这事在各大教的年轻弟子中广为流传，我能不知道吗？”

二秃子一身五色羽衣，此时化作了一个青年的样子，比以前显得更年轻更有气度了，不知道的还以为他是名门贵公子呢。

“来，来，来，今日不醉不归。”

故人重逢，自然有许多话要说。石昊想了解上界，二秃子也想知道下界的情况，两个人都成了话痨。

很快，石昊感应到山门外有各种气息，全都很强。探查一番后，他发现有数百道神念在附近徘徊。

“都是什么人？”石昊蹙眉道。

“自然是各族强者。你斩伤幽宇，着实掀起了天大的风波，很多人知道荒在这里后，都想过来一观，你现在成名人了。”二秃子嘿嘿笑道，一副很猥琐的样子，小声补充道，“当中不乏各族美女。”

“有孔雀族的美女吗？”

“滚！孔雀族的丽人你也敢乱打主意，当心我禀告神主废了你！”

两个人在这里悠闲地胡吹乱侃，而外面却并不平静。

不久后，山门前来了一个看起来很朴实的小胖子，包子脸，一双大眼纯净得跟水晶似的，一副很腼腆的样子。

“这是谁家的娃？一看就是天真、傻乎乎的性子，让人卖了都不知道。”二秃子一看就乐了。

石昊露出古怪之色，道：“估计他能把你卖了。”

他可不认为这小胖子纯真。在元天秘境时，这小子下黑手，直接坑杀了初代，偏偏还能让人觉得他毫无威胁。

这个小胖子正是曹雨生，这家伙也来了。

“过来一块喝酒吧。”石昊招呼他。

“这胖子很厉害？”二秃子狐疑地道。

小胖子羞涩一笑，道：“我只是一个小尊者，还没成年呢。”

“少来。你体内刻有上界第三杀阵，可发混沌剑气，你轻松坑杀了初代，还敢装弱！”石昊直接揭穿小胖子，这死胖子还坑过他与十五爷呢。

二秃子当即就瞪圆了眼睛，道：“把第三杀阵都刻入了体内？我族都没有！这小胖子肯定是传说中被雪藏的那种怪物吧？”

“对，他就是怪物，神神道道地进入了一片遗迹，在找第二杀阵呢，想把第二杀阵也刻进血肉中。”就在这时，一只巴掌大的雪白的小兔子蹦了出来，眼睛跟红玛瑙似的，在那里叫道。

更引人注目的是，它嘴里还嚼着一株药草，那药草正发出光辉，弥漫着清香。

石昊的眼睛霎时就瞪圆了，怒道：“兔子，你敢偷我的准圣药！”

他气得追了过去。这些日子他在山门最神圣的宝地中开辟了一块药田，将一些灵药种了进去，其中就有一株准圣药。

结果，这只兔子不知道什么时候混了进去，跟啃萝卜似的，“吭哧吭哧”几口，眼看就要把准圣药吃完了。

二秃子眼睛也直了，这可是准圣药啊。

见石昊扑来，雪白的小兔子尖叫道：“在元天秘境时你还抢过我的一株圣药呢，小气！”

此兔正是太阴玉兔，其自称是该族年轻至尊的妹妹，但很多人怀疑，其实此兔就是该族的年轻至尊。

石昊讪讪的，最终停了下来，毕竟他与曹雨生还有这只兔子曾联手大战群雄，也算是曾经共患难。

巴掌大的雪白兔子化成了一个非常粉嫩的小姑娘，漂亮得跟瓷娃娃似的，特别是一双大眼睛红如玛瑙。

几人坐在山地中吃美食。小兔子美其名曰不吃荤，将石昊的药园子祸害了个够呛，让他直牙疼。

还好他将奇药与几株圣药都留给了十五爷，不然损失会更惨重。

当然，小兔子说是说只吃素，可是祸害完药园子后，就直接抢起了火堆上烤得喷香的烤肉，吃得满嘴流油。

二秃子挂着一脸谄媚的笑，主动跟小兔子套近乎，结果小兔子并不领情，最后一弹腿，“砰”的一声把他踹到了云层中。

“我晕……这兔子的脚力也太猛了！”二秃子龇牙咧嘴道。若非早已进入神火境，估计他就直接翻白眼了。

对此，小胖子曹雨生显然深有感触，一脸同情地说道：“小兔子没事就跑到金翅大鹏山去，别的兔子蹬鹰，这只兔子却天天踹金翅大鹏。为此鹏主都有意见了，亲自登门，找上了太阴玉兔族的族长。”

“乱说，我每年只去几个月而已，守山待鹏。”小姑娘纠正道。

二秃子发现，这看起来憨厚朴实的胖子还有大眼睛红而亮的粉嫩小姑娘都不能以正常人的标准来看待。

“话说，你风头太劲了，这可不是什么妙事。尤其是齐道主还放了话说所有尊者与神火境强者都可来挑战你，搞得不少人蠢蠢欲动。”

几人一边吃肉，一边畅聊，小胖子突然提到了这个问题。

“还有谁敢来？”

“总会有狠人的。据我所知，有尊者可能持大杀器出门了，此外多半还会有个别神火境的初代。”小胖子说道。

石昊脸色大变。这一世神火境的初代极少，因为大家都在拼命压制境界，等待三千州天才大决战的大造化。

“真不要脸啊。”二秃子说道，脸上露出严肃的神色。

“无妨，百川汇海，三千州天才大战马上就要开始了，等我参完战再次回归时，说不定都达到天神境了。”石昊笑道。

“小心点吧，别真来个狠人。”

“是吗？”石昊闻言心中一动。

“仙殿传人来了，还有那个补天教的圣女。”小胖子神秘兮兮地说道，看着石昊。

石昊回头，道：“你消息倒很灵通。”

“我只是碰巧看到了而已。最近几日内天仙书院来了不少人，都是各教的修士，他们慑于齐道主的威势，不敢直接闯进此地，才暂时去了天仙书院。仙殿传人与补天教圣女月婵似乎对一个叫清漪的少女很感兴趣。”小胖子贼兮兮地说道。

“胖子，你知道得不少啊。”石昊一惊，感觉这胖子似乎看出了月婵主次身的秘密。

“我也听闻了，仙殿传人出现在天仙书院，似乎要带走该院一名女弟子。”二秃子说道。他也去过天仙书院，是从那里赶到此地的。

“找死！”石昊猛然站起来，这才明白为何两日来都没见清漪出现，原来是被人堵在了书院中。

“喂，你想去干吗？击杀仙殿传人吗？”小兔子兴奋得跳了起来。

“去天仙书院！”石昊回道，当即飞了出去。

第523章 仙殿对至尊殿堂

小兔子一阵乱蹦，唯恐天下不乱，第一个屁颠屁颠地跟了过去。

二秃子在后面喊道："杀啊，打妖魔喽！"

荒大闹火州，破天命神话，斩伤幽宇，激起了巨大的波澜。

一些大教遣出不少高手来此调查，他们都是各教翘楚。不少年轻英杰也想借此机会亲眼看一看荒究竟如何。

但因为齐道临恶名远播，没人敢真的闯进小破山门去，于是天仙书院就成了他们的寄宿地。

"血海的少主、草原的金狼、剑宫的圣女等还没有离去，就又来了几名非常强大的初代，真是出人意料。"

天仙书院内，许多学生都在议论。最近这两日书院非常热闹，不仅有各族的精英子弟，还有一些年轻至尊都出现在此。

随着仙殿传人驾临，书院内更是掀起了轩然大波。这位在上界负有盛名的青年至尊，对很多人来说是不可战胜的！

"元天秘境一战，仙殿的年轻大人因为没有动用法力而与荒肉身对决，吃了一个大亏，这次是为他而来吗？"

人们猜测着，无比期待。

这两人若再相遇，绝对会展开一场龙争虎斗。

也正是仙殿传人的到来，让荒的名气更大了！

然而，一则秘闻传出，颠覆了人们的认知，引发了一场大地震。

"一直以来行走在外的仙殿传人只是次身，并非真正的他！"

"什么？"

消息意外泄露后，掀起了惊涛骇浪。

很快，各教弟子第一时间行动，将消息传回自己的家族。因为这消息影响太大了，绝对是震撼性的！

所有人都被镇住了，人们难以置信。

各路强者通过各种手段去求证，终于获悉这消息竟然是从"秘谷"传出的，一下子都惊呆了。那是一个神秘的道统，他们洞悉各种隐秘，经常将秘闻高价出售给最需要的人。

由这个道统传出的秘密，从以往的经验来看，有八成的可信度。

“这太恐怖了！”人们议论纷纷。

仅是次身就能在同代中傲视群雄，若主身出世，那会有多强？

并且，有消息传出，仙殿传人的主身与次身将要融合，只为三千州天才大决战。

所有人都怔住了，从头凉到脚。跟这样的仙殿传人对上，还有谁会是对手？

得到消息后，但凡诞生了强大的初代、有志于在三千州天才大战中崛起并夺得造化的古老门庭都开始着手研究。

因为，这样的仙殿传人将是各大教共同的麻烦。

“他来这里作甚，要斩杀荒吗？”

“他的次身吃了一个大亏，这次难道要与荒再战一场？”

人们狐疑的目光朝这片区域聚集而来，人人都在密切关注，都想知道仙殿传人是否会与荒碰撞出绚烂的火花。

并且，不少人都知道至尊道场的前身是什么，它与仙殿自古对立，如今两者共处一世，必有大战。

“荒虽神勇，可是仙殿传人似乎更恐怖啊。此前那么厉害的高手居然不过是一个次身，若两身融合那还了得！”

很快，人们就觉得不太对劲。这次仙殿传人来天仙书院，竟与清漪有关。

他与补天教圣女月婵联袂而行，几次去见清漪，居然还与她发生了激烈争执。他们像是想将清漪强行带走。

若非风舞赶到，且有书院的老人出面，后果将不堪设想。

“太过分了，居然打我书院绝色榜上的丽人的主意，我支持荒再次击败仙殿传人！”

“原本我还觉得荒最近太张狂，现在我也支持他，最好将仙殿传人赶走！”

书院中的许多学生都十分不满，觉得仙殿传人过于霸道，竟然针对清漪，要强行带走他们书院绝色榜上的丽人，这让他们不能接受。

书院深处有一片祥和的道土。山峰秀丽，挂着银瀑，松涛阵阵，云蒸霞蔚。山下，湖泊晶莹，如同宝石。这是清漪与一些女生的修道之地。

今日，平静被打破，大批人拥来，但都只能驻足于远处，不能靠近。

仙殿传人站在山前，通体被雾霭与神秘符文裹住，整个人难以被看清，仅那种强大的波动就让同代人战栗不已。

他的一双眸子非常可怕，瞳孔内银色符文交织，异常慑人，像是能看穿一切。

这是天眼将成的征兆！

这样的成就不要说是旁人，就连老辈教主也都暗自惊叹。武道天眼跟修为无关，所以连他们都不曾修成。

“前辈，我已经讲明，她是月婵的次身，我们必须带走。”仙殿传人说道。他语气平缓，即使面对天仙书院的老辈人物，也无比从容与自信。

“回来吧，你我本是一体，注定要融合归一。”补天教圣女月婵开口道，声音如同天籁般动听。

她雪衣出尘，一头青丝飘动，灵动的大眼带着慧光，琼鼻挺翘，红唇润泽，宛若广寒仙子转世一般，说不出地圣洁与超脱。

“我是清漪，一个独立的人，我不会跟你们走。”清漪说道。她目光清澈，平静而无波，看着那两人。

她若露出真容，与对面那个女子一般无二。

她旁边还有一名老者，是天仙书院的一位强者，此时皱着眉头，正在思索。

“不行，清漪现在是我院弟子，而且我们也不能确定你们所说是否属实，你们不可带走她。”片刻后，老者抬头说道。

凤舞也在，她身着黄色衣裙，气息强大，眉心发光，开口道：“我只知道她是清漪，而且她不想跟你们走，这就足够了。请离去吧。”

“事实是她就是月婵次身，无论如何，我们都要带她走！”仙殿传人说道，语气十分冷漠。

他之所以如此坚持，原因之一是不想次身叛逃，以免一身分为两身的秘法及其弱点被传出去，那样的话会对他不利。这种古法绝不能公之于众。

还有一点，也是最重要的原因——他想目睹月婵两身融合的过程，为自己的两身融合归一积累经验，以求变得更强。

“年轻人，这里是我天仙书院，不是青铜殿。”老者说道，语调平淡，但透着一股不容置疑的威严。

清漪是天仙书院的人，如果书院高层连一个出色的弟子都保不住，还谈什么辉煌大教、自古屹立、傲视三千州？

“前辈，她就是我，我就是她，如今只是要真正融合归一，您忍心相阻吗？”

月婵开口道，她声音柔和，神色诚恳。

“既然你就是我，我就是你，我又为何要反对呢？强人所难的是你。我是清漪。”另一边，清漪恬淡地说道。她姿容出尘，眉心一点青色印记发光，将她衬托得更加风姿绝世。

“如今只是你我之间有些嫌隙，融合后，一切都会过去的。”月婵说道。

“前辈，这个女人我们的确得带走，考虑到天仙书院的立场，我等会有补偿。”仙殿传人开口道。

老者摇头，道：“只要清漪不愿意，在我书院，我等就有护佑弟子的职责，不允许外人为难她。”

仙殿传人很果断地转身离去，道：“我会再来的。”

他语气很冷，即便面对一个前辈高手、一个接近天神境的人，也是底气十足，等闲视之。

很明显，他不会善罢甘休，肯定还会请来相应境界的老辈人物，讨一个“说法”。

远处很多人都在密切关注着这边的动静，众人虽然不能听到他们的对话，但也得到了消息，知道仙殿传人和月婵想将清漪带走。

“他凭什么这般强硬？仙殿就了不起啊？他还不是被荒击败过！”

“就是！当年至尊殿堂还辉煌于世间时，仙殿不也避其锋芒吗？现在摆出唯我独尊的姿态算什么？”

许多人不满地大声议论着。

“无论如何，我都会带走清漪！”仙殿传人在离开之际很冷漠地说道。

这句话顿时让书院内一些人心中不忿，整个书院一下子嘈杂了起来，一时间人声鼎沸。

当然，也有来自其他大教的部分修士站在仙殿传人这一边，惊叹于他的强横以及不惧一切阻挡。

事实上，仙殿传人此时很烦躁，才会一时难以控制情绪，因为他是次身，马上就要去与主身融合了，他有些心悸。

“你算什么东西，想带走谁就带走谁？”就在这时，一个清亮的声音从远处传来。一个少年背负一对闪电翅，俯冲而至，快到极致。

“荒，他就是荒！”许多人惊叫道。

近来，荒的名气实在太大了，可谓震动各方，引人瞩目，是如今最耀眼的年轻至尊之一。

并且，他还是唯一让仙殿传人的次身吃过大亏的人。

此时他的出现格外轰动，让人振奋。

“至尊道场的大师兄来了，这下热闹了！”

至今还有很多人没有忘记他曾为“大师兄”的事，也记得他就是闯过天仙书院天梯的怪人。

两大天骄相遇，此地顿时一片沸腾。

“是你！”仙殿传人抬头，见到了悬在虚空中的石昊，顿时目光冷厉，瞳孔中的银色符文变得炽盛了起来，交织出恐怖的光束。

“是我。凭你也配来此猖狂，妄言要带走清漪？”石昊说道。他黑发浓密，面孔清秀，肌体发光，强大的神能波动扩散开来，展现出一种舍我其谁的风采！

此言一出，众人哗然，这个地方变得更加热闹了。

“荒好强势，竟然不惧仙殿传人。这是赤裸裸的叫板，近乎蔑视啊！”

很多人又振奋又激动，也有人表示不屑，一时间，此地一片嘈杂。

这样的大事自然引发了轰动，整座书院的人都被惊动了，寄宿在这里的各教人士也都火速赶了过来。

仙殿传人冰冷地回应道：“你来得正好，我原本就想找你。至尊殿堂已覆灭，所谓的道场更是不堪，还想翻出什么风浪？今日我便要带走清漪，你能奈我何？”

清漪腾空，向石昊这边飞来，只见她冰肌玉骨，乌黑的秀发垂到腰际，光滑得如同绸缎。

清漪如凌波仙子，长裙飘舞，转眼便到了石昊近前。她周身散发光辉，莹白的瓜子脸上黛眉弯弯，眸子灵动，风采动人。

她的神情平和而宁静，偶尔露出一丝浅笑时，明媚惊艳，让天上的太阳都黯然失色了。

石昊向前，很自然地伸手揽住了清漪的腰，与她站在一起。

原本清漪是要躲避的，最后竟停了下来，与石昊并肩站在了一起。

石昊目光炽盛，俯视仙殿传人，道：“手下败将也敢言勇？你若不服，今日为了清漪，我再斩你！”

他黑发垂到腰际，随风飘舞，目光如炬，尽显霸气，浑然不将仙殿传人放在眼中！

有几人敢这样肆意针对仙殿传人？眼前的一幕让所有人都心中震颤！

第524章 两强对决

此地鸦雀无声！

放眼三千州，年轻一代中有几人敢这样带着轻蔑挑衅仙殿的青年至尊？

气氛骤然变得紧张，很多人呼吸急促，盯着场中的峥嵘人物。

所有人都预感到暴风骤雨将至，一场意义非凡的大战就要开始了。

“锵锵……”

仙殿传人岿然不动，但是在他的身体两侧却已冲起数百道剑气，五色神光流转不定，景象十分惊人。

“至尊殿堂已腐朽，再无传承，所谓的道场余孽终究只是笑话而已。”他的声音冰冷无情。

一股杀意席卷而来，如同惊涛拍岸，横扫这片区域。仙殿传人如神明般立在场中央，浑身剑气凌云，光辉璀璨。

不远处的月婵心中更不平静，她的情绪比仙殿传人还要激荡，那个少年揽着清漪，绝对是故意的。

事实上，她有理由相信，石昊与清漪这样亲密，就是做给她看的，想让她难堪。她甚至能从对方的眸子中看到一丝戏谑。

因为，当主身与次身距离较近时，二者的情绪、感受等可以互相传递，彼此感应。

石昊这样揽着清漪，让月婵清晰地感觉自己的腰际也有一条手臂，正用力地拥着她。

这种感觉太糟糕了，她的身体当即就生出了一层小疙瘩。还从未有男子能这样接近她。

“哧！”

月婵被笼罩在了神秘的符文中，婀娜的躯体上蒸腾起阵阵氤氲雾气，朦胧而圣洁，更有阵阵强大的波动扩散出来。她咬牙抵制着。

“腐朽？”石昊大笑，盯着仙殿传人，又看向月婵，毫不忌惮，摇头道，“说你们不行还真就不行。”

“铮铮！”

神剑抵天，轰鸣声震耳欲聋。

仙殿传人站在那里没有动作，但是瞬间激发出数百道剑气朝石昊扫去，那剑气如同一片长虹横空而至，绚丽无比。

石昊掌心发光，凝结出一个古朴的符文，而后他将符文猛烈地拍击了下去，顿时骨文密布，在天空中绽放。

这是一株草的剑意！

骨文化作剑气，与仙殿传人的剑气碰撞在一起，顿时铮铮作响，剑气崩碎后如无穷流星坠落，绚烂至极。

“咯！”

剑气消散后，一声咳嗽响起。只见虚空中探来一只小山似的大手，突兀地插入两人之间，阻止他们继续交战。

“这里是天仙书院，且为女弟子静修之地，不得喧哗与激战。”一名老者出现了，竟是一位天神。

“换个地方，我斩了你。”石昊开口。他发丝飞扬，俯视着下方，依旧强硬。

“想死我成全你。”仙殿传人转身就走。

至此，人们才长出一口气。刚才很多人屏住了呼吸，目不转睛地关注着二人，气氛实在太压抑、太紧张了。

场中那两个人皆是生灵中的天骄，神勇不可敌，刚才的剑气相隔这么远，就已经让不少人无法承受了。

“好期待，这样的两大强者要对决了，今日注定会风云动九天！”

两大年轻至尊并没有远去，而是径直进入了天仙书院的演武场，要借这里的坚固擂台一战，分个胜负。

这消息引发了轰动，全院所有学生都冲了过来，至于在此做客的众多修士就更不用说了，也都蜂拥而至。

书院外连绵成片的坊市上甚至也掀起了波澜，众人得到消息后，都快速赶来，想观看这一战。

“谁能赢？来的是仙殿传人的主身还是次身，抑或是融合后的真身？”

“不知道，我们也才赶来，没想到一场大战会来得这么突兀。”

很多人都兴奋不已，但也有不少人有些发蒙，因为这一切太突然了，谁也没有料到，一场意义非凡的大决战就这样即将开始。

仙殿对上了曾经的至尊殿堂，这场大战绝对震撼人心，意义超凡。

这两个古老的道统自古对立，并且都强大得惊人，超乎世人的想象，二者之间的战斗持续了无尽的岁月。

很快，浩大的演武场周围人头攒动，后面来的人再无立足之地，连场边都已经爆满。

很多人都不得不飞上高天，站在远处，只为一睹这旷世之战。

“荒如此强势，自出世以来还不曾有一败，他能延续神话吗？”

“你们还不知道吧，仙殿传人只是以次身行走在世间便已赢得了偌大的威名，如今他真身一出，谁与争锋？他注定要君临天下，俯视同代。”

人来了很多，对这两人抱着不同的看法，一时泾渭分明，化作两大阵营。

“仙殿传人必败！”一个银发小姑娘最是活泼，眨着红玛瑙般的大眼睛，在那里叫道，格外引人注目。

人们惊讶于她的粉嫩、漂亮，但还是有不少人出言反驳她。

太阴玉兔化成的小姑娘毫不示弱，针锋相对：“他被荒斩过。”

“小丫头懂什么？仙殿传人注定将无敌于天下。”

太阴玉兔毫不动摇：“他被荒斩过。”

“那只是次身，并非本尊驾临。”

太阴玉兔依旧道：“他被荒斩过。”

“若真身亲临，有谁可以压制他？仙殿传人绝对战力无双！”

太阴玉兔继续道：“他被荒斩过。”

……

这简直像是陷入了一种恶性循环，支持仙殿传人的修士们都要崩溃了。无论你说什么，这丫头只有一句——

“他被荒斩过。”

太阴玉兔不知疲倦，舌战众修士。许多人都哑口无言了，因为这句话已经成了她的大杀器。

演武场上，月婵腰部微痛，而后一阵酥麻。她黛眉微挑，双眸中光芒大盛。她真想轻斥一声，挥剑斩过去。

她非常气愤，很明显那家伙又在针对她，而清漪也没有反对。

月婵圣洁出尘，明艳动人，平日里高高在上，一般人无法接近她，更别说敢这样对她毛手毛脚。连跟她对话的人都很文雅，自然从未发生过这样让她难堪的事。

随后，她的身体又是一震，她实在忍受不住了，美目怒睁，看向了对面。

“荒，你不要太过分！”她声音微颤，出声呵斥。对方胆子实在太大。

她感到雪白的颈项上汗毛竖起，浑身如同有小虫在爬。这个浑蛋真是肆无忌惮，居然以这样的手段对付她。

石昊笑了，让清漪离去，在旁观战。他则指着前方两人，道：“要不你们一起上？”

月婵费了很长时间才平静下来，外人不知其中缘由，她自己却气愤无比，明眸中偶尔展露一丝羞恼，与她平日圣洁的样子大不相同。一些细心的人注意到了她的变化，倍感诧异。

“锵！”

只见剑芒震天，仙殿传人冲霄而上，向石昊扑杀过去，与此同时，他身体两侧的所有剑气都变得通红。

这一刻，那些剑气变得犀利无比，宛若羽翼！

他速度更快了，转眼便到了石昊近前。只听“嗡”的一声，虚空开始战栗，成百上千的剑芒一起扫了过来，让此地温度骤降。

这是凛冽的杀意，更是至强的剑意。

石昊眸子大睁，也爆发了剑气，只见虚空中生出一株又一株青翠欲滴的草，悬在此地，释放出无尽杀意。

到了他如今这等境界，无论催动何种宝术都与过去不可同日而语，就更不要说催动这神秘的草字剑意了。

“轰！”

两人碰撞在一起，爆发出无与伦比的波动，霎时间，响声震天，除却铮铮剑鸣，还有法力对轰时的隆隆声。

瞬息的接触后，此地光芒炽烈，如同太阳炸开。

两人交错而过，都露出惊异之色。

紧接着，仙殿传人身体疾旋，如同一只神禽再次冲来。这次所有人都看清了，在他的身体两侧，剑气化成了一对羽翼。

此时，他的剑气更为恐怖了。

成百上千剑气化成的赤红色羽翼，宛若凤凰火翅，鲜红欲滴，璀璨夺目，美得让人窒息。

“凰羽剑翼！”有人大叫道。这是仙殿的不传之秘，很难练成，非常可怕。

这种剑翼一旦形成，不仅速度会疾速提升，战力亦会激增，让对手难以招架。它的锋芒太盛了，能斩破所有阻挡。

石昊也讶然心惊，这才一段时间没见，仙殿传人又多了一种禁忌宝术。

石昊背后出现了一对闪电翅，双翅如由黄金铸成，璀璨夺目。他扇动着双翅俯冲了过去，两翅间隐约有一丝混沌气溢出。

别人看不透，月婵却心中一凛，她知道这是石昊，也明白他现在施展的其实是鲲鹏翅，只是在用闪电掩盖罢了。

凰羽剑翼对决鲲鹏翅！

这一刻仿佛化作了永恒。两者剧烈碰撞，铿锵声震耳。

羽翅交击之处，剑气冲霄，法力如海洋般汹涌澎湃，天空顿时被光芒淹没。人们只能模糊地看到两道身影在不断碰撞，两对神翅在不断对轰。

“砰！”

最后，两人皆倒退了几步。

仙殿传人目光冰冷，状似无意地抬手。没有人发现，他擦去了颈项的一抹血，刚才只差一点，他就要被斩了。

石昊体表覆着一片又一片金色的羽毛，羽毛都是闪电所化，绽放着黄金般的光辉，释放出强大的气息。

“荒好厉害！”有人低语道。

谁都能看出，他年岁并不大，可他居然能走到这一步，实在不简单。他的强大有目共睹，就连威名赫赫的仙殿传人也奈何不了他。

仙殿传人心中难以平静，虽然这凰羽剑翼他只是初步练成，但是没有人比他更清楚它有多可怕，它号称可斩万物。

可是，刚才对方以羽翅相迎，竟抵挡住了他，并反击成功，险些重创他。

这过于恐怖的力量让他蹙眉，他暗自思忖，曾经无敌的他如今也遇到了不世对手——这个少年太难对付了。

他意识到，荒的境界提升后，法力激增，已经追了上来，再无弱点。

难道真的只有与主身融合，才能强势镇杀这个少年吗？他并不怀疑自己的实力，他坚信只要融合出真身，自己就再无敌手。

“仙殿传人也不过如此。若你技止于此，那我现在就送你上路吧。”石昊强硬地说道。

众人心中一凛。这才开战，荒就放言要击杀仙殿传人吗？

第525章 至尊一脉

“出自一个早已被我仙殿灭掉多年的废物道统、腐朽传承，也敢这样大言不惭？”

仙殿传人声音低沉，目光冷厉，无情地看着石昊。他扬起右臂，掌心发光，只听“锵”的一声，他的手中出现了一柄赤红的神剑。

他话语带刺，足以让一个被毁的道统的传人怒发冲冠。

即使石昊只是“半路出家”，才成为至尊道场的弟子没多久，可听到这些话语，也忍不住皱了皱眉头，心中极度不舒服。

他注视前方，道：“仙殿好威风！但为何你这个正统传人还是被我这个没落道场的弟子斩了？”

“哧！”

石昊话音未落，一道赤红的神光便已冲起。仙殿传人手持那柄赤光绽放的神剑杀了过来，剑芒极其锋利。显然，石昊的话刺痛了他。

他自从出世就号称不败，被誉为上界三千州这一代最强大的年轻男子之一！

可是在元天秘境，他却尝到了一败。这是他的一个污点，无论他这一生多么辉煌，达到何等高度，提及这一役都不会光彩。

“咔嚓！”

石昊镇定而从容，抬手一点，一道粗大的闪电飞出，击在这柄神剑上，两者间顿时骨文沸腾。

随着一声凤鸣响起，仙殿传人手中的赤红宝剑绽放光芒，原来这并非实物，而是凰羽剑翼凝聚而成的有形剑胎。

这剑胎号称绝世锋利！

凰羽剑翼号称可斩万物，由这种剑翼化形出的神剑自然也不是凡物，不用说也能猜到，用这柄神剑斩杀同阶者轻而易举。

只是凡事都有例外，石昊显然不是任人拿捏的“菜”！

“锵！”

他一抬手，掌心喷出电光，一个古老的符文浮现出来，金光四射，而后符文化成了一杆黄金战矛——闪电矛！

雷帝宝术号称世间最强神通之一，怎么可能逊色于其他宝术？即使仙殿的传承与仙有关，号称禁忌秘法，雷帝宝术也能与之抗衡。

两人之间爆发出刺目的光华，如同神焰在燃烧。

“杀！”

仙殿传人怒吼道。他的身体两侧出现一根根赤红如血的凰羽，凰羽又化作羽翼，而他手中的赤红宝剑更是带起滔天的赤光，劈向石昊。

石昊目光深邃，浑身被无数道雷电缠绕，气势陡然飙升，手中的闪电矛光芒刺目，闪烁着古朴繁复的纹路。

“当！”

他横矛向前，金色矛杆架住剑刃，两者碰撞在一起，先是发出一声金属颤音，刺耳无比，而后又像炸雷般，轰鸣不断。

仙殿传人目光冷厉，只听“嗖”的一声，神剑猛力压下金色战矛的长杆，而后剑尖疾速向前刺去。

这一击狠、准、辣！

当然，这并不仅仅是兵器的攻击，同时还伴有密密麻麻的符文，符文疾速蔓延，绽放开来。

石昊神色平静，举起金色的闪电矛，爆发了外人难以想象的神力，竟将赤红宝剑弹开了，震得仙殿传人手臂剧痛，而后一阵酥麻。

“哧！”

石昊的速度太快了，他单手持闪电矛，抡动起来，竟将闪电矛当作刀剑使用，向前方斜斩过去。

他神力惊人，即便仅以矛杆当作刀剑，也足以将人斩杀。

闪电矛落下，激起无尽的闪电，密密麻麻地挤满了这片虚空。

仙殿传人振剑格挡，霎时骨文交织，化作一片光幕，想要阻挡闪电矛。

“噗！”

然而，只见石昊很自然地转动闪电矛，让它恢复了原始形态，紧接着他持矛向前刺去，强力破开了仙殿传人面前由漫天赤光形成的防御光幕。

闪电矛如同一条金色龙蛇，昂首喷出光芒，袭向仙殿传人的眉心。

“锵！”

关键时刻，仙殿传人身体两侧的赤红凰羽一根根冲起，击在了闪电矛上，抵挡住了这可怕的一击。

就这样，两人一个手持赤红宝剑，一个手举金色闪电矛，展开激烈大战。骨文如潮水般在他们之间激荡，蕴含着巨大的破坏力。

还好天仙书院的擂台坚固无比，不然必然会被震碎。

他们缠斗在一起，如两条蛟龙在生死搏杀，看得人目眩神迷。

“斩了他！”二秃子大叫道，身体也跟着摇动，迸发出五色光。

至于小兔子，早就瞪圆了一双红红的大眼睛，正聚精会神地观战。

曹雨生则依旧是一副憨厚相，认真观战，不断点头。

“噗！”

突然，仙殿传人斜飞出来，肩头有一朵血花绽放。这一次所有人都看得分明，不禁大吃一惊，心中暗道，荒真的太强大了。

他居然在众目睽睽之下击伤了仙殿传人。

众人一叹，看来这次与荒对战的还是仙殿传人的次身，并非主身，更不是融合后的最强真身。

“你不是我的对手！”石昊冷声道。他单手提闪电矛，向前逼去，眼看就要击杀仙殿传人。

“融合！”仙殿传人轻喝一声。他浑身发光，血气沸腾，气息一下子强大了一截，宛若一个沉眠的巨人突然复苏。

所有人都是一惊，他怎么突然变强了？

难道说，主身来了，如同他刚才所说的那样，两者融合了？可是又不太像，融合怎么可能这般迅速？

“残缺的仙种！”

一名老者低语道。他是天仙书院的高层，看清了仙殿传人次身所融合的是何物——那是一缕血，不是很多，但异常鲜艳。

将仙古遗存下来的真血炼去有害物质后，剩下的血液为无价之宝，可以当作仙种植入人体内，在神火境时借此爆发强大威力。

这样的仙种比许多火焰还厉害，最是不凡。

虽然仙殿传人融合的只是一缕血，还算不上完整的仙种，但也极度可怕，瞬间便让仙殿传人血气滔天，法力激增。

“怎么突然强大了这么多？”许多人不解。

石昊顶着巨大的压力，他神色凝重，但依旧无所畏惧地迎了上去。

两人如同两尊战神，激烈碰撞，发出刺目的光芒，此地顿时被汪洋一般的惊人波动淹没了。

“咦，荒在避其锋芒，没有硬撼。仙殿传人爆发后果然神勇不可挡！”众人见此大为惊异。

仙殿传人的每一个毛孔都在释放神力，如同太阳般炽烈，他的身体两侧再次出现凰羽剑翼，同时手中也在结印，使出了该教绝学之一——人仙印！

石昊一番退避后，受到了压制，身上的光芒暗淡下来。

然而，仙殿传人终究不敢真正融合这枚残种，他怕会点燃神火，直接进阶，那样他将无法参加三千州天才大战。

而且，即使他想真正融合，也需要时间。

现在他不过是在用这缕血滋养肉身，最终还是得将它归于体内深处封印起来。

果然，随着时间的推移，他强大的气息在逐渐减弱。

“轰！”

石昊爆发了，他头顶上雷光翻滚，化成九层天穹，一层又一层地压落，要镇杀仙殿传人。

众人心中发毛，见识到了雷帝宝术的恐怖之处。那雷光太炽盛了，能击毁一切反击者，简直是在代天行罚。

天地茫茫，每压落一层天穹，这里就会传出轰鸣声，天地仿佛都要破碎了。

仙殿传人奋力相抗，他的发丝都凌乱了，看得出遭受了巨大的压力。

“轰！”

伴着雷光，石昊将闪电矛掷了出去。仙殿传人所在之处瞬间爆发出雷霆风暴，与此同时，一朵血花溅起——他的肩头被刺穿了。

刚才石昊的闪电矛在他面前一下子炸开了，若非他第一时间祭出仙羽战甲护住己身，估计整条手臂都会被炸飞。

即使有战甲护体，此刻他肩头也已受创，而且仍旧被凶猛肆虐的雷光围绕着。

“啊……”仙殿传人大吼。他手中出现了一杆虚空战戟，一下子就撕裂虚空，向前杀来。

石昊二话不说，祭出丹炉，用以对抗对方霸道的大戟。

仙殿传人目光冷厉，盯着石昊。战况依旧激烈，但他已经明白，身为次身的他奈何不了这个对手，必须让主身出马。

当然，等到二身融合、真身降临之时，他坚信，三千州年轻一代中将再无自己的对手！

石昊用事实证明了，他的法力提升后，仙殿传人次身对他已无法构成威胁，他足以占据上风，将此人斩掉。

“锵！”

石昊掌中出现了一柄闪电剑，闪电剑吞吐着金色锋芒，遥指前方。

“嗯？”忽然，他觉得心悸，心中一阵发毛，于是当机立断，疾速退避。

仙殿传人也是一惊，他感到自己浑身被注入了强大到极点的力量，若此时发出一击，无疑可以轻易灭掉对手。

“大人，赶紧出手，将他斩杀。”有人暗中向仙殿传人传音，正是仙殿的那个忠心耿耿的老仆人，此时他的声音中带着寒意。

老仆人竟然不惜将法力注入仙殿传人的躯体，悄然出手相助，只为击杀荒！

“嗯？”

这里是天仙书院，一位天神也当即察觉到了异样，锐利的目光在人群中搜寻。

老仆人目光森冷，咬了咬牙，想要继续灌注法力，好让仙殿传人除掉石昊。

可是，他终究还是退缩了，忍住了这股冲动，因为此事一旦败露，就凭齐道临那恶人的性格，仙殿肯定从此不可能有传人了。

此时，石昊的心悸感才消失，他轻语道：“差点逼我动用守护神符，这里面绝对有古怪，有人想暗害我！”

“哧！”

他化成一道惊天长虹，手持一柄闪电剑，与雷霆合一，疾速冲了过去，刺向仙殿传人的眉心。

这一击灌注了他一身的精气神，激增的战力将他推向巅峰。这是最后一击，此战将因此而落幕！

丹炉、战戟等皆在发光，发生了剧烈碰撞。

仙殿传人也爆发了，周身骨文燃烧，全力抵挡这一击。

石昊心中空明，整个人仿佛升华了一般，身体与闪电、利剑交融在一起，发出了最强大的一击，不可阻挡！

“啊……”

仙殿传人怒吼，仙羽战甲铿锵作响，发出炽盛的光。

“噗！”

一阵凛冽的剑意袭来，紧接着，金色的闪电剑刺透了他结出的法印，喷出一道神虹，在他身体上绽放。

众人连连惊呼，全都紧张无比，聚精会神地看着这一幕。

不得不说，仙羽战甲的确是稀世宝物，防御力惊人，竟阻挡住了那炽烈的金光。

许多人一叹：可惜了这样的惊天一剑！

当然，也有人长出一口气，为仙殿传人庆幸。

“哧！”

就在所有人都以为这一剑难以奏效时，仙殿传人的眉心骤然裂开，出现了一抹嫣红。他瞳孔收缩，发出怒吼，竭尽全力对抗，同时疾速退后。

他的额骨裂开了，毕竟那里没有甲胄。

一股无形的剑意斩到了他的近前，无坚不摧，让他遭受重创！

此时，剑意仍在汹涌，要斩其元神。

“哧！”

一道炽烈的光裹住了他，将他横移了出去，使他避过了最终一劫。

石昊大怒，问道：“什么人干预我与他两人之间的较量？”

明明即将斩杀成功，结果有人从中阻挠、破坏战局，可想而知他有多愤怒。

“年轻人，毛毛躁躁，火气过旺，缺少修养。”说话的是一个老仆人，他的身体闪耀着璀璨光华，站在那里，冷冷地看着石昊。

石昊明白了，早先帮助仙殿传人、想暗中害死他的人肯定也是这个老仆人。他当即斥道：“老家伙，你还要脸吗？要替你的主子出手？”

他并不怕此人，若天仙书院的强者不管此事，大不了他催动破界符离去。

“太过气盛不好，容易早夭。”仙殿的老仆人浑身散发着寒意，目光冷厉，道，“你不知道我家大人在让着你吗？居然还不知好歹，这样下毒手。”

“不要脸，分明是仙殿的人输了，还这般抵赖。”小兔子气呼呼地叫道。她银发柔顺，红玛瑙般的大眼瞪得溜圆。

“就是啊，这算什么？”二秃子也叫道。

“分明输了。”小胖子也咕哝道。

老仆人淡淡一笑，没有理会他们，而是继续看向石昊，道：“我家大人只出动了次身，若是他的主身驾临，你能挡住吗？待他真身出现，杀你易如反掌！你倒好，不懂得收敛，还妄想与我家大人为敌。”

“恬不知耻的老东西，你还能再不要脸一些吗？让他的主身来，我一样斩杀！”石昊怒喝道。

“你要知道，连至尊殿堂都覆灭了，不是我仙殿的对手。你这区区至尊道场，还是低调一些吧，不然这一世多半会彻底衰落，被永远除名。”老仆人淡淡地说道。

同时，他释放出一股无形威压，逼向石昊，想让石昊出丑。

当然，他不敢亲自出手杀石昊，因为他知道齐道临是个疯子，要是他敢不顾规矩，插手小辈间的对决，估计日后仙殿就要缺少两三代人了。

说完，他借着仙殿传人的虚空战戟震裂虚空，就要带仙殿传人离去，显然不想久留。

“一个奴才而已，也敢在至尊一脉面前装高人，不知羞耻！不要脸的东西，还暗中做手脚想害我弟子，就不怕我连毁你仙殿三代吗？”

只见虚空裂开，天地间一片模糊，一只大手探了出来，“砰”的一声抓住了那老仆人，吓得他当即脸色苍白如雪，身体痉挛。

所有人都极为震撼，这显然是齐道临来了，正隔着虚空出手。

这么短的时间内发生了一系列变故，谁也没有想到，竟然会惊动这位高人。

仙殿的老仆人功力深厚，都快触及天神领域了，现在却跟小鸡崽一样，被那只土黄色大手抓住、提起，在其恐怖的威压下簌簌发抖。

“齐道主……这……这是误会，我……我只是想带走我仙殿的传人。”他大叫道。

“误会？”齐道临冷哼，那只大手缓缓合拢，冷漠的声音继续传出，“你一个奴才，也配如此！”

“噗！”

只见红光一闪，所有人都不禁震颤了。那只大手就这样击杀了一个接近天神领域的强者，如同捏死一只蚂蚁般轻松。

“区区一个仙殿奴仆也敢乱插手，还敢如犬吠般面对我至尊一脉，不知死活！”齐道临说道。他的声音洪大无比，震动天地。

第526章 战利品

天穹灰蒙蒙的，如同大漠扬沙，而事实上这是齐道主探出一只大手导致的虚空扭曲！

他霸气无比，真身都不曾出现，一只手便将仙殿强大的老仆捏死，如此场面震撼人心。

天仙书院里，所有人都汗毛倒竖，无比震惊。一个接近天神领域的强大人物，居然就这样轻易被杀了。

“轰！”

片刻死寂后，人群沸腾了。齐道临如此霸道的登场方式给人的印象太深刻了，让人明白了他的决心与意志。

他曾说过，尊者、神火境的人可以随意出手对付他的弟子，他不会去管，就如同数千年前他的两名弟子被人打跑他都没出面一般。但如果有强者不顾身份想暗害他的弟子，那绝对不行。

此时他的所作所为等于再一次强调，就算是仙殿的人越界，他也照杀不误。

这真是一个猛人。哪一教不是弟子众多？尤其是那些大教，弟子更是成千上万，可不管哪一教胆敢惹恼齐道临，他定会以其人之道还治其人之身。

这一刻，人们都见识到了他的决心，更认识到了后果的严重性。

“老齐太厉害了。虽说他臭名昭著，但是这种霸道对他的弟子来说当真是一种福音，是最大的保护伞。”就连天仙书院的高层都在轻叹。

一晃数千年过去，齐道临越发强大了，现在没有人愿意去围剿他了。

昔日的小齐如今成了气候，可与最强一列的教主平起平坐，没有人愿跟一个疯子般的人物结仇，不然整族都会不得安宁。

至于小辈人物，则在短暂的瞠目结舌后开始议论纷纷，刚才他们都被镇住了。这才是狠茬子，连仙殿都不忌惮。

土黄色大手不曾消失，再次探下，一把抓住了仙殿传人。

“天啊，仙殿传人被他捏在了手心，也会被杀吗？”一些人惊呼道。

不要说书院的学生、各教的来访者，就连书院中的祭灵、护道者、院长也都是一惊：仙殿传人若死在这里，影响太大了。

仙殿传人的地位可不是那个老仆能比的。若仙殿传人死去，仙殿无论是为了弟子还是为了道统的颜面，都一定会闹个天翻地覆。说不定那个自太古就开始沉睡的古老存在会再一次苏醒，在上界搅起血雨腥风。

“真要出手吗？”

“可怜的仙殿传人，太悲惨了，遇上了荒，又惹上了霸道的齐道主，眼看就要英年早逝啊。”

不少人一边低语一边盯着半空。

土黄色大手捏着仙殿传人，就像是一个巨人攥着一只爬虫，两者无论是体形还是威势都相差很远。

这绝对是大事件。齐道临无愧其恶名。

“仙殿能随意动我弟子，难道我就不能杀你吗？”齐道临开口道。

“道临。”天仙书院的老院长暗中咳嗽，提醒他，如果杀了仙殿传人，估计他的弟子也活不了。

这是一种恶性循环，如果各教都这样，老辈疯狂对付年轻一代，那谁的日子都不好过。

“次身两次都败给了我的弟子，就是主身来了又能如何？好，我给你机会，让你去融合，看你能走到哪一步！”

齐道临人老成精，聪明绝顶，已经杀了一个准天神，这个传人他当然是不会杀的，不然以后石昊的日子不会好过。

除非他能将仙殿那个化石一样的古祖击灭！

听到他这么说，很多人都长出了一口气，不光是怕风波太大闹到不可收拾的地步，还因为仙殿传人如今还未爆发到最强状态，若次身就这样被斩杀了，未免太让人遗憾。

很多人都想看一看，最强状态的仙殿传人是否真的能冠绝同代、天下第一！

不过，以他次身的强大实力来推论，似乎没有什么悬念，他的真身注定世间难逢对手。

“死罪可以饶过，但也要拿宝贝来赎命才行。”

虚空中的大手抓住仙殿传人开始猛力摇动。只听“咚”的一声，一座青铜宫殿首先坠落了出来，这是仿造该教的无上至宝青铜仙殿铸造而成的法器，只有拳头大小。

接着，一阵光芒绽放，仙殿传人的仙羽战甲也脱落了，如一片一片羽毛凝聚在虚空中。

少顷，一杆瑞气缭绕的大戟横空而现，戟身骨文密布，很是不凡。

此外，还有一堆瓶瓶罐罐掉落下来，里面装着各种价值连城的宝药。

仙殿传人憋屈得很。这样像虫子一般被人捏住并摇动，将是他一生的耻辱，无论他日后变得多么强大，这个污点都难以洗去。

他脸色铁青，目光冷厉，咬紧牙关。

所有人都面露惊异之色。仙殿传人今日真的太倒霉了，遇上这样一对师徒，注定要灰头土脸，难留什么尊严。

“小子，这是给你的教训。竟敢辱我至尊一脉，说什么腐朽、破烂，你还不是败给了我的弟子！”齐道临冷声道。

他先后抓起三件秘宝，看了又看。

他先将仙羽战甲扔还给了仙殿传人，因为这是该道统的标志性宝衣，至尊一脉穿上的话，不伦不类。并且，他知道石昊有一件看似破烂的甲胄，可以对抗这件战甲。

而后，他捡起了虚空战戟。这一刻不要说其他人，就连许多老辈人物都眼热不已。

这东西太惊天了，它可以轻易撕开虚空，让人瞬息远遁，是一件无价之宝。

“这宝戟不错，没有什么仙殿印记，并不是你们的东西，就作为我的弟子这次的战利品吧。”齐道临直接就把虚空战戟丢给了石昊。

众人见状心想，这老头还真是不客气，果然是臭名昭著，看上的东西直接就抢，真是让人眼红啊。

石昊大喜。来到上界后，他对这杆战戟眼热很久了，没想到它今日竟真落在了他的手中。毫无疑问，这战戟可以让他战力飙升。

在跟仙殿传人的几次大战中，若非他有丹炉，绝对会被战戟劈杀。这杆战戟太厉害了，可以让虚空破碎，连神都扛不住。

最重要的是，有了这杆战戟，以后天神都堵不住他了，除非像齐道临这样暗中突袭，提前禁锢虚空，一把抓下。

“这破铜殿也给你拿回去吧！”齐道临将那铜殿抓起，猛地盖在仙殿传人的身上，将他收了进去，而后砸碎虚空，将铜殿一巴掌扇飞了出去。

“这么多宝药！”

石昊只看了一眼，就不禁心头狂跳。此时那些瓶瓶罐罐都飘了过来，当中不乏用圣药熬炼的绝品，有的宝丹中甚至还有神药的成分。

他果断将这些宝药都收了起来。这次真的是大丰收，不说其他，光这些宝药就价值连城。

齐道临没有久留，大手渐渐模糊，从这里消失了。

直到齐道临离去，人群才一阵哗然，一些人看着石昊，吞了吞口水，又嫉妒又羡慕。

石昊抬头看向月婵那里，虽然他反应迅速，但还是晚了一步，她已动用一枚破域符，从这里消失了。

显然，齐道临不会管他与同辈争锋这样的“小事”。

他想动用虚空战戟并祭出宝符去追，但是被清漪拦住了，因为她知道希望不大，而且她现在也没有做好与主身了断的心理准备。

这一战传遍各教，闹得沸沸扬扬。

很显然，在各大教眼中，石昊的危险程度急剧上升。

当然，他们对仙殿传人也不曾看轻，还认为他更危险了，因为他注定要将主次身融合，三千州天才大决战时他一定会出动真身。

二秃子离去了，得知石昊安好，他便放心地重归族中了。

雪白的小兔子跟石昊约定，上界最强天才之间的碰撞开始后，他们二人就结盟、共夺造化，说完蹦蹦跳跳地离开了。

小胖子也憨厚地笑着，挥了挥手，就此离去。

宁静的夜里，石昊与清漪在月光下漫步。

“我要走了。百川汇海，三千州天才大战即将开始。”清漪轻语道。她不准备在天仙州参赛，而是打算另寻一地。

石昊相邀，想两人同行。

清漪摇头，并没有答应。她要先去一处神秘道土，一个人静悟几天。

石昊知道，她多半是在考虑要如何与主身做个了断，一切都将在不久后的大战中进行。

“那好吧，大赛中相见，你且看我如何力斩强敌。到时候请你吃各种美味。”石昊笑道。

清漪默然。

柔和的月华下，两人并肩同行，一直走了很远，如同一对神仙眷侣，气氛和谐而安谧。

有天仙书院的学生见到他们，却并未打扰。

夜渐深，清漪离去，石昊也回到了至尊道场。

“我要走了。”刚一回来，石昊就听到齐道临这样说道。

“老头子，你太猥琐了，这是在模仿清漪吗？”石昊咕哝道。清漪不久前刚说过这句话，现在老家伙居然也这样说。

“混账东西，乱说什么呢，我有空盯着你吗？”齐道临瞪眼骂道。

石昊见他一脸严肃，不像说笑，赶紧正色，听他述说。

“三世铜棺中冲出十道仙光后，广袤的无人区深处似乎出了一些异象，我想去探寻一番。”他皱着眉头说道。

这两日，他多方打探，了解到了一些信息。

石昊心中一震，道：“进去的人都死了，你还要去冒险？”

“有死地，自然也有被各教掌握的一些活地，我不会冒险。”齐道临道。

听到这话，石昊放心了。老头子能活这么久，连各教联手都无法将他剿灭，他肯定有自保手段，不会活得不耐烦自己去送死。

只是——石昊的眉头很快又皱了起来——他刚有个臭名昭著的靠山，如今又要失去了，这可不是什么妙事。

“离开前，我有些话要对你说，然后我会去火州一个重要的地方走上一遭，此后就要消失很长时间了，你自己当心。”

石昊闻言点头。他也即将起程，准备去找打神石和皇蝶，而后参加三千州天才大决战！

“记住，大战开启后，给我宰了仙殿的兔崽子，别给至尊一脉丢脸！”齐道临瞪着眼睛郑重地说道，神情无比严肃！

第527章 仙矿

石昊刚要点头，齐道临又补充道：“尽管他很强，你多半不是对手，但一定要想办法，将他给我斩了！”

石昊顿时不爱听了，脸沉了下来，道：“老头子，你什么意思？我都击败他两次了，还杀不了他吗？别灭自己威风！”

齐道临叹了一口气，道：“若非近日听到传闻，我都不知道行走外界的那个只是他的次身，真是小看他了。”

这是一个严重的问题。齐道临很清楚仙殿传人的主身一定会更强大，而主次身一旦融合，他的修为更是将难以估量。

在齐道临看来，仙殿传人甚至有了同古代那些怪胎一较长短的资本与底气。

石昊听到这些话，一脸不服，道：“能有多强？”

“会强得不可想象，绝不是主次身一加一那么简单。一旦融合，他的战力会猛然爆发，如火山喷发。”齐道临叹道。

就连他也没料到，仙殿传人会秘密修成这种古法，因为这种古法很难练成，且十分凶险。

他原以为仙殿只是在以月婵做试验，不承想，他们自己的传承者也修行了这种古法。

这一世，竟有两人成功修成此古法！

石昊蹙眉，道：“有这么可怕吗？那古法到底什么来头？不行的话，我去问清漪要来，也修行一番。”

“比你想象的还可怕，是由一个不灭的生灵所创的。不过你还是不要学，一人分成两身，一个弄不好就会出大问题。”

“不灭的生灵？”石昊一惊，一下子想到了曾被镇压在下界五行山下的至强生灵。

“那是个很可怕的存在，据闻是这一纪元最古老时代的无上生灵的遗腹子，而且可能与鲲鹏有关。当然，这只是传说而已。”齐道临说道。

石昊闻言，心中的八卦之火熊熊燃烧，当即就刨根问底起来。

齐道临摇头。他也只是听到过一些传闻，据说那个不灭生灵不曾看到过父母，出生后就被封印在混沌中长达百万年，后来才出世。

石昊愣住了，果然是被封在下界的那个生灵！

“仙殿有一些盖世秘法并不是他们自己所创，而是得自其他道统，可谓手上沾满了血啊。”齐道临冷笑道。

石昊终于明白，为何那不灭生灵被镇压在五行山下，依旧难以被杀死了。

“仙殿所得的法有缺陷，并不完整。那不灭生灵同样是一分两身，即使一身死去，只要另一身还活着，就可以再生。并且，他每死一次，就经历一次涅槃，进行一次生死感悟，有可能会变得更强。这就是无缺法与仙殿所得法的本质区别。”

仙殿所得法是分成两身修行，融合时达到最强，但是不灭生灵的无缺法还能生死涅槃，进一步提升修为。

“所以说，想真正杀死那不灭生灵，只有将其两身同时击灭，不然每次只杀一身，只会让他的感悟越来越深，变得更强。”

石昊认定这个不灭生灵绝对是站在自己这一边的，于是向齐道临询问如今他去了哪里，结果得到的消息与传闻一样——他早已进入了广袤无人区深处！

“一切的根源，难道还是要去那里寻找吗？”石昊轻语道。他觉得，柳神、小塔也可能直入禁地最深处了。

而今，连齐道临也要去了。

“不要小看天人族的决心，我不在的时候，你要懂得自保。”齐道临告诫道。

他特别叮嘱石昊，那护道者生命无多，上次战败后直接逃走，多半是为了能全力发挥最后的余威，也许到时候会走极端。

而天人族的护道者若出手，就肯定会把事情做得很干净，不会留下把柄。

“我有自保手段。”石昊道。他身上有两枚破界符，所以不用担心，静等大赛开始就可以了，等比赛结束后他再出来，也许就是另一番景象了。

他曾听闻，这样的旷世天才大战，每一次最短也要一年，最长的一次居然长达百年。

时间最长的那次比赛中，有人甚至直接成就了天神位。

“嗯，努力吧。进入‘仙古’后，除了最大的造化外，还有绝世神果、仙料等，得到一种就受用终身，比如天神果，吃下去的话……嘿！”

齐道临眼中光芒闪烁，他很遗憾自己进不去，不然他一定会将那些圣人木、天神果、仙胎等宝贝扫荡个干净。

“仙古”里面的神圣之物太多了，各大教都非常眼馋，这也是他们培养与鼓励弟子参赛的原因所在。即使他们的弟子没有得到第一名，可只要能活着出来，就绝对会有巨大的收获。

“有什么需要注意的吗，比如说各种危险？”石昊问道，向齐道临请教经验。

“危险很多，每次都不相同。”齐道临说道。而后他再次提醒石昊，天人族虽然败了，但依旧不容小觑。

石昊咕哝，他认为该族已经没落了，所谓的初代幽宇如果不是近来融合了天命石，不可能那样强大，跟他血拼那么长时间。

齐道临摇头道：“就知道你大意了。天人族可不简单，他们史上有个年轻人融合了三块天命石，号称‘三石天君’。”

“什么？融合了三块天命石？此人资质超凡了吗？”石昊大吃一惊。太古年间出了六大天人，也不过是六块天命石。

曾经有一个人居然独自融合了三块天命石。

“他的资质一般，不是初代，融合前一直默默无闻。”齐道临说道，但随即又严肃地补充道，“但是，他实现了三次完美进化，即使一开始资质再差，如今的实力也无法想象了。”

“他还活着吗？”石昊蹙眉问道。

“据闻，探索一处仙古遗迹时，他意外失踪了。”齐道临说道。

接着，他又道：“三千州天才大战早就开始报名、筛选了，你一直没太在意，而我现在时间不多了，你自己想办法吧。”

石昊哑口无言。

“这老头太不负责了吧。”他腹诽。

“不是说一些大教可以直接选送参赛者，不用经过各种烦琐的步骤吗？”石昊问道。

“随便找个道统蒙混过去就可以了，并不严格。”齐道临拍了拍石昊的肩头，说道。

他又叮嘱了石昊一些需注意的问题，而后道：“我该走了，要去火州的仙矿走上一遭，看看能否得到一桩造化。”

“仙矿？”石昊吃惊地道。

他知道，火州多神矿，出产各种天材地宝，还有一座传闻中的仙矿，但是那里异常危险，自古以来没有几人能进去。

“我将道场放在这里，就是为了钉住那座古矿。我等了很多年，这次终于可能有机会了。机会稍纵即逝，我不能错过。”

齐道临曾偷师百家，在那期间从一处圣地盗出过一枚记载了一些秘闻的骨片，由此发觉了仙矿出世的征兆。

等了很多年，他终于看到了端倪。

“道主，带我去长长见识吧。”

“好！”齐道临很痛快地答应了。

火州并不都是大草原，最深处还有其他各种地形。

这是一片戈壁，寸草不生，沙砾遍地。

师徒二人等了足足六日，都快失去耐心了，此地才终于出现了异常。只见远方的地面出现裂痕，艳艳仙光喷薄而出，并且随后传出了越来越响亮的大道轰鸣声。

石昊倒吸了一口凉气，而齐道临早已长身而起，盯着那里，他目光灼灼，如同火炬在燃烧，周身浮现骨文。

“轰！”

随着一声巨响，地面崩开，一座大山从地下升起，缭绕着带状的混沌雾霭，无比巍峨高大。

大山的半山腰处有一个古洞，瑞霞喷发，仙雾弥漫，景象惊人，大道轰鸣声就是从那里传出的，一阵阵巨响如海啸一般震耳欲聋。

“等了这么久，终于到了这一天啊！”齐道临不淡定了，神色激动，释放出绚丽的符文，带着石昊直接冲了过去。

这是一个古老的矿洞，二人刚一进来，就感觉到了一股浓郁的神圣气息，连齐道临都身心剧震。

“仙道气息？”

齐道临大喜，暗自嘀咕：“若果真如此，不如干脆将这里开辟成洞府算了，花费多大的代价都值！”

然而，很快他就不敢打这里的主意了，因为他感应到了一股让他惊惧的气息。看来这不是什么善地，反而有未知的危险！

“这洞不是天然形成的，而是人为开凿的！”石昊说道。

与其说这是一个古矿，不如说这是一座洞府。里面看起来居然像一座殿堂，而且石壁上有斧痕、剑痕，很明显，这是被人凿出来的。

“不太对劲，这剑痕、斧痕是绝代高手所留！”齐道临悚然心惊。强大如他这种人，到了这般境界，外物已很难让他产生情绪波动，可是进入这里后，他却一再脸色大变。

“这是无上禁忌高手所留！”

他瞳孔收缩，盯着洞壁，越是细看越是震惊，因为每一道痕迹中都有着无法言喻的大道神韵，玄奥无比。

要知道，这不是那些人为了传道有意刻下的，而只是开凿这座洞府时所留下的普通的刀削斧砍痕迹，如此还能展现大道奥义，简直让人无法想象，那些人得有多恐怖!

齐道临看得出来，这些痕迹不是一个人所留，洞壁上最起码有五种兵器的痕迹，应该都是盖世高手所为，个个强大到令人心颤。

“这是混元石？”齐道临终于认出了这洞府石壁的材质，这一发现简直称得上石破天惊，惊得他睁大了眼睛。

太奢侈了，居然是混元石!

混元石诞生于混沌中，坚硬得难以想象，价值可与世界石比肩，是天生的至宝粗坯。

“还有没有天理？用这种至宝开辟洞府，该遭天打雷劈啊！”齐道临怒道。太可惜了，怎么能如此浪费?

“混元”二字，常与“真仙”连在一起，这是仙道宝料，只有已逝去的那个纪元才有混元真仙。

难道这是仙古时代的洞府？想通后，师徒二人都是一惊。

齐道临想进一步探寻，手刚触摸到石壁上的斧痕，便当即被震得快速倒退，脸色也有些难看。

显然，当年的几位盖世高手所留下的痕迹蕴含着无上的大道之力。

他没有再继续尝试，而是带着石昊向里冲去。他们时间不多，不能耽搁太久。

很快，他们又有了一些发现——洞壁上有不少法力震荡导致的裂痕，更像是至宝对拼时受到的损伤。

“我明白了，这是一块混元石残片，本是一件至宝，只是在大战中破碎了，因此被炼成洞府。”齐道临说道。

不然，没人会这么奢侈!

即便如此，也无损这洞府的非凡。它由几位盖世高手凿刻，化作古矿，此时这里笼罩着神秘雾霭，让人期待。

第528章 仙宝殿

“果然是在大战中受损的混元石。”齐道临盯着前方，神色越发凝重。

仙矿很空旷，道路中有一块很大的混元石料，是从洞壁上脱落下来的，断开处有很多裂痕。

这景象让人浮想联翩，当年到底发生了怎样的大碰撞？连混元石炼成的至宝都破裂了，这简直匪夷所思。

混元真仙，与世同存，万古不腐，可如今这矿洞中，连这种顶级的仙料都碎掉了，令人无限遐想的同时也不禁悚然心惊。

“把它收起来。虽然这块混元石龟裂了，但是带到外边去依旧是神圣宝料，炼秘宝时随便掺上一小块，就可以让秘宝的品质提升一大截。”齐道临说道。

眼前这一块混元石有九尺多长，如果拿出去拍卖，绝对会惊落一地眼球。

自古以来，混元石没有被发现过几块！

当然，这块是不可能炼至宝了，因为它曾遭受至强大道的冲击与碰撞，内部裂纹比蛛网还密，受损严重。

石昊毫不客气地将它收进乾坤袋中。

“不太妙啊，阻力越来越大了。”齐道临蹙眉道。

越往里走，仙矿石壁上的各种斧痕、剑槽等散发出的大道奥义就越明显，形成一股巨大压力，让空间都模糊了。

石昊暗叹，这地方真让人毛骨悚然，究竟是何等境界的禁忌强者所留？只是寻常开凿洞府就能留下如此神韵，真是惊人。

随后，洞壁上出现了一些古老而神秘的刻图，散发着雾气，图案中有古代先民，还有各种他们不曾见过的奇异生灵。

“坏了，这些图案蕴含的大道奥义更多了。”

齐道临放缓了脚步，一脸严肃，额头上竟冒出了汗水。他在运转八九天功，全力对抗。

“哧！”

其中一幅刻图中，有位先民手中持着一柄剑，此时那剑身竟迸发出剑气，斩了出来。

霎时，剑光如虹，击穿虚空！

石昊目瞪口呆，这太不可思议了！

当年的人得有多厉害，才能连凿刻下的图案都这么恐怖，令齐道临都只是躲避，没有去硬撼。

“还好，持剑的只是一位先民！”齐道临直擦汗。

石昊默然。若上面雕刻着一位真仙手持法剑，难道还会劈出仙光不成？不过也不是没有可能，毕竟图中有大道真义。

很快，齐道临的脸色难看了起来，因为他发现石刻早就受损了，那图中的剑是断裂的。

“这简直就是战仙图录。若能在此修行，将所有斧痕、剑意以及各种生灵古图都参悟透彻，绝对能受用终身。”石昊轻语道。

“就是在仙古时代，这里恐怕也是一个了不得的地方。”齐道临郑重地点头。

连他都有点不想走了，很想盘坐在地上，就此闭关，感悟古人随手刻下的真图，参悟当中的无上奥义。

“可惜时间不多，根据我得到的那枚骨片上的记载，机会稍纵即逝。我们在这里待不了多长时间，看天缘吧。最后我们离开时，若能将整座洞府收走，那就是大幸了。”齐道临说道。

终于，齐道临顶着巨大的压力，带着石昊来到了仙矿深处，更确切地说，这是一座巨大的古殿，殿中仙气氤氲。

这里太神秘了，如同仙人的居所，洁白的雾气蒸腾缭绕，二人吸一口气都顿觉浑身舒泰得不得了，连肌体也开始发光，仿佛要羽化飞升一般。

“了不得的神圣古地，真是不可想象！”就连齐道临都睁大眼睛，做出了这样的评价。

幽寂的殿堂宏大无比，透过雾霭，可以看到前方供奉着很多神位，正流动着神力。

殿堂的四壁也很不凡，凿刻着很多图案，从花鸟鱼虫到古代祭祀场面，再到先民、日月、仙料等，应有尽有。

这里更特别的是，所有压力都消失了，仿佛都收敛于图案中。

“暂时安全了。”齐道临说道。

“道主，你赶紧寻找想要的至宝材料吧，我在这里盘坐一会儿，看看能否有所悟。”石昊说道。

“好，你小心点，别离我太远。”齐道临说道。

石昊当即盘坐下来。石壁上图案很多，每一幅都蕴含着大道气息，他扫视过后只觉心神摇动，仿佛即将陷入一个又一个大世界内。

不久后，石昊周身出现异象，他自己无所察觉，齐道临却是一惊，回头看向他，露出惊讶的神色。

石昊脑后出现了一道朦胧的光环，光环凝聚成形，化作一个神盘，发出祥和而灿烂的光辉，如同镜子般，将他衬托得宛若修行古僧，又像一尊神主。

他脑后的神盘光华流转，居然映照出一组又一组图案——刀痕、斧刻、先民、日月、各种生灵，像是在模仿石壁上的古图。

“这小子还有这种能力？”齐道临非常吃惊，直呼邪门，因为他竟感觉那神盘映现出的图案与石壁上的一样，蕴含诸多大道真义。

“道主你在说什么？”石昊狐疑地抬头看向他。

石昊一开口，脑后那如同镜子般的符文神盘就消失了，所以他并未发觉。

齐道临大为惊异，而后道：“没事，你继续，不用管我，别分心，就照刚才那样参悟吧。”

石昊开始继续思忖、参悟，没过多久，那符文神盘又出现在了他的脑后，如同宝镜，显现洞府中的各种古图，映照那些大道。

齐道临瞳孔收缩，盯着那镜子般的神盘，若有所思，但是没有开口。

突然，他转身向前走去，冲向最前方那些被供奉起来的神位。他怕时间来不及了，得赶快行动。

很快，石昊就将各种古图看了个遍，而他脑后莫名其妙出现的神盘像是能映照诸天般，显现了所有图案。

他体悟了一番，发现这里的大道太艰涩了，短时间内不可能领会出什么，便起身向前走去，看齐道临有何收获。

这次他脑后的神盘不曾敛去，依旧在映照诸天。

齐道临站在前方，正逐一端详殿中所供奉的东西，一脸讶异。

“这是……”眼前的一幕让石昊也震惊了。

殿堂中供奉的并非什么神位，而是各种仙料，它们流动着灿烂的光辉，被雾霭笼罩，景象十分惊人！

“难怪这里被称为仙矿，原来是这样！”齐道临叹道。

这排东西中的每一件都可震动古今，随意取出一种都会让上界的教主们眼红，并为此争夺、厮杀、血战。

“天缺石、世界石、混元石……”随便一眼扫过去，就能见到四五种只在骨书中有记载、在现实中却难以寻到的至宝材料。

石昊也被惊住了，要知道这些皆是至宝粗坯，任何一种都是无价之宝！

齐道临神色激动，大袖一卷就要将仙料全部收走，然而只见光影破裂，那些仙料如同气泡般都消失了，那里顿时变得空空如也。

“什么，居然是幻景？那些东西早就被人拿走了！”他额头青筋直跳，恨恨地说道，遗憾不已。

很显然，即使是在仙古时代，这里也是一处神圣殿堂，供着各种无上仙料。

“这边！”石昊指向另一边，那里还有一些材料，同样让人眼红。

“虚空金、五行金、大罗仙金……”齐道临双目中如同有火焰跳动，情绪激荡，难以自抑。

他大袖一卷，结果依旧如刚才那般，所有材料都如同泡沫般破开，全都消失了，直到他的手掌离开，才再次浮现出来。

“可恶！”齐道临低吼道。

就连石昊也无比遗憾。进入宝山，看到了无上仙料却得不到，没有比这更糟糕的事情了，师徒二人如有百爪挠心。

“真龙角、凰喙……”

师徒二人真的快癫狂了，他们所见的至宝材料全都是只在传说中才出现过的东西，可惜的是，齐道临几次出手都落空了。

“别告诉我这里也是空的，如果是这样，我非拆了它不可！”齐道临恶狠狠地说道。他向前走去，直接盯住了殿堂最高处的中心地，那里供奉的东西应该最珍稀。

他拂开洁白的雾气，那里跟其他地方不一样，并无泡影。

“有一块石头。”石昊大喜。

齐道临也无法平静了，最高处居然有东西可以拿到手？他快速一甩袍袖，将那东西收了过来。

然而很快，他的脸色变得更加阴沉。东西是到手了，但是仔细观察后，他确信这不是至宝，只是一块巴掌大的黑色石料。

“这是石皮。曾有一块宝料被这黑色的石头裹着，供奉在中央，可是现在宝料已经消失了！”

齐道临愤怒地仰天长叹。他们连被供在最高处的宝料都没能见到，只见到了一角石皮，太让人遗憾了。

“应该是被仙古时代的人用掉了，这里显然是一处神圣宝殿。”石昊道。

齐道临快速出手，接连撼动那些泡影，只听得“轰”的一声，终于有三四种宝料有了反应，发出大道轰鸣声。

只是，几种神料都被封印着，即便过去了漫长的岁月，那种力量已经枯竭，封印也已经龟裂，神料却依旧很难被撼动，这实在让人惊愕。

“嗷……”

突然，不明叫声从远处传来，让人神魂皆颤，好像有一个巨大的威胁从殿堂的一侧苏醒，正在靠近。

“给我开！”齐道临大吼一声，运转八九天功，同时嘴里喷出一口血，鲜血燃烧成光，向神料袭去。他集中了一身巅峰战力，支持自己的无上大法，只攻击一种神料的封印。

“轰！”

封印炸开，他一把向前抓去，而后带着石昊，疾速冲出这座殿堂，头也不回地远去了。

“隆隆……”

殿堂一侧的响声不绝于耳，十分吓人。

随着“哧”的一声，师徒二人在间不容发之际冲出了仙矿。

他们回头一看，发现仙矿所在的大山开始沉陷，即将没入大地。之前喷薄瑞气和仙光的洞口处出现了一个人形生灵，这个人形生灵身上闪烁着七彩光芒，正盯着他们。

“一块七彩仙金！”齐道临惊叫，后悔不迭，“真不该逃，原以为是什么怪物，不承想那是一块至宝粗坯。”

“道主，别后悔了，那仙金通灵了，你看它是人形的，像是个女人。”

“人形的怎么了？”齐道临愤愤地说道。他手中的东西跟那仙金一对比，差距太大了。

石昊默然，他觉得那块仙金肯定超凡，齐道临不一定能对付，只是不知道什么原因，它没有走出古洞。

显然，现在想将大山与仙矿收走也是不可能的了。

那座大山缭绕着混沌气，沉入地下，就此消失不见了。果然如骨书记载的那般，机会稍纵即逝。

这座大山是会移动的，估计要数千上万年过后才会再现。

“道主，你得到了什么？”石昊向齐道临手中望去。

齐道临蹙眉，他并不认识这种材料，掌中之物灰扑扑的，没有一点光彩，扔进土堆里估计都没人会注意。

不过，很快他便不失望了，露出了惊喜之色，因为无论他怎么用力，都难以损毁这材料分毫。

“仙料！”他大胆得出结论。

这块似金非金、似石非石的材料坚固不朽，有人头那么大，炼制秘宝足够了。

“道主，你这次收获巨大啊！”石昊羡慕地说道。仙矿存在已久，多少人想进去寻找至宝，结果都失败了。

齐道临能成功得到仙料，是因为他守了数千年，捕捉到了短暂的机会。

这件事传出去足以轰动上界。仙料啊，自古能有几块，各大教谁不眼红？

“小子，你的收获不会比我小。”齐道临面露惊异之色，看了石昊一眼说道。

“我收获什么了？”石昊咕哝着。

“别急，不久后也许就会有所体现。另外，我提醒你一下，日后若看到有大道奥义的地方，一定要停下来仔细揣摩，哪怕一时领会不了，也要花时间钻研。”齐道临告诫他。

终于到了二人分手时，石昊像是想起了什么，道：“道主，至尊殿堂可能被一只大乌龟驮着，从下界上来了。”

“嗯，我知道，是一只银凰最先看到的，后来它还被仙殿传人与几名老仆一起追杀。”齐道临点头说道。

石昊一怔，不过随即释然了。这事情连一些初代都得悉了，当日他们还共同追杀那银发女子，齐道临又怎会没有察觉？他肯定比谁都上心。

“我一定会让传承再现！”齐道临浑身发光，坚毅的目光炽烈无比，而后他撕开虚空，就此远去！

随后，石昊也上路了，他离开了火州、天仙州这片区域，开始远行。

第529章 会合

石昊是在一座巨城借助可以横跨数十州的巨型传送阵离开的。

不然光凭飞行，天知道要花上多少年！

从一州的一端到另一端，距离短的也有数千万里，长的话更是数以亿计，简直大到无边，就更不要说数十州、上百州的距离了。

魔州自古出魔，惊天动地，每过一段岁月就会有一场大战，是一个罪与血之地。

名动上界、植物系强者云集的魔葵园就在此州，毗邻天州，同天人族的领域遥遥相对。

石昊来到魔州，自然不是想招惹那些大势力，哪怕他跟那两大教势如水火，也不可能现在就登门。

他只是为了看望自己的爷爷。他们分开有一段时间了，而他不久后就要去参加三千州天才大战，故特来此告别。

这是一片荒原，人迹罕至，草木稀少，最深处有一片火山群。

大魔神十五爷就在这里隐居，十五爷因在恶魔岛吸收了魔尊真血，体内有阴气，需浸泡在火山岩浆中才觉得舒服，因而与石昊分别后留在了此地。

这里火山成片，寸草不生，一座又一座山口向外冒着火光，有的更是有岩浆流淌而出，鲜红而炽热，十分惊人。

“爷爷！”

没有任何意外，石昊仔细寻找后，在一处火山口中见到了自己的祖父。

十五爷一头灰发中带着黑色发丝，正盘坐于岩浆中打坐。他听到喊声，苏醒了过来，顿时大喜。

“孩子！”他迈步而出，穿上一身灰色衣衫，快速走来，脸上写满了喜悦。

这里与世隔绝，他并不知道石昊所经历的一切，但是能够这么快与石昊再度相见，他还是很欣慰、很激动，毕竟血浓于水。

“爷爷，你的气色好了不少，白发都快变成黑发了，下次再见你会不会直接成为一个小伙子了？”石昊也很开心，跟自己的祖父开起了玩笑。

“哈哈……”十五爷心情很好，因为他体内的阴气快除净了。接着，他伸出了双臂，展示给孙儿看。

“啊，再生了，太好了！”石昊大喜。十五爷断掉的手臂终于生长了出来，自己的祖父不再是残疾了。

人到了尊者境就可以肢体再生，只不过需要花费大量时间。

“孩子，你这么快就回来了，在外面都遇到了什么？”十五爷问道。

“没什么麻烦，吃得好，睡得香，倒是遇到了很多大机缘。”石昊怕祖父担心，并未提各种惨烈之事。

“臭小子，还想瞒我，看你的样子就知道是故意报喜不报忧。说吧，爷爷又不是外人。”十五爷双目深邃，似乎可洞察一切。

在石昊坦白说出这段日子以来的经历后，十五爷已十分愤怒，道：“天人族太过分了！”

同时，他也很欣慰，孙儿有了一个厉害的师父。

祖孙二人有很多话想说，一聊就到了大半夜。石昊告诉祖父，他马上就要去参加天才大战了，也许一走就是很多年。

“昊儿，你一定要小心。我们不追求名次，只要活着就好！”十五爷拉住石昊嘱咐道。他是一个硬汉，但转头的刹那老泪差点落下。

石昊也鼻子发酸，抱住自己的祖父，道：“爷爷你放心吧，我一定会活着回来，谁都收不走我！”

不为别人，只为祖父，他也会保护好自己，活着回来。

“带上这个。”十五爷将《原始真解》万灵图拿了出来，要石昊带上。他反复研究过，觉得这巴掌大的莹白骨图很不一般，也许能派上大用场。

石昊点头，将万灵图带上了，因为在荒域西陵兽山时，此图就曾有所变化，显示出它的不凡。

“爷爷，这就是天命石。”他想将天命石送给自己的祖父。

“这东西若还能融合就好了，可以让你进一步精进。可惜了。”十五爷摇头表示不要。

天命石择人后，即便被取出来，也不能重新选人融合，无法再帮人实现完美进化。

“咔嚓！”

石昊直接用虚空战戟斩下一半天命石，塞入十五爷手中，道：“虽然不能融合，但这东西研磨成粉，也抵得上神圣宝药！”

临近离别，祖孙二人依依不舍，有太多的话想说。

“对了，昊儿，这里可能有一种古火，是造成此地火山群连绵成片、没有尽头的原因所在。”十五爷告知石昊。他想让孙儿留下来收服那火种，好提升实力。

“不用了，我另有办法。”石昊摇头，并将齐道临所传的仙古祭祀语告诉了祖父，若有机缘，也许祖父能收服那种古火。

终于到了分别时刻，祖孙二人都忍不住落泪了。

因为他们这一别之后，不知道多久才能再次相见，也许几年，也许上百年，还有可能永远都不能再见。

三千州天才大战，对于一般的修士来说只是重在参与，也许不是什么问题，可是想夺最大造化的人，则注定要在此战中血拼，危险重重！

石昊离开了。在魔州远渡时他格外小心，几番周折，转行他州后才借助巨大的传送阵到达了五行州。

“不知道打神石与皇蝶是否还在。”当初他与它们约好，要它们在某一地等待，不要离开，可是这么长时间过去了，两个家伙还会在吗？

这是一座小镇，栽有不少古树，青石道路两旁古木葱茏。

石昊在这里驻足片刻确定方位后，就飞向了不远处的山脉，降落在一座矮山上。

“哧！”

一道神虹飞来，直奔石昊的脑门撞来，快到极致。

他一惊，快速躲避，然而那东西如影随形，再次轰向他。

“此山是我开，此树是我栽，要想从此过，留下买路财！”那道神虹嗷嗷怪叫着。

石昊不动声色，取出丹炉，打开炉盖，欲收这道神虹。

“小子，你心眼太坏了，竟想用仙坟的诅咒对付我。”那道神虹“哧”的一声落下，出现在石昊近前，正是打神石。

随后，皇蝶也出现了，如一条金线横空，落在了石昊的发丝上。

石昊大喜，这两个家伙果然一直等在此地没有离开，省却了他寻找的麻烦。

“小子，你消失这么久，听闻你跟一个妞儿一路浪漫数十万里，结果让人捉去当上门女婿差点被宰掉？”打神石大笑，一副欠揍的样子。

“死东西，刚见面你就揭我伤疤。”石昊抓住它，右手发光，猛力捏动。

“啊……撒手！浑蛋，你的手怎么这么硬！”打神石怪叫，当然肯定是有夸张成分。它法力不见得多深，但材质是顶级的，坚固无比。

“你太不像话了，一走就是这么长时间，让我们在这里傻等，自己倒四处闯祸。那么多刺激的事……居然不带上我们！”打神石总是一副唯恐天下不乱的样子，控诉完便大喇喇地向石昊要礼物，美其名曰补偿。

石昊一巴掌将它拍翻，道：“别转移我的注意力，上来就主动挑事，你肯定惹祸了。说吧，银子去哪儿了？”

所谓银子，正是那只沉眠的银凰。事到如今，石昊能确定，银凰就是那个银发女子。

元天秘境开启时，依照规矩，他只能自己进入，不能带其他生灵，银凰当时又正在沉睡，他就将银凰交给了打神石照看。

“那傻鸟被我打跑了。”打神石一脸傲然之色。

“胡说八道！”石昊一看就知道它睁眼说瞎话。他急忙看向皇蝶，向它询问，因为那银发女子知道至尊殿堂在哪里显现过。

皇蝶用一段神念告诉他，银凰苏醒后，化成了一个美丽绝伦的银发女子，狂揍打神石，追了它数万里，狠狠出气后才离去。

“你不是说银子被你打跑了吗？”石昊问打神石。

“那只该死的鸟，气死我了！那是凤凰后代，快返祖了，化成了一只银凰，受重伤后沐浴神火而觉醒，就变得更强大了！小子，你笑什么？你将人家的银羽剪得七零八落的，像只鸽子似的，结果人家将气全撒我身上了。那凤凰焰实在让人受不了，我……太倒霉了！”

打神石气得跳脚，连连诅咒。那次真是又吃瘪又丢脸，让它郁闷无比。若非它逃得够快，就被银凰抓走了。

当日，石昊怕银凰被人认出，直接给银凰来了个“洗剪吹”，将那一身银光闪耀的宝羽修剪得参差不齐，当时就让那银发女子气得险些背过气去。

不用想也知道，银凰苏醒后肯定气得抓狂。

“人家一姑娘，被你看管着，不找你出气找谁出气？”石昊一点同情心都没有，淡定地嘲笑道。

“小子，我跟你拼了！是你折腾那丫头的好不好？凭啥算我头上！”打神石怒吼，扑了过来。

然而，紧接着它眼睛就直了，它盯着石昊手中一块五光十色、仙光澎湃的奇石，口水哗啦啦地向外流。那东西太奇特了，染得整片天空色彩斑斓，显得无比神圣祥和。

“这是……”它狂咽口水。

“天命石。”石昊随意地掂着手中的奇石，一脸平和地说道。

“嗷呜，送我！”打神石直接扑了过来，张嘴就咬。

“唰！”

石昊横移数丈，躲避了过去。

“大哥，看在我忠心耿耿、一路舍生忘死跟随你的分上，这块石头可一定得给我啊。”打神石肉麻得让人起鸡皮疙瘩，当即表态，“那银凰找我麻烦算什么？应该的，下次见面依旧由我出面搞定！”

但随即它又话锋一转，道：“不，这么一个漂亮到惊为天人的银发女子，又冷艳到了极点，还是应该由大哥你搞定，麻烦我来扛！话说你都替她修剪过银色羽毛了，亲密接触啊！我保证会把这事传得沸沸扬扬、天下皆知，让她只能与你成婚。”

“什么乱七八糟的，你胡说什么呢，少给我惹祸！”石昊瞪眼斥道。这家伙明显是讨好加威胁。

石昊将天命石一分为二，给了自己爷爷半截，剩下这半截本来就是打算给打神石的。

“大哥，你太好了！可惜我是公的，不然非以身相许不可。”打神石无耻地嗷嗷怪叫，一口吞下天命石。

一瞬间，它浑身发光，一会儿赤红似火，一会儿紫若幽兰，一会儿又洁白如玉，不断变化，神圣无比。

“你能融合？”石昊一惊。

“当然。它是石头，我也是石头，无论何时都能融合。所谓择主，那是对其他生灵说的！”打神石傲然说道。

石昊闻言心头狂跳，还能如此？

“嘿嘿，不久的将来，我就要崛起了，完美进化后，我就将成为天下第一石。小子，赶紧多拍我马屁，以后大哥我罩着你！”吞下天命石后，打神石又开始嘚瑟了。

“你这浑蛋，过河拆桥。”石昊瞪眼骂道。

“那银发女子追杀我数万里，差点没把我拆了，我帮你挡了灾，这是我应得的！”它理直气壮，而后大声宣布道，“从此以后，我要改名叫命运之石。”

然而，很快它眼睛又直了，盯着石昊的手掌，因为那里又出现了一块石头，这块石头古朴无华，但有一种大道气韵。

“这……是什么？”打神石声音都颤抖了。

“混元石。”石昊云淡风轻地说道。

“大哥，你是我亲大哥，给我吧，一定要送给我啊！”打神石口水狂流，扑了过来，竟化出一对石质手臂，抱着石昊的大腿，坚决不松开。

石昊斜睨着它，不予理会。

“大哥，将混元石给我吧。一旦我成功融合，天下第一石的名号非我莫属，日后完全不用你出手，全包在我身上了！”打神石擦着口水，疯狂许诺。

石昊掂了掂手中的石头，其实这仅是一小块，他的空间法器中还有更多。

“亲大哥，以后无论你有什么吩咐，我都保证圆满完成。”

它抱住石昊的大腿，打死也不撒手，就差满地打滚了。

“大哥，我会暖床！”最后，它语不惊人死不休，来了这么一句。

“滚！”石昊一脚踹开它，感觉浑身汗毛倒竖。

“呃，说错了，我是说我会抓暖床人。那冷艳高贵的银发女子不是不可一世吗？回头我就把她抓来。”打神石拍着胸脯说道，并扬言一旦融合了混元石，它还可以去把各教圣女抓来。

“你的节操呢？”石昊无奈地看着它。

“为了混元石，一切皆可抛，万事都可做。”打神石脸皮超级厚地叫嚷道。

“拿去，别叫了。”石昊实在受不了它，一口气扔给它十几块混元石。

打神石顿时傻眼，而后嗷嗷叫个没完。

“亲大哥，以后你就等着看我出马吧！”它终于不敢过河拆桥了，因为它觉得，石昊身上肯定还有不少混元石。

石昊没有搭理它，对皇蝶道：“这次没什么好礼物送给你，但马上就要进入‘仙古’了，那里有天神果等各种宝药，一定能让你吃个够，让你迅速蜕变。”

接下来，他们离开此地，径直赶往恶魔岛收天河水。石昊觉得，参加三千州天才大战的各教弟子肯定都会有非常可怕的后手，所以他也不得不认真准备。

这一次重走天河路有惊无险，他耗时数天，被劈了个死去活来，用丹炉收取了大量河水。

当然，他也收走了不少仙坟土。

幸好他学成了雷帝宝术，而且已对这里的诅咒了解透彻，不然肯定会像上次那样耗时半个多月才收集到一小部分。

“走了，该动身了，大赛快开始了。”石昊说道。

“去哪里？”打神石询问。

“罪州！”石昊说道。据闻那里是从下界上来的生灵的聚集地，火族等大族的根基都在那里，也许火灵儿就在那里。

罪州，这名字让石昊心中不忿。他希望从这一州崛起，打出一个朗朗乾坤，创造出不世辉煌，登临巅峰。

“三千州天才大战，我们来了！什么当世天才，什么自古封印至今的怪胎，统统放倒！”打神石大叫道。

第530章 罪血后人

罪州，东西距离两亿三千万里，南北距离八千万里，不算大，但也不算小，在上界算是一块中下等级的州土。

石昊借助几个超大型的传送阵，耗时数日，几经周折，跨越了数百州，终于来到了罪州这片土地上。

石昊跟着一群远行者从祭坛走出，虚空之门随即在他身后闭合。他观察起附近的景象——想了解一片土地，从一座城就能看出一些端倪。

桑城，灵气稀薄，整座城池由巨石砌成，以灰褐色为主色调，显得很古朴。

“咚！咚！咚！”

几个象头人走过，庞大的躯体让大地轻颤。其身体呈青色，带着斑斑血迹，手脚皆戴着镣铐。

这是奴隶，已被人买下，正被押送走。

“呼……”

空中突然狂风大作，数十只魔蝠横空掠过，如同一群翼龙，带着煞气。它们都是坐骑，可载人远行。

这是石昊走出祭坛后所见到的景象。

桑城带着原始气息，相对来说，比其他大州的巨城落后。

“这地方严重缺少灵气，不太适合久居。”有人皱着眉头说道。

跨州级别的超大传送阵一次要传送数千人，不然不划算。同石昊一起被传送来的一大群人走出来后，有人显得对这座巨城很失望。

“别抱什么希望，毕竟这是罪州，曾经的被诅咒之地，难道你还指望看到大面积的灵山秀水吗？知足吧。”有人说道。

石昊闻言，皱了皱眉，这片地域的生存环境果然不太好。

“为什么这里会成为被诅咒之地？”石昊想知道它是如何形成的，开口问道。这里聚集了从下界上来的生灵的后人，一定有知情者。

“很久以前，一些强大的囚徒，还有从下界牢笼上来的大凶后代，都被放逐到了这一地。他们体内流淌着罪血，导致这一州都被诅咒了。”一名老者答道。

听闻此言，石昊不禁握紧了拳头，许久才松开。接着他又问了一些问题，并没有引起其他人的怀疑，因为上界过于广袤，除却自己所在的州，对其他地域不了解很正常。

“诅咒肯定是强大到极点的人才能施展吧？”也有其他人对此感兴趣，问道。

“嗯，这个问题我们还是少触及为好，据闻那是上苍的诅咒。”老者说道。

不少人不禁倒吸了一口凉气，深感忌惮，不愿多问了。

但也有一些年轻人更为好奇了，纷纷询问身旁的人为什么会如此，不太相信“上苍”这种虚无缥缈的说法。

“什么上苍，都是生灵所为，不过是弄了一个可怕的噱头而已。”有人嘀咕道，显然不怎么相信传说。

“没错，的确曾有一些流言，说此事跟一些已然消失或隐于世间的古教有关，据闻当年是这些道统的一些禁忌人物联手下的诅咒。”

“这是谣传！”

一些人争执了起来。

“我说诸位，到了这片土地，最好还是不要谈论这些禁忌往事，不然多半会发生不祥之事，惹出大祸。”一个沉稳的中年人告诫道。

桑城规模宏大，以巨石砌成，地面也都是石质的，看起来古朴而带着蛮荒气息。

从传送阵走出后，众人进入城中，其中大部分人都散开了，不再同行。

石昊已经打听到，当中有不少人想在罪州参加三千州天才大战，希望在这落后而原始的土地上获得一个较好的名次。

因为进入“仙古”的名额有限，所以各教修士想尽办法，选择在一些相对较弱的州参加“入场战”，以获得最终资格。

罪州因此成了很多尊者的目标，大批人向这里拥来。

桑城只是一个缩影，这片土地上的其他城池也早已来了大量的外来者，让这一州不再平静，躁动了起来。

“这么多人参加大赛，有意义吗？”石昊问旁边的人。

因为各州参赛的人均多如牛毛，很多人不惜跨州远行，只为获得一个最终资格。可是“天下第一”只会有一个，大家这样蜂拥而上，石昊觉得太不值了。

“初始阶段没什么危险，而且各教修士都有自知之明，已为自己精准定位，不会与那些怪胎、初代等搏杀，就算真的不可避免地遇到了，也会立刻臣服。大部分人进去，只是为了‘仙古’中的其他机缘，毕竟里面神圣之物太多了，哪个教不眼红？”

很明显，参赛的人目的各不相同。少数人是希望问鼎，而大量的尊者则只是为了进去采药、获得传承等。

当中不仅有历代天才殒命后留下的骨书、秘宝，还有仙文，更有圣人木、仙种等，足以让众教主疯狂。

一人叹道：“有人在里面挖出过仙宝，也有人得到过无字天书，更有人在那里吃下天神果后立地成为天神。”

另一人点头，道：“有人甚至曾在里面发现了真龙蛋、仙凰巢。那里惊天的东西远超你的预料，只有你想不到的，没有那里没有的。”

石昊不吃惊那是不可能的。“仙古”当中竟有那么多非同寻常的东西？

“这不会是以讹传讹吧？”

“不是。最起码我知道，某一古老大教的怪胎得到‘天下第一’称号后之所以雪藏己身，漫长岁月以来先后四五次参加大赛，不仅是为了那最大的造化，还因为他发现了喷薄着混沌气的被封印的龙穴，当中有真龙蛋！”

“这等事你都知道？”石昊不太相信。

“这世上没有不透风的墙，况且并不只有他一个人发现了龙穴，而今一些大教都知道了，还有教主曾亲口谈论过。”

石昊闻言瞠目结舌，看来进入“仙古”后必须血拼到底！

“这不算什么，还有人见到了凰血池呢，积蓄着一只真凰全部精血的仙池。只要能跃进去，这一生的成就将不可想象啊！”

几滴凤凰真血便可让人涅槃再生，而那个古老的仙池居然积存着一只真凰一身的宝血，就算古僧这种修行者再现世间估计也得动心，就更不要说石昊了。

他晕乎乎地跟那些人分别。他本就是一个吃货，“仙古”内又有那么多稀罕东西，此时此刻他真是百爪挠心，恨不得立刻进去。

“这么多大机缘，身为命运之石的我进去后必定崛起，光耀千古。”打神石藏在石昊的发丝间擦着口水。

桑城宏大无比，石昊却发现这里所有的客栈都住满了人，其中大半是来自其他州的修士，显然他们要抢占这一州的名额。

很快，石昊的脸色就变得难看起来。

因为其他州的尊者都对罪州很鄙夷，这片被诅咒之地的民众在这些人看来都是凶恶囚徒的后代，许多人都看不起他们。

“罪血后人被放逐在这一地后，连整片大州都被诅咒了，可见他们这些人犯下了何等滔天的罪孽！”

“这样的人当年就该直接杀光，留下来作甚？”

这些极端分子的言论，让石昊脸色十分难看。不管怎么说，这里有不少都是从下界上来的人的后代，居然被他们这样看待。

难怪这一州以“罪”为名，石昊心中极度不舒服。

“这些年来，这一州没再出过什么强者，估计这一次大半名额都会被外来者夺走。”

“被诅咒之地，灵气自然枯竭，尤其是远古那一战让他们都胆寒了，还能出什么强者？这次各州来的都是精英，从失败的罪血者手中夺取名额理所当然，优胜劣汰，本就该如此！”

石昊脸色越发难看，心中有一团火焰在跳动。

在下界时，他就听到过大凶后人这个说法，来到上界，竟发现还有这样的一州，为被诅咒的放逐之地。

这一州有下界的人，也有上界古代凶徒的后代。

他心中难以接受，这都多少代过去了，即便他们的祖先真的做错过什么，也不能罪及后人吧。

石昊觉得应该详细了解情况。

不久后，他得悉火族在这一州算是很大的势力，其建立的火国为一方古国，不容小觑。

然而，另一则消息却让他震惊不已。

“曾有一个石国在古时被灭了？”

石昊闻言，脸色大变。这是非常糟糕的消息，如果他没有料错的话，那应该是由他们石族一脉的祖先所立的古国。

“为什么？”他向人打探相关消息。

“罪血于该国显化，惊动各地，于是石国被上苍诅咒，最终烟消云散。”有人答道。

“怎么可能？”石昊绝不相信这一说法。

“嘘，小声点。古时石国日渐兴盛，出了一些了不得的人物，堪称震惊当世。后来有人看到，一只大手从天而降，抹平了这一古国，覆灭了这一族群！”一人神秘兮兮地说道。

石昊带着满腔怒火离开了此地。

一番探访后，他成功来到石国遗址。

此处寸草不生，一片荒凉，到处都是瓦砾，到处都是断壁残垣。这是一片浩大的废墟，看得出昔日曾为一国宏大的都城。

石昊在这里徘徊的两日里，心中一直燃烧着无边怒火。一个古国居然就这样被无情铲除、彻底覆灭，做出此事的人未免太过残忍冷血。

终于，他在古国残迹边缘，寻到了一个破败的村子。仔细探察后，他意外得知这里算是石族后裔的聚居之地。

“竟沦落到了这一步……”石昊不禁心中感叹。他看到村中老弱之人众多，就连青年也都早已是凡人，不懂修行了。

“原本我族也可以像其他族一样好好活下去的，如今沦落至这步田地，只因石族祖先洞悉了一些真相，这才惹来了灭族大祸……”

当再次寻到一个破落的石寨时，石昊意外地从一位双眼浑浊的老人口中听到了一些惊人的消息！

第531章 罪与辉煌

“罪族虽多，也分主次。”

自古以来，罪血之族早有定论，石族、火族等一共三十族，被认定为主要的罪血后代！

石族就是其中不可赦的一族，冥冥之中像是在被一双眼睛一直注视着。

这是老人道出的秘密。

“总是说什么罪血，难道还真能验出来不成？”石昊问道。

从过去到现在，他经常听到这个词，因而心有感触，说出了自己的疑惑：这究竟是怎么界定的？

老人幽幽一叹，道：“的确可以用一些圣物探查出。测试时，一般的罪血之人额头上会有点点微光；强大的罪血之人额头上会有罪血凝聚，圣光如炬；而罪血深厚的人甚至会在额头上凝聚出一道纹路，光束腾空。”

石昊闻言，相当吃惊。

“哪里有这样的圣物？”他问道，想亲身去体验一下究竟是怎么回事。

“其实也算不得圣物，各族都有。石族被灭后，古国皇都遗址那里就有一块巨石，坐落在都城前，应该没被人收走，用它可以检测罪血。”老人说道。

对很多人来说，这块巨石算不得什么秘宝，并无大用。

老人在说这些话时，双目无神，带着伤感。

石寨不大，也很荒凉，寨中总共就一两百人，村民穿着破旧的兽皮衣，根本不像古国后代。

石昊在寨中停留了不算短的时间，认真请教了不少问题，留下了一堆宝物后才离去，径直赶往那片废墟。

“他是我石族的后生吗？我多么希望我族能再出一个光耀古今、威震天下的高手，洗刷我族耻辱啊！”老人喃喃道，眼中带着浑浊的泪水，最后恸哭失声，跪向昔日的古国方向。

不久后，石昊再次来到这片废墟，果然在都城外看到一块巨石，这块巨石明显与周边的石块不同，古朴沧桑，带着斑驳血迹。

这不是洒上去的，倒像是天生的血斑。

石昊狐疑地将手伸了过去，依照老人所说，稍微催动血气，而后静静等待。

一瞬间，他体内血液沸腾，如雷电轰击，又如大河奔腾，少顷，他的额骨上凝结出一个古老而神秘的符文，璀璨无比。

这不是老人所说的一道纹路，而是一个符文，繁复的符文若一片星河旋转，诡异、神秘，绽放着灿烂的光辉。

并且那光芒还在持续暴增，像是永远不会衰竭一般，最后“哧”的一声冲霄而上，映照天穹，崩散了云朵！

“天啊，那是什么？”

远方有人惊呼出声，一脸不可思议地看着天空。

只见一道光破入天宇，照亮了这片区域。这道光异常神秘，伴着一股奇异的波动。

“罪血凝聚，竟可崩散云朵，简直前所未有！”

这一景象震动四方，在罪州的许多大教弟子都第一时间察觉到了。

“怎么会有如此强大的罪血符文？光束居然刺破了苍穹！”

各地众人惊呼不已。

与此同时，石昊自己也呆住了，在他耳畔响起了一个苍凉的声音，不知道是来自那块巨石，还是来自他额上的符文。

“我们……不是罪血后人，我们的祖先功高盖世……一直在前线战斗，至今还在用血与骨书写辉煌！”

这声音悲怆、凄凉、沧桑，竟让人闻之欲泣。

石昊一动不动，胸腔被一种情绪填满。他站在这里，似乎已与这块巨石凝为一体，额上的符文更灿烂了。

“我们不是罪人……体内流淌的血毫不污浊……那是荣耀，记载着曾经的功绩。”

这声音非常洪大，在石昊的耳畔回响，让他震惊。

远方，很多人也被惊动了，这罪血光束太过璀璨，令人觉得不可思议。

“究竟是什么人？罪血竟如此浓郁！一个真正的古代大凶回来了吗？”有人低语道，眯缝的眼睛中射出光芒。

“这注定要惊动各教，传遍各州！”

少顷，天空中映现出一个符号，有人隔着无尽天地用镇教古镜感应到了，镜面上出现了一个“罪”字。

空中居然显化了一个完整的“罪”字，让持镜的人倒吸一口凉气！

“罪血化字，得找出这个人！”

当即，就有古老的存在发出断喝，做出决断。

罪州上毗邻石国废墟的一些道统，则亲眼看到那片天空中有一个古符，那古符如太阳般，正发出灿烂的光辉。

许多人面露震惊之色，纷纷议论着，却不敢接近，怕惹祸上身。

遥远的大地尽头，一对祖孙路过，他们有所感应，望向这边。

“爷爷，那是‘罪’字吗？”

“是。竟有这样的人，罪血凝聚，映照诸天，在天空中显化出这个字来。过去的一些大凶也只是现出一道纹路而已。”

“可是，爷爷，你曾告诉我，以前这个字不是罪，而是代表了一种辉煌。”

“是啊，可惜了，如今它是罪，原本的意义已不复存在了。”

两人远去，消失在地平线上。

石昊用颤抖的手抚摸着那血泪斑斑的巨石，那苍凉的声音依旧在他耳畔回响。

“我们……不是罪血之人，我们的祖先……至今还在那里战斗，封绝天地，自断退路，他们依旧在血战，在镇守边荒。”

凄怆的话语像是从一个断开的世界中传来，那人在呐喊，在悲吼，带着骄傲，更带着悲壮。

不知为何，石昊发现自己在颤抖，他的心绪与那个声音产生了共鸣，不知不觉间，他的脸上竟已挂满泪水。

最后，他的手离开了那块巨石，与此同时，他额头上的符文消失了，罪血之光也从天空散开，就此不见。

他摸了一把脸颊，泪水还在，刚才的一切都是真实的，他被一股情绪深深地感染了。

他没有迟疑，非常果断地取出虚空战戟，“哧”的一声划开虚空，单臂持战戟，猛地跃了进去。

虚空闭合，此地恢复寂静。

不久后，一道身影如惊雷般震动天穹，快速接近此地，而后轰然坠落在废墟中。来者竟然是一尊天神。

他是距离此地最近的一位高手，因而第一个赶到。

接着，又有几道身影破空而来，带着浩瀚的威压降临此地。

须臾，甚至有一人带着混沌气从天外降落，俯视此地，久久不语。

“罪血成形，额骨腾光，烙印于天穹，不知道的还以为是他们的祖先回来了呢。”很久后，才有一个古老的声音响起，话语中没有丝毫情绪波动，不带任何感情。

未见到罪血后人，他们便全部离开了，不曾久留。

而后，另有几批人先后到来，在此驻足。

“罪血能焚尽一切，自那人的额骨透出的光烧掉了所有，无法感知。”

一个“罪”字映现于天宇之上，这只是一种异象而已，却惊动了各方！

石昊不会想到他刚才的一番作为导致了怎样的风波。一股巨大的暗流在汹涌，一些人开始了寻觅，想将他找出来！

此时，他早已远离那里，正站在一座矮山上，怔怔出神。

也不知道过去多长时间，他才回过神来，自语道：“罪血后人……我不是！”

直到此刻，他的心绪依旧在与那些话语共鸣——石族的祖先不是罪人，而是开创了某种辉煌，至今还在前线战斗，抛洒热血。

一番心怀激荡，又一番热血沸腾，让石昊有了一种体悟，了悟了不少道义，感觉就要进一步提升。

“我要达到尊者大圆满了吗？”

石昊目光灼灼，心中思忖。原本他就已触摸到了这一境界的门槛，很快就可以达到，而今因为心绪起伏剧烈，竟直接就要破关。

但他没有直接突破，怕一个弄不好就直接进入神火境了。

达到尊者大圆满后，离进入神火境就只剩下一张纸厚度的距离，随时有可能突破。

他已经有了算计，决定等上几日，夺一种天地造化洗涤己身后，再铸就大圆满，让自己更强。

这是早就有了的计划，他并未因此时的顿悟而打乱节奏。

不管怎么说，进“仙古”前他必须达到尊者大圆满，让自己的战力再提升一截，这样他才能从容面对诸强！

“看谁再敢说我们是罪血后人！我们何罪之有？”石昊有点不甘心。

平静下来后，他决定去火国走上一遭，火灵儿应该在那里，不知道她而今怎样了。

天州与罪州之间横跨数百州，距离无比遥远。

但是，今日所发生的事情还是传到了这里，天人族高层为之震动。

事实上，为之震动的远不止他们这一族，“罪”字凝聚成形，照耀天穹，着实震动了很多大教。

但是只有该族隐约猜到了那是何人所导致的!

“石国废墟……应该是那小子吧？”一位天神目光冰冷，开口道。

最近，他们被一个小小的尊者折腾得颜面尽失，幽宇被斩伤，护道者被击败，各大道统都在看他们的笑话。

但即便是在这种情况下，他们依旧没有公布石昊的真正身份，因为他们还是不甘心，想活捉他，独得他身上的鲲鹏法等宝术。

“待我占卜一番，算出他在哪里！”护道者应声出现。他头上的断角刚长出一截，还不曾恢复，干枯的脸显得越发灰白。

“大人！”有天神叫道，无比担心。若护道者这样做，可能会耗掉他最后的寿元。

“大人，万万不可！齐道临是个疯子，即便我们真能找到那小子，到头来也是得不偿失！”天神莫罗这样劝道。

“齐道临进入广袤的无人区了。我要做的事不会留下任何痕迹，上天注定要让此子夭折。”护道者平静地说道。

所有人都是一惊，而后面面相觑。

“准备一间静室，我要施法，夺来鲲鹏法等宝术，送祸胎上路。”护道者目光森冷，断角闪烁寒光。

不久后，这里变得一片宁静，所有天神都退出去了，在外默默等待。

随着时间的流逝，他们心中越发焦急，既希望得到无上道法，斩掉祸胎，又怕被齐道临洞悉这一切。

“护道者出手，他一定活不了，虽然他战力惊人，但注定要夭亡！”

“死了也好，不然他虽年少，却总让我不安！”

几位天神一边低语一边焦急等待着。

突然，他们感觉虚空裂开，通道开启，随后像是有一重物坠地。

“大人成功了吗？将那小孽畜捉来了？”他们简直不敢相信。

天人族高层全站了起来，异常惊喜。

他们觉得，刚才像是有人被扔在了地上。护道者真的成功了？

“喀……”

咳嗽声从静室传来，接着静室内的符文敛去，众人可以感知里面的情形了。

一瞬间，几人全部脸色大变，冲了进去。

“大人！”他们大叫道。

只见护道者正躺在地上，大口咯血。原来刚才不是他捉来了人，而是他自己摔倒在地了。

“发生了什么？”众天神大惊，赶紧为他疗伤。

可是，护道者嘴里的血根本止不住。

“占卜不出。”他带着迷惑，更多的是震惊，喃喃道，“遥望未来，一片混沌，再回首，他的身后一片虚无。”

“大人您在说什么？”

“您是指那小孽畜吗？”

“是他。”护道者嘴里流血不止，看得出他在逐渐衰颓，他带着震撼继续道，“他……他好像并不属于这一整部古史！”

第532章 火城

天之城的一座殿堂中，一群人焦躁不已，即便是天神也急了，因为他们的护道者生命垂危，已有离世的征兆。

“怎么会这样？护道大人危在旦夕，我族将损失一名至强者。”天神莫罗一脸担忧，这个结果太糟糕了。

“都是因为那个小兔崽子，我族最近所有的祸端都与他有关！”另一位天神阴沉着脸，浑身戾气爆发。

他们惴惴不安。护道者本就已生命无多，又进行了占卜，想相隔甚远强行将石昊擒来，斩除祸胎，结果却遭到了反噬。

一般情况下，除非体质通灵的人，否则就连至强的人物也不愿轻易预测未来，怕会遭天谴。

“一个小小的尊者，居然闹得我族鸡犬不宁，绝不能饶恕！”天神戚拓低声咆哮道。

“咯……”护道者咯血，面色灰白，毫无生气，衰老的肌体越发显得腐朽，恐怕支撑不了多少时间了。

“我真是不甘心啊，连一个少年尊者的位置都算不出！”他目光冰冷，话语中带着无尽的恨。

同时，他也感到一阵深深的恐惧，因为那卦象太可怕了，让人深感不安！

事实上，其他人也心头大骇，强大的护道者，居然因为想占卜一个少年之事而几乎断送了自己的性命。

“他在罪州，一定要斩了他！”天神莫罗咆哮道。

“想办法留住护道大人的命，不能让他陨灭！”有人急躁地说道。

老天人已进入广袤的无人区去履行太古的盟约了，不知道还能否回来，而族中还需一个至强者坐镇。

“护道大人并未算出那个小孽畜身在哪里，也没能采取进一步行动，应该不会遭天谴，也许还有机会活下来！”

他们开始动用各种手段，只为留住护道者一命。

天之城笼罩在了阴影之中，气氛压抑而紧张，让人不安。

罪州，一个灵气稀薄之地。

石昊并不知道，一位太古年间就已崛起的可怕的强者为了算计他，差点将自己的命搭进去。若知道了，他一定会幸灾乐祸，狂笑不已。

因为护道者完全是咎由自取！

“这就是火国吗？”

石昊一路远行，终于临近一个古国。该国是由火族建立的，存在岁月久远，而今已是一股不可忽视的力量。

最起码在罪州，火族有举足轻重的地位，算是一个不小的道统，族中有天神坐镇，甚至还有个别教主级人物。

当然，跟上界的那些超级大势力相比，他们还是弱了一些。

火族，以火立教，以火焰为标志。

矗立在火国都城中的火凤树高耸入云，粗大无比，一眼望去，并排十株，都冒着灿烂的赤光，燃烧着熊熊烈焰。

火国都城很繁华，人来人往，车水马龙。

整座城市也很特别，远远望去一片通红，还流动着赤红的光——这是以火晶石铸成的宏伟巨城。

街道上各个种群的生灵都有，尤其在眼下这个时间段，更是来了大批修士，外来者将各大客栈都住满了。

所有人都知道他们所为何来，但是也难以将他们赶走，因为这些人都来自各大道统，没有谁敢轻易得罪。

“这么大的火国，这么宏伟的城池，我能在这里顺利找到火灵儿吗？”石昊轻语道。他很想见到下界的故人。

但他觉得，下界的火皇上来后，肯定不可能入主火国皇宫，在下界再强大，到了上界也很难翻出什么浪来。

他甚至开始担心，火皇与火灵儿究竟是否平安来到了这里。

“火灵儿？没听说过！”

果然，石昊四处打探后，颇为失望，因为居然没有一人听说过这个名字。

“年轻人，你都问好几遍了。我可以确信，皇都让人惊艳的强大的女子我都知道，没有这个人。”一名老者不耐烦地回道。

老者并不是修行界的人，只是一个生意人，但他对火国都城很了解，知道不少事。

石昊不想因自己的打探而引来一些人的注意，所以只找这种人询问。他一声叹息，心中惆怅，本以为来到这里就可以见到故人，可是结果却让人失望。

他真的很担心，那父女两人可千万不要发生什么意外才好。

石昊没有马上离开，而是选择在火国都城驻足，决定再好好了解下这里，希望还能找到其他线索，他不想错过任何蛛丝马迹。

虽然没有得到那对父女的消息，但他在打听时意外得悉，这座城中有一些超凡高手，是来自各州的强大尊者，甚至还有初代曾经现身此地。

石昊蹙眉思忖，怎么连年轻至尊都来到了罪州？

并且，他了解到，最近这里时常有天才聚会，大家似乎都在等一个非常了不得的人。这消息让他震惊，连初代都来了，也只是为了见那个人？

他心中一凛，预感到那是什么样的人了。难道那人还会途经火国都城，在这里出现不成？

“我也要去见识一番，看看那人有多强大。”

可惜，他失望了。的确有个人可能会出现，但是大家并不知道此人什么时候会来，甚至还不能确定此人会来。

即便如此，火国都城内的所有年轻尊者还是激动不已，翘首以待，没有人离开，这景象就像是百鸟朝凤、百兽迎接兽皇！

而这段日子以来，人们也趁此机会举办了不少天才聚会，彼此交流，互相切磋。

“嗯，今晚就有一场盛会。六公主要宴请贵客，到时候会有不少天才强者出现，盛会规格很高，所邀之人都是各州的绝顶人物。”有人议论道。

这消息不是什么秘密，早已传开了。

当然，这对石昊来说却是一个值得倾听的新消息，所以他竖起耳朵认真听他们谈论，想知道盛会的举办地点。

不多时，石昊就了解了个大概。总的来说，是因一只“凤”将至，百鸟朝凤，才引发了各种风波，这种聚会也是因此而起的。

“去看一看。”石昊做出决定。

傍晚，火烧云让半边天空都呈现一片赤红，如同烈焰在翻滚，云朵边缘都镶上了灿烂的金边。

这是一座宏伟的庄园，占地极广，位于火国都城外。

此时庄园内外人影幢幢，不时有人赶来，或从天而降，或乘金色战车，尽显气派与不凡。

“闪开！”

远处有人喊道。一辆紫金辇车驶来，拉车的几头瑞兽将虚空都踏得轰鸣阵阵。

被邀请的人身份不凡，都是各州的强大人物。但是看到这辆辇车时，前方的一些人还是避开了，尤其是一辆金色战车和一辆兽骨宝辇都停到了一边，对那辆紫金辇车极为礼让。

显然，无论是金色战车上的人还是兽骨宝辇上的人，来头都不小，但他们依旧表现得很恭敬，不愿招惹是非。

石昊也到了这里，他虽然从不向人低头，但也不会莽撞地随便出头，此时同样随着众人退后了。

只有一辆青色的古战车没有避开，依旧向前驶去，结果后方嘀声大作，几头瑞兽腾空而起，带着雾霭，直接跃过了此车。

“轰！”

几头瑞兽拉着紫金辇车降落在地，迸溅起很多烟尘，几乎就要砸中那辆青色的古战车。

紫金辇车中传来了银铃般的笑声，张狂无比，辇车就此驶入了庄园。

青色古战车中的人大怒，想要出手，但被人拦住了，那人低声劝道：“兄台息怒，你知道她是谁吗？不可招惹。”

“是谁？”

“来历惊人，而且还可能与那个传说中可能会路过此地的人有关。”那人低语道。

这句话引来了一片倒吸凉气的声音，所有人都震惊了。百鸟朝凤，迎接的是一位神秘而强大的无上年轻强者，这个女子居然与他有关？

很多人陆续进入了庄园。轮到石昊时，他并无邀请帖，但也没有受阻，依旧被放进去了。

而今是多事之秋，各州天才俱现，不少都是一州的风云人物，就连火族的公主也不敢轻易得罪任何人。

谁知道会不会跳出一个怪物来，若生硬阻拦，一个弄不好就会发生流血事件。

庄园很大，院落重重，宏伟无比，在微暗的夜色中闪闪发光，很是灿烂，宛若坐落于人间的琼楼玉宇。

“咦，那不是鸾族的强大尊者吗？他在该族赫赫有名，早已排进前二十名，居然也来了。”

“这算什么？你们看那边，朱厌族都有人来，那暴脾气居然也会受邀请。天啊，雷公嘴看了我一眼，难道听到我说他了？”说话之人“嗖”的一声跑没影了。

“什么，你就是魔州的那位奇才？真是幸会，没想到竟能见到你。”

“嗯，那个人好像是莽州的人，在莽州威名极大，号称尊者境十大高手之一！”

进入庄园后，众多生灵彼此打招呼，不时能听到赞美声。各州的一些名人都来了，让一些人惊叹不已。

“好多强者！看来来的都是各族的英杰，真是不虚此行啊。”有人叹道。

也有人在议论当今天下各州的风云人物，讨论着谁最强。

“我来排位，当世年轻一代十大高手，你们听一听，看是否合适……”

石昊对此也颇感兴趣，不过他突然闻到一股药香，不由得心头一震，快速向前走去，循着药香来到了一片药田。

“怎么会……”强大如石昊也被镇住了，这里的景象让他也不禁绷紧了神经。

这里有大阵守护，符文化作光幕笼罩药田，而里面霞光千缕，瑞彩万道，形成了灵气异象。

不少人围聚在此，议论纷纷。

“嗯，听闻这次聚会就是因为某位身份超凡的人物想观赏火族此地的药田，才特意选在这里举行的。”

“这是圣药，怎么会有十多株？”有人颤声问道。

此地的圣药太多了，简直让人觉得不可思议。

“原本这里种植的是数百株灵药，突然有一天灵药不明原因地成片死去，仅有十几株活了下来，最后全部异变，进化成了圣药。”有人说道。

“什么？竟会如此？这些药是何来头？”

“据传，是有人从下界带上来的。”一个了解内情的修士说道。

不远处，石昊闻言，心头剧震，他知道自己得到了火皇与火灵儿的线索，那些灵药多半是他们带上来的。

第533章 无上人杰

药田很大，里面有发光的五色土，以确保能供应足够的养分，让这些圣药生长。

此地异常绚烂，引人注目。犬叶藤，叶片若獒犬，通体漆黑，黑光流转；赤兰，通体如血钻般闪耀赤光；黄金草，如同摇曳的太阳，金光澎湃……

十几株圣药共生一地，就算开启一处秘境都很难看到这等奇景。

这里的每一株圣药都足以让初代眼红，因为它们极其稀少，通常都是独自扎根一地，长在绝地中，很少有这么多生长在一起的。

“为什么会这样？”有人询问。原本只是灵药，结果居然都进化成了圣药，太不可思议了。

“因为下界法则不全，那里的灵药被带上来后，经过天地道则浇灌，绝大多数都承受不住压力而干枯了，只有这十几株挺了过来，发生了蜕变。”

众人目瞪口呆，这灵药居然也如生灵一般。众所周知，从小千世界来的修士淬体重修，若经受住了考验，就可能会有质的飞跃。当然，绝大多数人都会因为经受不住考验，而泯然众人矣。

石昊向人询问那些灵药究竟是什么人从下界带上来的，结果得悉是一对父女！

至此，他确定了那是火皇与火灵儿，只是当他想再深入了解、继续询问时，照料这片药田的强者也答不上来了。

“应该不会有意外吧。”石昊心情放松了一些。毕竟若是火皇二人造就了这十几株圣药，这礼就太大了，连一些大教也会动心。

心情大好后，石昊又突然脸色大变，发出了一声无比凄凉的惨叫。

众人被这叫声吓了一跳。如此神圣祥和的药田之畔，居然有人叫得如此惨烈，让人耳膜都要裂开了。

“你怎么了？”一名少女关心地问道，其他人也不约而同地向他望来。

“不好意思，走火入魔了，让我叫几声就好了。”石昊哭丧着脸说道。

众人无语地对他翻了几个白眼。

石昊独自离去，找了一个没人的角落，再次惨号了几声，他痛心疾首，实在是悔得肠子都青了。

因为他想到自己来上界时，也带了数百株灵药，结果全被他第一时间用掉、吃光了。

何曾料到，若将它们照料好，有些还能蜕变成圣药。这真是损失惨重。

“嗷……”石昊心疼无比，不断哀号。

一只银色神狼带着狐疑的神色走来，看到是他，心中暗暗诅咒：还以为是自己的族类呢，结果是一个傻帽儿人类。

不久后，石昊回归人群中，继续听众人议论。

这种规格的盛会，来的都是各大教的高手，此地自然也就成了许多有价值的惊人消息的集散地。

“荒到底什么来头？居然这么厉害，连仙殿传人都击败了，听到消息时我都不敢相信！”

有人提到了石昊，顿时引发一阵热议。

“他是至尊道场的人，注定与仙殿对立。不过他如今情形不妙，之前他打败的只是仙殿传人的次身，若真身来了，恐怕战况不可想象！”

仙殿传人居然一人分成了两身，最近到处都在传他主次身即将融合的消息。真到了那个时候，想必他将无敌于天下，同辈间再无对手。

这让各教都倍感头痛，仙殿传人是一个可怕的人物，无疑将阻挡各教初代的路。

“我支持荒，相信他到时候依旧能胜过仙殿传人！”一个女子说道。她一身紫衣随风飘舞，容貌青春靓丽，洁白的额头上有一些黑色的纹路。

但那些纹路并没有破坏她的美，反而为她增添了一种妖邪的气质，显得神秘而艳丽。

石昊讶然，听出了她的声音，她正是早先紫金辇车中那个张狂的女子。当时她的辇车一路疾驰，各路尊者都不得不让路。

“她是谁？之前见她一路张狂，到底是什么来历？”有人低声问道，显然对她的身份很好奇。

“她名为天瑶，是魔纹族的明珠，该族目前最强大的年轻奇才。这次要出现的无上年轻高手也与她有些关联。”

众人都是一惊。魔纹族绝对是上界赫赫有名的大族，他们专攻符文，会在自己身上刻下各种纹路，法术惊世，出过很多传奇人物。

“天瑶小姐就这么肯定荒会胜出？可是在我等看来，他真的连一成胜算都没有啊。”有人摇头说道。

“我只是随口一说，因为我看仙殿不顺眼。他们总是一副自己就合该称尊天下的样子，殊不知这世间有不少道统足以与他们抗衡。当年至尊殿堂还存在于世时，他们敢如此嚣张吗？”魔纹族的天瑶说道。

很多人默然，心里嘀咕着这位大小姐又何尝不张狂呢，有几人敢像她这么冲？

“再说了，即便荒会败，也肯定有人可以杀仙殿传人。我确信，他这次要倒大霉！”魔纹族的天瑶青春靓丽，张狂地说道。

“天瑶小姐该不会是想说动那位无上人杰出手吧？”有人试探性地问道。

这话一出，顿时让众人心头剧跳，久久不能平静。

“就算有无上人杰出手，也不一定能拿下仙殿传人。待他融合完毕，在尊者境内古今有几人可敌？”

“他必败！”天瑶坚持说道。

石昊露出惊异之色。他原以为紫金辇车中的女子骄纵跋扈、不可一世，但现在看来，她除却比较张狂以外，也没有多恶劣。

大家继续谈论当世年轻一代中的十大高手，一时间此地热闹起来。

“天瑶小姐，那位无上人杰真的会来吗？”

“会！”魔纹族的少女认真答道，神色郑重，不再轻狂。

“长弓衍又要出世了。”有人低语道。

听到这句话，所有人都神色凝重，心有敬畏。这个名字像是有一种奇异的魔力，让人战栗不已。

“他应该会在这两日内出现吧，就在今夜也说不定。”天瑶抬头，看了看天空中的满月。

“呜……”

突然，大哭之声响起，自远方传来，震动天地，让长空也随之颤抖。

这一刻，不要说其他人，就连石昊都浑身一震，体内血气汹涌翻腾起来，像是受到了什么刺激。

至于其他人，则纷纷惊颤发抖，就像是百兽见到了万兽之王，不由自主地要伏身膜拜。这是一种本能。

“他真的来了！”天瑶激动不已，第一个飞了出去，冲上夜空，朝着一个方向掠去。

所有人都脸色大变，无比震惊。

“那个人真的来了？”

庄园中都是来自各族的高手，传承于各大古教，但此时这些桀骜的尊者全都惊颤不已，而后腾空跟了上去。

天才聚会因此而中断，所有人都冲向了一个方向。

人们有理由相信，所谓的宴会不过是个幌子，其实是众人料到今晚那个人可能会出现，不约而同地在此等待而已。

石昊露出惊异之色，也跟了上去，因为他知道，那个人强得不可想象，绝对是一个超凡入圣的了不得的人物。

数十里外的一座断崖前，一名男子独自站立，他神情悲伤，正喃喃自语，像是在祭祀、祷告。

偶尔，他会发出一声大哭，哭声震得很多尊者受不了，无法靠近，只能远观。在场的每一个人都骇然失色，其中一些人由于冲得过近，居然一头栽倒在地，昏厥了过去。

“这就是长弓衍？”人们颤声询问道。他到底有多强？同在尊者境，他仅仅是感情自然流露的一声大哭就能将一些尊者震昏，这威力太过恐怖。

“没错，他就是传说中的长弓衍！”

这个名字像是有种奇异的力量，让在场的部分人变得战战兢兢，还有一部分人眼神狂热，盯着男子。

“长弓衍，曾出世过四次，每一次都在三千州天才大战中独占鳌头！”有人说道。

这样的话语一出，连原本不了解这名男子的人也都震惊了，心中波澜起伏。

明月下，那男子一脸悲伤。他一身青衣，身子并不健硕，反而有些单薄，算不上俊美，但眼睛很清澈，眸中带泪。

这是一个身形单薄，甚至看起来有些青涩的年轻男子，他满面伤感，此刻似乎正在月光下祭奠一个人。

“这就是长弓衍——号称尊者境无对手的一代奇男子？”

“老祖姑姑早已长眠，你不要太悲伤，她肯定也希望你能快乐地好好活下去。”天瑶开口，向男子走去，脸上带着一种柔和之色，与此前的张狂大不相同。

一些人心中了然，知道长弓衍来此是因为有一个女子葬在此地。

这个女了有一半魔纹族的血统，还有一半罪血，当年是长弓衍的红颜知已，最后二人因意外而落得天人永隔的结局。

“据闻，长弓衍之所以会将自己冰封在雪山下，第二次进入‘仙古’决战，就是因为想寻到凰血池，复活那女子。”

显然，长弓衍失败了，那一次并未如愿。

随后，也就有了他的第三次“仙古”之行。那一次尽管他依旧无敌，蝉联天下第一宝座，但复活一事依旧无果。

而那一世，最让他难以接受的是，那女子被他封在雪山下太久，连最后一点复活的希望都荡然无存了。

最后，他将女子背到这里，葬在了他们第一次相见的地方。那是一个月圆之夜。

众人议论纷纷。在场的不少女子都陷入了伤感的情绪中不能自拔，眼睛变得通红，她们为长弓衍而伤心，也因他而感怀。

其中，最明显的便是天瑶了，她有些紧张，用柔和的声音劝慰道：“你不要伤心，老祖姑姑若泉下有知，一定希望你能重拾笑容，而不是像现在这样。”

长弓衍望向明月，无比落寞，泪水顺着他的脸颊滑落，宣泄出他心中的哀愁。

这种普通平常的哭声，居然就震得众多尊者承受不住了。

“你是叫天瑶吧？不要因为我的存在而太过张狂。”长弓衍平静了下来，这样说道。显然他已来了一段时间，看到了天瑶的表现。

“不是的，我……我只是性格比较活泼，以后……肯定不会这样了！”天瑶结结巴巴地解释道，脸色通红。

忽然，断崖上方出现了一个人，他一身金衣，散发出耀眼的光芒，如同坠落的太阳。

“长弓衍？”他开口道，傲然俯视着下方。

“是。”

“是你就好，过来一战！”金衣男子说道。他的手中出现了一柄利剑，遥指下方，喷出的剑气震动苍天。

所有人都震惊了，这是何人？竟敢向长弓衍出手，看样子年岁并不是很大。

“哧！”

长弓衍抬手一指点出，与那剑芒碰撞在一起，此地顿时震动起来，虚空中出现一道又一道裂痕。

“用仙金铸成的剑胎！”

“竟可与长弓衍一战，难道又是一位古代的怪胎？”

所有人都瞪大了眼睛。

只见璀璨的光芒闪烁，这两人一下子就凭空消失了。

只有石昊看清了，他们两人是从虚空裂缝中离开的，估计要另寻战场。

“呵呵，都已经四世了，居然还在为一个体内流淌着罪血的女人落泪，长弓衍这么多情，注定难以真正无敌！”

断崖上又出现了一个人，是一个女子，也是一身金衣，说话的就是她。

“剑谷的人？”天瑶目露奇光，而后心头猛地一震——她猜到了刚才那个金衣男子的身份。

同一时间，其他人也都心神震颤，明白过来——那金衣男子也是古代的一位无上人杰，出自剑谷！

“特意以罪血相称，我等得罪你了吗？”有人心中不忿，暗中开口道，显然是罪州的人对剑谷的这位千金小姐不满了。

“嘿，我就是看不起罪血后代，怎么了？好，就让我看一看这里有多少罪血后代，又是谁在低语！”女子冷声说道。

她扬起一面宝镜，向下方照去。

“轰！”

突然，一道惊雷般的声音响起，只见场中一名少年的额头上凝聚出了一个符号，顿时圣光腾起，照亮山河。

“什么？”所有人都心中发毛，大叫了起来。

断崖上的金衣女子更是震惊，难以置信地颤声道：“不久前‘罪’字烙印于天穹，映照诸天……那个人是你？”

第534章 罪血杀伐

明月当空，皎洁光亮。

断崖前，众多修士此时都深受震撼，一个个瞠目结舌，盯着一个方向，心跳如擂鼓，连灵魂都在悸动。

那个少年实在太过惊人，他的额头上凝聚出一个符号，绽放出的光辉璀璨而强烈，仿佛复苏的太阳从那里升起，照亮高天。

“罪血？我们到底有什么罪，又是由谁来裁决？你吗?!”石昊开口道。他目光冰冷，不含任何情感。

很多人都吓坏了，心想，这少年的罪血一定浓郁到了比肩古代大凶的地步。从未有人见过此等异象，传说也莫过如此。

“你……到底是谁？”断崖上的金衣女子颤声问道。眼前的这种景象十分罕见，罪血烙印居然化形而出，光耀夜空，这简直让人无法想象。

她来自剑谷，且为嫡系血脉，是该族这一代最强的几个年轻人之一。

剑谷为剑州第一教，即使放眼三千州，也属于顶级的道统，不然何以培养出那位能在古代横扫上界年轻英杰、夺得天下第一的无上人杰？

石昊一言不发，冷漠地看着她。他厌恶那种说法，凭什么为他们定下“罪血后代”这种侮辱性的称呼？

若真有罪也就罢了，可是那个符号在过去分明代表的是辉煌与荣耀！

石昊沉默着，他的额骨上圣光腾空，映照苍穹，崩开云朵，而后化成了一个熠熠生辉的“罪”字，烙印在虚空中。

这种景象古来罕见，不仅让金衣女子心中发毛，就连其他修士也觉得万分惊悚，估计各方天神都会被惊动。

唯有罪州的人怔住了，心中疑惑这是哪一脉的人，时至今日，怎么还有人能形成这么璀璨的罪血纹路？这简直不可思议！

石昊气息蓬勃，周身形成了一股巨大的压力。他一步一步向前走去，逼近剑谷的女子。

“罪血一脉，你们的祖先为大凶，我这样称呼有何不妥？这早已成为众多大教的共识。”金衣女子说道。她心中虽有些惊惧，却沉住了气，气势不减地盯着那少年。

她不相信这个少年敢出手，因为剑谷的无上人杰刚才显化，与长弓衍激战去了。

“你说我等体内流淌着罪血，祖先曾为祸天下，那么请给我指出来，我们的祖先曾在哪个时代作乱。”石昊说道。

他是真的希望这个金衣女子能说出一些秘闻，好让他进一步了解过去、洞悉真相。

“天下皆知，一些强大的道统也早有共识！”金衣女子说道，目射神光，扬了扬手中的骨镜，照向石昊，“连它都认出了你，感应到了你浓郁的罪血。各教都有这样的宝物。”

“原来根本就没有什么证据，只是一些古老的道统私自定下的罪责。”石昊很失望，看来剑谷的女子也说不出什么秘密。

“身为罪血后人，你这些年来倒还算低调。”金衣女子说道。她从骨子里透出一种优越感，却也不敢太过强势，因为眼前这少年看起来太危险了。

她觉得自己的话已经说得很委婉了，但石昊听来还是觉得分外刺耳。一时间，他的目光变得冷厉无比，让此地温度骤降。

“你的意思是我们现在就高调了吗？刚才是你在挑衅罪血后人，还擅自以骨镜映照，要将我等一一寻出，我们又当如何低调？”

石昊越来越接近断崖，目光炯炯地盯着那女子。

“你如此咄咄逼人，想做什么?！”金衣女子喝道。她身为顶级道统中这一代排名靠前的年轻高手，居然被人这样逼迫，这让她脸色十分难看。

但她的确也有点心虚，因为这个少年罪血之浓郁程度，不说古来罕有，最起码她这么多年来还不曾见过。

“将你说的那些话都给我收回去！什么是罪？就凭你也敢妄下定论！”石昊喝道。

他的身体发出光芒，额上的符号璀璨无比，“罪”字横空，让这片天宇都充满了一股神秘的气息。

“你们的祖先曾经是大凶，为恶天下，尔等不知收敛，还这样自以为是，真当这世间没有法度吗？”金衣女子说道。她坚信，罪血后代就该被制裁。

“你懂什么！”石昊呵斥道。他曾去过石国遗址，在那里洞悉了部分真相，石族祖先以鲜血与生命在前线搏杀，至今未归，他们的清誉不容亵渎。

“你……你说什么！”金衣女子脸色大变。无论如何，她都难以忍受有人如此斥责她，完全不将她放在眼中。

要知道，她可是上界最强道统之一剑谷的弟子，而且位列该教年轻一代最强几人，无论她走到哪里，都没有人敢轻视。

况且，剑谷从古代雪藏至今的最强人杰已经出世，刚才还在这里。这一代人中还有谁敢在这种情况下对她不敬？

“我说，你算什么东西，也敢胡言乱语？”石昊平淡地说道。

“你是在挑战我剑谷的威严吗？”金衣女子看向石昊说道。她在提醒他，剑谷是上界最古老、最强大的道统之一，无人敢惹。

石昊没有接话，直接一甩袍袖，那巨袖如一座山峰般砸了过去，顿时让此地狂风大作，大地摇动，虚空颤抖。

“你……”金衣女子怒目圆睁。石昊这是在用行动宣告他不惧剑谷，故意要针对她。她浑身剑气滚滚，化作金光凝聚于右手，奋力迎向那巨袖。

“轰！”

石昊大袖甩来，刚猛无比，将金衣女子抽得嘴角流血，倒飞了出去。

在场很多修士都是各州的佼佼者，见到这一幕无不露出吃惊的神色。剑谷年轻一代最强的几名天才之一，居然被他的一击震得咯血。

同时，众人心中也不禁有些发颤，此人桀骜不驯，想出手时就出手，居然连剑谷的面子都不给，十分危险。

“你身为罪血后代，难道想挑战各大教共同构建的秩序吗？各教对此早有共识，容不得你们作乱。”金衣女子说道。

“是吗，我便是挑战了又如何？”石昊说道。他浑身发光，看起来比刚才又强大了一截。

不知为何，他感觉似乎只要在“罪”字显化、额头腾起圣光后动用法力，他体内的罪血便会变得更加浓郁，爆发出万丈光辉。

这简直像是在彰显某种荣耀，令他自己都心惊。

看来他额头上的这个“罪”字有某种神奇的力量，可以壮大己身！

石昊向前逼去，露出不屑的冷笑。所谓大教定下的秩序，在他看来必须打破，那是强加于他们的枷锁。

“你敢在这里逞凶？”金衣女子倒退几步，惊呼道。身为剑谷的明珠，她自幼高傲，被人仰视，不知低头与妥协为何物，从未尝到过这种滋味。

“什么逞凶，我这是在教训你。”石昊说道。

“我族孤剑云已经出世，你莫要妄为。”金衣女子说道。

“孤剑云”这三个字一出，现场一片寂静，所有人都不吭声了。这个名字像是一个禁忌，压得人要窒息。

剑谷孤剑云是一个传奇，在古代名动三千州，曾君临“仙古”，俯视同代，打得各族初代最强者心惊胆寒，可谓一剑在手，天下无敌。

少年时期的他就在体内结出了剑胎，剑光煌煌，傲视群雄，号称可斩杀一切敌人！

“就是刚才那个金衣男子吗？”石昊问道。

“不错！”剑谷的女子扬起头，脸上带着傲然之色。那是他们剑谷的天纵奇才，古来有几人可敌？

无论是过去还是现在，只要“孤剑云”这三个字一出，各方人杰都得低头，不敢撄其锋！

这也是剑谷弟子敢张狂行事的原因，就如她一般，言辞嚣张，却无修士敢招惹，只因她跟随着族中的无上人杰。

只是她没想到今日却遇到了麻烦。石昊毫不在乎，听到这番话后气息反倒更盛了，果断对她出手。

“你在招惹祸端，你会为你的师门、为你所在的道统、为你的族人招来大劫。”金衣女子威胁道，同时迅速倒退。

“轰！”

石昊的身手快到她无法躲避，只能应战。

金衣女子还是很傲气的，她是该族最强传人之一，怎会甘心被人压制、轻视？她瞬间凝聚剑气，向前斩来。

此地顿时被骨文淹没，充满了剑气，绽放出一片炽盛的光芒。

“锵！”

然而很快，只听一声轻响，半支断剑飞起，脱离战场，坠落在了被月色笼罩的大地上。

那是剑谷的神灵法剑，这才开始战斗没多久，神灵法剑就被那少年击断了！

众人脸色发白。这个少年了不得，居然这般强大，直接震断了对方的神灵法剑，修为真是深不可测。

“他是谁？何时冒出了这样一个年轻高手？最重要的是，他体内罪血浓郁，不可想象啊！”

这是所有人的疑问。众人都目不转睛地盯着交锋的二人。

“啊……”金衣女子尖叫着，拼命祭出各种宝具，企图阻挡石昊。

片刻间，她已披头散发，狼狈无比，跟不久前高高在上、俯视各族、蔑视罪血后代的样子判若两人。

“你住手！再这样下去，你族将被血洗，无人可活！”金衣女子尖声叫道。她真的怕了，这是怎样的一个人？他强大得不可想象，绝对不可战胜。

她一向飞扬跋扈，真到了死亡临近时，才知恐惧为何物，但已经晚了。

石昊最反感被人威胁，而且现在他就孤家寡人一个，根本无须忌惮，就算真有人查出了他的身份，也得先捏着鼻子去找臭名昭著的齐道临的麻烦。

“嗖！”

石昊浑身发光，身躯化成了一柄神剑，剑光照得夜空亮如白昼。这是他在化灵境时悟出的法，化剑、化鼎、化路、化塔……己身可以化万物。

石昊化成的剑一冲而过，只见金衣女子的眉心淌下血珠，她双目圆睁，不敢相信这一结果。

“嗯？”所有人都看到石昊化成的剑似乎从剑谷最强女弟子的身体中穿过了，皆心头狂跳不已。

“没有伤到其他地方，只是眉心出血吗？”众人面露狐疑，因为没看到她身上有其他伤口。

可是，很快他们就发现金衣女子的双目中失去了光彩。

原来金衣女子早已被剑光斩杀！

石昊以身化剑，其实冲过去时就已将她斩杀，只是他速度实在太快，直到这时人们才看出来。

“真是太厉害了！瞬间斩杀剑谷明珠！”魔纹族的天瑶拍手赞道，大声叫好。

至于其他修士，很多人脸上写满了震惊之色，暗自慨叹，他居然就这样杀了剑谷的弟子，如此果决而镇定，好强大的一个少年！

“罪血后代斩杀了剑谷明珠，这绝对会掀起一场大风波！”

来自各州的尊者都惊呆了。号称“无敌神话”的孤剑云很有可能还在附近，这个少年却依旧这样无情出手，这无疑将引发一场大战！

第535章 王者辈出

石昊并不惧怕。他额骨发光，罪血浓郁，像这样当众击杀敌视罪血后代的剑谷弟子，对他来说没什么大不了。

“兄弟，快走，不然孤剑云可能会回来！”有人提醒道。

“我的额骨凝聚出的‘罪’字可映照天穹，如今这样击杀她，不是很符合我的身份吗？”石昊说道。说完，他扫视群雄，宛若一个魔王君临此地。

众人心中一颤。他额头上凝聚出的神秘符号所造成的异象的确罕有，他是名副其实的“罪无可赦”之人。

若是在古代，他就是惊世的大凶！

“小心，孤剑云无人可敌！”体内同样流淌着罪血的修士暗中焦急地提醒道。

石昊没有说话，神色平静，额骨上的符号反而更刺眼了。

所有人皆为之一震，这个罪血后代的这种强势作风似乎在释放某种信号，他是要为罪血一脉正名吗?

“这不是罪，而是荣耀与光辉，是昔日的辉煌烙印！”

果然，那少年说出了这样一番话，话语铿锵，振聋发聩。这是一种宣言，像是在昭告天下。

“这不是耻辱，它凝聚着昔日的血与火。在另外一个世界，这种符号代表的是最璀璨的荣耀与功绩！”

石昊说完，扫视众人。

各教尊者都低下了头，不敢与他对视。

“那些称呼我等为罪血后代的人，你们真的明白自己在做什么吗？”石昊声音低沉，冷漠地说道，“谁想为我定罪，想来裁决，尽管放马过来！”

这绝对是挑战宣言！这少年竟完全无视于那些大教定下的秩序！

皎洁的月光下，少年独自立于断崖之上，只见他衣袂飘舞，额骨上光束冲霄，彰显着一股滔天的霸气。

在一些大教尊者看来，这是一个非常危险的信号，这意味着罪血后代中出了一个恐怖的少年，他要挑战陈规！

孤剑云最终没有回来，同长弓衍对决后他就消失了，这引发了众人的猜想与惊疑。

石昊也没有久留，他找了一个无人之地，以虚空战戟斩破长空，就此从火城消失了。

果然，在他离去后不久便有天神追至此地，个个满脸震惊。这才多长时间，那冲霄的“罪”字崩云之景就第二次显现出来。

罪州的一些门派弟子心中充满期待，而从其他州来的一些大教强者则神色阴晴不定。

“又晚了一步！”有天神轻叹道。

“罪”字横空，古来能有几例，甚至可以说是近古仅有，这异象实在过于惊人。众天神暗下决心，一定要找出这个人。

这一夜注定不能平静。

孤剑云大战长弓衍一事震动上界，许多古老道统的教主都亲自询问战况，想详细了解那两人的情况。

两人都不属于这一世，一战之下，他们竟击裂虚空，双双从现场消失了，可谓震撼人心！

当然，也有人认为，那虚空破洞主要是其中一人手持的用仙金铸成的无上剑胎所致。有这种大杀器，没有什么做不到。

所有人都在关注此战，可惜两人间谁胜谁负不得而知，因为除了当事人，无人亲眼见到这一战。

清晨，有消息传来，剑谷传人在迎着金色朝霞练剑，带起的滔天光芒引起山川万物共鸣，震动罪州！

“这是一战有感，更进一步了？”这个消息让人们深受震撼。

就连一些天神闻言都无比震惊。煌煌剑光照耀乾坤，带动天地万物与之相和、化作一体，孤剑云这境界实在惊人。

他还这么年轻，就已有如此领悟？！

人们预感到，孤剑云一旦成为神祇，必将战力惊世、恐怖无比！

长弓衍也再次现身了，他像是什么事都没有发生过一般，平静地看朝阳、观日落，而后徒步离去。

“有来历诡异的神祇盯上了他，欲加害于他！”有人传来这样的消息。

然而，让人目瞪口呆的事发生了。长弓衍独自行走在大地上，起初众人都没感觉到他有什么特别之处，可结果却是那些邪神竟生生跟丢了。

“强大的神祇想对长弓衍出手，居然都只能眼睁睁地看着他远去，就此融进天地中！”

此事一出，震动各方，在各教中掀起了巨大的波澜。有教主长叹：此人成了气候，注定要傲立于世！

说这话的不是一般的教主，而是上界顶级道统西方教的领袖，这论断无疑引发了一场大地震。

长弓衍、孤剑云的出现，让人们意识到了古代的无上人杰有多可怕，他们昔日能无敌一世，自有其道理！

直到这一刻，人们才真正感受到了那种压迫感和无力感。这等人物出来一个，也许就足以镇压当世所有年轻俊杰！

仙殿传人融合出至强真身后，也许能无敌于同代。可是自古代雪藏至今的怪胎，任何一个都是睥睨八方的级别，甚至可能更强大，仙殿传人也不见得是他们的对手。

各大道统的众多年轻天才，此时全都体会到了一种难以承受的无形的压力。

一夜过去，待到清晨阳光灿烂时，又传来了一则打破各地平静的消息。

除却孤剑云与长弓衍，还有一人引起了巨大的风波。

“一个罪血后代现世，其额骨显现符文，‘罪’字崩云，映照天穹，震动四方。”此消息之震撼程度，足以与那两大古代人杰出世的消息相提并论。

许多人都在猜测此人到底是谁，因为这样惊天耀世的人物此前不可能一直默默无闻。

“现场有人见到了他，觉得他的气质与荒有些相似，也许就是荒！”

当然，这仅是一种猜测而已，没有人能确定。

不过众所周知，一旦进了“仙古”，所有这些都将不是秘密，出于某些原因，到时没有人可以隐藏真身，所有人都将暴露身份。

“不管他是谁，总要显露真身。”

“我甚至觉得连荒都还有其他身份，不过不久之后，无论他是什么身份都藏不住了。”

一时间，众人议论纷纷。

这一日，几则消息轰动四方时，并不是所有年轻天才都感到颓丧无力，也有些人兴奋激动，热血沸腾。

“咔嚓！”

一声巨响传来，只见一座紫山前，一个狂野无比的赤发年轻人生生崩断了身上的枷锁，挣脱了束缚。

不远处，一个老仆满脸骇然。那可是用绝品宝料铸成的神链，当中还注入了规则秩序，连真神都难以挣脱，此时却被那年轻男子扯断了。

“老头子怕我惹祸把我锁起来，可依旧困不住我。我走了，大战去。好不容易将大焚天功练到了前无古人的程度，怎能不让它辉煌耀世？”

赤发青年放肆大笑，野性十足，眉心的那只竖眼带着某种邪恶的力量。

“仙殿传人躲在那破烂铜殿中融合真身，不肯出来，杀不了他，那就去罪州好了。居然一下子出现了两个从古代雪藏至今的家伙，真是期待啊！”

“不可！”旁边的老仆劝道。

但是，他已经来不及阻止了。只见一道火光闪烁，赤发青年瞬间从这里消失，只在原地留下了一些虚空裂痕。

“坏了！”老仆焦急万分却束手无策。

这一日，青州某一古老道统的四大传人联手出击，与人激战，结果集体被人轰杀！

随后，相邻的一州，灰蛟一族的第一年轻强者被人抽走蛟筋拿去做了腰带。

接着，在毗邻这片区域的明州，一位初代被人斩杀，焚成灰烬。

……

这一则则消息引得各教震动，因为这些大案都是一人所为。他横跨数州，像一个煞星，一路击灭了很多年轻高手，被杀之人都是一族的最强者。

“大焚天功出世了！此功若练到极致，还会衍生出驾驭宝术的法，有天下莫敌之威，如今居然再现世间！”

这则消息一出，又引发了轰动。

并且，人们还听闻这个赤发男子好战成魔，现今正在寻找古代无上人杰。

他就这样一路大战，到了罪州，又引发了一场轩然大波。

“我名紫炎飞，当世高手谁敢与我一战？！”赤发男子野性十足，桀骜不驯，一进罪州便嚣张地挑战四方。

听闻此言，有老辈人物想暗中除掉他，可是此人虽然嗜战成痴、狂放不羁，但并不粗心，数日来行踪不定。

而且他身上有秘宝，可撕裂天地，瞬间远行。一直以来他都是主动寻敌，不会等在一地。

大焚天功震古烁今，此时这一古老道统的传人突然出世，无疑引得上界剧震，所有古教都不得不关注！

可惜，赤发男子扑了个空，孤剑云、长弓衍早已离开罪州，没人与他大战，他只能再次远行。

不久后，罪州又出现了一个人。此人一袭白衣，连鞋袜都是白色的，纤尘不染。他银发披散，光亮无比，面孔英俊，甚至比很多女子都要美丽。

“六冠王宁川出现了！”

不知道从哪里传来的消息，震动天下。古代高手——宁川，曾六次出世，冠绝天下，神勇无敌！

此刻他在罪州出现，把所有人都惊动了。这可是六冠王，从古至今最强大的高手之一，出生以来道途顺遂，他的一切都是完美的。

“我为罪血一脉而来。那个额上圣光腾空、‘罪’字崩云的罪血后代是我的猎物，我要让他明白，大道须守护，不容亵渎。”

这是宁川的宣言。很快，人人皆知六冠王扬言要斩掉近古以来的至强罪血后代。

不过，他注定也会扑个空，因为石昊早已进入了一片原始的山脉之中。

“要下雨了，这将是一场席卷数万里的大雨，有无尽雷霆，而这对我来说是最好的机会。我该晋升大圆满境了。”石昊轻语道。

这是他早就有的计划：引动雷雨天的闪电，渡仙古时代才有的天劫，淬炼元神和躯壳。

他学了雷帝宝术，到时正好可以祭出，让自身各方面蜕变，以达成真正的尊者大圆满。

只是，实力越强大，遭受的雷劫也会越恐怖，可以说这一次他要徘徊于生与死的边缘了。

显然，石昊也感到了莫大的压力。如今强者辈出，各个时代的王者都将归来，他必须尽最大的努力将战力推向自己所能达到的巅峰！

“雷电极为神秘，当中甚至蕴有仙池，盛放着神秘宝液。我誓要攻陷一个仙池！”

第536章 **天劫**

“咔嚓！”

一条金蛇昂首在空中游出数百里，耀眼的光芒照亮了漆黑的天空。

大雨将至，乌云聚集，厚重而压抑，如一口巨大的黑锅扣在大地上方，还不时有闪电在云层中炸开。

除却雷声之外，山中再无其他声响。各种飞禽走兽感知到了这里的诡异气息，纷纷趋吉避凶，隐伏了起来。

石昊独自站在一座山峰上，仰望天空。他在调节精气神，让三者结合，攀升到极致。

他已经准备好要以最佳状态冲上天空，接受常人无法想象的生死劫难，用雷霆来锤炼己身。

“呼！”

大风乍起，山脉中传出“呜呜”声，只见参天大树摇晃，成片的草木、藤叶翻舞，如同浪花一般此起彼伏。

尤其是石昊所在的这片山地，松涛阵阵，听起来像大海在呼啸，带着一股磅礴的气势。

少顷，开始变天了。电光开始变得越来越密集，黑云涌来的速度也越来越快，眼看成片的黑云就要碰撞在一起了。

石昊的战衣在大风中猎猎作响，他迎着狂风站立，如一株神竹扎根在地，盯着天宇的目光越发炽热了。

“来了！”

云层上有电弧出现，电弧向四面八方蔓延，把如被墨汁泼染的天空撕开了，爆发出一道又一道金光。

石昊出击，飞向高天。

他八九岁的时候，在补天阁得到过一滴雷劫液，由此发生了蜕变。如今若能攻陷一个雷劫仙池，那助益简直不可想象。

同昔年相比，他的修为已经提升了一大截，所能引动的闪电也会相应地增强不知道多少倍！

当年他虽同雷祖慕炎进入过云层，但那是在雷雨过后、闪电即将消失之时，而这次他要迎接的却是最强的雷霆。

因为这一次他的目标不仅是得到雷劫液，还是用神秘的电弧熬炼己身，使自己经受深层次的洗礼。

当然，这只是骨书上的记载，是否真的可以通过此法熬炼己身，还是未知的。一个弄不好，也许就会万劫不复。

“咔！”

一道电弧落下，打在了石昊的身上。此刻他正疾速冲向天空，遭此袭击，当场身体剧震，肉身出血。

这雷电不是修士的法术，而是真正的天威。

“哧！”

紧接着，一大片银光裹住了他。这是雷电余波，它在他的周身蔓延，哧哧作响，让他浑身毛发倒竖，皮肤上生出了一层小疙瘩。

石昊感受到了一种不可预测的危险，再向上冲的话也许会被击成灰烬。

“前人的推测成真了。仙古时代被葬，这一纪元没有雷劫，也没有天罚。而一旦主动去招惹，雷劫的威力将会更大，渡劫者将遭受灭顶之灾。”

他低声自言自语。他明白，这无疑会很危险。

漫长岁月以来，天地宁静，雷劫不显，但这只是表面的平和，一旦有人打破宁静，就将遭受比当年的天罚更恐怖的劫难。

现在，他就亲身体会到了，还没有接近云层，就被一道电弧打得身体出血，要是真进去的话，又会怎样？

“我也许即将经历这个境界的最强雷劫。”石昊自语道。

这并不是妄自揣测。他知道，在这么多年的沉寂之后骤然引动天罚，势必会让某种规则秩序震动，如同洪水决堤般倾泻而出。

石昊深吸了一口气，暂时停留在了这个高度适应闪电。虽然依旧不时有电弧落下，但跟刚才那道的威力差不多，他还可以承受。

“起！”

片刻后，他深吸了一口气，继续向上冲。看着黑压压的云朵，他已感觉到当中蕴含的天威，这天威如汪洋一般，随时会倾泻下来。

突然，红光划过，一道妖异的红色电弧落下，击在石昊身上。

“不太对劲，这电弧比刚才的威力强了一大截。”石昊心中惊异。这红色电弧的能量巨大，闪电的威力上升得未免也太快了。

他心有所感，蓦地抬头，顿时一惊。

“那是什么？”

眼前的一幕让石昊怔住了。他居然看到了一个生物，那像是一匹红色的小马，又像是一只小狗，一闪而没，无法看清。

他跟见了鬼一般心中惊悚，云层中怎么会有生物？难道这闪电中还生活着一批生灵不成？

过去他从不曾听闻过这等奇事，更没有见过。今日所见究竟是怎么回事？

石昊继续向上飞去，越发觉得压抑。他感觉头上的乌云异常厚重，像是百万座大山压落下来，让人呼吸不畅，透不过气来。

这是一种精神上的威压。

石昊决定谨慎行事。此情此景之下，他已不能再按照骨书上的记载来判断了，毕竟这个纪元原本没有雷劫，是他要强行引动，谁也说不好会发生什么。

突然，只听得“嗖”的一声，一道长达数里的蓝光飞来，像一支箭矢，从云中落下，打在他的身上。

“噗！”

石昊咯出一口血，再次承受住了。

“不刻意抗衡，只是这样用肉身被动承接，很难受啊。”他一边轻语着，一边擦去了嘴角的血。

如果旁边有人听到此话，一定会骂他不知好歹，居然不主动抗衡，而是任由肉身承受冲击，居然还真挺住了。

前几道电弧，石昊的确没有太重视，所以不曾对抗。在他看来，如果连这都承受不住，还怎么进入云层中？那里才是最危险之地！

为了安全，他必须试探。如果现在就遭受了重创，那么他会掉头就走，根本就不用再渡劫了。

由此也能看出，石昊的肉身真的很强，在尊者境就已经登上了一个不可想象的高度。

石昊抬头，发现刚才的蓝色电弧也不寻常，而且云层中又出现了一个生物，也“嗖”的一声跑了。

这到底是怎么回事？刚才的蓝色电弧是它发出来的？这已经是他看到的第二个

生灵了，实在太诡异了。

“好了，进去！”

石昊做出决定。不管里面有什么，他都要闯上一闯，事到如今，他已经没有退路了，想要变强，唯有冒险一搏。

近来，古代的怪胎一个接一个出世，每一个都有惊天之威，这给了他巨大的压力，让一向自信的他都心中没底了。

那些人能傲视三千州，乃至冠绝一个时代、无敌于某一大世，一定有其道理！

这样的人中跳出任何一个都必定傲立于世。他们都曾为一段岁月的主角，天赋与战力无法揣度。

他们创造的辉煌注定还会延续。

“这一世注定无法平静了。”

石昊知道，不久后古来所有高手都将会出现，碰撞出这一纪元最为灿烂的火花，被永远载入古史。

而他又怎会没有压力？他的对手不止一个，有六冠王、天下第一剑、肉身无双者、法力冠绝古今同辈者……一个比一个邪乎，可谓恐怖至极，任何一人都足以让他头痛！

事实上，石昊现在甚至还不能确定当世的几人究竟有多强，因为仙殿传人的真身、几个古老道统雪藏的天才、当世帝族的翘楚，都还不曾真正出手。

他先要面对的是这些人，然后才是藏于冰窟中的古代的无上人杰。

所以，他要变强，不然处境堪忧。

石昊冲霄而上，进入云层。

刹那间，成百上千的雷光成片出现，砸落下来，直接淹没了此地。

至此，石昊开始抗衡，不敢再托大放任电弧入体。他动用骨文保护肉身，并且引导它们的力量磨砺己身。

这是一场生死考验，换作常人，早已化成飞灰。此时，任何一道闪电落下都能劈杀一位尊者，因为这是古来多少世不曾出现的天罚。

石昊动用雷帝宝术迎击，聚集雷电之力，化雷光为己用。

起初他觉得浑身舒畅，皮肤变得晶莹，精气也更充沛，明显感觉自己在变强。

但很快，他就无法从容了。他只觉体内已贮满了闪电，无法再继续积累，否则马上就会爆体而亡。

“咔嚓！”

石昊炼化电弧，将其化作本源与纯粹的神能，淬炼肉身，而后更是变化出一尊古鼎，对自己进行熬炼。

这鼎三足两耳，古朴无比。

还好这里没有人，不然一定会被惊呆。在雷电中凝聚出鼎，将自己封在当中，进行熬炼，这实在诡异得匪夷所思。

石昊很快就尝到了苦果，被闪电淹没的滋味实在太难受了，即便他有雷帝宝术也不可能将闪电全部化解，一时痛得龇牙咧嘴。

“噗！”

他被雷电击得口中吐血，皮开肉绽，浑身焦黑。

雷霆爆发了，似乎是对他的轻慢进行回击，要给他点教训。雷霆没入鼎中，打得这尊鼎当当作响。石昊发出闷哼，非常凄惨。

良久，成千上万的雷光终于渐渐消退。石昊感觉自己一张嘴就会喷出闪电，甚至每一寸肌肤都带着电弧，充满了电能。

虽然受到了不小的伤害，但石昊也感觉到有一股新生的力量在滋养他的伤体。他咬牙继续运转雷帝宝术，以雷霆熬炼己身，壮大自我。

“好痛啊。”

他的所有毛孔都在发光，闪耀的电弧对他来说是一种摧残，也是一种磨砺。在其体外，古鼎岿然不动，熬炼着他的身与神。

“呼……”

终于，他长出了一口气。数千道雷霆过去了，他挺了过来，成功渡过劫难。

“还好，雷霆虽然很强，但不至于让我丢掉性命。”他欣喜地自言自语。

当然，他也知道，天劫的威力是与渡劫者的境界相符的，不会像当日他施展雷动九天劈杀真神时那般，招来与尊者境不符的雷道天威。

然而，石昊一抬头，笑容就立刻凝固了。

他一声怪叫，而后浑身发光，拼命运转骨文对抗即将遭遇的大劫！

他还以为天劫已经结束，自己熬过去了，谁知天空中还有一拨雷电，甚至比之前的规模更大，雷光也比刚才强烈了一大截，显然更厉害了。

原来这一切才刚刚开始！

这是什么？石昊心中不解。这次的雷光竟如刀刃般雪亮尖锐，烁烁发光，从空中不断斩落，激起滔天杀气。

“刀斧加身，雷光淬炼。”

石昊拼命硬扛，同时眉心发光，元神出现，引雷气没入头骨中，进行淬炼。

这是至阳雷光，对元神有莫大的好处，可以让它更加晶莹灿烂，从而壮大神识。当然，前提是你能挺过去而不死。

自古以来很多人都希望磨砺元神，但是有几人敢这样做？就连神祇最多也只是以宝术发出闪电来淬炼自己的元神。

因为天劫不可控，且早已不再出现，若有人强行引雷，十之八九会万劫不复。

石昊敢这样做，完全是初生牛犊不怕虎。若齐道临知道，一定会阻止他，并告诫他当世绝不能触动天劫。

很快，石昊就尝到了恶果。就在他全力对抗这如刀刃般的雷光时，旁边竟探出了一个大脑袋，张嘴就向他咬来。

这突发事件让他汗毛倒竖，真是太诡异了，也太突兀了。云层中，雷霆内，居然还有生灵张开血盆大口，要将他吞掉。

“知道我饿了，特意送上门来让我烤了填肚子是吧？”石昊心中一阵发毛后，很快又瞪大了眼睛，主动向前扑杀过去。

这个生灵很怪，像狮子，又像老虎，却又长着牛犄角，背后还生有一对雷翅，看着四不像，却凶猛无比。

“哐当！”

雷霆化成的鼎发出金属颤音，突然合上了鼎盖，将他与这只兽封在了里面，他不得不开始与之搏杀。

“嗯？”他惊异无比地发现，在大战过程中，这只怪物明显在渐渐变小，它背后的雷翅也越来越暗淡。与此同时，他感觉自己在变强，肉身充满了活力，正在被一股浓郁而特别的雷气滋养着。

“这样淬体妙用无穷！”此刻，连他的元神都变得更剔透了，化成了一个小人儿在那里吸收雷光，缓慢壮大。

第537章 最强大劫

雷霆化成的鼎引动雷光，淬炼着鼎中的一人一兽。

鼎中那只异兽在跟石昊的战斗中吃了大亏，被牢牢地按在了那里，此时它剧烈地挣扎着，在不断缩小。

早先它比石昊大多了，现在却反过来了。它被石昊抓住，挣脱不了，只能像一只猫咪般嗷嗷叫着。它一点点地缩小，渐渐化成一缕缕雷光，最后成了氤氲的雾霭蒸腾而上。

石昊感受着剧痛，内心却无比欣喜。他被闪电击得浑身冒青烟，可是在鼎中想躲都不行，只能被动承受，熬炼己身。但是，随着这只异兽渐渐暗淡、双目失去光彩，它就如大补神药一般，一身的雷道精华全被石昊吸收掉了。

“太舒服了。这是什么，雷道中孕育的灵体吗？”石昊近距离观察了一会儿，发现似乎不像。这只异兽看着像生物，其实没有灵魂。

不管怎样，石昊得到了很大的好处。这只异兽蕴有精纯的雷道生机，此时全部没入了他的体内，令他的元神变得灿烂无比。

终于，一切都消散了，异兽被石昊炼化了个干净。

“这次是真的结束了吗？”石昊从鼎中钻出来，望向头顶的天空。黑云依旧压顶，滚滚而动，让人感觉异常压抑。

“轰！”

突然，五雷轰顶，劈得石昊七窍流血，并喷出炽盛的电光。这一击力道太大了，就连最坚硬的铁石都会被击碎。

这是名副其实的“遭雷劈”，他整个人都被劈得横飞了出去。

然而这并不是尾声，而是新一轮的开始。天空中炽烈的电光如瀑布一般垂落，茫茫无边。

石昊有点眼晕，当即就蒙了：这雷霆也太多了吧。顷刻间，由成百上千雷霆组成的雷霆瀑布从那虚空中爆发，发出巨大的轰鸣，砸在他的身上。

这还给人生路吗？石昊心中暗暗咒骂。

他站在雷霆瀑布下，疯狂运转雷帝宝术，将其催动到了极致，竭尽全力与雷霆对抗。

即便如此，他还是被雷电轰得披头散发，身上出现了大面积焦黑，连发丝都焦煳、脱落了，惨不忍睹。

到了最后，他连皮肤都开始龟裂了，而后散发出一股焦臭。显然，石昊遭遇了巨大的危机。

“雷中有生气，蕴天地精华。我要找到其中的生机。”石昊心中喊道。

这是一场劫难，他在硬拼。只要能熬过去，他的肉身与元神必将更加坚韧，只是这种磨砺太危险了，一个弄不好就会形神俱灭。

他一声长啸，迎着雷霆瀑布挥拳，不断与之抗争。

他就像回到了幼时，那时的他背负数万斤巨石，迎着瀑布练拳，对抗天威，只不过而今的环境更加可怕了。

石昊头破血流，身上焦黑，大片的干裂老皮脱落，显然遭受了重创。

但是，他的精神却高度凝集，体内孕有一股精气，发出炽盛的光辉。

这就像是熬炼仙金，先炼化石渣、洗去杂质，而后留下精华，才能锻造出世间最锋利、最强大的武器。

这才是真正的磨砺，让人在生死边缘游走，一路向前，千锤百炼自己的躯壳与神魂，以实现真正意义上的蜕变。

石昊肉身剧痛，老皮也在不断脱落，但他的精气神却被方才的雷霆瀑布熬炼出了最精纯的本源，这本源留在了他体内，逐渐变得更为炽盛了。

他的眉心处熠熠生辉，一个发光的小人儿在那里挥拳，同样进行着锤炼。

石昊肉身之强大无须多说，毕竟凭此他才能承受住这一拨拨雷击。而他的元神也很可怕，吞食金菩果造就了他壮阔的识海，只是还不够纯粹。

而今这样遭受雷霆瀑布冲击，他的元神不断被压缩、被萃取，变得晶莹剔透、灿烂无瑕，剔除了因吞食天地奇果而留下的驳杂不纯的元神力。

石昊此时外表看上去血肉干枯，老皮脱落，但身体内部骨文闪烁。他能感觉到自身正在蜕变。

终于，他感应到了雷霆瀑布中的生机，张口一啸，整个人顿时腾起。他迎着雷霆瀑布，吞纳雷光，一拳向上砸去。

“轰！”

霎时，天地轰鸣，爆发出无限雷光。

此时，石昊发生了惊人的变化，他的肉身鼓胀起来，额骨变得透亮，雷光不断冲进他的体内，改变了他干枯的状态。

这股生机让他的血肉再生。

雷霆瀑布干涸后，那里竟出现了由雷霆化成的断崖，非常诡异。

石昊冲了上去，盘坐于断崖之上，不断运转骨文，最后终于归于平静。此时他肉体莹白，额骨内的小人儿变得更加璀璨，强大无比。

这次蜕变比前几次的效果要好很多！

天地又静了下来，但这一次石昊不敢再大意，因为每次在他以为天劫已经结束时，都又会有闪电降临，他已经连着吃了两次亏。

“嗯？下雪了吗？”石昊讶然出声。只见鹅毛大雪从天空中飘落，带着寒气，冰冷刺骨。

这真是怪了，云层中即便有冰雪，应该也不至于如此才对。

“咔嚓！”

一些巴掌大的雪花落在石昊身上后，居然瞬间爆发雷光，寒气逼人，一时间，爆炸声震耳欲聋，相当可怕。

这冰雪雷霆十分诡异，每一朵雪花都可将石昊打得横飞起来、口中咯血，力道大得惊人。

这不像是冰雪，倒像是一颗又一颗重逾亿万钧的陨星，它们不断砸来，打在石昊的身上，而后炸开。

至此，他终于相信了，仙古时代逝去，这一纪元发生了变化，不可轻易引动雷劫，不然会发生诡异不祥之事。

如今，他已经亲身经历了这种诡异的变化：先后几次出现的雷光都跟骨书上记载的不一样，又是生灵，又是瀑布、断崖，现在连冰雪雷霆都出来了。

“咔嚓！”

最后，狂风呼啸，漫天大雪飘舞，所有冰雪凝聚在一起，将石昊冻在了一块晶莹剔透的大冰块中。

这冰块能有十丈高，悬在虚空中，散发着刺骨的寒意，强如尊者都会被冻裂肉身与元神，法力也会因为被压制到凝固而无法催动。

很明显，这不光是因为温度低，还因为有法则孕育当中。

石昊被封在冰块中，遭受着不可想象的严寒法则冲击，同时雷道力量侵入他的身体，简直要让他的身体崩碎。

他知道，此时绝不能闭上眼睛，不能陷入沉眠，不然在这诡异的雷劫中，自己必死无疑。

慢慢地，他的身上开始发光，而后光芒越来越炽盛，阳刚之气也随之沸腾，一时间，他血气滚滚，就连额骨那里都有“罪”字的圣光腾空而起。

石昊竭尽所能，释放出了全身的潜能，整个人如同一个大火球般燃烧起来，最后化作了金色的太阳，炽盛无比。

终于，大冰块开始龟裂，而后炸开，化成无尽光雨，落在了他的身上，被他全数吸收。

“竟如此邪门！我经历的这次雷劫肯定大有来历！”石昊坚信，这次虽然很危险，但很可能收获巨大。

他明显感觉到，每闯过一次死劫，他的身体都好像在缓慢蜕变，变得强韧而又坚实，元神也变得更为纯粹了，化成了一个璀璨的光团，当中还裹着一个小人儿。

“我在变强！”石昊心想。

“轰！”

短暂的寂静后，又一次雷劫降临了。

就这样，石昊遭遇了极大的麻烦——他竟然在接连渡劫，而且每一次雷劫都会持续很长时间。细细数下来，他居然已经渡过了九重天劫。

“这……”他有点吃惊。九重天劫无疑算是顶级雷劫了，即便是仙古时代的强者渡劫，一般也就只有三四重。

但凡遭受五重以上天劫者，都是非凡人物。

“我刚才经历的九重雷劫，大半都很诡异，我甚至都不曾听过，只有两三种是骨书上记载的最强雷霆。”

想到这里，石昊半晌无言。他这才第一次尝试渡劫而已，居然就被这样对待。

刚才他曾五六次被击伤，最惨的一次，他的身体都被劈得差点四分五裂。

只是最终，他还是艰难地挺了过来。

骨书上有记载的雷劫都那么恐怖，没有记载的那些自然更是诡异。

“总算过去了。”石昊长出了一口气。

“轰！”

突然，一道巨大的雷光如巨浪一般拍了下来，石昊催动骨文防御都没能挡得住。

“怎么还有?!”这次石昊真急了，磨砺已身也要有个度。

他连闯九重天劫，这些天劫便是在仙古时代也算是顶级的人劫了，更别说每一重都还古怪、可怕得要命。

怎么又出现了第十重？

这简直像是为了毁掉他而特意降下的绝世大劫，不杀了他不甘心。

他想到了曾在某片残缺的骨书上看到的模糊说辞，似乎的确有第十重天劫，但一般情况下是不会出现的。

而他居然遇到了！

想必这是因为他在本无天劫的时代妄自强行引劫而招来天罚，故而他所经历的每一重天劫都是最强大、最可怕的。

而且最后竟还给他来了个绝杀——出现了第十重天劫！

这一次真的是险象环生，石昊被劈得皮开肉绽，两条手臂都被炸断了。

“想让我死？不可能！”

石昊怒吼着，拼尽一身道行强行聚合血肉与骨骼，重组身躯，顿时，滚滚血气将他包裹。

这是一场生死磨砺，石昊经历了最苦的磨难。

良久，雷光终于变弱，他一跃而起，冲进了一片山地中。

“嗯？怎么会有山地？”石昊吃了一惊，意识到这第十重诡异的大劫还没有结束。

突然，山地摇动，像大地震一般，紧接着，马蹄声大作，一道身影从远处狂奔而来。那是一匹战马，赤红如血，鬃毛有如燃烧的火焰。

在马背上端坐着一个人，他手持一杆方天画戟，神武惊世，战气冲霄，看起来极度危险。

在雷霆中有人御马而行，这超出了石昊的理解，但现在不是多想的时候，不管那是什么，唯有与之决一死战。

石昊一声长啸，强打精神，准备迎接最后一战。

“当！”

石昊被逼上了绝路，此时动用全部奥义，释放雷帝宝术，击在了那杆大戟上。

一瞬间，他差点被劈杀。

“第十重大劫降下，想将我击灭于此？我才不会让你如意！轮回转动！”

石昊大吼。他祭出轮回宝术，耀眼的光芒瞬间淹没了前方。

前方的那一人一骑遭受重击，全部咯血，倒飞了出去。

“杀！”

石昊发狂，冲了过去，击灭了那人。

然而，让石昊没有想到的是，紧接着雷霆降落，那一人一骑竟原地再生，又一次杀了过来，并且战力激增。

这一人一骑竟是由雷霆所化，无法杀死，且每败一次，实力就会提升一截。

这一战中，石昊肉身几乎半废，非常凄惨。他从来没有遇到过这么可怕的对手。

轮回宝术、鲲鹏宝术、雷帝宝术等，被他施展了个遍，这也是他来到上界后从未有过的。

这是他经历过的最艰苦的一战，他眼看就要支撑不住了。

但石昊的眸中始终光芒炽盛，毫无惧意。无论他遭遇了怎样的重创，无论这个对手有多可怕，他都全力以赴，战意不曾消退。

“轰！”

在不知道第几次被他击退后，那一人一骑终于在雷光中消失，就此不见。

至此，石昊的精气神都快枯竭了。这一战太过艰难，对方强得难以想象，即使被他轰灭也能再生，甚至实力还会不断精进，并且会修正在之前的战斗中暴露的弱点。

“这次亏大了，我自己都快残了。”石昊一屁股坐在了地上，喃喃自语。这次的雷劫真是不可思议。

更不可思议的是，他的脑后有一个完全由符文组成的神盘，在刚才的战斗过程中，它一直闪耀着，完整地记录了一切，直到此时才悄然敛去。

不过，石昊并没有注意到。

少顷，山地渐渐模糊，开始一点点消散。此地是由雷霆所化，随着天劫退去，自然也会消失。

“我渡劫成功了。”石昊轻语道。他默默体会，发现自己早已达到了尊者大圆满。

此时，他虽然受了伤，但是皮肉更加坚韧了，闪烁着难以描述的光辉，而他的元神亦变得炽盛无比。

“锵！”

一个小人儿从他的眉心走出，张口一吸，只见漫天云层开始震动，也不知道有多少雷光自四面八方汹涌而来，将他包裹。

这是正在消散的天劫雷光，石昊的肉身与元神皆被其笼罩，他一点都不浪费，将这古来罕有的雷光全部吸收了。

他明显感觉到自己又强大了一截，无论是肉身还是元神都像是得到了一次新生，这是一次无法想象的洗礼！

良久，他抬头看向云层深处，那里雷光缭绕，隐约可见一个池子，里面盛着满满一池的液体。

“真正的蜕变来了！”

石昊知道这一次值了，即便他差点被十重诡异的雷劫击残，找到的这一池宝液也足以让他重生。

身上的伤对他来说根本不算什么，更不用说他还能就此蜕变一次。

石昊冲起，眨眼间穿过雷光，到了雷池近前。古朴的雷池内液体浓稠，璀璨夺目，有一股强大的生之气息，还散发出阵阵馨香。

这一次收获巨大！石昊心中大喜。

第538章 雷池新生

这雷池不大，约两尺见方，岩壁上有斑驳的痕迹，显然经过了漫长岁月的积淀。

当中雷气氤氲，一汪液体晶莹灿烂，瑞光流转，伴着阵阵沁人肺腑的清香。

这就是雷劫液，蕴含着惊人的生气，能让人在毁灭中新生，是天地间最珍稀的神液之一，很难见到。

因为它藏在雷霆瀑布中，伴着毁灭之力，一旦有人接近它，便会被轰成尘埃，常人怎能企及？

修为弱的人根本无法接近云层，而修为深厚的人一旦接近，则会引动与其境界相符的雷劫，极其危险！

因此一般来说，有幸得见雷劫液的人，见到的也只是在雷雨天偶尔从雷池中溅落出的一滴而已。

石昊艰难渡劫、九死一生，才勉强撑到了这里，可见要接近这池宝液有多么不易。

如果要让他再来一次，那就需要慎重考虑了，因为这十重天劫实在太过危险，这一次他能够活下来实属不易。

此时，石昊终于可以放松了，此处虽然也有雷光，但相当柔和，比刚才的天劫差远了，无法伤他分毫。

雷池像是用某种古老的岩石凿刻出来的，摸上去能感到一股凉意，还有一种岁月的气息。

这景象很怪异。他此时所处的地方分明是厚重云层之中、炽烈闪电之间，怎么会有这样一个用岩石开凿出来的池子？

就连石昊都不能确定，这雷池究竟是闪电所化，还是真实存在的。不管怎么说，关于这个雷池还有很多未解之谜，人们难以真正地洞悉究竟。

此时身处池边，石昊只觉香气浓郁，芬芳扑鼻。他刚才肉身遭到重创，所以后来艰难重组起来的躯体上有很多裂痕。

他在池边张口一吸，池中顿时升起一股晶莹的紫色液体，落入了他的嘴里。随着“轰”的一声，浓郁的紫气将他包裹。

“好舒服啊！”

石昊只觉自己的四肢百骸都伸展开了，通体舒泰。一片紫色光芒滋润着他的肌体，并蔓延到他的每一寸骨头与皮肉间，修补着伤痕。

雷劫液的效果太明显了，石昊才饮了一口而已，他的身体就被一层紫气裹住，头上也飘浮起了一朵神秘莫测的紫云。

一股旺盛的生机在此处漾开，蓬勃而有力，给人一种欣欣向荣的感觉。

“噼啪、咔嚓！”

石昊体内的所有骨头都在震动，发出了金属般的鸣音。这些骨骼在重新进行组合调整，泛着光泽。

与此同时，他的骨骼上还不时有各种符号闪过，符号并没有烙印上去，而只是在那里流转。

细看的话就会发现，那是《原始真解》上的纹路，它正在石昊的血肉与骨头间流动，熠熠生辉，带着一种古朴而又原始的力量。

石昊的肉身刚才遭受重创，现在他正以《原始真解》为针线，带着雷劫液的生机流淌过每一寸躯体，一点点修复伤体。

第二口雷劫液入口，石昊只觉香如甘露、滑如玉液，唇齿都被熏染得光彩迷离、芬芳四溢。

这一口下去后，从石昊体内竟传出了模模糊糊的道音，像是有人在他身体里诵经一般，让人神思空明、心灵宁静。

与此同时，石昊眉心发光，元神化成的璀璨小人儿也迈步走出，开始张口吸收雷劫液。

这一幕令人惊奇——元神居然能自己主动吸收活性物质，吸纳精华，让自己更为祥和、光彩熠熠。

雷劫液不愧是价值无量的神液，果然是好东西，这才吸入两口而已，石昊就感觉自己的伤快好了。

雷电为天地间最强的攻击力之一，代表着毁灭。

有人说它是上苍之鞭，可以击败神道所有强者，上苍为了统御九天十地，才设置了天劫，想通过雷击生灵来让各族敬畏。

不过，关于这种说法有着太多的秘密，一般的生灵根本不可能了解，唯有无上禁忌强者才有可能真正触及真相。

正因为雷电代表了毁灭，它所伴生出的生之力才弥足珍贵，举世难求。

毁灭与杀伐中蕴含着一点本源生气，这本身就是一种奇迹，若被人得到，自然可以锻炼体魄、蜕变升华。

石昊盘坐在此，喝一口雷劫液，他的身体就会喷发圣光，紫气化成朵朵金莲，在其周围形成了遍地金莲之景。

他的元神经过雷劫液的淬炼后变得异常剔透，若由神钻雕刻而成，没有一点瑕疵，光华可照域外星辰。

这景象无比神圣！

石昊默然无声，他的周围闪耀着各种奇景。与这异象同时出现的还有一种禅唱声，于云层中回荡。

此刻的他宛若这片天地间最强大的祭灵，接受着万灵的朝拜，在这里吟诵真经。若有人在此，一定会震惊无比，而后不自觉地被感化，虔诚地跪拜下去。

石昊的肉身已完全恢复。仅几大口雷劫液而已，就已经让他断骨对接，经脉重搭，皮肉绽放神光，连发丝都在发光，根根灿然。

原本他的肉身强度达到了一个难以再突破的瓶颈，已经在这个节点上卡了很久。而现在，一切都改变了。石昊的肉身释放出各种光彩，血液开始疾速涌动，而后他剧烈摇动了起来——他正经历着换血造骨般的变化。

“开始了！”

石昊神情严肃，等待蜕变。如今他的伤尽好，身体彻底痊愈，惊人的变化也开始了。

他再次深吸一口雷劫液，身体不断地颤抖了起来，同时一阵“噼啪”声响起，可以清晰地看到，他的肉身和元神都在慢慢龟裂。

这不是崩坏，而是一种新生，如蛇蜕皮、蝉脱壳一般，褪去旧身，重塑新躯。

也唯有雷劫液才有这种力量，能让修士进行深层次的蜕变，其他方式很难有此效果！

石昊感到一阵剧痛，他的骨骼居然像是在被刀刻斧削一般，咔嚓作响。这就是传说中的重塑骨骼、再造元胎。

同时，他身上的老皮开裂，不断从体表坠落。

这种变化很神秘，但由于本应循序渐进的过程全都集中在此刻进行，肉体和元神的再生太剧烈了，因而也显得极其恐怖。

可以说，雷劫液的力量非常霸道。石昊的身体在不断溢血，脱落的老皮都带着血丝，此情此景若被人见到，一定会让人毛骨悚然。

除此之外，他的元神也在开裂，而后再组，如此反复，像是一块仙铁在被千锤百炼、来回锻造。

这种重塑的消耗无疑是巨大的。石昊张口吞咽雷劫液，补充体内的生命物质，才能快速塑造一个强大的元胎。

在重塑接近尾声时，石昊伸展四肢，他的躯体变得越发修长，也更加强健有力，身上的老皮脱落后，他的肌肤也变得像玉石般透亮了。

石昊睁开眸子的刹那，目光若剑，犀利慑人，但很快他就敛去了锋芒，恢复了平和。

此时此刻，他的肉身与元神都经过了一次深层次的彻底洗礼，完成了一次蜕变，比之前强大了一大截。

肉身搏杀本就是他的强项，而今他的元神经过雷电的淬炼、宝液的滋养，也变得格外强大了。

“呼！”

那元神化成的小人儿还在继续吐纳。四面八方的云层中还有闪电在游动，它们已不属于天劫，但依旧被那小人儿吸了过来，没入了石昊的眉心，全部被吸收。

现在就是对上专修神识、元神超凡的人，他也可以毫不畏惧地傲视对方。

不过，他意犹未尽，感觉自己好像还能更进一步提升，便再次开始吞饮雷劫液，想变得更强。

“这些符文受到雷气的润泽后，也更加富有活力了。”石昊自语道。只见《原始真解》万灵图浮现，刻在他的血肉与元神中，不断延展，慢慢变得清晰无比，如星辰一般闪耀！

石昊盘坐在此，当即进入了深层次的悟道状态。不知过了多久，当他再次睁开眼睛时，只觉整个世界都明亮了起来。

刚才他像是重新经历了这十几年，将昔日走过的路彻底回顾了一遍，而后继续大步迈向前方。

他抓住了《原始真解》的本源意义，将其理解得更透彻了，与此同时，万灵图如同战神图录般，将各种画面烙印在他的元神中，清晰可见。

“阐释万灵之道，最原始的，才是最接近本源的……”石昊轻语道。此时他感悟极深，竟然触摸到了那一领域。

这对他来说意义非凡。原本进神火境时就要点燃万道，现在他觉得自己未来的路一下子清晰了。

“哗啦啦！”

随着一阵声响，石昊周围的虚空中金莲遍地，而天上则飘落下晶莹的花瓣，并伴着氤氲紫气。

石昊轻轻一震，这些金莲竟化成了神圣的杀器，比宝具还厉害！这种异象一旦真实显化，就成了一种攻击手段。

他站起身，抬手指天，一时间金莲摇曳，无数花瓣飞舞，化作无坚不摧的杀器，震散云朵，让虚空扭曲。

“嗯？”

他吃了一惊，不仅因为这种神圣法相威力惊人，远超想象，还因为他见到了一幅奇景——在上面，还有一层雷道天穹，那里没有云朵，而是由莫名雷光化成的一片天。

他露出惊讶的神色，之前他见到的十重雷劫可以归结为一片雷道天穹，而现在，他所见到的是另一片雷道天穹。

他可以感受到，那绝不是以他目前的境界所能挑战的，其中必定蕴含着大凶险，自己一旦迈进去，必被劈成灰烬。

“这是神灵劫。”石昊轻语道。

他透过雷道光幕，隐约看到了一个金色的池子，里面的液体与他现在吸收的紫色雷劫液截然不同！

恍惚间，他还看到了古树、房屋、金乌、龙等组成的超凡的景象！

石昊非常吃惊，但也万分期待，心中暗下决心，待自己点燃神火、达到大圆满后，一定要去渡那个劫，那里一定有惊人的造化。

“呼……”

他长出了一口气，不再窥视，因为那不是他现在所能触及的领域。

他取出一尊骨鼎，开始收集雷池中剩下的紫色雷劫液。雷池约两尺见方，他刚才只用去了其中一小半宝液而已。

“怎么都逸散了？”石昊皱眉道。他发现，这雷劫液很诡异，被收入鼎中后，就莫名其妙地蒸发掉了一部分，根本封不住。

这是为何？他心中疑惑，没敢再妄动，因为这些雷劫液太珍贵了，每一滴都价值连城。

接着，他又小心地试了几次，依旧如此。

“日中则昃，盛极而衰，过犹不及吗？”石昊蹙眉。他想到了齐道临跟他讲的一些道。

一旦到了某种境界，就不光要追求战力，还须懂得冥冥中的某些质朴的道理。

齐道临曾讲过一个类似的故事：曾有一位三冠王在“仙古”得了机缘，却还想断机缘之根，将之彻底夺走，结果过犹不及，含恨而终。

突然，石昊感到头顶上方那滚滚而动的雷道天穹正在下压，爆发出异常危险的气息。

那可是神灵劫，一旦爆发，他必死无疑。

石昊点头，像是在示意自己收到了警告，不过他又赖皮地嬉笑道：“我还未圆满，身体受到了创伤，至尊骨也断了，需要滋养。”

他一边抬头看着那层雷道天穹，一边大口吞咽雷劫液，使其融入身体中。

一瞬间，周围电闪雷鸣，狂风大作，并伴随着瓢泼大雨，景象极其骇人。

一道又一道雷电劈在石昊的周围，几乎就要打在他的天灵盖上。

他一边吞咽雷劫液，一边惊疑不定地四处查看。难道冥冥中还真存在着什么，能够感知到这里的一切不成？

“喂，别吓唬我，如今我风华正茂，正处于黄金时代，不想被你收走。”他小声咕哝。

“咔嚓！”

十道惊雷从空中坠落，就劈在他的身边，把虚空都劈裂了，恐怖无比。

石昊感觉毛骨悚然，心中惊疑不定。难道冥冥中还真有什么感应？

“是个美女吗？这么急着找我，早晚将你捉出来！”石昊嘴唇翕动，暗自嘀咕道。

“轰！”

这一次，一百零八道红色闪电出现，擦着他的身体飞过，让他浑身毛发都倒竖了起来。

同时，空中出现了一只神禽，在他头顶盘旋，还有一条龙从那层天穹中探下个大脑袋盯着他。

“怪了！”

石昊心中一凛，没有再耽搁。

“大道取半。”

他说道。一池雷劫液，他吸收了近半，又用鼎装了一点，而后他头也不回地向地面冲去。

“轰！”

只见虚空裂开，爆发出万丈雷光。

他刚一走，那雷池周边就被雷霆淹没了。

“哎呀，心疼，不，是骨头疼。”见此情形，石昊怪叫道。他清秀的五官都皱到了一起，眨巴着大眼，捂住了胸口。

第539章 **相逢**

“不行，得赶紧去找打神石为我护法。”石昊突然感到自己的身体正在发生变化，得找个安静的地方闭关修炼。

此时，大雨倾盆，天地间白茫茫一片。

随后，石昊震惊地发现，下方的山地居然一片焦黑，倒了很多座山峰，大雨都难以浇灭从中升起的阵阵青烟，山地间还有电弧在闪耀。

他渡劫的地点与这里相隔甚远，可还是让这里的山地被毁了一大片，可见刚才的雷劫有多么凶险。

“见鬼，你还活着。”打神石从远处飞来，一见面就说出这样一句话，气得石昊抬手就要揍它。

“刚才有无数雷光从天上倾泻而下，吓死人了。我还以为你早就化成焦炭了，正琢磨着为你弄个衣冠冢呢。”打神石咕哝。

皇蝶也飞来了。刚才的景象的确惊人，这里整个地方都被雷光笼罩了，如同银河从天际垂挂下来，惊得它们只能远远观看。

“快，带我离开，我要闭关。”石昊说完，当即就盘坐在了地上。他的胸骨在发光，让他浑身难受，像在被无数虫蚁噬咬一般。

打神石爆发出一道神光，裹着石昊远去。因为刚才的雷劫声势浩大，可能被一些凶兽察觉了，这个地方绝不能待了。

片刻后，他们降落在了一座远离渡劫地的山谷中。

石昊胸骨疼痛，他感觉方才吞下去的雷劫液都化成本源生机冲向了那里。

雷池中的宝液果然超凡，居然让他胸部酥酥麻麻，好似要长出东西来。他惊异不已，心中思忖，这是至尊骨再生的征兆吗？不过又不太像，因为他身体的其他部位也有些不适。

“滋养后的至尊精血已被我引向全身，还能在胸部汇集吗？”他很怀疑。

果然，这次蜕变不太相同。石昊的整个躯体正在发生某种变化，像是在生长。他从头到脚都发出了微弱的光，但胸部依旧最亮。

与此同时，石昊开始变得迷迷糊糊、昏昏沉沉，一阵睡意袭来，竟让他难以睁开眼睛了，无论怎么强打精神都没用。

最后，他倒在花草间，陷入了沉睡。

也不知道过了多久，他才恍恍惚惚地苏醒，睁开了眼睛。

雷雨早已停了，此时已是清晨。朝霞灿烂，大片的金色光芒洒落在他身上，让他觉得暖洋洋的。

打神石躲在远处，带着戒备之色，盯着他看了又看，皇蝶也是如此。

“怎么了？”石昊问道。

“你还问怎么了！半夜三更，你突然浑身流动诡异的符号，差点闹出人命。”打神石一副心有余悸的样子。

“我半夜怎么折腾了？详细说一说。”石昊蹙眉问道。对打神石所说的一切，他并无知觉。

“谁知道你怎么回事？明明还躺在那里，身体上却浮现出了各种乱七八糟的符号，还会自动流转，就跟开启了六道轮回之门似的，妖邪得要命。”打神石强调道。

石昊哑然。他对此没有一点印象，只觉得自己睡得很沉，看来是他的肉身发生了某种变化后做出的一些本能反应。

他认真地检查自己的状况，发现自己已变得前所未有地强大！

除此之外，他的身体似乎也有些异样，但他又说不出哪里不同了。他猛然用力，催动原始真解功法，才发现自己身上有许多神秘的光点。

“至尊血吗？”

石昊惊疑不定，他总觉得身体发生了一些变化，但是一时间却弄不明白。

人体很奇妙，可以开启武道天眼、他心通等，有各种潜在的宝藏，石昊觉得自己的变化貌似就属于宝藏的一种。

虽然他现在还不清楚是哪一种，但是应该与至尊骨或至尊血有关。

“先不管了，反正肯定是向好的方向蜕变。”石昊心想。他穿上一件法衣，带着打神石走出了山谷。

在此期间，他还取出了一些雷劫液喂皇蝶，让打神石羡慕得恨不得化成血肉之躯，也去吞上几口。

石昊细细体悟，他感觉到这一次渡劫成功后，他真的强大了很多，达到了前所未有的高度，站上了他目前所能达到的巅峰。

至此，他觉得自己可以从容许多了，只待三千州天才大决战开始，以战绩检验这次蜕变的效果！

“所谓的六冠王在找我？”

听到这个消息，石昊面露惊异之色。这么一个被载入古书、强大到不可想象的青年至尊又一次出世了，居然还在寻他。

六冠王宁川超凡入圣，出生时就与众不同，背负天图，额生龙纹。据说他从母体出来的那个夜晚，天现异象，神光普照，天地皆被映得亮如白昼。

有人说，他可能是一位无上禁忌人物的转世！

可是，转世一说从未有过真实例证，不过是传闻而已。

还有人说，他与仙有关，继承了仙道根基，还在母体中时就与无上烙印相结合，这才成就了他无可比拟的大道。

“我为额腾圣光、‘罪’字崩云的罪血后代而来。大道须守护，不容亵渎。”这是他来到罪州时所说的话。

石昊得悉后，望向了远空。

恍惚间，石昊仿佛透过时空，见到一个白衣男子挤满了天地，此人气血滔天，在远方等待，从他身体里爆发出的大道轰鸣声贯穿九重天。

“大言不惭！”

石昊冷声说道。不管那个人是谁，有多超凡，他都毫不畏惧，若在“仙古”中相遇，必与之决战到底！

六冠王宁川已离去，罪州这么大，他不可能在这一片区域久留。

并且，有传闻称，另有古代的怪胎出世，要见宁川。

“离火城。”听到这三个字后，石昊心中略微激动。

这是他重回火国皇都认真打探后意外得到的消息——从下界上来的那对父女很有可能在离火城。

这只是一条模糊的消息，但能有这样一条线索就不错了。石昊立即动身，他要去见火皇父女，这两人都曾对他有恩。

他们曾对他出手相救，也曾让他在火族祖地修行，火皇甚至还曾亲自为他讲道，给他指点。

大战就要开始了，石昊希望在进“仙古”前，能够见火灵儿一面，不然下次见面就不知会是多少年以后了。

他不想多年后物是人非，心存遗憾。

离火城中有许多火桑树，株株都带着赤光。一些有数千年树龄的古树上更是跳动着炽烈的火焰，热浪袭人。

火族，以火为基，以火立教。

他们亲近火，故而在居住地附近栽满了这样的老树。

石昊行至此地，来到了大片的火桑林边缘。这里有人正在劳作，采摘桑叶，喂养火蚕。

林中温度不低，不时有大火喷发。火蚕爬在叶片上啃食火桑叶，一条条带着赤光，周身还有符光流转。

这种生灵算是一种异虫，且有不弱的战斗力，吐出的丝坚韧无比，可以炼制成宝衣。

一些少女正在采桑，同时照看着火蚕。

“嗯？”

石昊不经意地一回头，看到了一道正在采桑的侧影，他的身体一下子僵住了，盯着那道身影怔怔出神。

那是一个女子，她穿着一身粗布麻衣，但肤色如雪，天生丽质。此时她背着一个竹篓，里面堆满了火桑叶，赤光绽放。

火灵儿！

没有千辛万苦的寻觅，也没有落难后的悲痛邂逅，他们就这样平淡而自然地相遇了。

石昊心弦一颤，心中涌起了一股特别的情绪。

火灵儿身材高挑，双目清澈，天生丽质。此时她就如普通的采桑女一般，很自然地做着这些事，脸上渗出细密的汗珠。

她的衣服很粗糙，也很简单，都洗到发白了。她在那里劳作，显得沉静而空灵，与她过去活泼火热的样子大相径庭。

曾经的一国公主，如今竟在这里采桑。

石昊心中有些发堵，默默地看了许久，才准备提步上前。

正在这时，火灵儿背着竹篓，转身向一个方向走去。

石昊默然不语，在远处看了片刻，而后跟了上去。

步行片刻后，一座茅草屋出现在了他的视线中，屋后是火桑林，屋前是一片竹林，院中有一些树墩，成了天然的座椅。这里很幽静，给人以返璞归真之感。

然而对于石昊印象中的火皇父女来说，这里太过简朴，甚至可以说寒酸，曾经的琼楼玉宇、宫殿亭台，而今已成云烟。

火灵儿放下竹篓，提着木桶，走到了旁边不远处的河畔浣衣。

她身材依旧高挑，面孔依旧美丽，可不知为何，石昊的心中更堵了。

火灵儿似心有所感，猛地回头向身后望去。

只见那里有一名男子，他一身青衣，面容清秀，眼眸清亮，神色中带着一丝激动，还有一丝心疼，正怔怔地看着她。

这一刻，火灵儿的心猛地跳了一下。那少年与那人有着不一样的面庞，却有一双同样清澈的眼睛以及同样的气质。

“你是……”火灵儿心头一颤，怔怔地看着他。她不想落泪，可眼中却不自觉地出现了水雾，晶莹的泪珠簌簌落下。

“是我。”石昊向她走去。

“哐当！”

木桶坠落在地。火灵儿眼中的泪水不断落下，颤声道：“你……还活着。”

这一句话，蕴含了太多太多。

“嗖！”

一道灰影从茅屋后面的火桑林中扑来，带起一阵罡风。它原本数丈长的身躯不断缩小，最后变得不过半尺多长。它扑棱着一对小翅膀，挂到了石昊的身上。

“小狼！”

这只灰色的小狼是石昊从百断山得到的狼神后代，后来被交给了火灵儿饲养。这么多年过去，它通灵的鼻子依旧第一时间嗅到了他身上熟悉的气味。

石昊抱着小狼，大步冲向河边，迎向火灵儿。

“我就知道，你一定可以活下来……”火灵儿扬起笑脸，脸上却依旧挂着晶莹的泪水，显得十分柔弱。

七神下界一事传遍了很多大教，上界不少人都知道，火灵儿就是从下界上来的，又怎会不关注？

当年，听到石昊迎战七神、最后不幸殒命的消息时，她黯然神伤，久久无法接受。

而后，她又听闻一个名为秦昊的少年上来了，是石昊的弟弟，这更是让她柔肠百转，每每思及故人，她都暗自落泪。

突然，小狼从石昊怀中跳到了地上，用嘴叼着石昊的裤脚拉扯，示意他跟上去。

茅屋后的火桑林中有一座土坟，没有墓碑，没有棺椁，只埋有少年的战衣。

石昊心弦一颤，回头看向火灵儿。

她脸上犹带着泪痕，道："听到消息后，我不愿相信，但又不得不接受。"

这是她为石昊立下的衣冠冢，就在距茅屋不远处。

石昊眼睛发酸，看着她，久久难语。

"灵儿常黯然神伤、独自哭泣，我们都担心死了。"小狼开口道。它是狼神的后代，自然不凡。

石昊动容。他来到上界的时间不长，却已经历了一次又一次生死险境，不承想远方有个人一直记挂着他，为他无数次暗自垂泪。

"你……就是荒，也是那个额骨腾圣光、罪血崩云的人？"火灵儿听他慢慢讲述完所有的经历后，分外震惊。

石昊帮她擦去脸上的泪，点了点头，将一切都告知了她。

"当……"

突然，悠悠钟声破空而来，传遍了大地。这一刻，所有修士——无论距离多远——都听到了这一声激动人心的钟鸣。

石昊霍地抬头，他知道，百川汇海，三千州天才大决战马上就要开始了，这个时刻终于到来了！

"你这样去太危险了，六冠王、仙殿传人还有其他一些强者，他们都狠辣无情。"在听到钟声的刹那，火灵儿也明白了，这一世最激烈、最绚烂的碰撞就要开始了。

"不要担心，等我回来。无论是六冠王、仙殿传人，还是其他更厉害的人，但凡针对我的，我统统镇杀。"石昊说道。

他依然如过去他们在百断山相逢时那般，张狂而自信。

第540章 没有杂质的情分

清越的钟声在山河间回荡！

钟波化成的一道又一道涟漪激荡开来，饱含着时光的力量，积淀着古代的璀璨。

听着那悠扬的钟声，看着眼前粗布麻衣、脸上带着泪痕的火灵儿，石昊的心绪剧烈起伏，心中有千言万语却不知该从何说起，只得默默伸手帮她拭泪。

火灵儿泪眼婆娑，脸上带着笑，也带着感伤。今日竟能再见故人，她只觉恍若浮华一梦，只是两人才见面就又要分别了。

钟声已响，山河震动，这是百川汇海、天才大战开始的征兆，她知道，此刻三千州各地应该都轰动了。

“你一定会回来的，是吗？”火灵儿轻轻地问道。她如温玉般的脸庞上不断有泪水淌落，眼中的光彩也已被水雾淹没。

“会的，一定会回来的！”石昊说道。二人才刚重逢，有太多不舍，可是钟声已响，这是在提醒所有有志于“仙古”之路的人，大战即将开始。

“怎么又要走了？”小狼不满地仰着头，看了看火灵儿，又看了看石昊，而后咬住石昊的裤管，道，“不要走，灵儿这几年一直不快乐，一直在希望你活着出现。”

石昊心中很暖，鼻子却在发酸，曾经活泼热情的少女，而今却变得这么安静，像是完全变了一个人。

火灵儿低下头，摸了摸小狼的头，道：“小狼，你在乱说什么？三千州天才汇聚，为的是什么？这是这一纪元最后的机会，意义重大，石昊必须去。”

在她低头对小狼轻语时，分明有晶莹的泪珠顺着她的衣襟滑落在地，她的声音也在微微地发颤。

两人心中都万分不舍，自此一别，不知道要分离多久，谁也无法确定还能不能再相见，毕竟岁月变迁，可以改变很多事。

石昊张了张嘴，想说些什么，但是又如何开口呢？因为他的确想去参战。

“你要小心，什么争霸，什么造化，都比不上活下来重要。不要冒险激进，保护好自己。”火灵儿阻止他出声，这样说道。

石昊无声地点头，心中涌起一股暖流的同时，他的鼻子与眼睛也越来越酸，火灵儿平淡的话语让他很是感动。

他怔怔地看着火灵儿，又看向那衣冠冢，发现自己竟有些脑子发木，不知该如何组织语言。

有一个女子，曾默默驻足，在远方遥望着他，独自神伤。

她的情意无关乎功利，那么真挚，那么纯净，没有丝毫杂质，像晶莹的海水，像透亮的水晶，又像温润的暖玉，质朴而珍贵。

石昊觉得自己的心弦在轻颤，与以往的感觉不同，此刻他除却感动，还有一种离别之际的不舍，更有一种说不清道不明的情绪。

他狂放不羁，过去总是嚷嚷着，要扛几个美丽的胖子回石村。

这种彪悍的性格自然更多是受石村中那些叔伯的影响。

他曾经大战过“女胖子”，更是与仙子、一族明珠等亲密接触过，但她们都不曾这样让他心弦震颤。

他不知道未来会如何，但现在他真的很在乎火灵儿，这种感觉让他一阵恍惚。

她那纯粹的等待、没有杂质的怀念以及默默的记挂，是如此无私无瑕，才更显得美好，让他心动。

石昊心神颤动，这种感觉与以往不太相同，不是容貌的吸引，不是欲望的作祟，而只是一种纯粹的情意。

“你扛了几个胖子回石村？”火灵儿抬头，擦去眼角的泪，忽然这样笑着问道。

“一个、两个、三个……”石昊掰着手指头认真地数着。

“这么多?!”火灵儿轻轻拧了一下他的耳朵。此时她的脸上虽然还挂着泪花，但已有了几分昔日的调皮与活泼。

“结果全都跑了，还得去捉。”石昊说罢哈哈大笑。

“没良心。”小狼不满道，居然还“汪汪”叫了几声，使劲撕扯石昊的裤管，让他愕然——这是狼还是獒?

“你活着就好。”火灵儿轻语道。此时此地与他重逢，让她觉得天地都明媚了起来。

火桑树发出赤光，将这里映照得祥和而又宁静，让人觉得暖洋洋的。

石昊看着火灵儿，她的笑很纯净，一双眼睛很大、很有灵气，只是从开始到现在一直水雾氤氲，闪烁着晶莹的泪光。

石昊不由自主地展开双臂，给了火灵儿一个有力的拥抱，在她耳畔轻声说道：“谢谢你！”

火灵儿没有说话。他们两人站在一起，旁边是一座黄土坟，葬着少年的战衣，脚下是一只灰色的小狼，构成了一幅安谧的画面。

周围一片幽静，甚至能听到火蚕啃咬火桑叶的“沙沙”声。

“当……”

大钟又响了，钟声激荡山河。

显然，此时此刻，上界三千州所有有志于无敌之路、希望登上辉煌巅峰的年轻至尊都已热血沸腾了起来！

“你该走了。”火灵儿轻语道。

宁静被打破，石昊终究是要离去。

“不急，这钟声只是意味着将开始挑选进入‘仙古’的人，我们还有时间。”石昊说道。他看着火灵儿的眼睛，感觉到了她的不舍、担心，还有患得患失。

火灵儿的确很担心，她怕石昊这一去之后就再也回不来了。

三千州天才大战高手云集，谁敢言一定可以独占鳌头、光荣胜出？

漫长岁月以来，有太多强者死于此战中，有些甚至曾被誉为“第一人”，但依旧不幸殒命。

就连有些曾经夺魁的古代怪胎——当中不乏三冠王，甚至四冠王——后来再次出世参战，也因遇到了可怕的对手而最终逝去。

被雪藏于冰窟中数世不出、而今留下来的无上人杰虽然只是极少数，却是顶尖的！

这样的怪胎绝对是从古至今最强大、最令人震撼的一群人。

石昊没有急着离开，他和火灵儿一起在茅屋前开辟出了一个园子，栽下了两株很小的火桑树苗，又采集来一束鲜艳的花，种在了树下。

“等你一战回来，也许是很多年后了吧。那时这两株树应该都枝繁叶茂了，这园子中也应该长满了美丽的花草。”火灵儿说道。

这一别应该就是很多年，因为按照古代至强人物的推测，进入“仙古”后，短则一两年、长则数百年甚至上千年才能出来。

而且这一次是仙道之花最后一次绽放、“仙古”最后一次开启，也许又会有所不同，但又有谁能预料到呢？

“希望你一切都好。但愿我回来见到你时，依然能看到你这样灿烂的笑。”石昊说道。

他也有些怅然，两人才刚重逢，他就不得不踏上另一条路，心中不禁有些害怕，但不是担心自己。

他只希望回来后还能见到火灵儿。这世间最不可敌的就是沧海桑田，最让人害怕的就是物是人非。

“只要你一切都好。”火灵儿看着他说道。

“放心吧。我要一路高歌猛进、登临巅峰，要踏上这一纪元最辉煌的顶点，实现真正的超脱。到时，我会来看你。”

石昊仰望高天，神采飞扬。这是一个少年的志向，他要登临神道最高峰，傲视这天上地下，看透这世间所有。

“柳神，我要赶上你的脚步，去你的世界。”他握紧了拳头，而后又回头看向火灵儿，道，“等我回来，带你看尽世间璀璨。”

他目光炽盛，望着高天，誓要超越同代，成为最强者。

“岁月更迭，世间绚烂都终将成为虚幻。我只要你活着回来就好。”火灵儿说道，笑容中带着一丝伤感。

石昊看向九天，仰望最强之路。他点点头，语气坚定地道：“好！”

“你来到上界后……”石昊想开口询问，却不知该从何问起。

曾经的一国公主，如今为何一身粗布麻衣，亲手在河边浣衣？这让他心中又酸楚又疑惑，这几年到底发生了什么？

“这里终究不是下界。”火灵儿说道。

即使是下界的一国之皇，来到上界，在天神和各方高手面前也不可能继续成为中心，被人敬拜。

对于火皇父女来说，昔日的荣光已然消逝，一切都要从头开始。

不过，他们父女毕竟是上界火族的嫡系后人，而且在下界开创出了不凡的局面，因此初时也曾被厚待，被赐予了皇族庄园等。

只是，随着他们带来的数百株灵药被移栽，渐渐发生蜕变，有些化成圣药后，麻烦来了。

十几株圣药长在一起，足以让各大教眼红，生出觊觎之心，于是，很多人盯上了他们。

火皇是一个睿智的人，果断献出了圣药，将庄园还给了上界火族，而后带着火灵儿飘然离去。

最后，父女两人来到这里，过上了简单与平淡的生活。

“世间荣华富贵，我都曾得到，都曾经历，如今返璞归真，我觉得挺好，很充实。”火灵儿说道。

石昊点头，经历过奢华，才能体会到返璞归真的美妙，人最重要的便是心境。

“火皇呢？”他问道。

“父亲去游历了，已经一年多没有回来。”火灵儿露出忧色，而后看向石昊，道，“你……你一定要回来。”

“火皇是一个有大智慧的人，不会有事，他会回来的。”石昊安慰道，而后郑重承诺，他一定会登顶辉煌巅峰，然后回来见她。

他把雷劫液留给火灵儿后，终于上路了。

“再见，再相见！”道别后，石昊转身大步前行。

直到走出很远，再回头时，他依旧还能见到一道身影站在火桑林的边缘，在朝他挥手，泪水模糊了她的双眼。

“这一别又是多少年？上百载，还是上千年？”石昊不知道。他眼中也有温热的液体积聚，终究没有忍住，液体顺着他的面颊滑落。

“保重，我会回来的！”石昊大声喊道，而后冲天而去，消失在天地尽头。

第541章 **揭幕**

离别总是伤感的，但人终究要向前走。

石昊告别火灵儿，再次踏上征程！

每一州都广袤无垠，从一端到另一端动辄数以亿里计，各族的生灵数目庞大到不可想象。

三千州如果加在一起，根本难以清楚有多少生灵。

以罪州为例，东西距离两亿三千万里，南北距离八千万里，在三千州中并不算大，在上界仅是一块中下等级的州土而已。

然而这一次，单一个罪州而已，报名参赛且符合资格的就有八百万尊者，这还是经过了几次选拔的结果，不然还会更多！

这么多人怎么可能都被放进"仙古"？要知道，还有另外两千九百九十九个州呢。

很多人都知道，"仙古"中有大造化，因此蜂拥而来。各教的尊者，各族的生灵，为了让自己拥有进入"仙古"的资格，可以说用尽了手段。

石昊有点发怔。他出来后，已经了解到了情况，光罪州就有八百万人参赛。

"这战况得多惨烈，得死多少人啊。"他预感到，这场大赛到最后多半会尸骨成山，死去无数英杰。

一位老者笑呵呵地道："年轻人，你想多了。难道族中没有长辈告诉你，进'仙古'极为不易，人数都是固定的吗？进去前，是不会有大规模伤亡的。对了，你是哪一教的？"

"我知道这些。"石昊点头，没有回答老者的问题，只道，"但后面的战况不还是会激烈起来吗？"

齐道临当甩手掌柜，什么都不管，石昊只好自己多方打探，由此了解到了不少事。此时，他又从与老者的聊天中获得了不少有用的信息。

"老丈，我得走了，我还没有取得参赛资格呢。"探听了情况后，石昊转身就走，不然可能就来不及了。

"抓紧吧，两天后就要开始了，你可真淡定。"老者笑道。

石昊不曾经过初始的几层选拔，现在想要参赛，必须有一个门派的信物，证明自己是该教的核心弟子。

照齐道临所说，这不成问题，很容易得到。

罪州族群很多，道统林立，但现在有不少都没落了，难以派出特别强大的尊者去参赛，故而这些门派便成了一些人的目标。

石昊一路远行，拜访了十几个没落的道统，结果发现这些道统全都早就被人“光顾”过了。

直到大半日后，他终于在一座十分荒凉的大山上又看到了一个门派。

“昆门”。

山门前有一块巨石，上面写着这样两个字。这里的门庭非常古老，山上的青石阶梯都被踩踏得凹陷了。

几座出现了裂痕的古殿是这里仅有的建筑物，看上去随时会倒塌，真不知道它们存在多少年了。

“也真够没落的，比至尊道场强不了多少。”石昊见状，不禁感慨道。

这里只有一个糟老头子与一个少年，石昊来时，那少年正准备跑路呢。

用他的话说，这鬼地方没法儿待了，看不到一点希望。原本他还想从这里的废墟中找出一些古籍，让昆门再现一时辉煌，可这个机灵的少年最后绝望了。

那个老头子抱着个黄澄澄的大酒葫芦，每天都喝得醉眼蒙眬，气得投师而来的少年直瞪眼，却没有一点办法。

石昊说明来意后，这邋里邋遢的老头眼睛立刻亮了，嚷嚷着可以成交，让少年将门中的信物让给石昊。

这让昆门的少年更是气愤不过。这也太没有责任心了，丝毫不为弟子着想吗？于是这更坚定了他跑路的念头。

若是一般的大教，直接就可以选送核心弟子参赛，但若是小教，就需要这种信物了。

所谓信物，是指该教曾参赛的弟子因获得过不错的排名而带回来的骨符，持有它的话，该教就可以直接选送一名弟子参赛。

“年轻人，你拿什么来交换？”老者笑眯眯地问道。

“十株灵药。”石昊说道。

“我这信物可不一般，来头不小，这样的交换物价值太低了。”老头子说道。

“什么来头？”石昊问道。

“这信物是一个曾经排名第一百零几万的弟子带回来的，这个排名很靠前。可惜了，就差几万名而已，如果他进了前一百万名，你连这次考验都不用参加，直接就能进‘仙古’。”老头笑呵呵地说道。

石昊无语了，排名第一百零几万，也好意思说排名很靠前？如果不是真的很需要这信物，他肯定扭头就走。

“年轻人，你可别小觑了这名次。上界三千州每一届共有多少人参赛，你知道吗？能进‘仙古’的又有多少？这排名绝对很高了！”老头说道。

“这是什么年代的人留下的？”石昊暗暗擦汗，问道。

“应该有十几万年了吧。那时候，我们在罪州可是排名一千左右的门派。”老头说完，抱着酒葫芦“咕咚咕咚”又喝了几口。

还真是没落的古教！

“一口价，四件神灵法器！”老头说道。

石昊吓了一跳，这老头还真是狮子大开口，这个级别的法器都敢要四件。他想了想道：“一件。”

“三件，不能再少了。”老头说道。

旁边的少年一脸羞愧，直叹真是师门不幸，老头子将门派的脸都丢光了，居然还跟人讨价还价。

“师父，能别这样吗？那信物咱们留着自己用。”少年说道。

“留什么，你这么小用得上吗？难道给将来的第十八代子孙留着？”老头摸了摸酒糟鼻，瞪了少年一眼。

“可是……”少年还想开口。

“这算什么？都是过眼云烟，还不如拿来换酒。”老头说道。

少年不忿，却又无可奈何。

“算了，小哥，这样吧，一件神灵法器加一篇宝术，这东西你拿走，不然就不要多想了。”老头说道。

石昊没再多说。来到上界后，他一直游走在生死间，厮杀不辍，自然不缺少神灵法器。至于宝术，他直接拿出了在补天阁得到的金鹏法，当然，这法有些残缺。

“大鹏之法，不错，跟我昆门大有渊源，很好的法，只可惜不是鲲鹏法。”老头子无比开心地说道。

石昊斜睨着他，心想，还鲲鹏法，一个信物而已，想得也太多了。

那少年眼睛都直了，门中根本就没剩下什么法，这让他一直以来都很愤懑，现在他终于见到一门强大的宝术了。

当石昊取出那件神灵法器时，不光老头子眼睛亮了起来，就连那准备跑路的少年也瞪圆了眼睛，不准备走了。

“师父，你眼睛瞪那么亮干啥？你不是说我们昆门当年神灵法器成堆，指不定哪天就能挖出来一筐吗？”少年道。

“喀，又可以换酒喝了。”老头笑眯眯地道。

“啊，老头子你要敢这样做，我就叛教！”少年大叫道。

交易成功后，石昊在这里逗留了片刻，他发现此地山川不凡，加以布置的话，会是一处不错的宝地。

“这里应该修整一下。”石昊说道。

“有什么需要修整的？天上明月，山中美景，在你们看来是风花雪月、入眼迷花，在我看来那不过是浮华，是烟尘，远没有柴米实在，更不如酒。”

老头漫不经心地说罢，转身走进了一座古殿，继续抱着酒葫芦喝酒去了。

石昊心头一动，这老头有点古怪。

“别看了，他就知道装神弄鬼，我就是这样被他骗进来的。他还说什么自己活了很多年，想死都不行，号称‘不灭’，都是假的！”少年愤愤地道。

“不灭昆门！”石昊心头一震。但是没有时间深究了，他不能久留，于是转身离开了。

石昊横渡虚空，前往目的地，为大战做好了准备。

一日后，“呜呜”声响起，震动罪州！

号角已响，大赛开始了。

这是一座巨大的道场，无边无垠，是前贤开辟出来的，上面闪耀着许多符文。

所有人都进场，而后各自盘坐下来。八百万人身处道场内，可谓人山人海，却都在里面坐下了，甚至彼此间还有很大的间隔，可见道场的非凡。

“灵界有我罪州专属的一片区域，你们只能在那里停留一天，因为没有时间可以浪费，角逐出一万人后，这些人会直接被送进广袤的无人区。”

有人这样宣布道，声音清晰地传入了在场每一个人的耳中。

灵界是古神以精神构建的浩大而恢宏的世界，跟下界的虚神界类似，不过更为宏大，名称也不一样。

短短一天内就要决出人选，八百万人中只能留下一万人，可见比赛有多么残酷。

还好这是在灵界中进行的，一般来说不会有死亡，即使战败了也还能在现实世界中复活。

不过，给的时间真的很短。用高层的话说，没有时间可以浪费在这里，真正的强者要赶时间，及早进入广袤的无人区！

道场上面刻有各种繁复的纹路，最后胜出的一万人会直接从这里被传送走，这一切都是由大阵自行完成的，外界无人可干预。

各州皆如此，以免有人不规矩、动手脚。

“开始！”

随着“轰”的一声巨响，道场上方顿时混沌气翻腾，虚空也随之变得扭曲、模糊，最后浮现出一扇又一扇巨大的敞开的门。

灵界的开启方式比下界的虚神界还真实，像是开启了一方真实的大世界，这让石昊心头一跳、心念电转，但是现在他没有时间去细究了。

来到上界后，这还是他第一次进灵界。

“灵界、虚神界……鸟爷、晶壁大爷还差我一门宝术呢。”石昊心中自语。

少顷，只听得“呼”的一声，八百万道光影腾空而起，没入那一扇又一扇巨门中，就此进入了灵界。这场面太壮观了，让人瞠目结舌。

大战终于开始！

而与此同时，其他各州也在进行着激烈的竞争。

“呵呵呵……多少年了，我钧道终于又一次复苏了。”也不知道多少亿里外，连绵雪山下的一座冰窟中有人复活了。

他满头紫发，目光妖邪，气息恐怖惊天，让神都要敬畏！很难想象他只是一个尊者。

有些人根本不用参赛，也不用经受考验，就可直接进入“仙古”，因为多少世以前他们就证明了自己的实力。

与此同时，另一个古老的大州上也有人复活。此地火山成片，其中有一座瑞气蒸腾，与众不同。突然，一具赤红的古棺从岩浆中浮现，爆发出惊天的气息。

棺盖“咔嚓”一声开启后，从中走出了一名风华绝代的女子。她一头火红的长发随风飞舞，高挑的身躯散发出圣光，傲视着九天十地。

“又一次走出生命之棺……这应该是最后一次了吧，一切都将在最后的机缘中终结。”她也是一名尊者，声音清冽，震动九天。

同时刻，一片瀚海中的一座水晶龙宫里也有人复苏。那人睁开眼睛，顿时有一道如虹的光束冲上云霄，遮盖苍穹。

这异象竟只是那人的目光所致！

这是一名女子，她头上长有龙角，从海底腾飞而上。

此时此刻，三千州的一些古地纷纷冲起璀璨光华，贯穿天上地下。

大战开启了，从古代雪藏至今的惊天耀世的生灵都复苏了！

第542章 灵界

灵界，广袤无边，历经了古老的岁月。

“砰！”

随着一声巨响，石昊降落在地。

这里是一片沼泽地，有不少水洼和泥湖，阴气很重，鲜见阳光。此外，这里也生长着许多大树，枝叶繁茂，遮天蔽日。

这些大树长得并不密集，隔很远才有一株，其间很少有其他草木。

这便是灵界，它是如此真实，与外界毫无分别，让人进来后完全感觉不到异常。

“古神以精神力构建这宏大世界，究竟有何用意？”石昊蹙眉，心中疑惑。他越发觉得，这里面一定有天大的秘密。

下界有虚神界，上界有灵界，从本质上来说，二者并无二致，只是名字不同而已。

难道灵界才是古神开辟的真正神界？随着了解的深入，石昊觉得这不太可能。那它到底是用来做什么的？虽然这个问题一时难以找到答案，但肯定意义重大。

不过现在可不是走神的时候，他已进入了战场，随时都可能面临敌人。

果然，不一会儿，虚空变得模糊，伴随着巨大的轰鸣声，一道又一道身影降落在沼泽地中，一个个甲胄灿烂，杀气腾腾。

“哧！”

有人刚一出现就对身边的人展开了攻击。

一时间，只见各种宝具碰撞，爆发出璀璨的符文，崩碎大树，溅起泥浆。

“啊……”

随着一声惨叫，出现了第一个遭劫的尊者。他被人以一条锁链缠住了脖子，锁链上符文流转，爆发出光芒。

“噗！”

那条晶莹灿烂的锁链将那人击杀后，如蛇般退走，哗啦啦作响。

大战就此拉开了序幕！

瞬息之间，周围人数大增。虽然大家彼此间还有一段距离，有足够的出手空间，但是一眼望去，依然只觉人影密密麻麻。

“杀！”

为了自保，为了竞逐，这些尊者都不约而同地开始向周围的人出手，在这里他们可不会讲什么情分。

优胜劣汰，适者生存，残酷的丛林法则正在上演。寂静的沼泽地一下子爆发出了滔天的杀气。

“砰！”

石昊抬手就将一名偷袭他的尊者劈飞了。那人在虚空中化成一片光雨，就此消失了，吓了周围的人一跳。

石昊举手投足间有雷霆之威，轻易就劈飞了一名强者，让附近的人十分忌惮，不敢轻易对他动手。

沼泽地虽然很大，但也不可能容得下所有参赛者。进入灵界后，众人被分散到了八十个战场，这些战场都挨得很近，彼此相邻。这片沼泽地只是其中一个区域而已，远方还有更多的战场。

八百万尊者身处其中，密密麻麻，搅得此地风起云涌，如真龙腾海，惊涛拍岸。

此时此刻，石昊可以感知到，这些战场彼此相连，当中有一股宏大的意志和杀念在汹涌，震撼人心——这是所有尊者的合力。

突然，一颗珠子闪耀着光芒，化成一条金线击向石昊的后脑，刹那间骨文闪耀，让此地一片通明。

石昊回头，抬手攻向那龙眼大的金珠，只听“当”的一声巨响，火星四溅，周围的巨树等全都被震碎，泥浆也被炸开，如浪涛一般卷向四面八方。

这是一件神灵法器，而且是一件珍稀之物，不然肯定承受不住石昊这一击。

金珠中有一条蛟龙，随着碰撞脱困而出，显化出巨大的蛟身，张牙舞爪，“轰”的一声向石昊压迫过来。

“噗！”

周围数十名尊者被这庞大的蛟龙撞得口中流血，更有一些人直接殒命，化为光雨从这里消失了。

“咚！”

沼泽地中也有山，其中一座高大的山峰遭受了蛟龙的一击后，竟当场崩塌，乱石翻滚。

“原来这蛟龙珠里禁锢着这条蛟龙的精魂，看来是一件不凡的法器。可惜这是在灵界中，不然还能将它磨成粉，炼成药散。”石昊遗憾地说道。

“杀！”

出声的是一个紫衣男子，他身上镶嵌有一道龙纹，那似乎是某个大教的标志。他目光冰冷，带着杀意盯着石昊。他没有料到连蛟龙珠这样的大杀器都不能击杀这个对手。

石昊可不管他是谁，照杀不误。当年他纵横虚神界时，连老辈的强者都被他追着屁股打，就更不要说现在是同阶之战了。

“哧！”

他化成一道神光俯冲了过去，同时背后浮现出一对雷霆化成的翅膀，翅膀上交织着炽盛的光芒，“轰”的一声射出了一道粗大的雷电。

“啊……”

紫衣男子大叫。他被击得半边身子焦黑，衣衫破烂，嘴中咯血，倒飞出去。

石昊有些惊讶，能接受他一击而不死的尊者真的很少了，这个人果然不简单。

只听“唰”的一声，石昊快速冲了过去，跟进一脚，踏出十道电弧，每一道都足以击穿一个尊者。

“嗷！”

蛟龙横空，衔着金珠俯冲了过来，守护那紫衣人。

“噗！”

刹那间，庞大的蛟身被击得横飞了起来。这是石昊遭遇雷劫而感悟出的电光，威力自然不凡。巨蛟被击穿了肉身，鳞片也脱落了许多。

就连神级蛟龙在这灵界中也难以抵挡石昊这一击。

“你……”紫衣男子见此情形，心想坏了，这一次踢到了铁板。

他大声呼喝，想让石昊停下来：“道兄，请住手。我是妖龙道门的人，这是一场误会。凭你我之强大，可以联手闯下去，想必将无人能敌。”

石昊一脸冷漠，在这里他无所忌惮，根本无须与人结盟，而且这个人上来就袭杀他，他不想留祸端。

“妖龙道门？”听到这话，周围有些尊者大为吃惊，竟全都有些惧意，迅速退后，不敢招惹紫衣男子。

“嗯？”石昊疑惑地蹙眉。他忽然想起妖龙道门很了不得，为上界最古老的道统之一。

那些古老的道统平日间没有什么大动作，但实际上有不少都在看守罪州，处处针对罪血一脉，不允许罪血一脉过于鼎盛，妖龙道门就是其中之一！

“轰！”

石昊扇动背后的一对恐怖雷翅，霎时飞出一道狂暴的闪电，闪电击在紫衣男子身上，让他当场殒命，就此消失。

周围的尊者瞬间胆寒，一哄而散。

沼泽地很大，有十万尊者在此交战，但石昊一路向前，无人可挡。

石昊背负巨大的雷翅，行走在沼泽中。

他每到一个地方，只要镇杀几个强大的对手，周围就会立刻变成空地，一时间竟无人敢对他出手了。因为他太厉害了，让所有人心中发毛，全都退避三舍，这是一路杀出来的威势！

历经两个时辰，他斩杀了许多生灵，成功从十万尊者中脱颖而出。

至此，整片区域的尊者几乎都知道了有这样一个魔王，一旦触怒了他，必会遭其击杀。

他们发现石昊的行事风格是“人不犯我，我不犯人”，因而没有人愿意主动去招惹这样一个杀神，毕竟罪州总共有一万个名额呢，只要避开强者，他们也都是有机会的。

石昊走出沼泽地后，看到了其他战场，它们连成一片，同样在上演着大战。众尊者奋力激战，无数宝具漫天飞舞。

到处是一片惨烈的景象，大地龟裂，高山崩塌，就连大湖都被蒸干了。

还好这里是灵界，不然真是不敢想象天地会被毁成什么样子。

两个时辰的激战后，太多的尊者已经死去，整片大地满目疮痍，殷红点点，让人触目惊心。

“都去至尊古坛，在那里，没有过关的人将被扫出灵界，失去资格。”

一个洪大的声音同时在八十处战场的上空响起，响在每一个人的耳畔。那声音是规则所化，毫无情感，冷漠无比。

随着声音的消失，虚空中出现了很多条金光大道，它们承载着各处战场的幸存者，将他们送往至尊古坛。

这将是最后一关，成败在此一举！

与此同时，外界罪州宏大的道场中，许多席地而坐的尊者睁开了眼睛，他们都是被击杀于灵界中的失败者，而今精神回归，肉身觉醒。

“唰！”

古老的禁忌大阵自行运转，当场有七百多万人消失，留下了大片的空地，让这里一下子空旷了起来。

所有人都吃了一惊。战况竟如此惨烈，这才两个多时辰而已，混战就到了如此地步，八百万尊者折损了大半。

巨大的道场外，很多人都在等待消息，其中不乏各教的名宿，甚至还有天神以及教主级人物。

“我们山门的人竟全军覆没，果然还是比不上顶级大教啊。”一名老者叹道。

“咦，那不是妖龙道门的弟子吗？这个人我认识，十分强大，居然也被人斩杀，失去了资格！”有人惊讶地道。

七百多万尊者出来后，很多人都低着头，无比失望，他们没想到自己会这么快就被淘汰，失去了进入“仙古”的资格。

但他们也没有离去，都等在大阵外，想看看最终结果。

“师父，我败了！”人群中，一个紫衣青年脸色铁青，指节都捏得发白，愤愤地说道。他正是被石昊击杀的那个妖龙道门的高手。

“以你之资，应足以闯进五百强内，居然会被人斩杀。”说话的是一个天神，面无表情，冷漠无比。他是妖龙道门的高层。

“他会不会就是我们要找的人？”旁边有人小声道。

“嗯，一会儿我们都进去观战，在至尊古坛外静候。”天神说道。

“不知道其他几个道统有没有损失，是否会遇到我们要找的那个人。”一个真神说道。

灵界比虚神界更宏大，也更真实，规则秩序等均强一大截，连上界的大人物进去都会受到制约。因此，强大如他们也不敢轻易进入混乱的战场，一旦进入，就会被压制境界，最强也不过尊者境，无法逾越。

而一旦被压制境界，这片混乱之地对他们而言便变得极度危险，他们被杀的可能性很大，因此谁都不敢轻易涉足。毕竟，要是天神等闯入八百万尊者搏杀的战场后被击杀了的话，那就闹大笑话了。

“我等终于可以进去观战了。我们要在至尊古坛看龙虎争霸，看谁能独占鳌头，成为罪州第一。”许多人满脸兴奋，迫不及待。

一番大战后，赛场上的尊者人数锐减。他们这些观战的人站在古坛外，不用担心会受到波及了。

灵界的至尊古坛是一座巨山般的祭坛，高耸入云，通体漆黑，让人感觉压抑而沉重，外部有数条道路都可以通向里面。

“咦，祭坛顶端云蒸霞蔚，至尊液快满了，谁能登上去？”

赶到这里的尊者都很震惊，简直不敢相信眼前的一切。在祭坛最上方有一个碗，似乎有晶莹的汁液从中溢出。

很快，所有尊者都闭上了嘴巴，只见前方道路被堵，一些人站在那里，正在盘查着什么。

“是妖龙道门与火云洞的人，那都是上界古教，强大无比。他们在干什么？”有人疑惑地道。

众人走近后才发现，原来那些人阻住了道路，想通过的人都要经过他们的排查。

“罪血后代，靠边站！”

说话的是一名妖龙道门的女子，她嘴唇很薄，虽十分美艳，却给人一种很刻薄的感觉。她将几名修士赶走，不让他们接近通往至尊古坛的那条路。

“为什么？”

“大凶大恶的后代都给我滚到最后面去，给你们机会就不错了！”一名男子冷声道。

“你……”被拦住的人又惊又怒。对他们来说，这是一种羞辱，这本是罪州，结果外来者倒反客为主了，还这般蛮横。

谁都知道，先进去的人占优势，因为只有靠前的一万人才能晋级。

“你什么你，不想死就给我滚。身负罪血，你们理应世世代代赎罪才对！”那几人呵斥道。

远处，石昊目光冰冷地注视着这一切。他知道这盘查多半是冲着他来的，他要想进去的话肯定不能善了，不过他也无所畏惧，反正早晚会暴露身份。

第543章 罪血之怒

“你们欺人太甚！”罪州的几名年轻人忍不住了，上前与他们对峙。这是罪州的地盘，外界修士赶来抢夺名额也就罢了，居然还如此针对他们。

“不是我等欺负你们，而是上天。你们的祖上犯下大错，以致连上天都诅咒你们，在你们的血液中留下了罪恶烙印，警醒世人。因此，你们不值得被宽待，而是必须严苛以待！”

另一个浑身带着火光的赤衣男子说道。他来自火云洞，那里是太古时代的神圣栖居之地，名头大得足以吓死人。

火云洞当年便是能与鼎盛的皇族分庭抗礼的可怕道统，而且一直不曾衰落，始终保持昌盛，俯视着上界广袤的地域。

罪州的几人怒发冲冠，脸憋得通红。终于有人忍不住了，大步向前走去，就要强闯。

“我劝你们老老实实、本本分分，不要自不量力！”道路前方，有人冷漠地说道，根本不在意他们的愤慨。

“你们将我们赶到最后入场，这样我们有几人可以通过考验？”罪州的人怒道。

“肯定有机会。毕竟那是闯关，实力弱的人会被淘汰，早进去一会儿也占不了很多便宜。”一个少年笑嘻嘻地说道，毫不在意。

“你说得轻巧！若实力相仿，落后一步闯关，结果就是天差地别。”罪州的人不忿地说道。

“言尽于此。你们若仍执迷不悟，尽管来闯试试看。”妖龙道门的女子冷笑道。

那几个年轻人相互看了一眼，决定硬闯。他们均为一族的天才，实力也都不俗，怎么会甘心将进“仙古”的机会拱手让出？

“凭你们也妄想在此放肆？真是蚍蜉撼树！”

有人冷笑道。紧接着火云洞的赤衣男子出手了，他张口吐出一道赤光，赤光化成一把尺子，爆发出无尽的恐怖气息。

仅一瞬间而已，虚空都颤抖了，接着剧烈摇动起来。见此情形，所有尊者都战战兢兢。这宝物太厉害了，它发出的强大气息立刻笼罩了此地。

这是秘宝，在这片虚空中，规则所允许的极限为尊者境，而它却透出了一缕神道威压，显然不凡。

“尊者中的至尊器！”有人低语道。

众人闻言脸色一白，这把尺子一出，一般来说，没有尊者可以匹敌，因为它代表了此境的极致。

任你再强，在这里也只是尊者，而这把尺子为无上禁忌人物所炼制，已攀升至此境巅峰，几乎不可超越。

果然，那几名青年祭出的宝具全被那赤色的火云尺击断，当场化成了粉尘。而他们也被一股威压扫过，全部咯血，而后飞向了远方。

“嗡！”

火云尺发光，让虚空也跟着轰鸣起来。而后它化成一道赤光，疾速追了过去，眼看就要落下，将他们全部斩杀。

石昊站在人群中，目光一冷，轻喝一声后，身体周围顿时金莲遍地，金莲化成无尽的金色光芒，腾空而上，迎向那把宝尺。

“轰！”

两者碰撞在一起，发出巨响，只见满天金莲盛开，托住了宝尺。

“什么?!”许多人惊叫出声。这场面太过壮观，竟有人可以对抗极境秘宝。

须知，这宝尺代表了这一境界的极致，一旦祭出，可以说在尊者中就是无敌的存在，如今居然受阻。

“开！”赤衣男子喝道，竭尽全力催动宝物。

火云尺密布符文，发出无与伦比的威压，一时间电闪雷鸣。虽然它只有尊者之威，但是也比一般的宝物不知道强多少倍。

它的神道力量虽然受此地规则所限被压制了，没有发挥出来，但是那缕气息已弥漫四周，震慑人心。

“隆隆！”

火云尺如一条赤色天龙般俯冲了下去，同时发出龙吟虎啸声，激荡山河，伴着漫天的红云，威势惊人。

“当！”

可惜，它依旧遭受了重击，而且这一次更是令人震惊——它被金莲扫得一个翻腾，倒飞了回去。

“什么人？”赤衣男子双眉倒竖，喝问道。他知道，对方若不是掌握同样的极境秘宝，就一定是一个了不得的人物。

“嗖！”

一道金光闪过，只见一株金莲袭来，斩下了他一截发丝，同时金莲带起的罡风从他身上擦过，让他“噗”的一声咯出了一口血。

火云洞与妖龙道门的其他几人都大为震动，跟赤衣男子站在了一起，严阵以待，并且取出了一面骨镜，四处映照，想要探出那个出手之人的踪影。

至于远处的其他尊者，则一个个都惊悚不已。这是何等强大的生灵，居然能对抗火云尺这种至强秘宝。

然而，当人们看向刚才金莲出现之处时，只见金莲散开，化作点点金光，转眼间渺无踪影，竟是一个人都没有。

刚才自然是石昊在出手，那遍地金莲是他渡劫时凝聚出的法相，每一株都极度强大，可斩落宝具。

方才他放手一试，威力果然超凡。

石昊蹙眉，心中很不舒服，妖龙道门、火云洞太强势了，竟敢如此行事。他看到了那几人手中的骨镜，知道那一定是用来探寻罪血的器物。

在负伤的几名罪州尊者没入人群，就此消失后，石昊没有再出手，而是走向了另一个方向，他要去别处看看。

这里共有八条路，分八个方向，都通向至尊古坛，他想看一看是否每一条路上都像这里一样有人阻挡。

“尔等退后！”

果然，在另一条路上也有几人阻挡。他们都穿着银色宝衣，一个个寒气袭人。

这些人都在针对罪州的人，不让罪血后人靠前，要求他们最后入内。

“凭什么?!你们抢了我们的名额不说，竟还在这里挤对我们，太过分了。”一个女孩气得都要哭了。

“就凭我等的师门可代上苍执法、掌裁决，就可要求你们这些罪血后人延后进去！”有人冷声说道。

石昊在远处看着。这又是一个古老的道统——罗浮真谷，是一个名动上界、雄霸数州的超级大教。

石昊不得不感叹，监控、看守、针对罪州的道统果然都来头大得惊人，一个比一个厉害，一个比一个古老。

他心中一凛，恐怕也只有像这样底蕴深厚且历史悠久的大教才有能力这样做，只是不知道其背后是否还有靠山。

“掌裁决，代上天执法？”石昊心中冷笑。即便这些大教真的有默契，联合起来可以一手遮天，这口气也还是太过狂妄。

他连走了几条路，每一条路都是如此，有几个大教的人阻路。

他发现，这些人最主要的目的是寻找额上腾圣光、罪血崩云的人，换言之，就是为了他。

尤其是最后一条路上的一群人，竟是受六冠王宁川之命镇守于此。

当然，宁川不曾出现，因为他不用来灵界接受所谓的考验，他命人这样做，为的只是寻出那个罪血浓郁的人。

“诸位道兄，我等应合力寻出那个人。”这群人还算客气，对周围的人这样说道。

“六冠王有令，为护世间安宁，须除掉罪血崩云的‘魔孽’。”

这句话一出，石昊的目光顿时更冷了，周身杀意弥漫。

八个方向，八条路，全都有人守候，都是针对他的，想要将他寻出来。

石昊看着他们，这些人手中都有秘镜，可照出他额骨上的罪血符文，让纹路冲霄，看来冲突难以避免。

“那就战吧！”石昊冷声说道。

即便会因此闹出天大的风波，他也不得不一战，因为他不可能止步于此。

在这灵界之中，哪怕天神来了也得受压制，他不惧那些人，唯一担心的是自已在外界的肉身。

不过，根据他了解到的情况来看，外界有禁忌大阵守护，从古至今从未出过问题，那是一种无情的规则，连强者也无法干预。

这里的事情一结束，在场的一万名尊者就会自动被传送走，进入广袤的无人区，到那个时候就更不用担心了。

“就算真出了意外，也有打神石在守护我，再者，我掌握了破界符，想走应该没问题。”石昊下定决心要在这里出手！

此时，外界的人也进来了，只是他们不能靠近，只能在远处观看。每个人都盯着那宏大如山岳的至尊古坛。

“至尊液又满了?！”有人惊呼道。

至尊液绝对是稀世宝液，功效惊人，可以养元神、壮元胎，是人人渴求的圣药，可惜却无人能得。

因为那座祭坛实在太神秘了，很难走到最高点，更别说拿到石碗中的药液了。

不少天神为了后人，也为了自己，都曾来这里试过，结果都无法得手。

“咦，发生了什么？”

来此观看尊者闯关的各教名宿都吃了一惊，只见一条路上光芒璀璨，符文炽烈，散发出恐怖的波动，好像发生了大决战。

“罪血崩云的人出现了！”众人惊呼道。

位于其他方向的人可能看不到，但是他们正对着这条路，可以清晰地看到那里有一道光束腾空，化作“罪”字，无比璀璨。

那个方向显然发生了暴乱，可以听到许多人在呼喝、激战。

“罗浮真谷的人遇上了那个人，引发了大战。”

很快，有红色的身影从那个方向冲起，逃向了别处，惊得众人一震。

“罗浮真谷的人败了，有几个人逃走了，剩下的都被击杀了！”

“好强横的少年，居然真敢对罗浮真谷的人下手！”

众人都惊呆了。

至于那条路附近的众多尊者，则更是傻眼了，一脸震惊之色。

他们亲眼看到了一个少年如同魔王般，在此处横扫诸敌。

“去吧，没人敢阻拦你了。”石昊冲着那个被气哭的女孩温和一笑，让那些罪血后人继续前进。

而后，他赶往了另一地，也就是最初见到的那条有妖龙道门和火云洞强者阻挡的路，那些人皆手持极境秘宝，态度最为蛮横刚硬。

石昊放开了手脚，准备彻底爆发！灵界注定要大乱！

第544章 魔王发威

八个方向，八条路，都通向中央宏大的祭坛。

至尊古坛比山岳还高，耸入云层中，巍峨无比，除此之外，还有莫名的空间法则笼罩其上。先前那条路上的激战并没有被这里的人察觉，因此石昊出现在此地，向前走去时，并没有引起人们的注意。

这时，前方发生了骚乱，似乎有罪州的人要强闯过去，吸引了这里所有尊者的目光。

“你，还有你们几个，装什么，别以为我看不出！身负罪血，还敢向前凑，有多远给我退多远，给其他人让路！”

妖龙道门的那名薄唇女子喝道，言辞十分尖锐。此时她冷着一张脸，还算艳丽的面孔上带着不屑与轻蔑。

这一次与之前不同，罪州一方组织了很多人，全部祭出法器，欲群起而攻之，因为他们觉得这样实在太憋屈了。

火云洞的赤衣男子嘴角仍有残血，他手持火云尺，冷漠地看着那几个罪州的人，浑身散发出威压。

在他周围，其他人看似随意，但实际上每个人都在小心戒备。他们没有理会罪州那群人，而是盯着尊者群在寻找。

显然，他们担心刚才催动金莲的人会再次现身。

正在双方紧张对峙之时，人们看到一个少年忽然向前走去，欲步入场中。在这种气氛下，他居然毫不畏惧地打破了僵持的局面。

“你，先退到一边，等我们解决了这些人再入场。”妖龙道门的女子说道，瞥了石昊一眼，薄薄的嘴唇带着冷意。

“我要进去，轮得到你来安排吗？”石昊冷笑道。他脚步不停，节奏不变，依旧向前走去。

“你好大的胆子！”女子横眉看向他，呵斥道。

所有人都一惊，这少年居然敢这样跟两大道统的人说话，看来底气十足，很不简单。

“唰！”

一道镜光闪过。在道路前方、火云洞赤衣男子的背后，一个一脸满不在乎的年轻强者手持骨镜，随意地轻轻一晃。

结果，让所有人意想不到的事情发生了——这随意的一晃，竟让径直走来的那个少年额骨发光，浑身爆发出灿烂的光团。

他像一位太阳神子般被绚丽的光辉笼罩，血气蒸腾，额骨处“罪”字浮现，冲霄崩云。

“是你！”

“找到了！罪血后代，大凶铭纹！”

他们惊呼出声，全都脸色大变。就这样意外的一照，居然让他们发现了要找的人。没想到此人这么年少、这么冷静，竟这样漫不经心地向他们走来。

这一变故让他们感觉很不真实。他们原以为此人会极难寻觅，甚至可能不在罪州了，结果他竟然真的出现了！

后方的其他尊者也都沸腾了。这几日间，关于额骨腾圣光、击散云朵的罪血后人的消息激起了一片波澜，让各教都坐不住了，谁都没有料到会在这里亲眼见到此人！

“出现了！他这是要挑战几大道统吗？”众人目光灼灼，全都屏住了呼吸，内心激动而又期待。

特别是罪州的人，一个个心潮澎湃，忍不住想欢呼——这等人物出现，是要为他们出头吗？

石昊本人则很冷静，只是冷漠地看着阻路的那些人。

通过此次亲眼所见，他知道了究竟是哪些道统在针对罪州、看守罪血后人——罗浮真谷、妖龙道门、火云洞等，全都是顶级的、古老的大教，这让他心头沉重。

难怪罪血会含冤至今，这样的一批无上大教联合在一起，的确有能力只手遮天，掩盖真相。

只是他不明白，这些人为何没有彻底抹除罪州之人的存在。

“他们有顾虑？是在担心什么吗？”石昊此刻出奇地平静，想到了很多。

难道说，封天绝地后去镇守边荒的罪血后人的祖先，这么多年后依旧还有活在世间的？

想到这里，石昊心头剧震。若那些人活着回来，会发生怎样的事？

一思及此，他便热血沸腾！

“你们退后！”石昊说道，让罪州的所有尊者都退向一旁，他要独自面对那些人。

“快去召唤人手！”两大道统的人心中一凛。尽管他们知道罪血浓郁不一定代表能在这里占到便宜，但还是忍不住担忧，因此决定向其他道统请求支援。

有人想离场，去给另外七条路上的道统送信。

“一个也别想走！”石昊喝道。他看起来清秀，但是向前迈步时有一股威严，让人身心都跟着一颤。

“你说不让走，我就不走吗？”一人冷笑道，化成一道光，就要离开。

“唰！”

石昊浑身发光，施展缩地成寸大神通，瞬间截在那人面前，“轰”的一声拍出了一掌。

众人心头一颤。这是多么快的速度啊，他们只觉得眼前一花，视野中就失去了他的踪影。

“轰！”

与此同时，石昊的拳头爆发出一道滔天神光，如横空而过的闪电，击落了一片流星。

这一幕太璀璨了！

“啊……”被截之人大叫，祭出宝具阻挡，还催动了秘术，可是都没有用。

他是大圆满的尊者，还是一个大教的杰出弟子，此时却像一个稻草人般被一拳轰起，而后在虚空中丧命。

那少年的拳头太刚猛了，摧毁神级法器、轰灭精英奇才，所有这些都是在一击之下完成的。

“唰”的一声，只见光影一闪，石昊再次站在了场中。他衣袂飘舞，目光清澈，身体笼罩着圣光，像是从来没有移动过一般。

这等手段惊住了所有人！

“哧！”

紧接着，火云洞的赤衣男子出手，祭出了他的宝尺。霎时，一道赤光横空，照亮了天穹。

这火云尺太特别了，若非受灵界规则压制，必将威力无穷。这是极境秘宝，也可以说是此境界的至尊器，一般情况下，在同阶中是无敌的。

同一时间，妖龙道门的女子也出手了。只见她的掌心发光，一根蛟筋从中出现，化成了一根绳索，向石昊捆去。

“捆仙索！”有人惊呼道。

这可不是凡物，而是妖龙道门的老道主亲自炼制的秘宝，在这灵界虽然只能发挥出尊者境的威力，但也绝对可以算是此境的至尊器！

这些人持这样的大杀器而来，而且不止一件，让各方尊者都心惊胆寒——这几个超级古老而又强盛的大教就这么在意罪血后人吗？

如此大手笔，显然是要绝杀罪血崩云之人，唯恐出现意外。

此时此刻，其他人也出手了，还有些人则疾速冲向四方，欲请援手。

“当！”

石昊周围金莲遍地，腾起无尽光辉，如一片金色的汪洋澎湃起伏，照亮天穹，挡住了赤色宝尺。

与此同时，他徒手抓向捆仙索。在其掌指间，可以看到一颗又一颗星转动，那是雷电所化，汇成了一方星河。

“杀！”

大战开始了。一群人攻向石昊，但是他却没有后退半步，反而迎着两件至尊器，奋勇向前，与之交战。

与此同时，一道又一道身影从他的体内冲出，快到极致，追上了刚才离去的几人——那是他的灵身。

石昊的灵身一个个气吞山河，威势惊天，将对手先后击中。一时间，一个个大教尊者殒命在虚空中。

一些罪血后人看得热泪盈眶，方才他们蒙受耻辱，心中憋屈，现在终于有人为他们出头。此人所向披靡，让他们也跟着热血沸腾了起来。

“连至尊器都无用?!”

附近有尊者惊呼道。此处有数万人，此时一个个都呆了，那可是代表此境极致、理应无敌于此的法器啊。

结果，这个人不仅扛住了，还无比从容地向前杀去。

“轰！”

石昊一拳轰出，直接打在火云尺上，将之震得横飞而起，化成了一道红色闪电，险些将那火云洞的赤衣男子击杀。

“咔嚓！”

石昊掌中电光无穷，化成一串星，跟捆仙索撞在了一起，顿时雷霆万丈，将捆仙索轰得发出哀鸣。

远方，各教名宿包括天神等皆是一惊。这少年竟有这种威势！不是至尊器不行，而是这少年太厉害了，他是至尊中的翘楚！

至尊器对上至尊强者，两器对一人居然也败了！

少年黑发飞舞，眸子绽放寒光，此刻他血气翻腾，滚滚如海。

他仅仅是孤身一人，却像是挤满了天地，镇压八荒，俯视所有敌人！

“轰！”

火云尺再次被击飞，发出巨响。

石昊如一个魔王一般，猛力轰出一拳，抬手间，神光绽放，震动天宇。

“啊……”

火云洞的杰出高手、在该教排名前几的赤衣男子催动了这种极境秘宝竟都无法护住自己，只见他大口咯血，火云尺也横飞了出去。

“呼……”

拳风浩荡间，那浑身圣光冲天的少年魔王并没有就此收手，而是继续向他逼来，再次一拳击出。

“咚！”

天地轰鸣，火云洞的人杰就此形神俱灭。至于那宝尺则化成一道光，遁入了虚空，直接从原地消失了。

石昊转身，看向妖龙道门的薄唇女子。

“一起上，杀了他！”只听那女子尖叫道。这一刻她真的怕了，即便他是初代、一族的年轻至尊，也不可能这么强啊！

竟然连至尊器都奈何不了对方。她心中惶恐，再也没有了此前的自负，刻薄的神色也被惊惧取代了。

“哧！”

遍地金莲将捆仙索缠住，要生生将它截断。

“噗！”

下一刻，石昊手掌划过，如绝世天刀横空，璀璨而犀利。紧接着，空中划过一道红弧，那女子倒在了地上。

石昊继续向前冲去，他通体发光，发动猛攻，只见两大古教的杰出弟子一个又一个被他轰杀。

良久，石昊独自站在场中，他血气如汪洋般汹涌，双拳爆发出耀眼的光芒。所有来自那两大道统的人都被他击灭了。

随后，伴着一阵光雨，这些人全都消失了。

数万尊者鸦雀无声，全都傻眼了，这是何等的威势，他们的灵魂都在为之战栗！

远处，各教名宿、天神也都震惊不已。这少年居然如此强势，在他面前连至尊器都成了玩物，挡不住他半步！

石昊冷冷一瞥，看向远处，令各教高层都是一惊，特别是火云洞、妖龙道门的天神，皆心中一凛——这罪血后代想做什么，难道还想对他们出手不成？

“好！”罪州的人终于反应过来了。他们热血沸腾，大声高呼，瞬间让此地热闹了起来。

石昊边一步步接近那宏伟的至尊古坛，边冷冷地说道：“既然你们阻路，就别怪我出手。”

他走到了古老的祭坛近前，而后猛地转身，看向群雄，道：“今日有我在此，妖龙道门、罗浮真谷、火云洞等，这些先前阻了罪血后人道路的道统一个人都别想登坛，谁敢靠近一步，杀无赦！”

所有人都被震撼了。最强大的几个道统的弟子门徒都将被拒之门外，无法过这一关？这是要断那些大教的造化，使他们不能去“仙古”得机缘啊。这太疯狂了！

一言既出，石昊像一座巨山一般站在祭坛前，誓要在此阻拦各大教，镇压八方强敌！

第545章 一夫当关

“罪血后代！”

远方有人低语道。几个天神目光炯炯，带着杀意，盯着至尊古坛那里。罪州居然出了这样一个妖孽，强大得让人胆战心惊。

一些名宿神色阴晴不定，同样盯着前方。

妖龙道门、火云洞、罗浮真谷的人最为愤怒，石昊斩杀了他们那么多杰出的弟子，还如此嚣张，简直不可饶恕。

至尊古坛前，石昊衣不染血，清澈的目光扫视着众人。他虽然长了一副清秀之貌，却有一股舍我其谁的气势，以“一夫当关，万夫莫开”之势阻在古坛门口。

“狂妄！”

“你将火云洞、罗浮真谷当成什么了！区区一个尊者而已，也敢目无天下英雄！”

有人冷森森地说道，让此处温度骤降，一片冰冷。

这一次，有八九个古教派遣了杰出传人在通往至尊古坛的道路上守候，就是为了阻击那个罪血后人。

他们还赐下了至尊器，不可谓不重视，可结果两条路上的人都大败了。

“咚！”

一声沉闷无比的鼓声传来，像一道闷雷，荡涤着每一个人的心神，连各教的名宿与天神都不例外。

所有人都觉得身体剧震，体内血液一阵加速。

“开始登坛。”那冷漠的声音再次响起，没有感情，也没有任何情绪波动。它是由规则所化，主持这次的闯关考验。

参赛的七八十万尊者中，目前只有部分人沿着八条路进来，走到了至尊古坛下，看上去还不到一半人数，闯关就已经开始。

显然，若罪州的人被安排在最后，很多会被修为差不多的人甩在后面，从而失去资格。

“哧！”

石昊眉心发光，一道金色光束从中飞出，化成了一柄神剑，劈向人群中。

自渡劫过后，他的元神便变得真实无比，现在更是化为了武器，把周围一群人都吓坏了。但凡敢让元神化形为兵器而出的人，都是妖孽。

“啊……”

人群中有六七人大叫。他们手捂额头，指间有殷红的血淌下，而后一个个倒了下去，最后化成光雨，消失不见。

他们是妖龙道门、火云洞的弟子，身上有两教的符文标志，没有逃过石昊的眼睛。他们早先不曾阻在路中，而只是混在人群中搜索罪血后人，方才躲过了一劫，可现在依旧被当众击杀，步了那些人的后尘。

“太狂妄了！”

远处，两大教的神灵都震怒了。这条路上他们的弟子都被杀掉了，竟没有一个逃脱，这让他们脸色冰冷，难看无比。

只见人影一晃，石昊从原地消失，开始登坛。

与此同时，数万修士一起拥向前方，也开始登坛。他们的神色中既有兴奋，也有激动，还有震撼。

罪血后人斩杀了两大教的弟子，等于为他们除掉了一批强大的竞争对手。

这样的杀伐着实让人心颤，多少年没有过这样的事情了。众人心中感叹，敢向上界顶级道统挥刀，罪血后代果然强势。

“快看，他没有笔直向上，而是改变了方向。”有人见状吓了一跳，大声喊了出来。

只见石昊矫健若神猿，并未向上攀登，而是横越过至尊古坛，冲向了另一个方位。

“他这是要去阻击其他路上的人！”有人说道。

“真是……强到恐怖啊，竟能横越古坛，去杀其他方位的人?!”

人们瞪大了眼睛。这得有多强大的威势、多旺盛的精力才能如此？一般的人来到祭坛上都会感觉压力如山，连迈步都吃力，而他却能如履平地般轻松横越，赶向另一地。

至尊古坛通体乌黑，耸入云层，其宏伟之势超越大山。

也正因如此，围绕祭坛的八个方位相距很远，不同方向上的修士各处一方，彼此间很难感应到发生了什么。

即便是这么远的距离，石昊也奔袭了过来，而且速度极快。他要阻止那些古老道统的弟子登上至尊古坛。

“一个小小的尊者竟敢如此蔑视我等与世长存的古教！”

很多观战的生灵震怒，阴冷的目光注视着他，随着他的身形而动，并在场外绕行，想看他下一步的行动。

“他来了！”

至尊古坛上有人大叫道。

这是罗浮真谷的人，他们在先前那一战中逃脱了，之后迅速前往各处报信，与其他大教的人会合到了一起。

“坏了，他是从火云洞与妖龙道门所在的方向过来的，难道他将那些人都斩杀了不成？”

守在这条路上的人神色大变，全都吃了一惊。

“是你们自己回去，还是等我送你们上路?!”

石昊腾跃而起，“轰”的一声降落在祭坛的阶梯上，阻挡了登坛之路，冷冷地看着那群人。

“他居然可以在至尊古坛上跃起这么高！”有人惊叹道。

要知道，人们在至尊古坛上须承受巨大的压力，连强大的尊者上来后也都会行动迟缓，根本无法腾飞跳跃，只能攀爬。

“唰！”

有人扬起骨镜，照向此处。

刹那间，石昊的额骨再次腾起圣光，震散了高空的云朵，一下子引得这条路上的数万尊者心绪躁动。

“天啊，是他！”

至此，这个方位的所有参赛者都知道了来者是何人！

“罪血后代，你太狂妄了！我等不去找你，你竟还敢主动露面，来找我们麻烦?!”有人怒不可遏地吼道。

“真是破天荒啊！”一名女子更是冷笑连连。她虽然也十分心惊，但还是忍不住气愤与恼怒。

因为这几大道统一向高高在上，俯视罪州，看守、监控罪血后代，他们的心里有一种天然的优越感。

“看来，只能由我来送你们上路了。”石昊不想多说废话，直接出手。

一时间，这里光芒闪耀，出现层层叠叠的骨文，随之而来的剧烈的神力波动笼罩了古老祭坛上的大片区域。

这些人自然不可能坐以待毙，他们当中也有人持有至尊器。大战就此开启，异常激烈。

“噗！”

可是，才没多久，先前冷笑的女子便第一个惨叫。她被石昊一指点中，横飞了出去。

接着，一道剑光划过，四人丧命。

这条路上的大教弟子虽然都极力对抗，但是依旧未能逃离败亡的命运，不久后就全部被击杀了，场中只余一个少年傲然站立。

“罪血后代这是要跟几大古教叫板啊，太强横了！”

周围的尊者惊呼不已。他们还不知道，石昊早已在另外两地出手，击杀了一群古教的人。

最振奋的自然是罪州的修士，他们无不热血沸腾，额手称庆。

远处，各教的名宿一个个都大受震撼，有些几乎要忍不住出手了。这个少年太狂妄了，居然敢这样一路阻杀各大教弟子。

“该死，他又动了！”就连一个天神也有了情绪波动，露出了怒容，目光阴沉地盯着石昊。

只见石昊再次绕着至尊古坛移动起来，他矫健如龙，迅猛有力，冲向了另一个方向。

至此，此地彻底大乱，各个方位的许多尊者都知道了此事，无不心惊胆战。

许多场外的观战者也在追着这个少年而动，跟随他绕祭坛而行，所有目光都集中在了他的身上。

石昊将缩地成寸大神通发挥到了极致，绕着祭坛疾行，横扫各方。

最后，总共有五个方位的大教门徒被他击杀殆尽，另外三个方位的在他赶至时已经登坛，让他扑了个空。尽管如此，此消息一出，依旧震惊了四方。

“该死啊，该死！”

场外，观战的一些真神握紧了拳头，浑身发光，怒吼道。死去的那些尊者是他们的弟子，让他们倍感屈辱。

几名天神的脸色也黑如乌云，周身爆发出一股无形的杀气。他们的门徒、教中的弟子竟然就这样被人当着他们的面斩杀，这简直是耻辱。

那少年这样出手，无疑是赤裸裸的挑衅！

当然，更多的观战者兴奋不已，一片喧腾。事不关己，他们自然乐得看几大古老道统的笑话。

这是多年未有的事情了，众人的心绪也跟着石昊的一举一动起伏不定。

石昊向场外望去，双目射出两道冷光，直指那些顶级大教的人。他没有说什么，但是这种眼神令那些人越发愤怒。

石昊抬头仰望巨大的祭坛，终于开始迈步，向上冲去。

黑色的古坛一共九层，每登上一层压力就会激增数倍，越到后期压力越大，让人难以承受。

然而，在石昊开始登坛后，沿途的尊者们都震惊了，只见他健步如飞，似乎丝毫没有受到阻力，快速冲上了第一层的最高处。

接着，他稍稍放缓速度，冲上了第二层顶部。

众人一片哗然。这少年当真生猛，要知道很多人还在第一层努力呢，他们满头是汗，感觉浑身骨头都快被压折了。

“唰”的一声，石昊展开身形，再次跃起。他的速度虽然又慢了一些，但是依旧不受阻挡，转眼间便冲上了第三层。

“疯了，实在太可怕了，一具血肉之躯怎么在承受了这么大的压力后还能疾速腾跃?!”

至尊古坛异常宏大，远超太古魔岳，上面有数十万修士在攀爬，密密麻麻的，如同蚂蚁一般，众人仰头看到石昊后都忍不住惊叫。

别人还在咬牙向上爬，他却就这样轻松登了上去。

很快，石昊来到了第三层的最高处，见到眼前的一幕后顿时哑然，只见八个方位的道路在此合一，只剩下了一条向上的盘山路。

早知如此，他直接等在这里就好了，哪用得着去每一条路上分别击杀？

石昊站在这里，俯视着下方，有种“一夫当关，万夫莫开”的气势。

“你！”

原本侥幸躲过了他的追杀的某大教弟子上来后，见他守候在此，都又惊又怒，还有些惧怕。他们之前已经得到禀报，知道了罪血后代如魔王般在斩杀先前阻路之人。

“你想做什么？”有人呵斥道。

“蠢货，我想做什么你不知道吗？”石昊冷声道。他黑发飞扬，衣袂飘动，负手而立，双目若神灯般璀璨。

他一个人挡在这里，如同魔主临世，压迫得人快要窒息。

上来的一群人见此情形震颤不已，同时愤怒无比。

一个女子尖叫道：“你可知道自己惹了怎样的大祸?！就算你在这里能张狂肆意，一旦回归外界，你也一定会被斩杀！”

其他人也都十分愤怒，眼中带着仇恨。本应是他们主动出击，结果现在他们却被人堵在了这里，而且很可能会被诛杀。

“你们这些道统算什么？总有一天，罪血之冤会大白于天下。今日有我在此，你们一个也别想过去！”石昊说道。

他在众人之后登坛，却先一步上来，着实实力惊人。

无论是参赛的数十万尊者还是那黑压压的数不清的观战者都极为震惊，被他拦住的这些人更是心中发颤。

“大言不惭。杀！”有人喊道。

显然，这批人仍旧不是他的对手，不多时便有多人殒命。这个队伍有上百人，是几个方向的队伍中规模最大的，结果依然不敌石昊，不断有人倒下。

“啊，痛死我了！”场外观战的名宿中有人低吼，忍不住要出手！

“你……你别过来！”

到最后，有人崩溃地哀号道。他实在是被石昊杀气腾腾的样子吓住了。

一个女子更是惊恐万分地选择了自行了断，化成光雨，离开了灵界。

“轰！”

这一幕让众人一片哗然，也让人心中一颤。

至于该教剩下的人，则全都呆住了。这简直是奇耻大辱！

“此恨怎能忍？”场外，有神灵咆哮道，声音低沉如雷。

这场景让人无法接受，古老而强大的道统向来威慑天下，可其弟子却被人打得信心崩塌，竟以自行了断的方式退场。这事若传出去，对于这样的古老大教来说，是一个污点，更是一个笑话，真是太丢人了。

石昊转眼间便消灭了这群人，而后继续独自立于路口，俯视群雄。

至尊古坛再也不能平静，无论是观战者，还是坛上的数十万修士，全都将目光投向了第三层高处的那名少年。

“你很强，但是，今日依旧在劫难逃！”忽然，有人开口道。

接着，众人的视线中出现了一群人，以六个白衣人为首，那六人被圣光笼罩着，各自托着一个宝盒，神情郑重而肃穆，正一步一步朝石昊走来。

他们是从第四层下来的。石昊不禁讶然，他们的速度居然这么快，已到达更高一层，而今为了他竟又下来了。

“六冠王要取你性命，无人可以改变，连老天都救不了你。”那六人中有人开口道，冷漠得超然世外。

“就凭你们?!”石昊大笑道。

“凭六冠王的手段，必将赐你死亡！”有人站在高处，睥睨石昊，冷冷地说道。

“六冠王算什么？你们要找死，我就成全你们！”石昊冷声说道。

第546章 六冠杀意

“你敢出言不逊，侮辱六冠王大人?!”一个白衣男子轻喝道。他剑眉倒竖，目光如小太阳般炽烈。

其他人也都怒目圆睁，浑身弥散出一股杀气。

六冠王宁川，一个无法战胜、不可匹敌的绝代天骄!

他被视为自古以来最强大的几位尊者之一，曾显化于不同的历史岁月，共出世六次，成就了无上的辉煌。

在他所处的六世中，当时天下五成的风采均由他占据，他举世瞩目，创造了一个又一个传奇，成了不可超越的丰碑式人物。

他不只在当世尊者中无敌，还曾在某一次出世时，斩杀过一位三冠王，震动了上界三千州。

提到他，人们想到的只会是“无敌”“所向披靡”“不可超越”这样的字眼。“天纵之资”“绝代无双”，这些词用于他身上最是贴切。

现在，这样六个与六冠王有关的白衣男子竟同时从第四层下来，自然引发了人群骚乱，所有人都在端详着他们。

唯有石昊一人面露不屑!

“几位道兄来得正好，我们一起将他斩杀吧。”又一批人从祭坛第三层的另一个方位出现了。这一次出现了上百人，都是尊者，由两教人马共同组成。

至此，几大古教的人都已现身。

“无妨。我等奉六冠王之命，持法器而来，足以斩杀他。”六名白衣人神色从容，对上石昊都毫无惧意。

“六个奴仆也敢放肆。”石昊边说边打量着他们，并未在他们身上感受到岁月留下的气息，他们应该是当世之人。

“你在说谁!”一名白衣人寒声道，目光冷厉。

他们皆为一方强者，实力不凡，是几个古教中排在前列的翘楚，只因仰慕六冠王宁川，才听从其号令。

在各自的大教中，他们都是受人瞩目的顶尖人物。

“不是奴仆，那听人号令作甚？”石昊问道。他平静而从容，一步一步向前走去。

数十万尊者虽然仍在艰难地攀登祭坛，但也分出了一部分心神密切关注着上方。他们着实被镇住了，古今最具传奇色彩的六冠王竟遣人来杀罪血后代。

“哗啦”一声，刚才上来的百名高手一齐包围了这里，看来是要配合六大高手出击。

远方，所有观战者都盯着此处，想看看那六人有何手段。

一些老辈人物甚至天神也都在凝神关注，一个个神色郑重。别看他们境界更高，对宁川也相当忌惮。

因为，据传宁川通晓很多古经，观摩了众多前贤的碑文感悟，他若有心突破，可以在短短的十数年内不断破关，提升境界。

只要给他时间，他就可以很快追上来，超越在场所有人。

“哧！”

一个白衣人出手了，从他掌心喷出了一道火焰，这是先天离火，大火熊熊燃烧，炽热无比。

“就凭此也想杀我？”石昊大笑道。

他抬手一点，一道湛蓝无比的雷光飞出，如同河流一般击穿了那层火焰。这是雷帝宝术的活用，有水之属性。

“咦！”

很快，石昊就感觉到了不对劲，一股恐怖的气息向他笼罩而来。只见那人掌心发光，火焰更盛了，同时手中所持的盒子也裂开了。

盒中是一只鸟喙，并不是很大，鲜红透亮，喷出火焰，与那白衣男子的先天离火合二为一，顿时让其威力飙升。

难道这是六冠王宁川赐下的宝具？

众人一愣，赶忙睁大眸子端详。

一声鸟鸣之后，天地共震，爆发出火红的光芒，一只形似朱雀的神禽随之浮现。神禽在虚空中盘旋，而后化成了一个红衣女子。

红衣女子张口一啸，顿时火光滔天，将石昊所在的地方淹没了。

“好强！比当世火云一族的第一年轻高手还要厉害，这是什么宝具？”所有人都惊呆了。

璀璨的红光照耀天地，烧得虚空都扭曲了。

石昊也不禁面露惊讶之色。这鸟喙绝对是宝具中的珍品，那只神禽生前定是一个年轻的绝顶高手，连他都感受到了炽热与危险。

“唰”的一声，石昊撑开了一片光幕，阻挡在前。

所有人都是一惊。罪血后代如此慎重，足以证明赤色鸟喙的不凡！

“我知道了！这是六冠王斩杀的一只朱雀后裔，为当年火云雀一族的年轻女至尊！”

观战的人中，有人道出了究竟，此话瞬间引发轰动。

六冠王有天纵之资，斩杀了太多的敌人，其中一位拥有朱雀血脉的年轻女至尊殒命后宝骨未能裂开，被宁川所得。

“哗啦啦！”

只见金光摇曳，石昊周围出现了一株又一株金莲，金莲仿佛栽种于虚空中，阻挡住了火焰。

烈火种金莲！

石昊以这奇异的法相挡住了那赤色鸟喙，逼退了化形而出的女子。

“咔嚓！”

就在这时，第二个白衣人出手了，他手中的宝盒裂开，出现了一块紫色鳞片，鳞片爆发雷光，顿时符文漫天，劈向石昊。

“咦？”这让石昊大为惊讶，且心中一凛。这又是一件极其强大的宝具，化成了一个青年男子，扑杀了过来。

所有人都心头狂跳，不光是因为这块鳞片威力强大，更因为其他几个白衣人也都郑重地托着宝盒，这意味着什么？

“难道是六道至尊串？”有人惊呼道。闻听此言，便是名宿都吓了一跳，瞪着祭坛上的几人。

相传，宁川共出世六次，斩杀了无数强敌，将得到的各种宝骨串成了一条手串，这条手串经过了六世祭炼，威力绝伦。

“即使不是，也是类似的宝物！”有人预感到了什么，开口说道。

鳞片发出的雷光强大无比，可是石昊渡过了天劫，对雷电反倒不用惧怕。他任雷光涌来，将其悉数吸收。

最后，他掌心发光，将所熔炼的雷道神力“轰”的一声打了回去。

几名白衣男子脸色大变，纷纷出手。

“孽龙剑——斩！”第三个宝盒炸开后，里面是一颗牙齿，绚烂多彩，却也杀气冲天。它化成了一条龙，衔着一柄利剑，劈向石昊击出的那道雷光。

“幻灭！”

第四个白衣人喝道。他手中的宝盒也炸开了，当中出现了一颗明珠，周围的景象一下子模糊了，那几个白衣人也全都消失了，石昊陷入了一个诡异的境地。

沙漠、海洋、宫殿……场景接连转换，如海市蜃楼一般。

“这是蜃的道行精华凝结成的珠子，也是六冠王斩杀的一位赫赫有名的古代强者所留。”有人解释道。

人们看不到石昊了，只能见到那里一片迷蒙。那是蜃的虚化体现，可遮蔽一切。

随后，另外两人的宝盒也炸开了。至此，六道冲天的光束将这里笼罩，层层骨文如巨浪般向前镇压。

“不愧是六冠王，无须亲临也能有如此手段！罪血后代危在旦夕！”

不要说数十万尊者，就连观战的老辈人物也面露震惊之色。这六件宝具一起，形成了至强的攻击圈，衍化出一方天地。

石昊所在的地方一片朦胧，显然是蜃珠释放的雾霭遮蔽了一切。

“咚！”

突然，人们听到一声巨响，只见那片区域剧烈摇动了起来，一束璀璨的圣光从中腾起，紧接着一道身影杀出，“轰”的一声击飞了一个白衣男子。

只见那个手持蜃珠的人大口咯血，差点从祭坛上坠落。

所有人都目瞪口呆，刚才开口说话的老辈名宿也浑身一震，众人心中惊惧不已，罪血后代竟这么厉害，击飞了如此强大的宝具？

“融合！”一名白衣人喝道。

一瞬间，他们全都放开了手中的宝盒，紧接着，兽牙、鸟喙、兽骨等宝具以极快的速度聚合在了一起，连成一串，悬于虚空中，散发着璀璨的光芒。

“共同催动！”他们齐声大叫道。

只见那串宝具爆发出六道朦胧的光彩，洒落下无尽的光辉，笼罩了此处。

“天啊，该不会真的是宁川的六道至尊串吧？”

宝串异常强大，发出的明灭不定的光彩可斩人魂魄、毁人道行，威力非常恐怖。

不要说场中的石昊，就连下方那些离此地甚远的尊者都觉得胸口发闷，异常难受，感觉要昏厥过去了。

“六冠王宁川太强了。”有人叹道。

便是一族的第一年轻强者来了，在这情况下估计也要含恨而终，因为这宝串威力绝伦，足以镇杀所有尊者。

一时间，六种宝术交相辉映，圣光普照大地。

石昊快如闪电，接连抓来四个人扔向前去，他们都是后来赶到的那批人中的强者。

那可都是尊者中的佼佼者，可此时连哼都没能哼一声就被那串宝具击中，化成了灰烬，仿佛经历过六世而被磨灭。

“这不是六道至尊串，但也与之相仿，也是宁川的手串，并且上面凝聚了他的杀意。这是他常年佩戴在身上的结果。”

一个天神说道，目光闪烁。

“呵呵，宁川可真是一个了不得的人。自己不出手，赐下一条手串，就要杀掉罪血后代，果然惊人。”有人笑道。

场中光影迷蒙，洒落一地圣辉。所有人都感觉到从那手串中弥散出了一股滔天的杀意，恍惚间仿佛有一道人影正在凝聚。

“这是六冠王的杀意，太浓烈了！”

所有人都惊呆了。

“纳命来吧！六冠王要你死，便是老天都无法宽恕你，镇杀！”那几名白衣人一边大喝，一边合力催动手串。

“轰！”

突然，场中央的少年周身骨文燃烧，他一声清啸，体表发光，如身覆璀璨战衣一般铿锵作响。

一时间各种符文显化而出，不知道是由何种宝术交融而成的，紧接着，他竟然腾空而起，徒手抓向那条宝串。

任你光彩迷蒙、杀气滔天，都不能伤他分毫，这一刻他似乎万法不侵!

“什么？”所有人都吃了一惊。

六冠王的杀意无法刺透他的护体符文，那宝串散发的六种光辉也难以伤他。

“咔嚓！”

石昊一扯，那条手串应声断开，上面的鸟喙、牙齿、兽骨等宝具各自散开，飞向了六个方位。

“他将六冠王赐下的宝具震散了！”

观战之人无不大惊失色。

“你……”场中的六名白衣男子皆脸色大变，震惊不已。竟有人可以破开六冠王赐下的宝具，这简直不可想象。

显然，他们大难临头了。

此战的结果毫无悬念，石昊横扫而出，六名白衣人皆被斩杀。

“逃啊！”剩下的那群人自知无法与他匹敌，慌乱地向祭坛下冲去。

这一幕让那几大道统的老辈人物脸色铁青。今日大败，耻辱难洗。

可惜，石昊不会给那些人逃命的机会。他的灵身全部出动，跟了下去，无情出手。

很快，一群人殒命于此，无一幸免。

场外，一些古老道统的神灵出奇地愤怒，低声咆哮，散发出了无边的杀气。

祭坛上，石昊俯视下方所有尊者，而后又看向了战场之外。

短暂停驻后，他转身向祭坛上方冲去。他不想再耽搁了，过关后便该去无人区了，在此之前，他要将石碗中的至尊液取到手。

第547章 至尊液

突然，“嗡”的一声，鸟喙、鳞片、兽牙等再次出现，汇成一串，横陈于虚空中，散发出神圣的光芒，照射着石昊。

“嗯？”不仅石昊一怔，就连其他人也都一惊，难道六冠王亲自来了？！

很快，石昊就明白了，这条神秘的手串是在采集他的气息，铭记他的神魂波动，好在进入“仙古”后斩杀他。

观战的神灵们也明白了手串的作用。能直接斩杀罪血后代当然更好，实在不行便记下他的气息，一旦进入“仙古”，就能在短时间内寻到他。

石昊并不惧怕，他看着手串，冷冷地说道：“滚吧。进入‘仙古’，我必灭你！”

这样霸气的姿态让很多人都张口结舌，一阵无言。从古至今，尊者境的生灵中有谁敢说这种话？

他居然如此嚣张地放言，要进“仙古”斩宁川！

别说数十万尊者，就连观战的真神、天神等也都目瞪口呆。这罪血后代太强势了，简直不惧一切。

这一世的“仙古”是古代怪胎的天下，这罪血后代虽然超凡，但是有那种底蕴与他们争锋吗？

“你早晚要原形毕露！进了‘仙古’，我等着看你如何逃脱！”有神祇寒声道，带着强烈的敌意。

“仙道之花的花瓣会映现‘仙古’，我倒要亲眼看看你是能继续发威还是只能匍匐在别人脚下。”那几个损失惨重的古教中有不少人脸色阴沉，愤愤地说道。

战场外出现了一名少女，她一招手，六冠王的那条手串便“嗖”的一声，化作一道光飞了过去。她郑重地捧着手串，就此消失不见。

“排场倒不小。”石昊冷哼了一声，没有追赶。

他登上了祭坛的第四层，依旧是健步如飞，疾速向前，让下方的那些尊者倍感无力。这人太强大了。

这算是考验吗？谁来到这里不是一步一步攀登，如背负山岳一般艰难前行？可他却是这样大步流星，非常考验其他尊者的心理承受能力。

“唰”的一声，石昊一跃而起，冲上了第五层。在这里，他终于也感受到了压力，步履放缓了一些。

他惊讶地在盘山道上见到了几道身影，他们正在艰难地攀登。原来，在他耽搁时间与人激战时，有些人早已上来了。

这些人很不凡，绝对是一州尊者中的佼佼者！

事实上，只要攀上第三层，就差不多意味着获得了进入“仙古”的资格，因为能有一万名尊者爬到这一层就不错了。

继续向上攀登者，都是想看看自己的潜力有多大的人，或者是想拿到第九层的那个石碗，获得至尊液的人。

到了第六层，石昊觉得压力确实大了许多，他步履沉重，但这依旧不能阻挡他前行的步伐。

在这里，他又看到了两个人，一男一女，他们都很强大，可是此时却已满头大汗，显然承受了巨大的压力。

当这两人看到他匀速行进、一路向上时，差点一头栽倒，脸上的汗水更是“哗哗”地向下流。这样的差距太打击人的信心了！

战场外，所有观战者都内心激荡，预感到今天可能会有不寻常的事情发生！

妖龙道门、火云洞、罗浮真谷等道统的人皆面色铁青。他们的弟子竟然全军覆没了，在罪州这块地盘上，他们的教中没有一个弟子成功过关，皆被同一个人打败了。

“他登上了第七层！”有人惊呼道。

石昊步履很稳，来到了祭坛的第七层。到了这里就已身处宏大的祭坛的半腰处，位置极高，可俯视四方景象。

众人震惊不已。要知道，多年以前，许多强大的天才也不过才登上第七层，还都是异常吃力、九死一生才能上去。

而这个少年却能就这么随意地沿着盘山道一路向上！

“轰！”

当石昊踏上第八层时，他感觉像是有一座太古大岳镇压下来，砸在他的身上，令他身体剧震，骨骼噼啪作响。

这一层已经到了云层中，随着他的到来，巨力震散了云朵。

下方的尊者都是一脸活见鬼的样子，抬头仰望，不敢相信自己的眼睛。

远方的修士也都惊呆了。多少年了？应该已经有三万多年了吧，从没有人登上过祭坛的第八层，所有人都失败了。

这个少年，这个罪血后代，这是要创纪录啊，看来三万多年来的平静将被打破了。

有人倒吸一口凉气，盯着他的背影，轻语道："我怎么觉得他似曾相识？他的行事风格，还有十足的底气，有点像……荒！"

个别人如此怀疑，却没有证据。

不管怎么说，一旦进入"仙古"，什么样的身份都会泄露，不可能再保密。

"我很期待，想看看他究竟是谁，都有哪些身份！"有人低语道。

"咚！"

石昊迈步，踏在祭坛的第八层上，通体乌黑、比山岳还宏大的至尊古坛因承受了他的力量而轻轻颤动。

下方数十万尊者骇然失色，就算没亲眼看到，也知道有人登上了祭坛的第八层，因为传说唯有到了那里，才能撼动此坛。

"咚、咚……"

石昊的脚步声沉闷得如同神鼓在擂动，响在众人的耳畔。一些尊者受不了了，竟大口吐血。因为整座祭坛都随着他的脚步声有节奏地震动了起来，让他们的气血也跟着共鸣。

"轰！"

又是一次剧震后，至尊古坛发出光芒，与此同时响起了诵经声，似禅唱，又似星宇在轰鸣。

宏大的古坛剧烈抖动，璀璨的光辉弥散开来。

"天啊，他破了八万年的纪录，登上了祭坛的第九层！"这一刻，所有人的表情都僵硬了，脸上写满了震惊。

此时，一块晶莹的巨碑浮现在了虚空中，这是辉煌神碑，但凡登上祭坛第九层的人，都可以在此留名。

这片天地顿时人声鼎沸，久久无法平静，无论是数十万尊者，还是那些观战的人，都大声议论了起来。

神碑腾空，出现在了石昊的面前。他想了想，将额头上发出圣光的符文刻写在了石碑之上。

"罪！"

几大古教的人见到这一幕，都脸色阴沉，盯着那个字，不承想他竟会留下这样一个名字。

“这是荣耀，这是功绩，这是辉煌！一切早晚会大白于天下！”石昊说道。他的声音如惊雷震动长空，所有人都可以清晰地听到。

石碑上还有一些名字，那都是万古以来的超凡强者，有的而今已成为一方巨头，也有的已埋骨数十万年。

石昊看了一眼便收回了目光，继续前进。他要接近中心地，去拿起那只碗。

第九层的压力比之前几层的压力强了数倍，体魄强健如石昊，也觉得骨骼在隆隆而鸣。

在众人眼中，这一刻，他像在背负着青天而行！

不过，让人震惊的是，他一路向前，自始至终都不曾驻足，脚步的节奏也不曾改变。

“这从未有过吧？”众人心惊不已。

昔日，惊天耀世的生灵上来后，都是经过了不断的挣扎才艰难地走到中心，而他却能这样匀速前进！

这绝对是一项壮举！

很快，他来到了至尊古坛的中心，只见虚空中悬着一个石碗，里面的液体晶莹灿烂，都快溢出来了。

一股沁人心脾的芬芳漾开，让人沉醉。

“啪！”

石昊的手掌碰到了石碗，感觉到了一股清凉，同时，此处一下子爆发出千缕瑞霞、万道光芒，无比绚烂、神圣。

又一块石碑出现，记录下了这一切，石昊再次留名。

自古以来，有些人即便登上了祭坛的第九层，也无法走到这里，最后只能遗憾地栽倒在地，被震落下祭坛。

而石昊成功了，他径直来到了中心地。

“罪，速度之快，创罪州二十万年纪录。”

简单的一句话记载下了这样的辉煌。所有人都清楚地看到了这一幕，惊得目瞪口呆。

不光因为这一纪录惊人，更因为人们清楚地知道，这家伙还在路上耽搁了很长时间！

他曾绕祭坛而行，击杀八方强者，而后又站在第三层大战六冠王的人，横扫敌人，这些绝对都花去了不短的时间。

即便如此，他还是创造了一个惊人的纪录！

若不曾耽搁，他会有多快，又会创造出怎样的纪录？

“坏了，我等严重低估了罪血后代的实力，没想到他如此强大，可现在已经无法告知教中弟子了！”有人说道。

现在，各州都在灵界中进行筛选，只不过各地的关卡不同。一旦结束，胜出者便会被直接送进无人区，根本无法与外界互通消息。

石昊抓住碗，猛力撼动，虚空也随之震动了起来。伴着炽盛的光辉，他终于将石碗抓起，送到了嘴边。

突然，一行晶莹的字出现在虚空之中，讲述了至尊液的来历：

“此液为诸神印记，由灵界精华凝成，从虚空中降下，数万年才能滴满一碗……”

石昊大受震动。这至尊液中蕴含了诸神的道，是养元神、壮元胎的神圣之液，甚至可以让元神再变，蜕去老皮，诞出圣胎。

“这东西了不得！”石昊心中一颤。

也许将来点燃神火时，这至尊液会有大用处！

他没有犹豫，张口就将至尊液喝了下去，但没有炼化，而是让至尊液化作一团璀璨的光，守在元神之外。

片刻后，虚空中又出现了一行字，告知石昊，得到此液后，便无法再来此地获取第二碗至尊液了，这样的机会只有一次。

石昊并不计较，对他来说，这一次就足够了！

短暂停留后，石昊一跃而起，跳下了至尊古坛。

“轰！”

地面一阵颤动。他如一个魔主般降落在地，黑发飞扬，眸光如电。

这一次，石昊收获巨大，一切都准备就绪，就等着进入广袤的无人区了。

突然，石昊察觉到了异常的危险气息，似乎有不好的事情将要发生，可周围就只有一些从祭坛上被震落下来、不甘失败离去的尊者，难道是他们……

他快速后撤，想要避开。

“轰！”

顷刻间，一道又一道炫目的光将这里淹没，让人悚然心惊。

这是一个法轮化成的一道光幕，瞬间封锁了方圆十丈内的空间。在这片有限的空间内，各种可怕的禁忌秘宝漫天飞舞。

灭魂针、镇魂塔、丧魂钟……数百件秘宝挤满了这狭小的密闭空间，让人想躲避都不可能。

石昊脸色大变，这些东西都是大杀器，在灵界中也可杀人，当年他在虚神界中就曾经历过。

这些东西不能触碰，一旦伤害到人的肌体，就将导致精神衰竭，最终崩溃，回到现实后也会死去。

最可怕的是，在这狭小的空间内，这些东西都炸开了，它们比虚神界的那些禁忌之物要厉害得多，此时全部冲向了他。

“开！”

石昊大吼一声，鲲鹏翅、轮回拳、雷帝宝术全部被他施展出来，交织在一起，顿时，圣光如太阳炸开般夺目。

片刻后，只听“轰”的一声巨响，法轮破碎，无上教主炼制的法阵也随之被破开了，里面的各种大杀器皆化作了齑粉。

石昊披头散发，目光冷厉无比，但是身上并无伤痕。他“砰”的一声抓住了想要遁走的几名尊者，什么话也没说，直接搜索记忆。

少顷，他目光炽盛，爆发出滔天的杀气！

他将那几人斩杀，而后腾空而起，竟然直接向远处观战的那些神灵扑杀过去。

顿时，所有人都傻眼了。这少年太猛了，这里可是有天神的啊，他居然就这样杀了过来！

是了——人们明白过来——天神在此受限。

这少年真是一个暴脾气，一怒之下就要斩杀神祇。所有人都神色大变，眼睛发直，看着这一切。

第548章 霸道

石昊纵身一跃就是万丈，如一颗流星般砸来！

“咚”的一声，他落在了一座石山上，整座山被震得龟裂开来，山石四溅，即将崩塌。

“太快了。”众人暗自心惊。

仅一眨眼的工夫，他就扑杀到了观战者眼前。

他略微停驻，视线在人群中扫过，盯住了一些神灵。那些人的袖子上有道统的标志，很好辨认。

显然，他是冲着火云洞、妖龙道门、罗浮真谷等门派而来的。

此时，别说当事人，就连其他不相关的人都感觉汗毛“嗖嗖”立了起来。这个少年的目光亮如烈日，太狂野了。

火云洞、妖龙道门的人也有不少脸色大变，特别是一些神火境的人，此刻居然感觉自己像是被洪荒巨兽锁定了，有性命之虞。

“轰隆！”

石昊双臂一展，如金翅大鹏腾空，带起一股狂风。刚才断掉的山峰处，无数数千斤、上万斤的巨石被狂风卷起，如雨点一般向前砸去。

他自己也迅速跟进，杀气腾腾。

“你在做什么？这样违反规则，想被取消参赛资格吗？”一个真神呵斥道。他阴沉着脸，目光冰冷。

石昊根本就没有理会，依旧让狂风裹着巨石，劈头盖脸地向他们砸去，同时，他拍出了一掌。

“你敢！”有人斥道。

“敢在这里行凶，简直不知好歹！”一些人寒声道。

十几个人一跃而起，祭出宝术，撑开光幕，保护这里的同时也向石昊发起了攻击。

“咚！”

巨石砸在光幕上，全部炸开，化成了碎屑。

但是，石昊接下来的一掌就不是那么容易对付的了。这十几个人中有半数是神火境强者，还有几名真神，都遭受了他巨力的压制。

“怎么会这么强?！”有人低喝道。

虽然早已见识到了他在祭坛上的神武之姿，但是真正亲自与之对战又是另一回事了。在这只能发挥尊者实力的场地中，石昊之强大令他们全都震颤不已。

“啊……”有人大叫。

他们祭出的宝术被击散，身体则如被山岳撞击了一般剧烈震动，大口咯血，倒飞出去。

真神也遭遇了险情，因为在灵界中他们都只相当于大圆满的尊者，战力甚至还不如初代。

“斩杀！”

几人轻喝道。宝术被震开的刹那，他们纷纷祭出了自己的法器，顿时刀剑齐鸣，寒光冷冽，灿烂的骨文充满天地间。

“嘎嘣！”

可是，石昊自虚空中落下的那只手坚固无比，击断骨剑，折断长刀，并且翻手间爆发神光，压落下来。

“你敢！”

一个神灵大怒。这罪血后代太嚣张了，竟就这样随意地把一只手压在了他的头顶上方，冷酷而轻蔑。

他被逼得举起双手迎击，却依旧不敌！

“咔嚓！”

石昊的那只手压得他双臂都已折断，他只觉天灵盖发麻，汗毛倒竖。

“不！”他奋力抵抗，却还是被那只土黄色的大手压得身体受到重创。

不止他一人如此，石昊这只手掌变大后，完全盖住了此地，好几名强者皆被拍翻在虚空中。

“你……”

领先冲起的神祇惊怒交加，但随即他脸上的表情就凝固了。只见石昊一步就冲了过来，裹带着万丈金光。

“噗”的一声，石昊弹指间，一根殷红而凄艳的灭魂针出现，被他拍入了那个神祇的眉心内。

“够了！你为何在这里出手，难道不想进‘仙古’了？我们要剥夺你的资格！”后方有人责问道。显然，几个古老道统的人沉不住气了。

“轰！”

石昊出手，将剩下的那几名重伤者全部击杀。

至此，他才停下来。他黑发散乱，身上却并无任何伤痕。他的目光冷若电芒，让他看起来有一股魔性。

“你们说剥夺我的资格就剥夺？”石昊冷笑道。

他的目光冰冷，扫向众人，让一些人心中打鼓。这情形真是荒谬，他分明只是一个少年尊者，却这样俯视成群的神祇。

“滥杀无辜，心性残忍，你这样的人没资格进‘仙古’！”来自妖龙道门的人斥道。

石昊落在了一座石山上，目视前方。他虽然形单影只，却有一种君临天下、唯我独尊的大气概。

“有意思吗？你们虚伪得让人恶心！”石昊说道。平淡的话语让开口说话的真神憋得脸色通红、眼中喷火。

一个少年就这样当着一州名宿的面侮辱他，这令他大为愤怒，真想一巴掌将对方劈杀。

“刚才发生了什么，有目共睹。你们这几个古教真是不知羞耻，竟破坏规则，对我出手。”石昊说道。

他丝毫不留情面，就这样当众道出此中原委。

这些道统最重脸面，他自然不会放过机会，就是要当众削他们的面皮。

事实上，刚才石昊陷进那个法阵中遭受攻击的一幕有目共睹，很多人都能猜出是哪些人出的手。

不过，谁都没有想到他会这么干脆，竟直接杀了那几人。

哪怕对方是几个最古老、最强大的道统的人，他也不买账，仍旧当面出手，直言斥责，眼里不揉沙子！

“小友，你言辞偏颇了。方才你在祭坛上大肆对我们几教的弟子出手，我等都不曾开口，现在你又找这种蹩脚的理由针对我等，这可不太好。”

一个老妪说道。她是真一境高手，也就是真神。

“滚！”

对于这种伪君子，石昊只有一个字，懒得多说一句话。

这里的修士太多了，罪州人占了大半，此外还有其他各州的名宿，众人见到这一幕全都目瞪口呆，真有点为当事人感到难堪。

堂堂神灵，几大古教，被一个少年这样堵上来并大声呵斥，这是头一遭。

“少年，你太嚣张了，当真以为这里没人收得了你吗？你如此羞辱与污蔑我等，此事绝不能善了，必须有个说法！”

“我给你们说法——全部斩杀！”石昊冷森森地说道。

“你……”有些人气到颤抖。

一群强者向前走来，个个杀气腾腾，目光冰冷，浑身爆发出骨文，就要祭出最强宝术。

几教的人马都动了，众人知道他非常强大，但是也只能出手，不然几大古老道统还有什么尊严可言？

“你们一起上吧！”石昊黑发飘扬，目光炽盛，就这样俯视所有人，非常自信。

此话一出，一群强者皆气得脸色通红。区区一个少年尊者，竟这般轻视他们！

虽然他们一开始便是一起向前逼去的，但是被人这样点破和小觑，还是让他们觉得很难堪。

“出手！”

后方，有人冷漠地说道。众人心头一颤，有天神发话了。

顿时，众人信心大增。不止一位天神在此压阵，能够达到那个境界的有几人是凡夫俗子？特别是他们身上还有可怕的秘宝，也许能杀此人。

“哈哈……”石昊大笑，浓密的黑发随风飞舞，双目如金灯般璀璨，透出一种霸道，更有嚣张。

他知道，这些人其实对他相当忌惮，只是碍于大教的颜面不得不出手。

“纳命来吧！”石昊俯冲过去。

他浑身发光，在前进的过程中，他的身前与背后涌起阵阵金色海浪，拍击着虚空。

“法相凝聚、神力成海，这是极度强大的异兆。”见此情景，许多人心中发毛。

达到这种境界的人，历来只在古代传说中出现过，现实中他们还不曾见过。

石昊这一刻简直如虎入羊群，勇猛无比，霸气无双。

他双臂一振，激起万重金光、冲天浪涛。仅这一击而已，最前面一排的强者就都被掀翻了，瞬间便有十几人殒命。

“什么真一、神火，在尊者境界时也不过如此。”石昊轻蔑地说道。这是赤裸裸的羞辱。

“嚣张！小孽畜，受死！”

有人祭出秘宝，让虚空都嗡嗡作响。这是一把宝剪，以一只神禽的鸟喙炼制而成，威力强大，可杀诸神。

在现实世界中，这可是一件天神法器。

但是在这里，它遇到了大问题，发挥不出全部威力。

“当！”

石昊简单而霸道，一拳就把它轰飞了。那把宝剪倒旋而回，根本不受控制，发出灿烂的光，扫向了人群中。

因为石昊那一拳的力道实在太大了！

“噗噗”声不绝于耳，一瞬间便有十几人被波及，发出惨叫声。出手者没有料到，这宝剪光芒刺目，锋利无比，杀了不少自己人。

这让火云洞的人震怒，莫名其妙折损了自己人，不仅丢人，还很惨烈。

没等他们多想，石昊便已闯进人群中，一拳轰出，一名神火强者当即被斩杀。

“噗！”

接着，石昊凌空横扫而出，那条腿如龙蛇摆动，无比灵活，还密布着骨文。

这一腿扫过后，他的周围倒下了一片人，其中有六七人横飞了出去，还有六七人被这一腿扫得躯体遭受重创。

凶猛、霸道、强势！这便是石昊！

观战者全都汗毛竖立，惊悚无比。这简直就是一头足以斩杀一切的人形暴龙，在此尽显无敌风姿。

“杀啊！”

众人大叫。这一刻他们眼睛都红了，一起围攻石昊。

石昊身体发光，脚下金莲遍地，伴着火光，无比绚烂！

烈火种金莲，无穷无边！这异象让众人惊惧不已。

“哧哧”声不绝于耳，一株又一株金莲拔地而起，带着火光，像是一柄又一柄利剑，爆发出灿烂的瑞光，射了出去。

这么多人群起而攻之，给了石昊出手的最好机会，只见一大批人的眉心被击穿，各自被“栽种”进一株烈火金莲，他们的面部表情都凝固在了死前那一刻。

在尊者境，石昊是无敌的。哪怕那些人曾经走过这条路，且早已晋升到更高层次，也改变不了什么！

“轰！”

石昊举手投足间都带着滔天的光芒，他放开了手脚，每一拳轰出，前方都必有人殒命。

他勇猛前进，无人可挡其路。

最惊人的是，他还在以灭魂针猎杀一些超强者。

“砰！”

有天神持宝轮跟石昊对了一击，顿时虚空扭曲，紫色的浪涛腾起，拍击长空。

“你破坏了规则！”那个天神说道。他手持宝轮，冷漠无情。

“我通过了灵界的考验，你们却暗中加害，欲用镇魂塔、丧魂钟等害我性命，也配说我破坏规则?！”石昊毫不客气地反驳道，同时凌空一脚扫了过去，脚掌击向天神的脸庞，顿时神光璀璨。

“你……”

天神震怒，这个少年居然敢这般狂放，以脚踢向他的脸！

几大古教的强者也都无法再冷静，很多人冲向前去。

“砰砰……”

双方交击了数十次，四周腾起冲天的光束。不得不说，能成为天神的生灵还是有惊人手段的，不然一个道统也不会在经过了漫长岁月的积累后，天神还是那么少。

只是，经过不断的碰撞之后，那宝轮已经暗淡了，被石昊生生击得翻飞而去。

并且，在这个过程中，还有十几名强者先后被石昊击杀！

石昊再度出手，竟一把攥住了天神的小臂。

他猛力一扯，天神的一条小臂竟断了！

第549章 **过关**

一声大吼之后，这名天神手捂断臂，倒退了数步。

他的目光跟刀子似的，盯着石昊。遭受了这样的重创，对他来说不仅是败绩，更是耻辱。

四野鸦雀无声。

人们心头如被洪水冲过，久久不能平静。这样的少年古来罕见，强大得难以想象！

“老祖！”一群人围了上去，将天神护在中央。

几教修士都震动了，一个个脸色发白，惊怒交加。今天他们真是遭受了莫大的耻辱，居然奈何不了这个少年。

这么多年来，他们的道统一直是坐看天下风云，高高在上，俯视各方，无人敢招惹，更不用说像现在这样被人横扫了。

今日，却有一个少年霸道出手，让他们心惊胆战！

“咚！”

脚步声传来，两个天神并肩走来。他们目光冷厉，注视着石昊，与那受伤的天神并肩站在一起。

石昊大笑，神采飞扬，目光中透出轻蔑，显然压根儿没将他们放在眼里。这是一种张狂，更是一种傲慢与不屑。

一群强者当场发怒，有的甚至脸色赤红，血气翻腾。这个少年居然这样看着他们，让他们感觉受到了莫大的羞辱。

无数观战的修士见到这一幕也大为震动。

“罪若不死，他日必登巅峰。”有人轻叹道。他称石昊为“罪”，因为石昊在至尊古坛上题字留名时，写的就是这个字。

“一代新人换旧人，注定有一位至尊要崛起了。可惜我们的弟子门徒毫不知情，如今也无法得到消息了，但愿他们进‘仙古’后不要惹上他。”

听着人们的议论，几大古教的人脸色更难看了。

很明显，所有人都认为他们今天栽了，注定要吃大亏，而他们可是来自几大古教啊。

“罪血后人！”一个真神大喝道，“你如此肆无忌惮，是想挑战我们几个古教，来日好与我们决一死战吗？”

这是威胁，也是恫吓，想让石昊就此罢手。毕竟那是几个鼎盛的大教，在现实中有谁敢独自对抗？

“你说对了，他日我必一一拜访！”石昊答道。

“不知天高地厚！”真神斥道。他知道了这方法行不通，对方不会退缩。

“你再说一句试试看？”石昊冷淡地看着他。

真神大怒。这可是赤裸裸的威胁。区区一个少年尊者都可以挑衅真神了，甚至丝毫不忌惮他身边的天神。

“我说，你不知……”他瞪眼呵斥，再次重复。

然而，他话还没说完，就只觉眼前一花，成片的金莲在虚空中出现，迸发金光，向他喷出烈火。

“你敢！”许多人大喝道。

三个天神也目光森冷。这少年也太狂妄了，当着他们的面就要斩杀他们近前的真神，浑然不将他们三大天神放在眼中。

三人快速出手，阻挡他的攻击。

“有何不敢？三个废物，给我滚开！”石昊大吼道。他浑身光焰跳动，如同真实的火焰，无比刺目。

这样霸道的话语一出，他便连斩路中强者，直奔三大天神而去。

所有人都大惊失色。至于当事人——三个天神，则怒发冲冠。这个少年在说什么？竟敢称他们为废物，这简直难以想象。

自他们成为天神后，漫长岁月过去，他们一直俯视各族，受各方敬仰，谁敢这样对他们说话？

“噗！”

石昊腾空而起，双足再次落下时，踩踏出了惊人的雷电，震得一些尊者失声大叫。有些人当场被劈得焦黑，更有一些瞬间殒命。

他如入无人之境！

这一幕深深震撼了每一个人。何为无敌？这个少年所展现的风采就是最好的答案。

众多观战者全都有些口干舌燥。多少年不曾见过这样神勇的少年了，他们也曾年少过，也曾热血冲天过，此时仿佛也跟着他回到了少年时代！

少年斥三大天神为三个废物，杀诸强如击土鸡瓦狗，震惊了至尊古坛附近的所有人！

“啊……”

几大古教的修士联手阻挡他的攻击，一时惊叫连连。三大天神更是震怒，即便是那负伤失去了小臂的天神也目光阴冷，爆发出了神威，催动宝具迎战。

“哧！”

石昊身在半空，如一条真龙翻腾，横过了众人的头顶，摆腿间，他的周身神光大盛。那条腿比龙尾还有力，直接砸下，让一群人当场大叫着飞了出去，而后在空中殒命。

这惨烈的场面惊呆了每一个人！

“挡我者死！”

接着，一缕又一缕白光从他的指端飞出，圣洁而灿烂，祥和中内蕴霸气，似乎随时会爆发，毁灭一切。

这是上苍劫光！

三大天神悚然心惊。顷刻间，他们的宝具被这白光打得暗淡无光，全部横飞了出去，同时他们也被震得胸口发闷，几欲咯血。

“轰！”

石昊如巨龙一般俯冲了下来，震得一群强者口吐鲜血，有人当场死亡，也有人受了重伤，倒向一旁。

就连三大天神也被击得倒退了数步，无法阻挡他的攻击。

“你……”早先说话的真神此时已脸色发白。

“噗！”

石昊一掌压落，一时间白光滔滔，覆盖了此地。此人在这一击之下直接化成光雨，消失于此。

少年尊者，于千军中斩杀敌人，无人可挡！

紧接着，“嗡”的一声，石昊旋转而起，强势出击，一脚踏向一个天神的面孔，一掌拍向另一个天神的头。

他真正的目标自然是三大天神。

一个天神大吼，祭出了一张画卷。这是秘器，此次被催动后就会解体，不复存在，但是威力无穷。

他希望此物可暂时突破灵界的压制，灭掉石昊。

石昊感觉到了异常，但是并不担心。他一声大喝，身体喷出圣光，将此地照耀得白茫茫一片，同时他的掌心出现了一个烙印，发出刺目的光。

最后，一只模糊的手挣脱其肉身，显化在了虚空中，可惜它太不真实了，有点朦胧、暗淡，不够完整。

即便如此，它还是发出了一种可怕的威力，因为这是上苍之手。

“砰！”

画卷还没燃烧起来就被击穿、拍散了，那恐怖的能量也根本没能席卷过来。

“啊……”

那个祭出画卷的天神首当其冲，遭受了重创。

“哧！”

石昊祭出一根灭魂针，射向他的身体，看来是要诛杀此人。

“噗！”

灭魂针成功命中那个天神的肩头，让他神色大变。

只听“锵”的一声，他掌指如刀，异常果断，竟斩掉了那肩头，而后疾速远去。

这一幕引发了人群强烈的震动。其他强者见状，全都信心崩溃，脸色发白，向四面八方奔逃。

“杀！”

石昊大喝着，迅速追击那些人，接连出手。

“当……”

此时，至尊古坛方向响起了钟声，考核结束，数十万尊者被清到了场外，这里的一切都结束了。

石昊觉得自己的身体在被一股巨力拉扯，即将离开这片战场。

最后一击，他的目标是一个天神。模糊且不完整的上苍之手拍出，让那人神色大变，即便他已经飞速倒退，但还是被拍得大口咯血。

最可怕的是，石昊这一掌中还夹着一根灭魂针。

“噗！”

这一次，灭魂针径直飞向了天神的头，精准没入，让那个天神一声惨叫，脸上透出强烈无比的惊悚之色。

“什么？天神中了灭魂针！”

“天啊，一位天神要就此陨灭吗？”

……

这消息引发了轰动——三大天神都在灵界遭受了重创，其中还有一人可能会死掉！

众观战者一片哗然，心中大震。

“哧！”

石昊从这里消失了，同至尊古坛上的一群尊者一起被送走，离开了灵界。

罪州宏大的道场内光芒闪动，一道又一道身影被扫了出去。比赛进行到现在，已有七十几万尊者被淘汰，只剩下一万人，他们是最终的胜出者！

离开道场的人都无比沮丧，带着不甘和失望，没入了人群中。

然而，在这被低落情绪笼罩的人群中，还有数道散发出不同气息的身影，他们全都盯着道场的方向，在寻找一个少年的身影。

所有人都知道，出了大事！

罪，不仅创下了纪录，得到了至尊古坛最高处的石碗中的至尊液，竟然还消灭了几大古老道统的传人，更斩了他们的神灵。

片刻后，观战的人也都回来了，同时还有数不清的修士在此复苏，这里一下子炸开了窝。

“被灭魂针击中的天神来自火云洞还是妖龙道门？”

“真是惊人！一场考验中，居然死了一位天神？”

人声嘈杂，此地大乱，所有修士一恢复过来，不是先看向胜出的一万名尊者，而是寻找那个天神。

这么多年来，从未有过这种事，一名尊者参加灵界的考验，居然与天神激战，并很有可能击杀了一个天神。这无疑会掀起轩然大波！

突然，远处传来各种呼喊声，人们循声望去，找到了那几个名震天下的古老道统的人，一群人再也无法平静。

因为在那里，有一部分人倒在地上，没有醒来。

被石昊用灭魂针灭了的可不止一个真神！

“天啊，老祖，快醒来！”有人悲呼。

只见妖龙道门的一个天神倒在地上，嘴角溢血，脸色苍白，没有了气息，生死不明。

除此之外，另外两个天神也都震颤不已，因为他们在灵界遭受了重创，回归后依旧元气大伤。

“给我拿下他，不准他离去！”有人紧紧盯着道场内，大喝道。

“那个少年不能进‘仙古’！我等不允许他离开！”火云洞的天神开口道。他霍地站了起来，来到了道场边缘。

此地一片哗然。

很多人都知道在灵界发生了什么，几个古教这是要利用影响力阻止那名罪血后代离去，要在此擒杀他。

所有人都望向道场内，终于找到了那个少年。

“哈哈哈……”石昊大笑，长身而起，惊得附近的尊者全部迅速倒退，不敢靠近。

他姿态豪放，看向场外，盯着那几个古老道统的人，道：“真是好霸道，连这种规则都想破坏。不过，你们能进来吗？”

“给我开！”有天神出手，想硬闯道场，可惜被一道神圣之光阻挡，无法靠近。

这阵很古老，强大得惊人，就是为了保证比赛的公平，防止外人闯进去。

几个道统虽然强势，但也没想到会有这样的事情发生，硬闯道场需要大量的时间，现在想临时破阵，那根本不可能。

“你究竟是谁？”一个天神喝问。

“我是谁？”石昊扫视四方，终究没有回答，而是发出了一声轻蔑的冷笑，道，“进‘仙古’后，你们自然会知道！”

两名天神握紧了拳头。他们知道，这个少年多半来历惊人，不止一重身份。

“天啊，老祖你醒一醒！”有人悲呼，摇晃着那个中了灭魂针的天神。

这灭魂针可不是虚神界的东西，而是石昊陷入绝阵时收来的，是霸道而歹毒的上界禁物。

“我们的道统有初代，更有古代的怪胎，注定会在‘仙古’中诛杀你！”

有神祇怒吼道，带着无尽的杀气与恨意。

“是吗？”石昊闻言冷笑，点了点头，道，“谢谢你们告知，到时候我一定会将他们全部斩杀，还请放心！”

“你……”几大古教的人震怒不已，所有人额上青筋暴跳，却没办法进去。

“当——”

一声钟鸣之后，大阵转动，整座道场都模糊了。人们知道，传送即将开始，这一万名尊者都将被送进广袤的无人区。

第550章 无人区

不止罪州，此时，三千州共震，钟鼓齐鸣，震动上界，预示着通过考验的所有人都要准备上路了！

一座又一座超级传送阵开启，带着各州的胜出者，前往那片古地。

“可恨，我一定要看着他被斩杀！”火云洞、妖龙道门的人低吼道，都难以接受这个结果。

“走，我们去那片古地外等待结果。”有人说道。

当然，并不是所有人都会去，因为路途太遥远了，而且就算到了那里也只能等待，谁知道大战要持续几年。

小溪潺潺，草木嫩绿，这是一片宁静而又美丽的世界。

罪州的一万人就出现在此地。他们并没有挤在一起，而是分散在了这片无垠的山河中，不过偶尔也能遇到。

他们左看右看，充满了好奇。这就是广袤的无人区吗？他们居然真的进来了！

要知道，这片秘境最是神秘与凶险，关于它有着很多传说，连教主进来都有可能会殒命。

造化书院的老院长何其强大，当年号称“老无敌”，那可是比肩六大天人的强者，结果却死在了无人区深处。

也许，唯有在这个仙道之花出现的特殊时期才能进来吧，等它在这片区域绽放后，便会有祥瑞之气笼罩此地。

泥土的气息与草木的清新迎面扑来，石昊深吸了一口气。经历了一场大战后来到这里，他彻底放松了。

这附近方圆数里内有二十几名尊者，感应到他后，一个个都惊悚不已，迅速倒退，远离此地。

每一个人都对他充满了敬畏。这是一个连天神都敢杀的人，谁能不怕？！

“我有那么可怕吗？”石昊露齿一笑，牙齿洁白，笑容灿烂，却吓得二十几名尊者一个个头皮发麻。

其中一名女子更是忍不住尖叫道：“别……别杀我！”

“真无趣，原本还想跟你们结伴而行呢。”石昊摇头说道，不再理会他们。

这些人一听，神色大动，后悔不迭。如果跟这样的少年魔王同行，还怕什么，只要不遇上古代的怪胎，多半可以横着走！

“嗯？”

忽然，石昊感觉到了异常，他迅速抬头，向前望去。

虚空中出现了一股柔和的波动，祥和而又圣洁，让人觉得如沐春风，浑身暖洋洋的，疲惫之感一扫而光。

紧接着，在那遥远的天边，出现了一抹又一抹仙光，大片的光雨从空中洒落，灿若朝霞，皎若银月，让那里变得神圣无比。

“出现了！仙道花蕾！”有尊者惊叫道。他看上去无比激动，连身躯都在颤抖。

想进“仙古”，唯有等待仙道花蕾出现。因为只有在它绽放时，才能打开那道门，开启尘封的路，进入“仙古”。

如今它已出现，又会在何时绽放呢？身处这片区域的罪州的一万名尊者都在期待着那一刻。

不过根据他们了解到的情况来看，眼下也有一场造化。对于这里的大多数人来说，这甚至是仅有的造化，因为即便到了这里，也不是每一个人都能进“仙古”。

这里是无人区，广袤无边，生长了无数的宝药、奇珍等，还不曾被采摘，因为平日外界的人根本进不来。

并且，据传这里有某种不死的物质，只要随便得到一点，就足以让那些古老的教主们亲自迎接。

因此，可以说这里有一场造化。

照历史经验来看，几个时辰内仙道花蕾就会绽放，而开启“仙古”封印，最迟也不会超过三日。

“趁现在赶紧寻机缘！”一见仙道花蕾出现，这片区域中的上万名尊者便立刻散开了，都开始在山林中飞速穿行，去寻自己的机缘。

石昊并不着急，他不紧不慢地向前走去，双眼始终盯着天边。

“咚！”

天地间响起了一声鼓音，沉闷而巨大，如同一方世界在震动，天边的光彩也随之更盛了。

与此同时，一个洪大的声音响起，在场的每一位尊者都清晰地听到了。

“这一次，上界三千州共有五千万尊者成功过关，进入这片无人区。”

这是上界的一群教主在传音，他们皆是顶级的人物。虽然他们也不敢太接近前方的仙道花蕾，但还是可以进来一段距离。

此时，他们正将一些情况告知所有深入这片无人区的尊者。

石昊听到这个消息，当即一阵头大。五千万尊者，比他想象的还多了两千万啊！

他原以为每一州都只会送进来一万人，现在看来有些大州是允许更多人过关的。

“依据历代的情况来看，每一次都会有数百万尊者最终进入‘仙古’。仙道之花绽放时，请你们一定要把握住机会。”

石昊认真听着，他虽然也了解到了不少情况，但毕竟不是来自大教，知道的秘密自然无法与教主们所知的相比。

“相信你们的师门都为你们准备好了破域符，一旦无法进去，或者遇到危险，可以立刻用它破空而归。但要知道，唯有仙道花蕾出现时，这片无人区才不会出现意外。若是平日，则有可能无法动用那些宝符。”

石昊心头一震，这些他还真不知道，齐道临那个甩手掌柜可从没对他讲过。

“你们现在分处在三千个区域，这些区域全都广阔无边，从同一州来的修士在同一区，不同区域间有界壁。希望诸位都能从各自所在的区域有序进入‘仙古’，不要击穿界壁，以免引发冲突。”

此话一出，在这无垠的山河间彼此相距甚远的尊者们都无法平静了，因为这意味着也许会有危险。

他们清楚地知道，历代都有超凡之人会击穿区域间的界壁，跨域远伐，越界杀戮，寻找不死物质。

石昊闻言，神色平和，继续前行。他没什么可怕的，就只等着进“仙古”了。

“虽然仙道花蕾出现了，有祥瑞之气笼罩这片山河，不会有穷凶极恶的生物出现，但是诸位依旧要小心。”

这是上界教主的告诫。此地并不会真的那么祥和，还是会有危险。

无人区很特别，没有人能说得清里面都有些什么。在这里，或许踩中一摊黄泥就会让一位教主丧命，又或许一颗水珠滴下就会让一方强者殒命。

毕竟，这都是曾经发生过的事！

现在仙道花蕾已出现，祥和的气息弥漫天地间，诡异的事情一般来说不会发生，但仍须小心谨慎。

第一天很平静，什么都没有发生。

五千万尊者虽然人数众多，但是相对于这片浩瀚山河来说，根本算不得什么，他们彼此间有足够的缓冲区。

第二日，这片区域的外围来了无数强者，都是上界各方名宿，想一观究竟。

他们不敢深入此地，因为那仙道花蕾对他们有强烈的排斥，只有不高过尊者境的人才可靠近。

“仙道花蕾，自这一纪元开始，已经开放了两千九百九十九次，每一次都会消耗一条大道，而今还剩最后一次，也将是最圆满的一次，这一次它将绽放三千片花瓣。”

“每一片花瓣都不是凡物，可映照出‘仙古’内的秘密。”

这也是人们来此的原因所在——他们虽然不能进去，但还是可以借助三千大道花瓣，观察到“仙古”内的一部分情况。

当然，任何一片花瓣都需要教主催动，并且这对施法人来说，消耗极大！

因为他们无法靠近，只能隔着无穷远的虚空进行远距离施法，难度可想而知。

事实上，每到这个时候，各教的巨头都会降临，而各州的强者也会联手，一州只能掌握一片花瓣，借以探秘。

截至第二日午时，外部区域已经人满为患。

一辆又一辆辇车横空而来，全都是大人物的座驾，每一辆都喷薄着瑞光，有些更是伴着混沌气，让天神都畏惧不已，快速躲避。

“那是天国的战车！想不到该教之主亲自来了！”有人吃惊道。

只见一辆红色战车驶来，杀气腾腾，像是被千万生灵的血浸染过，弥散着无穷无尽的煞气，让人仿佛能听到从中传出的生灵的哀号声。

众人脸色大变。这个天国之主最为神秘，漫长岁月以来没有几人见过，今日他的战车居然出现了！

仙古时代已逝，这一纪元也快走到终点，这可能是最后的机会了，一些禁忌人物预感到了什么，因此纷纷现身。

一座铜殿被九条蛟龙拉着隆隆而来，同时释放出混沌气。

这一景象惊呆了很多人！

仙殿的人来了，而且显然是该道统那位自太古就一直沉睡的古老存在亲自到场，因为这铜殿是他的沉睡之地！

难道他苏醒了？这一猜测让人心头发颤！

“那位应该还没有醒，只是来此等待机会，时候到了便会有人唤醒他。”一些巨头猜测。

随后，补天教、西方教等各方顶级道统的人也一一到来。

连当世皇族都降临了，引发了一场震动。

罪州、火州、天州、魔州等，各方人马齐至。

五行州的不老天尊也亲自到场了，周围还有一群人陪着。

“昊儿进去了，不知道会怎样。”石昊的母亲秦怡宁也来了，脸上写满了忧虑，同时还有一丝遗憾，轻语道，“另一个昊儿……唉！”

在她的旁边，石子陵也在。他是专门从他修行的苦寒之地回来的，就是为了跟秦怡宁一起为秦昊送行，目送秦昊进“仙古”，与天下奇才争锋、夺造化。

“秦昊是双骨至尊，一定会所向无敌！老祖将珍藏的不死宝液用在了他身上，如今他的双骨皆无瑕了！”秦族有些人议论道，无比自信。

很快，第三日到了。无人区中，数千万尊者都已开始躁动，有些迫不及待了。

因为，仙道花蕾绽放后，最久三日便会开启“仙古”封印，显然，时间就要到了。

在此期间，有人获得了大造化，发现了不死物质，这一消息激起了大波澜，那人随即遭到了很多尊者的追杀，最终无奈地用破域符离去。

“咚！”

天边，彩霞横空，仙光滔天，此地显得越发神圣与祥和。

人们知道，仙道花蕾要绽放了！

第551章 一角未来

“咚！”

又是一声沉闷的巨响，犹若鼓音，震慑灵魂，这是仙道花蕾蕴含的大道在轰鸣。

天边，彩霞绚烂无比，氤氲雾气弥散开来，使这片天地都变得圣洁了。

模糊间，仙道花蕾逐渐显化，隐约可见，散发出的仙气笼罩了整片山河。

“好舒服！”

许多人不由自主地说道。在场众人，无论多么疲累，无论身上有多少伤痕，此时都被治愈了，像是经历了一场神圣洗礼。

这山川间的万物都缭绕着一层薄薄的雾气，显得越发迷蒙了。

草木清新，翠绿的嫩叶泛出熠熠光泽。灵药发着光，散发出浓郁得化不开的药香。一些生灵体内的活性力量也随之大增。万物都仿佛变强了，多了一种生机。

“小心，这个时候很危险，也许会出现强大的生灵，大家切记要把握好自己的路！”

在这关键时刻，一个洪亮的声音响起，提醒着五千万尊者，这是历代前人总结出的教训。

绽放的仙道花蕾让这片无人区被祥和之气笼罩，可驱散穷凶极恶的生物，也可化解各种诡异的危险，但是同样会吸引来一些令人不可思议的生灵，尤其是在仙道花蕾绽放时，更会如此。

原本，仙道花蕾绽放，万道共鸣，会对超过尊者境的生灵产生压制作用，但是架不住仙道花蕾太过神圣超凡，总会吸引一些生灵飞蛾扑火。

参赛者大多都知道此事，因为早已有族中长辈告知。

石昊闻言默然。此前他并不知道此事，对于像他这样的尊者来说，这样的提醒很有用。

“不用紧张，那只是少数生灵。你们该上路了，小心一点就好。”有巨头安慰道。

所有尊者都开始行动，一路向前奔去。仙道花蕾看起来是在天边，但对于他们来说并不遥远，毕竟这些年轻强者都是一纵就可如神光般射出很远。

“嗷……”

蓦地，远方传来一阵如惊雷般巨大的吼声，震动了整片无人区，让很多尊者气血翻涌。

“这得是多么恐怖的生灵？”

石昊惊异地抬头仰望。

只见天穹上有一道巨大的身影，浑身都是红色的毛发，毛发无比蓬松，遮住了躯体，让人看不出其真容，连是人是兽都无法辨别。

这道身影异常妖邪，气息惊人，诡异且不祥，令人魂魄悸动，从来没有一种生灵能像这道身影这般给人如此不好的感觉。

在其下方，草木的光泽都暗淡了。

很大一片区域内，不少尊者被压制得动弹不得，胸口发闷，几乎要窒息而亡。

“嗷……”

这个披散着红色毛发、通体缭绕不祥红光的生物咆哮着，对着仙道花蕾张开了血盆大口，竟欲将其吞噬。

这一刻，别说参赛的人，就连远方的尊者见到这一幕也不禁脸色大变。这生物很强大，似乎也很邪恶。

“啪！”

随着花朵绽放的声音响起，仙道花蕾发出了一缕柔和的光，如同阳光融化冰雪一般，让周围的诡异气息消散了。

这个巨大的生物号叫一声，竟张口吐出了一摊黑色的血液，而后不甘地退走，消失不见了。

所有人都长出了一口气。这生物强大得可怕，一旦发威，必将带来一场大灾难！

天边再次传来一声轻响，又有花瓣绽放了，一时间祥和的彩光直冲云霄，笼罩天地，让此处越发瑰丽与不凡了。

很长一段时间，人们都没有出声，而是警惕地观察着周围，默默向前行进。

幸而这一路上都很平静，没有再生枝节。不久后，很多人都选好位置停了下来，静候仙道花蕾完全绽放。

足足半个时辰，人们不时会听到花瓣舒展的声音。仙道花蕾共有三千片花瓣，代表了诸天的一些大道。

与此同时，成片的光雨点点洒落，晶莹透亮。人们用手触摸，却又摸不到，只有一种暖洋洋的感觉，浑身舒泰。

外围的所有教主见状都羡慕不已，有些寿元无多的人甚至浑身微颤，恨不得冲进去取而代之。

无论这五千万尊者最终是否能进入“仙古”，光是现在所得就值了。这是光雨，蕴含仙道气息，最起码可让每一个人增加百年寿元。

即使什么都不做，只是来这里走上一遭，也能有此等机缘，自然让人羡慕。

对于很年轻的尊者来说，这百年寿元或许算不得什么，但是对于那些古老的存在来说，百年寿元极为珍稀，甚至值得拿神圣之物去交换。

生命总会有走到终点的一天，到了那个时候，宝药都无用了，唯有这等特殊的物质才有可能为他们增加寿元。

“唉！”一声轻叹从一辆紫金辇车内传出。这辇车被九只如同紫凰般的神禽拉着，散发出浓浓的混沌气。

所有人都是一震，这可是当世皇族的战车！

“前贤推演，窥到一缕天机，也许有一天，我等会为了延续几年甚至几个月的寿元而费尽心思。这一百年寿元，现在看来也许不是绝世珍稀的，可若那一天到来了，就太不一般了。”

这个人幽幽的声音中带着惆怅。

“那一天快来了吗？”有人低语道。此人同样是一位大教之主，闻听此言，心有不安。这一次之所以来了这么多人，就是因为大家都预感到了什么。

“边荒出了问题吗？”一只悬在虚空中的雪白的老龟开口道。

众人心头一跳，这可是上界最古老的生灵之一，生命力持久，活过的年岁漫长得吓人，居然连它都来了！

它说的事，就连很多教主都不了解内情，只有一些最古老道统的强者瞳孔骤然收缩，心中一惊。

“一些不死物质虽然稀薄，但还是透了过来，分布在上界，故至今为止，所有修行者的寿命都很长。若是有一天，那些物质不再出现，会发生怎样的事？”天国之主带着血腥气息，端坐在战车中说道，让每一个人都毛骨悚然。

沉默片刻后，他接着道：“到了那个时候，生灵吃生灵，万物凋零，都是常见的现象。”

这话语中描述的画面让很多人汗毛“嗖嗖”倒竖。若真有那么一天，这天国之主绝对会是一个大祸害。

同时，很多人心中惊颤，他们都是第一次听到这样的消息。上界修士的寿命长，这难道不是正常现象？竟然还有另一种原因！

“若这片天地枯寂，与那个地方断绝了联系，那微乎其微的不死物质透不过来，那么即便是我等中最强大的人，也都只有一两万年寿元了。”

西方教教主一声轻叹。他修成了丈六金身，整个人如同由黄金铸成，相貌庄严，不同于一般的生灵，属于上界最强的一列人。

他说出的这番话语，不仅让所有神火、真一等境界的修士都惊悚万分，就连一些教主也觉得遍体生寒。

西方教与上一纪元的古僧这种修行者有关。据闻他们挖掘了一个巨大的遗迹，获得了大机缘，因此该教不仅强大，还知道很多秘密。

“争渡！”

这两个字从仙殿那边传来。那座古老的铜殿当中沉睡着该教一代高手，强到让人无法揣度。

此时此刻，连这些教主都已如此忧虑，遑论他人。

“怎么可能？正常来说，我们的寿命应该很短？以后可能连世间最强的人也只有一两万年可活？”许多人不相信。

就连一些天神都战栗了，看向各自道统之主。这消息太惊人了，众人初闻只是有所触动，可是越想越觉得恐怖。

要知道，当世很多至强者都是从太古活下来的，动辄百万岁，那些强大的教主哪一个是短命鬼？最不济也能活上数十万年！

现在突然有人告诉他们，未来这上界最厉害的生灵也许都只有一两万年可活，这让人怎能不心惊胆战？

连最强的生灵都如此，那么天神呢？级别更为靠下的尊者呢？

这简直不可想象！

到时候，他们能活几年？！

“仙道花蕾的三千花瓣已悉数绽放，耗尽所有，这一纪元已到末期。那一天也许不远了。”一辆银色战车中的女子开口道，语气中带着不甘以及深深的遗憾。

这是当世帝族的战车。

各大道统的强者纷纷发言，证明了天国之主与西方教教主所言非虚，他们也都有此担忧。

“未来不可预测，但终是看到了一角，看来要早做准备啊。”有人说道。

“不应如此，不能这样！”有人低吼道。那是一个老教主，此时他面孔扭曲，不能平静。

人们很快明白了，像他这种自太古活下来的人，受到的冲击将会是最大的，因为他们已经走过了人生大半的路程，原本就寿元无多了。

若发生了那种事情，他们还能活上几年？

不只是他们，真神、神火境的修士等也是如此，除非还年轻，不然他们的未来将充满不祥与危险。

可以想象，那一天一旦到来，估计有不少人活不过几年就要老死在时光中！

“这还不是最可怕的。最为恐怖的是，到那个时候，还会爆发有史以来最可怕的大战。战火从边荒而来，势必会迅速蔓延，席卷三千州！”

一株古藤说道。它伸展枝丫，发出湛蓝的光辉，可无论怎么看它都太古老了，都快风化了。

这话让众人从头凉到脚，尤其是后辈强者，都听得直发愣。这就是上界的高手们看到的一角未来吗？这也太吓人了。

“未来充满变数，不可捉摸，诸位不要全部当真。”有人开口，缓和众人的情绪。

“快看，那是什么?!”有人大叫道，他的声音在发抖，充满了震惊与难以置信。

所有人闻言都快速回头，看向无人区。

“什么?!那是……”一个大族的族长都被震撼了，惊叫出声，却没敢叫出那个让人生畏的名字。

“连这种生物都出世了?!”黑发披散的截天教主也大吃一惊。他快速结印，截取天地本源，想获得那种生物的气息，以确信是否为真。

第552章 仙道花开

那是一只庞大的生物，巨大的身躯如山岭般横亘于天地中，它从虚空中游来，有如乘风破浪，带起滔天神辉。

虚空因为它而裂开，分向两旁，如同汹涌的大海。

“一条真龙！”有人惊呼道。

禁地中，数千万尊者都如泥塑木雕般愣在了原地，傻傻地看着天空。众人心中疑惑不已，怎么会有这种生物出世？

这可是十凶之一，天下谁人不知！

可是这种生物不是消失了吗？纵然还有一两只，也不应该在三千州啊。

是了——人们明白过来——这里是广袤的无人区，也许有从仙古时代遗存下来的真龙蛋孵化了。毕竟在古代曾有人看到过真龙蛋，只可惜没有带出去。

“天啊，这是一条龙！”所有人都瞪大了眼睛。这是神话，是不可思议的传奇生物。

这条龙太长了，粗大无比。它越过山岭，横亘天宇，散发出的气息让人不寒而栗，连天空都变得不稳了。

巨龙风姿惊人，头上有一双分叉的角，光泽灿烂，在它飞来时刺破了虚空；一双眸子如两轮炽日，发出灼灼而刺目的光辉；庞大的躯体上，鳞片锃亮，若由仙金所铸，摇曳出绚丽的光辉；龙爪锋利，爪臂粗大，可以想象在它一击之下，天地都会裂开一个大窟窿！

它的出现引发了轰动！

在外界教主们神色凝重时，这片禁区中的尊者们却已张开了手臂，作势就要跪拜。难道这真的是十凶之一吗？

此等强者出世，震撼人心。

“呼……”

狂风大作，草木折断。真龙越过重重山脉，向仙道之花飞去。这朵仙花的绽放是它出现的根本原因，它是为“仙古”而来的。

一点柔和的光漾起，先是如涟漪般扩散开来，而后骤然震动，如骇浪拍岸，将真龙推了出去，阻挡住了它庞大的身躯。

一时间，此地圣光澎湃，隐约间有血液滴落，虽然很少，但还是惊呆了不少人。众人心中思忖，连它都受伤了？

片刻后，所有人都激动万分，双目射出火炬一般的光芒，盯着那片区域，简直要忍不住冲过去了。

“龙血！天啊，这里落下了一些真龙血！”有尊者大叫着，握紧了拳头，恨不得立刻扑过去。

可惜，这里一共分为三千个区域，各区域间有透明的界壁阻挡，很多人就算眼热也过不去，而且在这种情况下，肯定只有极强的人才可靠近，寻常尊者靠近纯属送死。

“真是一场让人疯狂的大造化！”

一些初代嘶吼道。超然如他们都坐不住了，纷纷起身，打算穿透界壁去争夺。

石昊一叹，真是太倒霉了，他距离那里绝对不算近，相隔了好几个区域，等他赶过去，黄花菜都凉了。

只有那附近的人才有机会争夺，众多尊者一个个激动而振奋！

“哈哈哈……”落下龙血的区域中，有人大笑出声，无比畅快。

这是一个男子，他一头蓝发，面容俊美，显得妖邪而脱俗。他很强大，散发出的气息让这一州的尊者都战栗不已，不敢靠近。

“天降造化！龙血是我天妖葛潜的，谁敢与我争锋？”

他身材修长而强健，肌肤若玉石般雪白，妖气惊天，一头蓝发如汪洋一般汹涌，竟自发梢散发出一股让群山都颤抖的力量。

天妖、天君……在尊者境，敢冠上一个“天”字的生灵，都是年轻至尊中的翘楚，所向无敌。

显然，这个人极度可怕，他一言放出，四方都寂静了。

他快速扑向那片有龙血滴落的山岭，眼中射出湛蓝的光束，这光束璀璨无比，势不可挡，竟直接击穿了许多山石。

然而，他高涨的情绪没能持续多久。片刻后，只听得龙吟阵阵，那原本已经飞走的庞然大物居然又回来了，在空中盘旋，积蓄神力，似乎想再次冲击仙道之花。

葛潜顿时脸色大变，他被天空中投下的阴影覆盖了，更可怕的是，那庞然大物居然向下一瞥，冷冷地看了他一眼。

那带着冷光的瞳孔比山峰都小不了多少，惊得他浑身发凉，顿时止步，不敢再靠近。

他咬了咬牙，最后果断退走，竟直接放弃了龙血。要知道，刚才他已经相距不远了！

“有所为，有所不为，知进退，洞彻凶吉，这才是至尊天骄最质朴的素质。”他这样安慰自己。

显然，这是一个不凡之人，在这种情况下他不仅止步了，还直接击穿界壁，头也不回地离开了，根本就没有再等待机会。

因为他已心有所感，意识到还是尽快离开为好。

“嗷——”

一声龙吟惊动山河。那比山岭还大的生物再次开始俯冲，欲接近仙道之花。尽管它刚才遭受了压制，还受到了重创，但它并未放弃。

它一离开那片天空，附近的强者便杀了过去，数道身影出现在了那个区域，其中甚至还有些是击穿了界壁的天纵强者！

那里属于初代，那些顶级人物皆欲争夺龙血！

“那是与我擦肩而过的造化，你们急着投胎吗？竟都去争抢。”天妖葛潜回头看了一眼，但终究没有回去。

他疾速而行，连穿几重界壁，之后才降落在地。

“这片区域有初代吗？投靠我的人，只要够强，就带你们进‘仙古’。”葛潜喊道。

石昊闻言默然。他们两人相距不远，难道第一战就要开始了吗？

这只妖邪气冲天，一看就是自信、张狂的性格，而石昊绝不可能向任何人低头。

天妖葛潜神觉超凡，自然感应到了石昊的强大。他想收服一些战力惊人的手下，以便进入“仙古”后能够更好地生存。

在他所在的那个区域，有好几名强者都已归附于他。

“轰！”

随着一阵滔天的妖气席卷过来，葛潜盯住了石昊，幽蓝的瞳孔射出数里长的光束。他一步一步走来，散发着妖邪无比的气息，道：“我这个人最好相处了，跟我走吧。”

石昊没有轻视他。这个人虽未亮明身份，但是实力绝对强大，肯定是某州的青年至尊，也许能超越所有对手！

“我为天妖，追随我是你的荣耀。”蓝发青年很嚣张地说道。

石昊心头一动。天妖、天君绝对是顶级的封号，在尊者境敢这样自称的人，实力之强超乎一般人的想象。

“嗷……”

突然，远方传来了那条龙的惨叫声。那生灵不敌蕴含三千大道的仙道之花，被击飞了回来，龙血再次溅落一地。

“‘仙古’，我会进去的！”

这是一股磅礴的神念。它怒吼着，但没有再强攻，而是向远方飞去，想来是遭受了不可想象的重创。

此时，它的身体两侧竟伸展出一对翅膀，那对翅膀光华绚烂，遮天蔽日，拍动间震裂长空。

“这不是十凶之一！”

所有人都确定了。因为真龙无翅，不是这种形态。

人们已经可以确定它遭受了重创，甚至到了需要借助体侧的龙翅离去的地步，可见刚才的冲击后果有多严重。

在离开前的最后一刻，它咆哮一声，一边吐纳气息一边散发龙威，竟然禁锢了天地。一时间，它所路过的区域中的所有修士都被定住了。

显然，它在发泄怒火！

强大如天妖葛潜都不能动了，他面露惊异之色，暗自腹诽：真是倒霉透顶，躲到这里居然还是吃了瘪。

然而，最让人们觉得不可思议的事情发生了，只见天空中有东西坠落下来，黑压压一大片。

“什么落下来了，龙鳞吗？不是。难道是大面积的龙血？！”

见到这一幕，远方很多人羡慕不已。他们与这里隔了很多个区域，看不真切，所以都在呼喊，都在猜测，而各区的至强者则都开始穿越界壁，疾速冲来。

只有与此地相邻的几个区域的生灵看清楚了，一个个目瞪口呆。那竟然是一坨龙粪！

尤其是天妖葛潜，他一开始还仰着头眼巴巴地望着，看清是什么后，脸一下子就白了，但此时已难以动弹。

因为这片区域的生灵都被那条龙吐出的气息禁锢了。

就连石昊也急了，竟然天降龙粪，还是冲着他们这里来的。

“真是……”许多修士不禁大骂。

这样一条凶龙，在他们眼中本是无敌高手，结果临走时，竟干了这样一件事，这也太任性了。

“不要啊！”天妖葛潜惨叫道。

“救命啊！”石昊也是第一次如此心中发毛。他艰难地动了下手指，将虚空战戟拎了出来，满头大汗地切开了虚空。

葛潜也动了下手指，可是并没有趁手的兵器封在掌中。他眼巴巴地看着石昊，热泪盈眶，希望石昊能带他走。

“回头我再来找你谈一谈谁收谁的问题。”石昊头也不回地跑了。

“不要啊！”葛潜惨叫连连，妖邪而俊美的脸上写满了绝望，无比凄惨无助。

“噗！”

这坨龙粪足有小山那么大，砸在山林中，覆盖了一大片地方，把不少尊者都埋住了，许多人哀号不已。

远方，各教之主却神色凝重。他们看得出，那不是真龙，但也差不远了，实力绝对强大得惊人。

“是应龙！”截天教主说道。

可是，谁也没有想到，这等强大的生物，最后竟会做出如此离谱的事情。

“不对，这条龙是故意的！这是为了在一些人身上留下气息，留待将来借此确定位置，好强闯‘仙古’。”

……

禁区中，应龙远去了，从如山的龙粪中冲出了一群人，为首者正是天妖葛潜。

“啊啊啊……”他大叫不迭。

此时，石昊也回来了，看着他道：“你想收我？”

“还收什么！我这个样子当你们老大，天天被你们看着，脸还往哪儿搁？！谁都没看见我！谁要是敢说出去，我饶不了你们所有人！”天妖葛潜说完便落荒而逃。他简直要疯了，一个猛子扎进了大湖中。

击穿界壁赶到此地的年轻至尊都是一呆，原本以为是一场大造化，结果却见到了这样一幕。

“其实不用清洗，这龙粪是一种大药，能熬炼出宝丹。”一个刚赶到的尊者笑眯眯地对脱困而出的人说道。这是一个强大的药师，并且是一个初代！

其他人都是一呆，而那些刚脱困的人则快气疯了。

“别逼我杀你！”葛潜在远方放出狠话，接着直接跑了，不想被人看见。

“咚！”

突然，璀璨的光芒在天边绽放，一时间瑞光滔天。随着最后一片花瓣的舒展，仙道之花终于完全盛放。

瞬息之间，芬芳弥漫天地间，三千条金光大道铺展开来，分别通向三千个区域。这一刻，所有尊者都疯狂了，一起不顾一切地向上冲。

可惜，很多人刚一靠近就被震飞了，无法登临。

“唰”的一声，只见一道神虹破空而来，有人成功踏上金光大道，第一个被仙雾裹带着进入了一片花瓣上的门户内。

“是那个天妖！真是走了‘龙粪运’！”

许多尊者愤愤不平。

这一刻，所有人的脸色都变了，就连那些古代怪胎的脸色也阴晴不定，因为第一个冲进去的人必有大气运。

“轰！”

最后，五百万左右的修士都被金光包裹着冲向了仙道之花，成功登临大道、接近“仙古”。

“六冠王、仙殿传人、孤剑云、钧道……我看到他们了，他们都在最先冲进去的一列人之内！”

远方有修士大喊道。

一些教主眸光闪烁，都在密切关注着这一幕！

此外，一条应龙目光深邃，在无人区附近盯着仙道之花，而在它的旁边，还密密麻麻地聚集着一大群恐怖生物。

“谁人为尊？三千州天才争霸开始了！”有人高喊道。

第553章“仙古”

“呜呜……”悠长而低沉的号角声响起，像是在远古时代便已吹响，一直传到当世来，令乾坤也随之共振。

这是上界的号角，据传是龙角做成的，由一些古教轮流执掌，一吹响即可震动三千州，非重大事件不会动用。

显然，今天是一个可载入史册的日子——仙道之花最后一次绽放，这一纪元到了末期！

天穹上，仙道之花的三千片花瓣都已展开，无比璀璨瑰丽，让人目眩神迷。人们盯着那里，怔怔发呆。

这是道的衍化，一片花瓣承载着一条道。从古至今，仙道之花不断绽放，已有两千九百九十九片花瓣曾为人所见。

今日，第三千片花瓣第一次绽放，色彩迷蒙，绚丽惊人。

不要说神火境、真一境的强者，就连上界一群活了百万年的巨头，也都眯缝着眼睛在凝视。

若能悟透此中大道，说不定可获得新生！

仙道之花非常大，此时，花瓣上承载的道真实显现，托着数百万修士，让他们立身于花瓣中，走向各自的仙门。

所有人都神色郑重，默默向前行进，不断体悟。此处最易悟道，若能有所得，必将受益终身。

同时，有雨点洒落，滴滴透亮，色彩斑斓而又迷蒙，这是道之雨露！

突然，有人惊得大叫起来。他居然在此顿悟，突破了尊者境，点燃了神火，那神火从头开始一直燃烧到了脚跟。

“砰！”

紧接着，有十几万人在此突破，被扫出了由神圣光芒铺展而成的大道，向下方的大地坠落而去。

“不！”这些人无比懊恼地大叫着，充满了不甘与遗憾。他们都临近仙门了，下一刻就将进入“仙古”，结果却因为突破尊者境与这最后的机会失之交臂。

这一幕警醒了一些人，他们暗暗提醒自己一定要小心才行。

“可惜了！”远方，一些名宿轻叹，更有些人脸色阴沉，因为他们看到了本门天才坠落，错失天大的机缘。

仙道之花的每一片花瓣都能承载一千多人，可见其有多大。

而每一片晶莹透亮的花瓣上都有由大道构建出的一个光门，光门通向一片古老的秘地。

有些人比较幸运，刚要点燃神火便大叫一声，直接扑进了门内，进里面去继续参悟了。

“快走，别在这里耽搁，里面也有大道可悟，还很可能更完善。”有人向同伴低语道。

三千片花瓣细长而透亮，如一条条星河，组合在一起，不仅有视觉上的美感，还体现出一种大道上的完善与质朴。

此时，各种彩光飞舞，神虹如瀑布般垂落，特别是仙道之花的花蕊处，更喷薄出天河水般的光雾，景象惊人，天地间一片绚烂。

基本上所有人都进去了，只剩下个别人，当中就包括石昊。他左顾右盼，竟然尝试向花蕊处冲击，结果发现那里并无门户，只得作罢。

后来，他又盯上了第三千片花瓣，也就是此世才绽开的最后一片花瓣。

他猛然跃起，准备冲过去，可惜一股巨力扫来，差点将他拍翻，让他生生坠落回了原点。

“最后绽放的花瓣应该与此世更契合，更值得体悟，我要过去！”

石昊浑身发光，爆发出惊人的潜能，再次努力横渡虚空，结果却又一次被大道气息砸落，失败而归。

在连试几次都失败了之后，他只得妥协，无奈地继续前进。看来想要上不同的道路转转是不行了，他深感遗憾。

很多人见到这一幕都无语。这是哪一个道统的弟子？真是没事找事干。别人都担心进不去，他倒好，竟还在外面乱蹦跶。

石昊进去后，三千片花瓣上的门户都闭合了，就此消失。

毫无疑问，他是最后一个进去的生灵。

“最后这个算是潜力最小的人吗？”外界一些人低语道。

众人会有此想法，是因为进入仙门是很有讲究的。先进去的十万人一般囊括了所有天骄，即便出了什么意外，那些人也不可能落到十万名之后去。

剩下的人则是潜力越小，进入的时间便越靠后。

“是他自己耽搁了，他还不至于排到最后，但能否归于天骄之列就说不好了。”

“肯定是一个小道统的弟子，勉强才成功上去的，不然他怎会不知应抢先进去呢？”有人摇着头推测道。

虽然是最后一名，但石昊还是吸引了一些人的关注和议论，只是并非什么赞许之词。

“请诸位道友合力催动花瓣，让三千花瓣映现里面的景象。”有教主开口道。

当然，不可能每日都催动三千花瓣，那消耗太大了，但第一天还是要看一看当中的情况，看是否有变故。

毕竟这是“仙古”最后一次开启了，谁也说不好它会不会有问题。

“轰！”

在遥远的天际，一群教主祭出法力，一下子像是点燃了天地，璀璨的神光如汪洋一般涌进禁区。

三千片花瓣开始摇曳着汲取神力，先是发出灿烂的光芒，而后便如镜子般反射光辉，映现出各种景象。

“仙古”内是一片初始之地。

只见一条又一条石阶路一直向前、向上延伸，像是要攀爬一个高坡，每一条路上都弥漫着一丝丝混沌气。

毫无疑问，石阶路也有三千条。

此时，每一条路上都有很多人，大家都在艰难地前行。

近五百万尊者都在这样的石阶路上不断迈步，没有人说话，人人都想第一个冲上那高坡去。

“没有什么异常，依旧是像过去一样的三千青石阶古路，它们承载着不同的大道，站在上面得承受巨大的压力。”有教主说道。

这样的道路自古未变。

随后，众多教主再次合力催动，这一次，花瓣上映现出了青石阶古路尽头的景象。

那里一片斑斓，是一个梦幻的世界，只是现在映现出的景象太过模糊，如果没有尊者进去的话，他们很难进一步探查。

“等有人踏进这斑斓世界后，我们立刻在花瓣上写上那个人的名字，就能看到他以及他周围的景象了。”

上界教主们不急，因为他们都有经验了，知道这石阶路很难走，前十日都不见得能有人过去。

不过，这些路也不会太为难尊者们，最后每一个人都会被放行，只是这放行的先后顺序就有不少讲究了。

“那家伙在干什么？”

一片花瓣映现出了一条石阶路上的景象，只见一个尊者居然一屁股坐在最后面，托着下巴，在那里淡定地看着众人前行。

“是最后进去的那个少年。”有人说道。

虽然只能看到他的背影，并且那背影被混沌气笼罩着，但是他们不会认错。此时少年的举动引起了更多人的注意。

“他站起来了！不对，又蹲下去了，他是在挖青石阶梯！”一群人都愣住了。

“这家伙以为那里有宝藏吗？开什么玩笑！”

“仙古”内，石阶路上雾霭弥漫，大道气息浓郁，同时也伴着巨大的压力，越向前走便越艰难。

石昊还蹲在后面敲敲打打，他在研究这些青石，想看看它们有没有什么特别之处，比如是否蕴含大道纹路等。

可惜，他失望了，他没有看到明显的纹路，只是在此感悟的话，倒是能触到一些规则碎片。

他站起身来，看了看开阔的青石阶梯，又看了看前方密密麻麻的人影，皱了皱眉头。

“从这能横渡到其他石阶路上吗？”

石昊在这里默默地参悟了片刻后，突然冒出了这样的念头，他想对比一下不同的路之间是否有明显的区别。

当然，主要原因是他还在惦记着最后那片花瓣上开启的仙门，也就是最后一条石阶路。

“砰！”

他出手了，想击穿不同道路之间的界壁。这一次他成功了，因为不同的路之间的阻隔之力并不是很强。

石昊很满意，踏上了另一条路。驻足片刻后，他便再次击穿界壁，径直前往最后一片花瓣绽放后开启的那一条路。

就这样，他不断横渡，终于赶到了最后一条石阶路上。

“他在做什么？”

外界许多人狐疑地看着他的举动，心想，这家伙怎么净做无用功，有何意义？

可惜，石阶路上混沌气翻涌，即使强大如他们也只能看到石昊模糊的轮廓，无法见到其真容。

“如果知道他的名字，就可以写在花瓣上，看个究竟。”

“算了，这条石阶路亘古如此，没有什么特别之处，不值得耗费一次心血观看。”有人摇头道。

想看一个人及其周围的景象，须以至强法力在仙道之花的花瓣上刻下他的名字，花瓣上才会映现出清晰的画面，这一过程无疑消耗极大。

所以直到现在，连六冠王宁川、仙殿传人以及各种古代怪胎的名字都还没有人刻写，大家都想留待他们进入斑斓世界后再观看。

很快，这一日就落幕了，众人即便是合力催动，此时也有些吃不消了，于是他们不再继续输送法力，三千花瓣也随之暗淡了下去。

事实上，接下来的六七日都无人再往花瓣上注入法力了，因为人们知道这些尊者都还在石阶路上，毕竟史上最快的人当年都用了十日才走完。

在此期间，无人区外立起了三千块巨大的玉石碑，晶莹透亮，光滑如镜。

显然，每一块玉石碑都对应着一片花瓣。

因为只有强大的人物才能催动法力从花瓣上看到“仙古”内的一些情况，其他相对来说修为不足的修士是看不到的，而将玉石碑立在这里后，教主等可以施展法力，将在花瓣上看到的景象映现在玉石碑上，这样所有人便都可以看到了。

第九日，众多教主再次催动法力，让花瓣如明镜般映现“仙古”内的情况。

“咦，好快，有人要走到终点了，马上就会进入斑斓世界，比以往早了一天！”

此外，人们还看到了几场大战。在几条石阶路的尽头处，神光澎湃，有人正激烈大战，杀伐不休。

“那该不会是六冠王宁川吧？你们看，那是一条珠串，化成了龙，在与一人激战，好激烈啊！”人们惊叹道。

“没错，是他！”

“快，在花瓣上写下他的名字，看个究竟！”

有教主静心凝视后，以莫大法力隔着无尽虚空在相应的花瓣上写下了“宁川”二字。

而后，那花瓣清晰地映照出了那里的景象，果然是他！

同时，禁区外一块巨大的玉石碑发光，教主们看到的景象映现其上，所有人都看到了这一幕。

“是宁川，他在与一个男子大战！那男子是谁？完全不认识啊。”

“不，那个人很有名，也是一个古代怪胎，名为李繁铭，虽然他只出世过一次就闭关了，但是据闻他在那一世杀了一个四冠王。”

众人闻言，莫不倒吸一口凉气。

随后有教主在一片花瓣上写下了仙殿传人的名字，结果吃惊地发现他也在与人大战，而且战况也很激烈。

“那是什么人？”很多人大惊道。他们盯着晶莹玉石碑上的景象，都露出了不可思议的神色。

仙殿传人的对手是一个浑身火焰滔天的男子，他的手中持有一角神盘，爆发出了恐怖神威！

“轮回盘的一角！”有些教主惊得睁大了眼睛。

“不可能，这等至宝即便残缺了也无法带进去。”有人摇头，表示不信。

“那盘子有古怪，是不是它发挥不出至宝威力了，所以被带进去了？”

这块玉石碑上的景象引发了轰动，许多人都围了过来，在此观战。

“十冠王呢？他可是被称为最强尊者的人，赶紧写下他的名字。”有人撺掇。

很快，一道身影出现在众人眼前，他那里很宁静，无人与之大战。他一路向前，即将进入斑斓世界。

“对了，不是还有个古代怪胎，从未点燃过神火，却以尊者的修为奇迹般地得了一次天下第一名吗？看一看他怎样了。”

不久后，一块巨大的玉石碑上映现出了一个生灵，他也很平静，没有与人交战，显然那一条路上没有与他同阶的生灵。

不过，在与此路相邻的那条路上，却闪耀着异常璀璨的光彩，让人震惊。

“那是谁？使的好像是天人族的法术！”

众人惊疑不定。天人族的初代幽宇都远没有这么强，何人还能有如此绝世神通，简直让人不可思议。

“别告诉我那是失踪的三石天君！”一位教主说道。

“快写下三石天君的名字试试。”果然，花瓣上的名字才刻完，就映现出了一个生灵。

显而易见，那就是失踪在历史长河中的三石天君，他竟然没有死！

此时，他正在独战五大年轻至尊，那五人每一个都极度强大，可如今却被他压制了！

“好厉害，不愧为传说中的人物。”

人们写下了一个又一个光耀古今的名字，让花瓣映现他们此时的境况，看后莫不震撼，心中波澜起伏。

那些璀璨的人物全都闪耀出了应有的光彩，一个个都极度强大，潜能无限！

“荒呢，他现在在哪里，怎么样了？”

“嗯，还有那个罪血后代，也看看他究竟实力如何、走到了哪一步。”有些教主这样说道。

同一时间，在不老天尊秦长生的身畔，有人低语道：“老祖，要不要试一试下界那个少年是否还活着？最近我得到了一些秘闻。”

秦长生闻言，没有立刻表态。

第554章 身份大白

罪，他在哪里，怎么样了？一群神祇看起来相当“惦记”此人，他们站在一起，神色不善。

“他在灵界大开杀戒，屠我教弟子、杀我教门徒，手上沾满了鲜血！我希望他在‘仙古’中不要立刻死亡，而是尝遍败果，最后才被镇杀！”有人说道。

其他人闻言都纷纷点头，眼神中带着恨意。

他们都来自妖龙道门、火云洞、罗浮真谷等教，亲身经历了灵界之战，当时那个罪血后代霸道张狂，让他们倍感羞耻和悲愤。

虽然那一战已经过去，但他们至今还能感受到那种恐怖。那个少年犹如魔王，斩真神、弑天神，横扫灵界。

一些人现在回想起来，还不禁直打冷战，那一战给他们留下的印象太深刻了，简直就是一个噩梦！

火云洞的洞主是一个红发老者，他身材瘦小，并不威猛，但眼睛很亮，如两轮血月般放出光辉。

他从一辆烈火战车中走出，周身带着混沌气，每一步落下，周围都爆发出火道符文，大道气息也随之弥散开来。

“罪”！

他遥对无人区，催动法力，以手在虚空中刻下了此字。刹那间，晶莹的花瓣变得璀璨夺目，上面出现了大道纹路，映照诸天。

“咦，好璀璨的名字，竟能与道相合！”有人惊讶道。一些教主也望了过来。

同一时间，众多神祇都看向了这块玉石碑，见到上面映现出的仙道花瓣上的景象后，他们都露出了惊诧之色。

这个字果然有点古怪，刻在那片花瓣上之后，那片花瓣就变得异常艳丽，上面交织着绚烂的符文，璀璨得如燃烧的太阳。

很明显，它比一般的花瓣更晶莹一些，显得非常神圣。

“这是怎么回事？难道那个字还符合大道神韵不成？”很多神祇都愣住了，盯着近前那块巨大的玉石碑看个不停。

“是‘罪’字！”除却火云洞、罗浮真谷等教的修士在关注，一些不相关的上界大族的人也看过来了。

“这个字怎会如此？”很多人蹙眉，有些不解。

须知，在上界这是一个不净的字，代表着血与过，而今都快用来专指罪州的生灵了。

“出现了！是……是他！”

众人愕然，惊呼道。

玉石碑如镜，映现出“仙古”中的真实景象。他们看到了一个少年，他从容而平静，无人与其对战。

因为他落在了最后面，并且没有向前而行，而是正在横渡。

“那个落在最后的人！”

不少人都认出来了，这就是那个最后进仙门、在石阶路上徘徊并想拆下几块砖石的少年。

他很另类，只见他击穿了一层界壁，从一条路到了另一条路上，驻足感悟片刻后，又再次击穿界壁。

别人都在向前，他却横向而行。

“罪血后代！”

许多人咬牙切齿地说道，其中数妖龙道门的人最为愤恨。这个少年手段霸道，杀了他们太多人，连他们的一位天神都被他废了，身中灭魂针，栽得很惨。

直到现在，那位天神还是一个活死人，连妖龙道主亲自救治都没有让他醒过来。

当然，这也是自作孽。若非他们自己祭炼的魔针过于歹毒，被少年所得，反施毒手，他又怎会落到这一步？

“他这是在做什么？”

这个家伙太怪了，居然不急着前行，而是在后面徘徊，一步一步丈量，默默体悟。难道他还真想悟透三千条石阶路所蕴之道不成？

忽然，那少年转头朝着众人所在的方向露齿一笑，他牙齿洁白，眼睛清澈，如同一个邻家大男孩般，分外阳光。

“可恨、可恶、可耻！”

妖龙道门、罗浮真谷的人都不禁大声咒骂。这个煞星居然还笑得这么灿烂。

“这个少年太敏锐了，神觉之强超乎我们想象，比古代的怪胎也不会弱。”一个教主说道。

在“仙古”内被他人通过仙道花瓣观看，只有顶尖的天才才会有所感知，因为仙道花瓣漾出的光虽然会触到他们，但极为微弱，很难感应。

这是在发起无声的挑衅吗？

突然，有人惊叫出声。只见远处的一块玉石碑发出了冲天的光芒，那是凛冽的剑气，如混沌光迸发，分明是出现在“仙古”内，却仿佛透过玉石碑传了出来。

“这个小胖子是何人？竟一剑就斩杀了地魔族的第一年轻高手！”

原本地魔族的教主是想看看自己族内的俊杰在里面表现如何，结果却看到了这样一幅画面，其他人自然也见到了，不由得发出惊呼。

在那条路上有一个胖乎乎的少年，看起来很憨厚，浑身却释放出了成百上千的剑气，震惊了全场。

“他又出手了！”

人们吃惊地发现，不只地魔族第一年轻高手，还有几个非常出名的杰出强者，也都在接下来的剑光中败下阵来。

“这小子太厉害了！那是……是上界第三杀阵！”有人脸色大变。

第三杀阵！众多古老道统的人眼睛都红了。这杀阵极负盛名，震古烁今，居然被那小子刻进了体内！

要知道，第一杀阵一直不显化，第二杀阵近乎失传，这第三杀阵威力强大，一旦布下，甚至可杀教主。

据传，这是混沌中的杀阵，诞生于开天辟地之前。

“他名为曹雨生，曾在元天秘境中出现过，跟荒走得很近。”有人开口，道出了他的名字。

“嗖！”

又是一道耀眼的光飞出，将与曹雨生厮杀的人都斩尽了，远处再无人敢出手。他独自前行，一路“平坦”。

“赶紧看一看荒在哪里！”

见到这个小胖子一副毫无威胁的样子，出手却这么狠辣，神威惊人，人们自然越发好奇曾跟他联手的荒现在怎样了。

这一次，不止一个教主欲出手刻写荒的名字，因为荒闹出的风波太大了。

“荒”！

最后，冥土之主这一真正的恐怖级别的人物在虚空中刻下了这个字。出手之际，他的周围有无尽白骨，弥漫着黑色雾霭，让人胆战心惊。

“咦，不对啊，是不是写错了？怎么还是他？”人们惊奇地道。

“荒”字刚现，花瓣上便映现了“仙古”内的场景，禁区外的玉石碑也同步呈现了画面。只见一个少年的身影浮现出来，他正面对众人，笑得跟一朵花似的。

显然，他又有所感，觉察到了自己正被窥视，竟主动看向虚空，如同在望着众人一般。

一些人脸色发黑。别的怪胎便是有感觉，也绝对只会忽略，这家伙太嚣张了。

“这不是罪血后代吗？怎么又出现了他的画面？”

“是啊。他曾出手对付火云洞、妖龙道门的人，据说还击灭了一位天神呢。”

有人揭几大古教的伤疤，让那几教之人脸色阴沉，心都在滴血。

“别告诉我，罪就是荒，荒就是罪！”有人说道。

短暂的寂静之后，此地顿时炸开了窝，议论声四起，所有人都意识到这就是事实——他有双重身份！

“天啊，荒就是罪，罪就是荒！难怪我觉得罪像是凭空冒出来的，他居然就是荒！”

真相一出，引发了轩然大波，各教修士都大吃了一惊，此地久久不能平静。

“这……”

妖龙道门、火云洞、罗浮真谷等教的人全都怒发冲冠，脸色铁青，他们竟直到现在才知道仇人真实身份。

“真是岂有此理！”有几个天神坐不住了，恨不得立刻扑进“仙古”，将他击杀。

尤其是那少年对着他们笑得太灿烂了，像是在嘲讽他们一般，让人恨得牙根都痒痒！

没错，那绝对是嘲讽，是故意的，他在挑衅群雄。

“气死我也！”有人怒吼道。

荒、罪血后代，这任何一个身份都足以撼动十州。这两个人做了太多出格的事，早已名动各教。

不承想，这居然是同一人！

天人族、冥族、仙殿、火云洞……许多大教之人无法平静。这个少年有双重身份，且每一重都十分有名。

很长一段时间，所有人都盯着那块玉石碑，想把他看个透彻。

直到很久以后，从另一块玉石碑前传来了一阵阵惊呼声，这才打破了这里怪异的气氛。

“一个强者，他……他拥有重瞳！”

“什么，在哪里？！”

众多强者蜂拥过去，盯着那块玉石碑，全都震惊了。那个年轻人太强了，眸子中射出两道光束，横扫诸敌。

那是一个英俊的年轻人，眸光璀璨，比太阳还耀眼。他根本就没有动手，只靠眼睛就击杀了所有对手。

围攻他的生灵有十几个，其中有几个还是各自所在的大州的最强者，被人认了出来。

“黄金巨人、三头地狱犬、火烈人、幽云族圣女……”

这几族的强者一出，众人都大为震惊。

“轰！”

只听一声巨响，重瞳劈开天地。那些人都陷入了一片虚空中，在里面化作了齑粉！

一群高手都被击杀了，这一幕震撼了所有人！

“太强了！他是谁？”

“若无意外，应该是天陨书院的重瞳者，据闻他来自下界！”

很快，重瞳者身份曝光，惊住了一群人，连各大教主都无法平静，因为重瞳者从古至今都负有盛名，号称“不败神话”！

“此人是由天陨州的老怪物倾尽所有亲自教导的，他的重瞳的确强得惊人，不过，听闻他也曾有过一败。”

“什么，败给过何人？”很多人惊奇万分，都想知道。

“下界一个名为石昊的少年。二人曾展开过惊世大对决，最终重瞳者落败，这也是他至今仅有的一败。”

这让很多人心绪不能平静。这么强大的重瞳者，绝对是世间最强的年轻至尊之一，注定会在“仙古”中大放异彩，他居然也曾有一败！

“石昊？那个少年……”这个名字勾起了部分人的回忆，这些人知道他曾在下界做过什么。

“昊儿，你如果还活着，一定已经名动天下了吧，也可以在这里大放光芒……”秦族中，石昊的母亲眼中带着泪光。

石子陵握紧了拳头，一言不发，盯着仙殿的方向。

“看一看我的后人。”不老天尊秦长生出手在花瓣上刻下了“秦昊”二字。

这两个字熠熠生辉，散发出灿烂的光芒，而后一个少年的身影浮现在了玉石碑之上。

“他的胸部……”

秦昊刚一出现，就激起了一片惊呼声，只见仙光弥漫在他的胸部，滋养他的全身，让他万法不侵！

在他周围，一个又一个强者被他扫飞，根本就不能近他的身。

“那不是兖州的最强者吗？被秦昊击杀了！”

“千羽族的神子被他胸部发出的一道光击中，也败了！他太强了！那是什么宝术？”

众人惊异不已。

很多神火境、真一境的高手都震惊了。

就连一些教主也露出了惊异之色，这少年太不简单了。

“他名为秦昊，为不老天尊的后人，号称‘双骨至尊’，如今的确成长起来了，不简单啊。”连一些巨头都这样赞叹不已，自然更让人吃惊了。

秦族的所有人都露出了笑容，秦昊的表现太令人惊艳了。

秦怡宁虽然眼中含泪，但此时也很欣慰，渐渐露出了一丝笑意。

“他怎会有两块至尊骨？”有人询问道。上界浩瀚，并不是所有人都知道此中详情，大部分人都不知道真相。

“应该与他的兄长有关，其中有一块骨是他兄长临死时赠予他的。”

此话一出，一群人愣住了，心中大为震撼。一门双尊？可惜啊，他的兄长死了，只得将骨送给了他。

便是知道内情的人，此时也露出了异样的神色，想起了昔日之事。

“这个石昊不简单，重瞳与他有关，没想到他的死还成就了一个这么厉害的弟弟。”不少人惊叹道。

“是天尊成就了秦昊！”不老山有部分人不爱听这种说法，纠正道。

“嗯，有没有人愿意刻下‘石昊’这个名字？”有人问道。

众人不解，那都已经是一个死人了，为何还要刻下他的名字？何况他根本就不曾来过上界。

“天人族或许知道怎么回事。”

天人族的人听到这样的话，不禁一惊，而后他们立刻明白了，定是族中得到的秘密泄露了出去，被外界一些人知道了。

就在这时，从一座青铜古殿中探出了一只大手，这只手缭绕着混沌气，在虚空中刻下了“石昊”二字。

是仙殿的人，他们出手了！

花瓣随即发光，玉石碑上同步映现出了一个少年的身影，依旧是那张灿烂的笑脸。

所有人都傻眼了，这是他第三次出现了，惊得所有人都目瞪口呆！

第555章 还我真尊

第三次！

这是他第三次出现了！

他就这样站在那里，对着群雄笑。所有人都表情僵硬，这真是见鬼了！

最可气的就是他那张笑脸，一次比一次灿烂，把星星和月亮都比下去了。

"见鬼了，怎么又是他啊？！"终于，有人尖声叫嚷道，连嗓音都不经意地提高了八度。这太邪门了。

一次又一次，这是在考验众人的心理承受能力吗？继双重身份后居然又发现了他的第三重身份，这实在太挑战人的承受能力了，一大群人都呆住了。

他的表情有种说不出的味道，跟花骨朵儿似的灿烂、阳光，真是……有点欠揍！

"不可能，绝不可能！"有人受不了这刺激，大叫了起来。

"他死在了下界，此事早已确定，如今他怎么可能又蹦跶出来了？其中绝对有问题，而且是大问题！"有了解内情、知道石昊是谁的强者大声喊道。

这事情太诡异了，一两次也就罢了，他居然三次冒头，如此折腾人的神经，让一群教主都哑口无言了。

尤其是那些与荒有关、与罪有仇的人，都觉得被羞辱了！

"绝对是故意的！他是故意硌硬人，才一次又一次以不同的身份跳出来，瞧他笑成那个样子就知道！真是从头到脚坏透了！"

"我不相信是他！一个被许多大族亲眼见证了死亡、被多方证实了死讯的人，怎么可能复活，而且还活蹦乱跳地来到了上界？这里面肯定有阴谋！"

有这种想法的人不少，就连一些天神都这样认为。他们接受不了眼前的事实，都觉得那个少年是冒牌货。

一时间，无数人拥到了这块玉石碑前，全都盯着那个少年大声议论了起来，因为这消息实在太不可思议了！

此地顿时人声鼎沸，像在被洪水冲击一般，轰隆隆作响。

石昊此时还在"仙古"内的青石台阶上，他神觉超凡，自然感知到了有人第三次刻下他的名字，正借助仙道花瓣观看他此时的动态。

因此，他非常配合，努力地抬头挺胸，对着虚空开心地笑着，笑容又纯又真，末了还眨了一下眼睛。

此外，他还挥了挥手，跟所有人打招呼，一副自来熟的样子。

外界的一群人差点吐血。这小子脸皮真厚啊，这是在故意气人吗?

“唉，终于进‘仙古’了，不用再被一帮不知廉耻的家伙惦记，可以做回自己了。等我出去要你们好看。”

石昊轻语道。外界不能听到他的声音，却可以看到他的嘴型。这是一群什么样的人?当中神灵居多，自然可以明白其意。

一群人当场脸色发黑，难以自制。

其中妖龙道门、火云洞、罗浮真谷等道统的人最窝火，刚才他们还觉得终于确定了仇人的身份，结果才过了没多久，又发现那依旧不是其最真实的身份。

直到这一刻，他们才最终明确那家伙是谁，这实在是极大的耻辱，让他们悲愤不已。一群真神眼睛冒火，恨不得吃了他。

就连一些天神也受不了了，看着他欢快的笑容，所有人都觉得像被抽了一巴掌，还抽得那么响亮。

“从此我要做回自己，还我真尊!”

石昊说罢，用力揉了揉脸，同时舒展身体，顿时他的四肢百骸噼啪作响，跟炒豆子似的，浑身一下子舒畅了。

他的样子变了，眼睛依旧清澈明亮，容貌却俊美了不少，清秀中带着出尘的气质，称得上丰神如玉、超凡脱俗。

如今，他已经长大，比之几年前的稚嫩样子，现在无疑成熟了许多，俊朗而又超然，有一种仙道气质。

“我发誓，从此做回自己，再也没有人可以为难我!”石昊郑重起誓。他要在“仙古”增强实力，壮大己身，主宰自己的路，让自己将来不用再掩饰真身。

“是他……真的是他!”

外界有人怪叫。他彻底认出了这就是当年那个少年，少年比以前高了一个头，看上去更加气质非凡了。

他整个人仿佛都被金辉笼罩了，修长的躯干，浓密的黑发，长长的睫毛，灵动的大眼，再加上如玉石般晶莹的皮肤，让他有种难以言喻的风采。

“怎么会是他?!”这一刻，冥族的人炸开了窝。

“一个死人，居然又出现了，是他破坏了我的大计!”从天国的战车中也传出了阴森而冷酷的声音，带着无尽的愤恨。

七神下界，居然被一个少年阻止，并且全部被击杀。而今这少年居然还活着，并且来到了上界。

“昊儿！”

一声撕心裂肺的喊声从秦族所在的方向传来。

秦怡宁早已被泪水模糊了双眼，她简直无法相信那道身影是真的。

这些年来，她常常想起下界那个孩儿，以为他不会再出现，以为自己再也见不到他了，多少次她从梦中惊醒，枕头都被泪水打湿了。

可是今日，在这里，在“仙古”内，那个活泼灵动的少年，竟然对她露出了灿烂的笑容，那笑脸是那样生动。他……还活着！

周围的人纷纷注目，看向这里。这是石昊的母亲？一个年轻至尊的生母！

秦族的人都呆住了，谁都没有想到会见到这样的一幕，那少年看起来如此健康，甚至可以说比真龙都结实！

他做了太多的“大事”，哪一件不是惊动八方、捅破了天？结果他如今依旧安然无恙。

“老天终于长眼了，将我的孩儿还了回来。”秦怡宁又哭又笑，情难自已，双眸紧紧盯着玉石碑，看着那少年。

石子陵呼吸急促，血液沸腾，握紧了拳头。自己的长子还在世间，让他觉得整片天空都有了光彩。

“好，昊儿，你比我们强大太多了，依靠自己活了过来，而且来到了上界！”石子陵低吼，虎目中有泪水滚落下来。

这一刻，夫妻两人惊喜的同时，也有着无尽的愧疚。他们觉得自己没有保护好石昊，让他自幼吃苦，受尽了磨难。

最后，他们甚至只能眼睁睁地看着他死去，束手无策。

最让他们揪心、自责的是，石昊在死前竟然自斩至尊骨，将它交给了唯一的弟弟。

那一日，他们失魂落魄，在他们眼中连天空都灰暗了。原本他们还在想是否可以用秦昊体内的仙骨救石昊，可是一再的犹豫让他们错过了时机，最终反倒成了长子斩骨送给次子。

每一次忆起这件事，他们都想大哭，为石昊而哭。因为他太可怜，自幼便不曾被照顾好，还受了那样的委屈，经历了无尽的磨难，最后还要一个人孤独地躺在下界冰冷的坟墓中，他们都不曾陪伴过他。

“好一个石昊，好一个名动下界的小石！大家都以为你死了，你却自己摸索了上来。”有了解内情的人说道。

“怎么会是他？他是如何活过来的?！”魔葵园之主声音冰冷，带着杀意，还向秦族这边扫了一眼。

不老天尊神色平静，没有理会。

“轰！”

只听一声巨响，冥族那里出现了一座白骨山，山上黑雾缭绕，上面立着一个高大的身影，正是冥主。他脸色苍白，缺少血色，目光慑人。此时他发出了一声长啸，顿时冥气滔天，死亡气息弥散开来。

昔日，冥族、兽海、仙殿、天国、魔葵园等十几个大势力费尽心机，付出了极大的代价才送下去一批人。

结果只有七神活了下来，没想到七神后来全部被一个少年击杀了，那个少年破坏了他们的大计。

要知道，当年冥族为此事可是付出了一具至尊级虚空兽骨的代价，那是无上瑰宝啊。

此外，天国也付出了一个虚空熔炉的代价，这熔炉当中可是掺杂了虚空仙金的。

“区区一只蚂蚁，也胆敢干扰我行事，如今还爬到上界来了。等你出来，定要拿你来祭魔剑！”红色战车内，天国之主冷森森地开口道。

所有人都是一惊，这可是上界的恐怖头子，多少年不曾出手了，居然要为了一个少年亲自出马！

“杀了我仙殿的仆人，这一页不能就这么揭过去。”仙殿也有人开口道。

……

这是一场风暴，众人确定了这就是石昊——那个来自下界的少年。

这消息掀起了滔天波澜，罪、荒、石昊，每一个都干了许多惊人的大事，这三个身份，任何一个都是传奇。

如今这三人的身份彻底曝光，竟然是同一人，这让众大教一片哗然，都觉得不可思议。

“仙古”内的石阶上，石昊仰着头，看着虚空，道：“我猜，很多人在看我吧。”

他说对了，不过他绝对想不到有多少人。整个上界能来的修士此时几乎都在盯着他，“万众瞩目”远不足以形容他此刻的状况。

“我想，一些老家伙肯定在放狠话说要对付我，都快气疯了吧？不过又有什么用呢？天国那老乌龟最凶狠，是不是在想着刺杀我？没关系，等我出去，我会主动找上门去见你，为鬼爷报仇。另外，你好像有弟子徒孙进来吧？你们不是号称‘杀道神人’、刺杀手段无双吗？回头我就把他们全部拍死，叫你们再鬼鬼祟祟，没半点本事，只会暗中下毒手。”

众人虽听不到，却看到了他嘴唇的动作，知道他在说什么，一时全都呆住了，一些人甚至差点大笑起来，他居然敢调侃、讽刺天国之主。

当然，也有人气得几欲吐血，比如那些杀道神人，他们全都眯起了眼睛，眸中寒光闪烁，把指节都捏青了。

“想对付我的人不少吧？冥族那些家伙肯定也不是好东西，半人半鬼，到时候也跟你们算算账。”

这番话语一出，许多人惊得差点咬到自己的舌头，也有一些人直瞪眼，更有不少人忍俊不禁，他怎么什么都敢说？

“我可不是在说笑。”石昊咕哝着，而后又道，“仙殿太虚伪，当年围攻我至尊一脉。如今我要在这‘仙古’将你们的传人揍成八瓣！对了，这仙殿传人每次出行都很嘚瑟，还有老奴跟随，排场那么大，该不会是在仙殿中沉睡的那个老家伙的私生子吧？”

众人哑口无言。这小子嘴巴好毒啊，这是赤裸裸的诽谤啊。

与此同时，有人感应到那悬在虚空中的古老铜殿轻微一颤，显然里面的人被气得不轻！

“天人族来了吧？忘恩负义的一群鼠辈，你们明明早就知道我的身份了，却一直没说出来，想独吞我的鲲鹏宝术等秘法，真不是东西。”石昊说道。

此言一出，天人族所有人的脸色都变了。这小子太狠了，其用意很明显，这是在说给其他各教听，揭露天人族的自私嘴脸。

“我们此前并不知情，他在胡说八道！”天人族有人急忙否定道。

“我想以他们的性格，肯定会极力否认，他们向来这样表里不一、忘恩负义。”石昊说道。

听到这话，天人族的人心中大恨，这话堵死了他们的路啊，他们还能说什么？

其他道统的人都看向他们，个个神色异样。

“妖龙道门、火云洞、罗浮真谷等，你们这些道统，号称与世长存，看守着罪州，真是无耻、无德、无人性！我们的祖先在镇守边荒，你们却污蔑他的后人，把他的后人当作囚徒。”

此话一出，上界各教都震动了。

“我记得，你们威胁我，说你们的族群有初代，有古代怪胎。我可是期待着呢，一定要在‘仙古’里把他们统统干掉！”

外界，火云洞、妖龙道门的人简直要气疯了。

不仅是他们，但凡被点到名字的道统，其族人全都脸色发黑，心中憋着一股怒火。

“对了，我还有一重身份哟。当年还在下界时，我就从虚神界到了灵界，追逐一群人数百里，那个名为昊天的人也是我。”

石昊主动说出了这个无足轻重的第四重身份，而后又露出了灿烂的笑容。

这笑容对于在场的许多道统来说，简直是赤裸裸的嘲讽，是一种羞辱。

“你，必死在‘仙古’！”有人诅咒道。

“我猜，相关的人都在咬牙切齿吧。”石昊依旧看着虚空，平静地说道，“连老天都收不了我，让我从坟墓中爬出来好好地活着，你们又能奈我何？好好为自己的弟子门徒祈祷吧！”

说到这里，石昊霍地抬头，整个人的气势一下子大增，如同一个魔王！

“那些人最好不要惹我，不然一个都跑不了。”石昊张狂地说道，接着哈哈大笑。

一些大教的人在震怒的同时心中一凛，他们想到了很多。

这个少年原本拥有两块至尊骨，结果幼时失去一块，长大后又自己斩去一块，临死时送给了自己的弟弟。

按理来说，他必死无疑，却每次都活了过来，不仅法力未废，而且还更强了。

他靠自己一个人来到了上界，化身为荒、罪，闯出了赫赫威名，但他至今都不曾动用最强宝术与神通，他到底有多强大？

所有人心中都一阵发毛。这个少年了不得，没有至尊骨也同样有无敌之姿，“仙古”多半会因他而乱！

“我终于不用再抑制实力，可以放手一搏了，所有宝术都可以施展了！”石昊兴奋地道。与此同时，一对巨大的鲲鹏翅从他的背后出现，若垂天之云，伴着滔滔神光。

鲲鹏翅散发的气息太浓烈了，惊动了他身后的很多生灵，其中也有人暗中出手。

然而，他轻轻一振双翅，只听身后传来“轰”的一声，那些出手的生灵全部殒命了！

外界众人看得大惊，如果他放手一搏，将会比荒、罪更恐怖，真不知道还会掀起怎样的大风浪！

第556章 斑斓古界

“仙古”内，在弥漫着混沌气的青石台阶上，石昊背对着一群生灵，魔王姿态尽显无遗。

“走！”

一群生灵再也不敢招惹他，都急忙离去，逃向石阶路尽头的斑斓世界。

那个背对着他们、拥有一对垂天之翼的少年，此刻正散发着滔天的威势，让附近的每一个生灵都战战兢兢。

仅仅是双翅轻轻一振，就能让一群强大的尊者殒命，他究竟有多强大？

“有人进入了‘仙古’古地中！”

外界的一些真神惊呼道。他们紧紧地盯着几块平滑如镜的玉石碑，上面正映现着“仙古”内的景象。

一块玉石碑映现一个生灵附近的地方，先后有几块玉石碑出现异常，上面色彩斑斓，圣光滔天，让天神都露出了惊讶之色。

这一刻，他们的注意力终于从石昊身上稍微转移开了，转向了那些古代怪胎。

“嗖！”

有人走完了石阶路，迈入了另一片天地中。那一步，像神箭离弦，带着大道气息，伴着灿烂神光，扭曲了虚空。

几乎是同时，另外一些人也走完了各自的石阶路！

三千石阶路齐颤，宛如一场大地震，伴着迷蒙的雾气，洒落下绚丽的光雨，同时还伴有大道的轰鸣声。

“才第九天而已，就有人进入了‘仙古’，比历代的最快纪录还快了一天！”

“那些人变强了，更胜往昔，所以能提前一天！”一个教主叹道。

因为这些人走完了石阶路，所以所有古路都变了，其他人承受的压力都减小了，行动迅疾了不少。

外界，悬在空中的青铜殿微微摇动，兽骨珠帘被掀开，里面的人看向三千大道花瓣，盯着映现其上的“仙古”内的景象。

一辆紫金战车也悬在空中，仿佛自开天辟地起就停在这里。这是当世皇族的座驾，此时两道紫色眸光从车中射出，撕裂虚空，投在了仙道花瓣上。

大人物们都行动了！

一些玉石碑上映现了绚烂的景象，虚幻得如同一场梦境。

“那就是‘仙古’内的景象吗？”很多神火境、真一境的修士都是第一次见到这般景象，不由得呼吸急促，紧张地注视着。

只见“仙古”内很神奇，也很诡异，一个又一个色彩斑驳的“气泡”被混沌气包裹着，一会儿绚丽，一会儿暗淡，隐约透出恐怖的气息，像蕴含着不朽的力量。

“气泡”很多，宛若一个又一个小千世界，斑驳中蕴含着岁月的气息，仿佛隐藏着从古到今的秘密。

许多地域被无尽的梦幻“气泡”笼罩着，划分成不同的领地，一个“气泡”代表一片地域。每一片地域看起来很小，其实都大到无边，有些地方神圣祥和，有些古土则充满了莫大的凶险。

而这些“气泡”彼此间也会交融，也就意味着各地域可以连接在一起。

“轰！”

突然传来一声巨响，原来是有人正手持一杆大戟跟一人接连碰撞，有人认出出手之人正是仙殿传人。

“好激烈！”

所有人都震惊了，这一战爆发的光辉足以令神火境、真一境的修士大惊失色。

仙殿传人的对手是一个红发青年，他非常妖邪，透着一股霸气，嘴角带着冷酷的笑，神勇无比。

“终于找到你了。大焚天功已被我练到前无古人的境地，我要先斩当世至强尊者，再去灭古代怪物。现在就从你开始！”

说罢，红发青年撑起一片黑色的火光，如同撑起一方世界，举手投足间，火光震得虚空模糊，似乎可以焚毁九重天！

外界观战的所有人都脸色大变。

这个人居然要猎杀仙殿传人，这是何等的张狂与霸气！

不过，听到他说出“大焚天功”时，人们都一叹，知道了他是怎样的怪物。要知道，大焚天功可是能与六道轮回天功相媲美的天功。

这一脉的弟子，数万年都不见得会出世一次，但只要出来，就必然可怕得让人绝望。

“砰！”

他们的最后一击法力澎湃，撕裂了古地，紧接着，虚空大裂缝出现，隔开了两人。

“好强！”众人大为震惊，心中暗道，这多半是当世最强大的尊者了。

对于仙殿传人的强大，人们并不意外，他融合了主次身后，在当世的尊者中已难觅敌手，注定可以光耀古今。

而这大焚天功传人的实力之强也让人心颤。

许多人都想起来了，这家伙出世没多少天，就已经斩杀了数州的至强尊者，杀气极重。

“轰！”

在另一个方向，长弓衍、孤剑云等几位古代无上人杰也交手了，他们之间的虚空被斩裂，扭曲成片，震动了外界。

他们在争夺古地!

其他那些冲出去的身影也一样，每一个人都在仔细感应，寻觅自己的目标，彼此之间不时会发生碰撞。

最后，他们快速分开，各自选择了不同的路径，如闪电一般冲进了一些色彩斑驳的古地。

“尽管每次开启的‘仙古’都会有不同之处，但是有些古地是不变的，他们去夺自己的机缘了。”

一些天神叹道，语气中有羡慕，更有惆怅。那里面必定有大造化，可惜已与他们无关。

古代的怪胎都不是第一次参加天才大战，也不是第一次进入“仙古”寻造化，因此他们对此地很了解，都已有明确的目标。

“他们要去突破了，也许有人会在凰血池中涅槃。”

“这是他们最后一次进这片古地了，如果有人找到了混沌中的真龙蛋，我也可以接受。”

就连上界那些强大的教主也都眼神火热，充满了希冀与期待，直叹自己不能进去。

很明显，古代强大的怪胎们都前往各自心中早已定下的古地了，要去突破境界，点燃神火，而后获取更大的造化。

之前在石阶路上就有人突破境界了，但不是至强的初代，也不是自古代雪藏至今的人，只是一般的尊者。顶尖的人自然会选择最为神圣之地进行完美蜕变。

神火境意义重大，有些人要借“仙古”圣地完成这终极一跃，比如麒麟古洞、疑似曾有十凶坐关的悟道山等。

第一次进入“仙古”的人肯定不知道这些地方，唯有六冠王宁川、剑谷的孤剑云等实力恐怖的人知晓一些。

即使外界有人通过传闻知道了这些地方，也绝对不可能知道这些地方的具体位置。

除非是像仙殿这样的道统，他们门中曾有前贤前去历练，找到了一些神奇宝地，可以将之明确地告诉传人。

只一瞬间，第一批人便消失得无影无踪，都前往各自的坐关地了。

这批人中只要有一两个消失，其他人就必须也赶紧离去，不然若有人先一步完美晋升到神火境再回来猎杀其他人，那麻烦就大了。

因此即便有些人是生死之敌，此时也只能先放开对手，赶紧去突破境界。

后方还有一些人站在一个又一个“气泡”前，迷惑地看着混沌光，听着若有若无的大道古音，不知该进哪片地域。

“一个一个去试，总能发现神圣重地，反正有的是时间。”有人行动了。

“‘仙古’浩瀚无边，据闻从没有人探到过尽头，里面肯定有无数的宝地，就连那些古代怪胎也不过探索了一角之地，不用羡慕他们有目标，自己慢慢探索就是了。”有人信心满满地说。

当然，一般来说，他们会避开刚才有人进去的地方，以免遇到古代的怪胎。

石阶路上陆续有人出来，而后没入不同的“气泡”中，进入完全不一样的地界。

从古至今，只要有人闯出石阶路，三千古道上的压力便会骤减，后方的人就可以得到解脱、成功闯出。

故而此时，成片的人出现在了路的尽头。

要不了多少天，所有人都会出去，踏进那个斑斓的世界。

此时，无人区外，众人看到石昊居然也在这一日走完了古道，都惊呆了。不管他们是否与他有仇，都不得不感叹，这少年了不得！

因为此前他一直在击穿透明的界壁横向而行，走过了很多条路。

在此过程中，他虽然有时也会向上走一段，但毕竟平白比别人多走了很多路，理应是最后一个出来才对。

可他却还是比绝大多数人都先出现。

“这就是‘仙古’深处吗？”石昊看着前方被一个又一个“气泡”包裹着的模糊的地域，疑惑地道。

“哧！”

一名初代选了一个稍大的“气泡”闯了进去。在他撕裂“气泡”的刹那，后方的人也清楚地看到了一角，里面大地浩瀚，森林茂密，地平线上有一座漆黑的巨城，那里住着很多生灵！

“嗯？还有城池和神秘种群?！”石昊皱眉道。

“嗷……”不远处，一头龙夔浑身银光跳动，如熊熊燃烧的火焰，它咆哮一声，也冲进了一个“气泡”中。

众人急忙窥视，只见里面是一片沙漠，在那沙漠的尽头有氤氲的水汽蒸腾而上，似乎是一泓让所有教主都眼红的生命之泉！

不少人震惊万分，也跟着冲了进去。

也有人表现得很沉稳，站在外面若有所思。

“沙漠中最常见的就是蜃景，进去也不见得能有所收获。”

石昊回头看了一眼身后的三千条石阶路，这些路对他来说意义不一般，他若想神火圆满，就应借鉴这些道。

是以他初时并未急着赶路，没有成为第一批走出石阶路的人。

“气泡”很多，宛若小千世界，彼此交融，可以贯穿，里面有着不同的大机缘，让人难以选择。

突然，虚空裂开，数十个“气泡”摇动破裂，映现出很多个小千世界，有人从里面闯了出来。

“这是什么人？之前他接连击穿界壁，出现在了不同的古地中，现在他又冲回来了？”

只见此人身上圣光璀璨，如有羽毛飘落。他手持一杆大戟，姿态神勇，冲击间带起的气浪将很多尊者都掀飞了，令他们大口咯血。

这人正是仙殿传人。他身穿仙羽战甲，手持一杆宝戟，不知为何又回来了！

“嗯？”他一眼就看到了石昊，瞳孔立刻化成了两枚银色符文，瞬间扑杀了过去。

“是你！来得正好！”石昊更干脆，拎出虚空战戟，一声大吼之后，便手持战戟向前猛劈过去！

第557章 **不同的路**

“当！”

两杆大戟撞在一起，火星四溅，把虚空震得裂开了。两人都是天生神力，顿时让这个地方的神力喷涌而出！

所有人都以符文护住了耳朵，疾速后退。这种场面太恐怖了，这两人还是尊者吗？简直强得让神祇都不禁心惊肉跳。

尤其是这两杆大戟，都不是凡物，它们撕开的虚空大裂缝足以让神灵纷纷避退，不敢触及。

那可是虚空大裂斩！

谁都没有想到他们会对上，并且战况还这么激烈。

“杀！”

仙殿传人长啸一声，身上的仙羽战甲发出炽烈而璀璨的光芒。他手持大戟，杀气沸腾，再次斩来。

仇人见面，分外眼红。

“太猛了，这是无敌的气概啊！”方才退后的尊者见到这一幕后全都胆寒不已，连神魂都在悸动。仙殿传人将主次身融合后，果真强得惊天耀世。

石昊也发出了一声长啸，紧接着他手持虚空战戟向前横扫，浑身血气翻滚，腾起了滔天的光芒。

他毫无保留地向前杀去，雪亮的戟刃照亮了苍穹，此时他就如古代的最强战神，所向无敌！

“轰！”

这一次，两杆大戟再次斩在一起，撕裂了虚空，一时间符文绽放，光芒万丈。众人只见两个人如同人形真龙一般在对峙、撞击。

“仙殿传人已经融合了主次身，居然还拿不下他。”有尊者震惊地道。

举世皆知，仙殿传人真尊出世，实力远超以往，足以比肩古代怪胎，是顶尖的强者！

可如今他取出了兵器与敌人激战，杀红了眼睛都没能击败对方，这让人十分意外。

“没有什么好意外的，因为那是荒！”有人低语道。

即便石昊的容貌已经大变，可他手中的战戟太醒目了，那原本是仙殿的宝具，价值连城，后来为荒所得，此事众人皆知。

这也正是仙殿传人此刻杀气腾腾的原因所在。那是他次身的兵器，如今却落入敌人之手，这实在是一种耻辱。

“我可镇压一切敌人。你纳命来吧！”仙殿传人大喝道。他的身边有无数羽毛飞舞，都是光雨所化，显得圣洁而又强大。

与此同时，他的瞳孔化成了银色符文，所见到的景物全都变慢了。他在寻找石昊的弱点，准备提着大戟再次杀过去。

石昊知道，这个人多半初步开了武道天眼，那双眼睛可以看透一切虚妄，其瞳孔中炽盛的银色符文说明了一切。

因此即便他已经不是荒的容貌了，对方也在第一时间洞悉了他的本源气息。

不得不说，仙殿传人的实力已到了巅峰，震古烁今，在尊者境有横扫九天十地无对手之姿！

可惜，他遇上了石昊，这个少年将让他辉煌的未来充满变数！

已达到尊者大圆满、渡过了雷劫的石昊此刻爆发出的气息足以压制同阶诸雄，他勇冠天下，让远方的尊者们都战战兢兢。

“咚！”

两人同时爆发出了第三击！

霎时间此地杀气弥漫，如汪洋般浩瀚，符文密集，爆发出灿烂的光芒。

所有人都被符文挡住了视线，看不到那里发生了什么，直到最后他们分开，众人才骇然发现虚空竟被点燃了！

许多人被那股气息惊得几乎瘫软在地。

同一时间，无人区外的众人也惊呆了。这才入“仙古”，两个注定要决一死战的宿敌难道会就这样在此分出胜负吗？

“不太对劲，仙殿传人怎么跑出来了？这个时候他应该在努力晋升神火境才对，不然若有和他同一级别的人成功蜕变后回头猎杀各大怪胎，他会很危险。”

人们蹙眉，表示不解。

六冠王宁川、剑谷传人孤剑云、长弓衍等人绝对不会耽搁时间，他们定会选一处神圣宝地，尽快实现完美蜕变。

仙殿传人不该犯这样的错误才对。

“好强的仙殿传人，真是神勇盖世，在尊者境当真是走到了古来修士们所能预测到的顶点！”

一个教主发出了如此感叹。并非他夸大其词，事实的确如此。

其他人也很赞同他的说法，仙殿传人两身融合后确实提升到了巅峰，战力也像火山爆发般迅猛提升，应该已经无敌于此境了。

“荒也很可怕，他已经走到了尊者这条路的尽头，难道他还想再进一步，接续断路，超越所有古人吗？”

“敢不逃吗？我定要杀你！”石昊浑身发光，一开口惊呆了所有人。

达到尊者极境后便没有路了，看石昊的样子，难道还想再造出一片天地不成？他那种自信、无敌的风采，让所有人都心头一颤。

他背后的鲲鹏翅弥漫着混沌气，猛力一扇，顷刻间，罡风浩荡，阴阳二气流转，石昊也随之战力飙升，向仙殿传人俯冲过去！

众人知道，这一击定会恐怖无比，让天地颤抖。

然而，让所有人都愕然的是，自负无敌、俯视天下的仙殿传人居然闪避了过去，没有迎击。

“怎么回事？”

不仅附近的尊者愣住了，就连无人区外的各方强者也都一怔，他这是怕了吗？

片刻后，人们明白了。

在仙殿传人的后方，虚空裂开，探出了一个巨大的龙头，张口就向石昊咬去，要将他一口吞下去。

与此同时，仙殿传人转身就走，再次击穿斑斓古地的界壁，跃进了一个“气泡”内，头也不回地遁走了。

石昊也反应迅速，以战戟切开虚空后纵身跃入，也从原地消失了。紧接着，那巨大的龙口闭合，将原来的空间都咬得扭曲了。

这是一条已达天神境的蛟龙。

它“轰”的一声冲了出来，在虚空中高高跃起。一个如此危险的生灵突然出现，惊呆了附近所有修士！

所有人都明白了仙殿传人为何要回来，因为他的背后有天神在追杀，而刚才他明显是想拉石昊垫背，让石昊代他受死。

蛟龙的身躯粗如山岭，此时它再次张口，瞬间，数十名尊者都被一股力量吸了过去，想逃走都不能，被它生生吞进了嘴里。

“哗啦啦！”

铁链摇动，传来刺耳的金属撞击声，众人这才看到这条蛟龙的身上居然缚有铁链。铁链锁着它，不知连向何处，让它无法冲到更远的地方。

其他一大批尊者见状都亡命逃遁，迅速离开了这里，没有被它吞食掉。

那铁链发着光，密布其上的符文散发出强大的力量，镇压着蛟龙，并向后拉扯着它。最终，蛟龙长啸一声，带着不甘，被拉回了“气泡”内。

恍惚间，人们见到了一处古地，那里似乎有神秘的龙穴。

这条蛟龙就被锁在龙穴旁边的一根石桩上。

“那是一处宝地！”众多尊者心中一震，明白了事情的始末。想来是仙殿传人知道一处神圣宝地，便寻了过去，想在那里点燃神火，不承想惊动了一尊天神。

外界的各大教主也心中一惊。那是怎样一个地方？堂堂天神居然被锁在了石桩上，看守着洞口。

石昊眯起了眼睛，没有去寻找那处宝地，因为那“气泡”内的世界必定广袤无边，不清楚具体位置盲目探寻的话，定会耗费很长的时间。

此外，那里还有天神镇守，绝不可轻易涉足。

既然仙殿传人都只能另寻一地涅槃，看来即便成了神火境高手，在很长一段时间内也是无法接近那处宝地的。

随着他们的离去，此地平静了下来。越来越多的尊者上路了，他们都进入了不同的区域，前往不同的小千世界。

当然，所有地域之间都是相连的，并非彼此隔绝，要跨域而行只需击穿界壁。

石昊默默思忖着。当下最要紧的无疑是成为神火境高手，因为无论是初代，还是古代的怪胎，现在都在全力晋升。

他相信，日后多半会有人倚仗高境界击杀宿敌！

时间紧迫，因此强大如那些顶级的奇才也不敢耽搁时间。

石昊的面前有很多“气泡”，一个个都散发着朦胧的光彩，内部还有着诸多神秘的机缘。但最终，他没有选择任何一个“气泡”进入，而是隐去身形，无声无息地避过所有人，回到了一条偏僻的石阶路上。

因为他的道与众不同，他需要留下。

对于修士来说，神火境是神灵的根基，其影响之深远超越了其他所有境界，关乎一个修士未来能走多远、能有多少成就。

石昊不想走前人的路，他想踏出一方不同的天地，尽管这很难，尽管古代这样做的人大多都没有好下场，他还是想要试一试。

“没有通过寻常道路点燃神火的人中，有一些虽然蜕变得不彻底，但终究也有了一定的成就。”

石昊看了很多骨书，都是齐道临送给他的，上面记载着古代惊天耀世的一批人的经验与智慧，让他得到了无穷的启发。

“以天地为炉，以万道为火，焚肉身，烧元神，筑真我。”未来的道路在石昊心中渐渐清晰。

他站在了一条无人的石阶路上。

仙道之花已开放了三千次，每一片花瓣都承载着一种道，与这里的三千条石阶路相对应，这正是石昊所需要的。

他想以万道为火，焚烧肉身与元神，筑下未来的根基，完成蜕变。对他而言，这里也许是最好的选择。

外界的各教修士透过玉石碑都清楚地看到他回去了，众人心中都是一惊，又有些不解。他这是要干吗？

别人都在抓紧时间选择神圣宝地突破，他为何要回到原点？这里虽然有各种大道的朦胧的真义，但都难以捕捉，更别说参悟了。

何况，这里有这么多古道，他在短时间内怎么可能一一悟透呢？他这样做不是注定会失败吗？

一旦他在境界上落后了，再被人发现在此，就极有可能会被斩杀！

数日后，最后的一些尊者也成功走完漫长古道，前往各处古地了，三千条石阶路上只剩石昊一个人了。

整片天地都寂静了下来，唯有石昊留在了石阶路上。

时间流逝，一晃就过去了一个月，斑斓世界内有不少尊者晋阶成功，已经出现了一些神火境高手。

可是，最强大的一批人还没有动静。

两个月过去了，个别初代出关，完成蜕变，晋升为神祇！

三个月过去了，最强大的初代有了动静，一些古代怪胎也不再沉寂。

“那是……天啊，一团宝血！它怎么会如此晶莹灿烂，比玉髓还鲜红美丽？！”无人区外有人惊呼道。

连一些天神都被震动了，目不转睛地盯着玉石碑，只见上面映现了一位古代的怪胎。

“仙血！竟然是仙的血液！”待看清那是何物后，连教主都无法平静了，众人大吃一惊，目光大盛，紧盯着那个人。

只见他手中有一块拳头大的晶体，里面封印了满满的红艳艳的液体，灿烂夺目，让人迷醉。

“他选择了仙血，想以此为火，栽下仙种，走不同的路。此人注定会震古烁今！”有上界巨头惊叹道。

一滴仙血都举世难求，那个人却有如此之多！

这一幕吸引了所有人的目光，可惜下一刻，他们就什么都见不到了，因为仙血弥散，化成赤光，笼罩了那里，遮蔽了一切。

数日后，另一块玉石碑上出现的景象再次引起一片哗然，震惊了所有强者。

“那是一株小树？”众人惊讶地发现有人竟在以一株小树点燃己身。

这景象把当世皇族都惊动了，只见两道紫色眸光从伴着混沌气的紫金辇车中射向了那幕奇景。

“这是谁？”

“十冠王！”有人答道。

只见那个人在一片秘境内，将一株巴掌高的小树栽进了体内，随后便有朦胧的光从他体内溢出，将他包裹，让外界众人再无法得见。

众人心惊不已，议论纷纷，但没有人能认出那株小树是何来历。

……

在随后的几天里，接连数人都使出了不同的旷世奇珍，都是万古少有的珍宝，让外界众神羡慕万分。

“这是最后一世，日后便再也进不去‘仙古’了。难怪那些怪胎在古代时都毫不留恋，自斩己身，原来最好的东西他们都留着，要在这一世点燃己身！”

“那已经不是一般意义上的神火境蜕变了，‘点燃’二字已不足以道尽其真义。那些人都是独一无二、与众不同的！”

人们相信，“仙古”内必定会碰撞出史上最灿烂的火花，因为这些人都太不凡了！

第558章 纷纷成神

时间过得很快，一晃第四个月过去了。

“仙古”的三千条石阶路上寂静无声，只有石昊一个人盘坐在此，默默感悟。

在一地参悟完毕后，便走向另一地继续参悟，四个月以来，他就是这样周而复始，参悟古之大道。

转眼间，又是半个月过去了，他依旧在石阶上一个人悟道，全身心地投入其中，但已不再盘坐，而是无声无息地行走。

阶梯发光，许多青石上闪动着朦胧的符文。身处其中，石昊忘记了其他，没日没夜地不断行走。

外界看到这一幕的人都露出了惊异之色。

他想做什么，想将三千条石阶路上的道都参悟透彻吗？这显然不可能啊，因为时间太短、太仓促。别说只有这么短的时间，就是将一生都耗在这里也不可能！

“我看他是走火入魔了，一副痴痴呆呆、昏昏沉沉的样子。你们看他连眼神都没有了光彩，再这样漫无目的地走下去，他的生命都会终结。”

妖龙道门一个真一境的高手开口，冷厉的话语中带着讽刺。因为他的心中充满了仇恨，石昊杀了他们太多的人，更有一位天神因他而折损。

“到现在都没有见过他使出什么特别的古火，他又怎么可能点燃己身，筑下神道根基？我看他是还没有看清自己的路，所以才如行尸走肉般在这里转个不停，明显快入魔了。如果他就这样殒命于此，那可就真成了一个笑话！”

火云洞的人看着石昊只是在石阶路上不断行走，却始终没什么进展，别说仙种和名动三千州的古火了，就连一般的灵火都没见他取出，不禁幸灾乐祸地冷笑道。

“别人都在冲关，而且很多人已经有了惊人的进展，即将实现完美的一跃，而他却还在原地痴痴傻傻地走来走去，不知前路何在，这是在等着被猎杀吗？”

外界有很多人，其中对石昊有敌意的也不少，比如天人族与看守罪州的几个古老道统的人，就都恨透了他。

此外，不说其他，单是在下界时他斩杀七神、破坏了那些大教的布置一事，就让他跟很多大教结下了仇怨！

天国、冥族、兽海等大教，哪一个不是规模庞大、势力惊天？其中的任何一个都足以让人心颤。

第五个月过去了，石昊终于横渡了所有路，他身后的青石台阶依旧朦胧，偶尔会绽放细微的光芒。

而此时在一个个“气泡”中，无尽的斑斓世界内，一道又一道火光冲上云霄，震散了云朵！

那是有人正在晋升为神。时至今日，有六七成的人成功了。这也就意味着，有三百万以上的尊者成了神祇！

这个数字无疑无比惊人。毕竟这些人可都是天才，一旦发威，必将强大至极！

就连一些极强的初代、古代的怪胎，也都有了惊人的进展，并不时导致古来罕有的异象出现，引发轰动。

“有人融合了一团仙血，有人栽种了一株小树，都很惊人，可惜他们都隔绝了气息，现在看不到了。”

那些人都很特别，有着超强的感悟力和与众不同的神圣物质，因此在融合时，会产生诡异的变化。

此时，三千片花瓣竟无法再映现他们的身影，有人猜测，这可能算是一种另类的护道方式。

“快看，那是什么？他融合了什么东西？”

一个真神不顾身份，如同一个不稳重的年轻人般，大惊失色道。

其他人闻言，都回头向那人所指的玉石碑望去，也不禁吃了一惊。

那上面映现的是一位古代怪胎，但眼下他取出的不是什么宝火，而是一团黑色的液体，在融合时，这团液体竟浇灭了他体内的火焰。

“他在干什么？这是要灭掉成神之火吗？”所有人都十分不解，露出了惊讶之色。

就连一些教主看到那团液体也都困惑了，他们也认不出那是什么，只觉得它很不一般，内蕴诸多法则。

“这可能是开天辟地时产生的东西。天地初开，划分阴阳……这难道是最原始的阴气化成的源液？！”补天教教主思忖片刻后，猛然惊呼道。

众人闻言，不由得心头狂跳，大家都盯着那里，目光灼灼。

此物举世难寻，早已不可求，他居然连这都能找到，还用它来成神。

不过，这阴气源液真的适合用来点燃己身吗？毕竟那是液体，多半会浇灭神火，让人难以蜕变！

事实上，人们已经看到那人体内的火焰越来越暗淡，像是快要熄灭了。

“此人了不得，欲通过另类的途径成神，而不是直接点燃己身。这也是一种道，一旦成功，必将震动古今。”一个坐在一辆银色战车中的女子开口说道，她是当世帝族的人。

很快，人们看到那个人被一团黑光淹没了，整个躯体都不见了，人们也难以再观察到什么了。

“看看六冠王宁川怎样了。”有人提议道。

接着，一块玉石碑上便出现了他的身影。他依旧一身白衣，纤尘不染，如同出世的真仙。他的银色长发披散在肩头，无比光亮，而他的面孔则极其英俊，比许多女子还要美丽。

此时他没有动，身边有一个封印着的石盒，里面不时透出莫名的波动，隔着“仙古”，仿佛都能感觉到。

众人心中大惊，那是什么？宁川要以什么种道，来成就自己最强的一次蜕变？蜕变后他的实力又会达到何等高度？

“都几个月过去了，宁川怎么还没有动作？他在等什么？”人们疑惑不解，同时对那被封印在石盒中的东西分外好奇。

“那东西绝对惊人，很有可能不亚于十冠王的小树。”一个教主开口道。

“这可不是聪明的办法。虽然我们都相信，他一旦成就神位，必定可以傲视群雄，但是像现在这样落后一步很危险，等其他人出关了，可能会有人去猎杀他。”有人道。

这绝不是妄言，而是残酷的现实。当世最强的几人以及古代怪胎间，必有生死一战，提前出关的人又怎会错过机会？

“想必他自有对策。他的藏身之地也足够隐秘，外人难以寻到。”

忽然，另一块玉石碑上爆发出灿烂的光芒，引发众人惊呼，也让一些大教之人脸色阴沉，目光森冷。

“有人开始出手猎杀了！”

一些强大的尊者成神并彻底巩固境界后，便开始在各个古地内行动，追击对手。

同时，还有些人野心非常大，直接冲着还没有出关、在外界负有盛名的年轻至尊而去，准备击杀他们。

好在成神的生灵彼此间没有轻易动手，不然必有大乱。

即便如此，情况还是很不妙，杀戮的种子已然被埋下，迟早会掀起大波澜！

“啊……”

突然，一块玉石碑前，一个老者发出了一声怒吼，而后这个道统的很多人也都长啸出声，悲愤无比，其中一个美妇人更是发出了撕心裂肺的哭喊声。

“怎么了？”

“一位初代陨灭了。他还没有彻底点燃神火，就被一位已成神的强者寻到了闭关地，直接被杀。”

这显然是一场悲剧。一个极其耀眼、注定要在“仙古”猎得大机缘的初代就这样折损了，让人震惊的同时也倍感遗憾。

“是哪一个道统的人干的？我灭了他！”有人怒吼道。

“是一个散修，我并不认识，而且他用奇异的手段掩去了真容。”

隔着“仙古”，强大如教主也无法看穿。

死亡事件开始不断上演，局势渐渐变得残酷起来。

一旦群雄开始行动，去寻找机缘，便不可避免地会有人殒命。“仙古”中有造化，但也有恐怖的绝地，暗藏着危险。

“那是什么生灵？‘仙古’里面有如此强大的族群？”眼前的情景让一些人心中大震。

只见在某个小千世界内，从一座黑色巨城中冲出了几个仙兵般的生灵，其身穿恐怖的甲胄，一起向前冲杀，使不少外来者大败。

还有一个迷蒙的古地中出现了成片的虫子，它们化作一道道光，将数十名已成神的强者啃食得只剩下了白骨架。

不过总的来说，大多数人都安然无恙，并且有了很大的收获。

在“仙古”中，通常是生死对半。不然若都是九死一生，还有谁愿意进来？那无异于飞蛾扑火。

“嘿嘿……哈哈……”妖龙道门的人骤然大笑出声。他们当中的很多人都长出了一口气，露出了喜色。

“历时五个月，我们的初代成功点燃己身，成就了神位！”一个天神大喜道。

要知道，这个初代很不一般，异常强大，纵横数州，从来没有遇到过对手，而且他得到的古火也十分超凡。

显而易见，妖龙道门的这个初代已然崛起，不会再遇到什么意外了。他不仅有资格去争最大的造化，而且可以去猎杀其他强者了。

火云洞、罗浮真谷等古教休戚与共，都属于上界最强盛的道统，负责监守罪血后人。

几大古教鼎盛到极致，都有不凡的门徒，此时众人都在期待，希望这些人赶快崛起。

“嗯，我族的初代离那三千石阶路不算太远，若能发现那罪血后代并将他击杀就好了。”

“肯定有机会。他成神后神觉会更敏锐，并且他的周围还聚集着一群听从他号令的人，只要仔细去寻找，定会发现。”

妖龙道门的人脸上的笑意越来越浓，他们都对石昊充满了恨，一心希望斩杀他。

与此同时，冥族、天国、兽海等道统中也有人大笑，因为这些道统的一些强大的初代也都成神了，实力更加惊人了。

不久后，一些人再次将目光投向石昊，想看看他如何了。

看到石昊目前的状态后，妖龙道门的人脸上的笑容都变得异常灿烂，一个个心情大好，因为石昊还没有点燃神火。

“真有意思，那小子还没有一点动静，我看用不着我族的初代去对付他，随便派出几个尊者就足以击败他了。”妖龙道门的人得意地道。

“太好了，我族的第一年轻至尊也出关了！”罗浮真谷的人大喜道，心情畅快无比。

“如此甚好。我想他们会寻到那罪血后代的，他一定活不了。”有人道。

忽然，映现着石昊身影的玉石碑上出现了一丝动静，人们惊异地发现，他终于取得了进展，有了动作。

只见他盘坐在那里，身体发光，缭绕着他的肉身的不是寻常的火焰，倒像是大道符文，一簇又一簇，无比炽盛。

所有人都是一惊，纷纷瞪大了眼睛仔细观察。

很快便有人大笑出声，因为他们发现石昊居然把自己烧伤了！

“哈哈……”妖龙道门的人笑声刺耳，最是痛快，讽刺道，“居然将自己的身体烧伤了，亏他沉寂数月，苦悟至今，竟做出了这等蠢事。”

“我想，都不用派人去杀他了，他自己就会把自己烧死。”这些人大笑着说道。

不过，妖龙道门的老道主、火云洞的洞主等都没有说话，他们瞳孔收缩，盯着那个少年，脸上露出了凝重之色。

第559章 炉火纯青

石昊盘坐着，身体剧烈颤抖，因为他正在忍受着巨大的痛苦，从他身上冒出的一簇又一簇符文火光，直烧得他皮开肉绽。

正如外界那些人所言，他身上有些地方出现了很严重的伤。

这是肉身，出现这种情况意味着他如今的状况很糟糕，也很危险。

一般来说，修士点燃了神火就代表着他即将实现一次完美蜕变，会变得更强！可是，此时的石昊分明已经严重伤到了自己，他的血气在不断地消耗，长此以往，恐怕连肉身都会干枯。

“哧！”

石昊周身的火苗更盛了。

“好痛！”

石昊身体轻颤，咬着牙关，忍受着这残酷的磨难。

他终于明白为何古代想走另类成神之路的人都没有好下场了，这痛苦果然不是一般人能忍受的。

这才刚开始，他的肉身就快受不了了，已然遭受了重创。

他有点怀疑自己能否坚持下来，因为他这次要走的路比古代那些人走过的难多了，蜕变也将更加彻底，无所保留。

他引动了外部的大道，而非单一的古火。

此时，一种又一种道则在烧他的躯干，燃他的精魂，如同一柄又一柄利剑斩来，让他剧痛难忍。

以天地为炉，以万道为火，熬炼自己，这不是一般人可以承受的，一开始石昊就知道这可能是条绝路。

一条条石阶路上出现了波纹，如一簇又一簇火焰，通通向石昊所在处凝聚，而后缠绕住了他。

这才被十几种道则缠绕而已，石昊就伤到了如此地步，可想而知后面有多艰难，一个弄不好他当场就会形神俱灭！

在感悟的几个月中，石昊一直在这里与石阶路所蕴含的道沟通，而今顺势牵引，把十几种道则都加在了自己身上。

“我做得不够好，有了偏差。这不是在熬炼己身，而是在自我毁灭。”石昊默默思忖了片刻后，自我总结道。

他的确引动了十几种道则，但并没有将天地铜炉运用好，而是在直接焚毁自身，有所失误。

十几条石阶路上的波纹更亮了，宛若一条又一条光蛇游来，缠住了石昊，要进入他的身体中。

石昊身上出现了更严重的伤，这是十几种道则所蕴含的力量，它们在释放，在燃烧，在劈斩。

“不是这样！”

石昊倏地睁开了眼睛，他知道必须改变方法了，不然自己多半难逃厄运，因为这条路一旦走不到尽头，就必会殒命。

“乾坤为炉！”

瞬息间，他挣脱了出来，离地而起，悬在空中，依旧保持着盘坐的姿势。

在他周围，虚空扭曲了，看起来朦朦胧胧的。

“轰！”

一声巨响后，天穹都仿佛压了下来。

紧接着，又是一阵剧震，那石阶路似腾起了一般，贴近了他。

这个地方发生了诡异的变化，细细看去，却是虚空在凹陷，十几种道则化成的火光也被撑开了，离开了石昊的身躯。

少顷，在他体外，像是形成了一尊由虚空凝聚而成的炉鼎，将他收在了当中。

特别是当他的肌体发光、神芒透体而出时，可以清晰地看到那些圣光都被束缚在了炉鼎内。

外界的众人心头一颤。

此刻，石昊的体外有一尊炉鼎，只有被光填满后才可见到，不然难以分辨。

扭曲虚空，拘禁天地，将其熔炼为炉鼎，并使其真实显化，这是一幅奇景！

至此，缠绕在他身上的十几道光束都化成了火焰，煅烧着那尊炉鼎，而非裹在他的身上。

这有点匪夷所思，让外界众人面面相觑。

“他图谋甚大，竟走上了这样的一条路，其蜕变方式比古代那些曾名动天下、最终却废掉或陨灭的人所选择的蜕变方式还要彻底！”有教主神色严肃地自语道。

其他人闻言都吃了一惊，居然有教主给了他这么高的评价，这少年是要逆天吗？

石昊的神色平和了许多。他依旧身在炉鼎内，被十几簇道火燃烧、炙烤着，他默默地体悟，让自己的心平静下来。

乾坤为炉、万道为火之法，现在终于初现雏形。石昊于虚空中开辟了炉鼎，真身盘坐当中，正以十几簇道火焚烧炉身。

此时，那里一片璀璨，那本不可见的炉鼎被血气与法力填充后，又被道火包裹，已显露真形，只见那鼎身质朴而自然。

时光飞逝，半个月过去了，那围绕着鼎身的道火不但不熄灭，反而越来越旺盛，此处也变得越发神秘起来。

石昊身处鼎中，如大药般被熬炼着，汲取天地精华，吸纳道火精粹，壮大已身。

他身上的那些伤渐渐地愈合了，肌体发光，不再缺乏生机。

“还是不对，这与我的本意不符。”

石昊在鼎中思索着。经过炉鼎的隔离后，只有道火中温和的物质才能进入鼎中，修复了他的伤体。

他的确从中得到了好处，但是这并非他想走的路。

“我只需看一遍这些道，而不是去复制、模仿，全部走上一遍。”石昊目光坚毅地说道。他并不想重走古人的这些道，只要观看感悟过就好，他的目标是要超脱其上。

“我只是要以这些道为火，焚肉身、燃元神，锻造真我，而不是去效仿古法！”石昊说道。

片刻后，他体外的鼎依旧在，但那十几簇道火却不同了，都变得旺盛而炽热，直接烧进了鼎内，令他浑身都喷出火焰。

尽管经过炉鼎的阻挡，道火中暴烈的部分去掉了，但那火依旧可怕无比，一时间他的身上又出现了伤痕。

外界的众人大吃一惊，有些看不透他了。

“他的肉身极强，已经达到了尊者境的巅峰，甚至可以说已经突破了那个极限，不然他怎么可能承受得了此等灼烧？”有人说道。

一些教主双目深邃，盯着石昊没有说话，他们想到了一种可能——只有经历过天劫，才能抵住这般道火。

不然，一般的尊者进去，直接就被烧成灰烬了，根本不可能抵挡得住。

想用他的这种方式突破，肉身必须极为坚实，元神也要无比强韧才行，不然十几簇道火缠身，早晚会被焚为灰烬。

“难道他真的想悟透三千条石阶路所承载的道，然后借此成神吗？这……这简直无法想象啊！”有天神心中大动，惊叹道。

其他人闻言也都震惊了，这个少年的气魄未免也太大了。

尽管他们都知道没有人可以做到那一步，石昊此举不可能成功，但他们还是为他的疯狂而震惊不已。

“他疯了吗？这样做不可能有结果。”有人认为他注定会失败，摇头道。

他就是参悟一生也不可能将这三千大道全部掌握，而且那里可是“仙古”，不是什么净土，谁会给他那么多时间？想必要不了多久，激战就开始了。

他一旦被人发现，必遭猎杀！

“错了，他的目标很远大，比你们想象的更大，他并非真的要效法三千条古之大道。”突然，一辆紫金辇车中有人开口道。

这辆辇车属于当世皇族，有人怀疑那里面静坐着的是该族有史以来最强大的人，而他此时已经看透了那少年要做什么。

“他将那三千条石阶路上的道则当作了炉火，而非其他，他只是在粗略地观看古人的道，并不打算彻底地模仿。”紫金辇车中传出了这番话。

“这是为什么？”连一些教主都蹙眉，疑惑地道。他们未能看清这一步。

要掌握石阶路上所有的法很难，基本不可能做到，可若真能有如此大的气魄，敢立下这样的目标，并愿意用一生去拼，则前景广阔，也许真能有所成就。

他居然不是在打这个主意？

“他有野心，不想被这天地禁锢，想跳出这天地。所谓的三千种大道火光，对于他来说真的只是‘火’，没有其他作用，他的目标是超脱这些道。”紫金辇车中的皇族强者缓缓道。

所有人听罢都是一怔，暗自心惊，这个少年竟然要走这样的路？他竟有如此胆魄！

石昊若听到了这些话，一定会吓一跳。居然有人看出了他的一些想法，洞悉了他的一部分计划。

只是，他们知道了又如何？又有几人敢走这样的路呢？

事实上，外界很多人都在心里大骂石昊是个疯子，这是在找死。以万道为火，焚烧己身，必成灰烬。

“就算举世皆知他的路，又有谁敢去走？就连他自己都难以成功。”有教主道。

“他该不会曾经渡过最可怕的天劫吧？你们看，他又在加火了，还要继续焚烧炉鼎，锤炼己身。”有人惊道。

“仙古”内，石阶路上空，只见石昊引来的道火更多了，一簇又一簇道火变成波纹，化成光束，形成火焰，一齐包裹着乾坤炉鼎！

在此过程中，石昊的肉身再次出现了一些破损，因为这种火实在太强大了，而且还不止一种，而是几十种。

到目前为止，一切都在按照石昊的计划顺利地进行，他正一步一步地踏出自己的路。

“一百零八种火焰了，他居然承受住了?!”外界的人惊叹道。

“因为他很清楚自己不可能一蹴而就。虽然他沟通了一百多条青石路上的道则，但是并未让它们沸腾、狂暴，而只是引动‘小火’熬炼己身，慢慢适应。”有人道出真相。

而后，石昊不再加火了，他盘坐在炉鼎中，通体晶莹灿烂，在发光，也在燃烧。

他的身体被点燃了一部分，血肉渐渐干枯，整个人都瘦了一大圈。这是精、气、神被锤炼后的表现，他的身体在不断地被压榨、凝缩。

除此之外，他身上出现了更多的伤。道火无穷，即便再怎么控制，也多少会有损己身。

直到又过了一个月，他渐渐适应了这些道火，伤口才没有继续增加。

但是此时他已浑身焦黑，跟木炭似的了，身上的大小伤痕少说也有上百处！

“天地为熔炉，皮肉为熔炉，元神为熔炉……”石昊说道。接着他做出了一个大胆的举动：他让乾坤炉鼎的鼎壁变薄，任火光涌入，直接煅烧己身！

这过程可怕万分。又过了一个月，石昊整个人都变得干巴巴的了，连伤口都不见了，因为他的皮肉已经贴在了骨头上。

此外，经过熬炼，他的元神也缩小了，化成了一个刺目的光团！

到了后来，炉内与炉外的火光都变得一致了，即使他撤去乾坤炉鼎直接煅烧己身，区别也不会太大。

时光匆匆，一晃，石昊来到“仙古”已九个月了！

经过了这么长的时间之后，炉内的火化为了青色，一百零八种道则火光一致，融在一起，焚烧着他的身与神。

“炉火纯青。这种修行、蜕变的第一步已经完成，该告一段落了。”石昊心中明了。

一百零八种古之大道，虽说只点燃了部分火光，并非使其真正沸腾、再现大道，但也足够惊世了，这么多道火融合在一起，动辄可将人烧为尘埃。

“就以这种程度的火焚烧，直到三千种大道火光齐现。”石昊定下目标。

这一步成功后，还可以考虑加大每一种火的强度，进一步沟通大道，释放大道神威。

“我没看错吧？一百零八种大道火光烧了他几个月，他都没死?!”

“不仅如此，你们看到了吗？炉火纯青，他已经熬炼到了一定的程度！”

外界众人震惊不已。

少顷，虚空扭曲，乾坤炉鼎消失，一百零八种道火也随之消退，石昊从空中坠落下来，一头栽在了青石台阶上。

“妄自而为，结果被烧废了！”有人做出判断。

就连一些教主也蹙眉，感觉他的确把自己烧坏了。

这个时候的石昊简直像个骷髅，他通体焦黑，皮包骨头，缺少生命精气。

他倒在那里，一动也不能动。

“孩子，你千万不要有事，快快醒来。”不老山那里有人低语，带着哭腔与焦急。

这一等就是三天，石昊始终毫无动静，他的生命气息越来越微弱。

“死了吗？应该是焚坏了真身。”冥族的人说道。他们对生与死理解得很深刻。

直到第五日，石昊才渐渐苏醒，慢慢爬了起来。他蹙着眉，一步一步向石阶路尽头走去，接近那数不尽的斑斓的小千世界。

“要补充精气与神力了，不然就糟糕了。”他轻语道。

“都这个样子了，还想去斑斓世界？估计随便跳出一个尊者都能将他斩杀，他伤得太重了。”

外界一群人盯着玉石碑上的他的影像，不禁摇了摇头。

至于火云洞、冥族、天国等教的人，则露出了淡淡的冷笑。石昊以这种状态进入那些古地，多半会惨死其中。

“咦，他进入了我族初代所在的小千世界，他是在自寻死路吗？”妖龙道门的人大笑不止。他们没有想到，石昊竟闯进了那里。

其他人也都露出了惊异之色，须知，妖龙道门的初代就在里面，并且三四个月前就已点燃神火，完成蜕变，成就了神位！

“好浓郁的天地精气。”石昊深深吸了一口气后，极目远眺，他发现这片大地的尽头有瑞光腾起，那里的精气更加浓烈。

他徒步前行，最后看到了一座山崖，山崖明净如玉，熠熠生辉，山壁下有一口泉，当中瑞光澎湃，不断有水雾蒸腾而起。

“一口神泉！”石昊惊喜。

“什么人？滚开！我家大人在闭关，不得打扰。”

“丑鬼，走开！”

山崖中接连出现了十几道身影，他们都已由尊者蜕变为神火境高手，守在此地，不让人接近。

石昊没有理会这些身影，而是盯着那口神泉，他看到了一条蛟龙在当中沉浮，浑身透亮，宛若由玉石雕刻而成。

外界的所有人也都见到了这一幕。

妖龙道门的人有些惊讶，他居然自己走到了这里，接近了他们这一脉的初代的闭关地。

“嘿嘿，哈哈哈……”紧接着，他们不禁大笑出声，这小子简直是自寻死路。

他都被烧废了，躯体干枯，缺少精气神，以他这种状态，如何对抗已经成神的妖龙道门的初代？

所以该族上下很多人都笑了，心情无比畅快。

“这真的是一报还一报啊，老天要让我族初代亲自斩了这罪血后代，为我族在灵界所受的耻辱讨个说法！”有人咬牙道。

其他大教不少人暗叹，荒也是够倒霉的，身体遭受重创，差点被烧死，好不容易醒来，刚进入这个小千世界，居然就遇上了一个狠茬子。

“咦，他在笑吗？怎么口水都快出来了，是不是被烧傻了？”有人看到了石昊的样子，十分不解。

驻足在山地上的石昊舔舔干裂的嘴唇，使劲吞咽几口，可惜嘴里太干了，没东西可咽。

不然，此时他的口水肯定已经哗哗地向外流了。

只见他目光灼灼，紧盯着神泉中的妖龙。

外界的一群人见状都愕然、无语。

要知道，神泉中的那位名气实在太大了，曾震动数州，而今更是已经成神了。

妖龙道门的人则气坏了，石昊那个样子就像一个刚投胎的饿死鬼突然见到了一顿丰盛的美味一般。

他们愤怒不已，这家伙都伤成这样了，难道还想打他们这一族的初代的主意？简直是可耻、可恨，不知天高地厚！

第560章 成神首战

妖龙道门的初代——妖易，在看到一个黑乎乎、皮包骨头的人形生灵向自己走来后，眸中露出了光芒。

“走开，跟一块黑木炭似的，尽是皮和骨头，都没法儿下嘴！”旁边，有神火境的生灵喝道。

这些都是妖龙道门的人，他们驱赶着石昊，不让他靠近，脸上满是厌恶之色。

在他们看来，这肯定是一个失败者，在点燃神火的过程中，烧毁了自身的道基，成了这个样子。

让他们诧异的是，那个人根本没有止步，而且一直在咧着嘴笑，笑得跟朵花似的——当然，是晒干、烤煳的花。

他脸膛漆黑、干瘪，只有牙齿还算雪白，他正对着所有人笑，看向妖易的眼神尤其让人心里发毛。

别说现场的人，就连外界的各教修士也都一阵心惊。

神泉畔，这些刚成神不久的人看到他完全不将他们放在眼里，不禁脸色发黑，大声呵斥，紧接着便出手了。一人咆哮着喷出了一片赤光，赤光化成神剑，斩向石昊。

“当！”

然而，那浑身焦黑、瘦骨嶙峋的人，只是轻轻抬手，就挡住了赤剑，并用手指夹住了剑身。

这是一柄用稀有兽牙打磨而成的宝剑，坚硬无比，号称神级法器，可是那人并未动用秘术，“嘎嘣”一声就把剑夹断了。

一群人大惊，脸色全变了。

“你……你是什么人？”

他们难以淡定了，全都严肃戒备起来，眼中神光大盛，盯着那个黑乎乎的、像是遭遇过可怕火劫的人。

“你们是……妖龙道门的人？”石昊眯缝着眼睛，一眼就认出了他们袍袖上的标志，因为在灵界时，他可没少面对此族中人。

在场的人一个个脸色凝重，盯着这焦炭似的男子，不敢再小觑他。

“朋友，你是谁，想做什么？”妖易开口道。

石壁下有一口泉池，晶莹透亮，流光溢彩，宛若玉髓。

妖易庞大的身躯盘卧在池中，浑身发出金光，有一股惊人的生气。成神后妖易血气如海，不知道比以前强大了多少倍。

“我是你们正在寻找的人。”石昊答道，漆黑的肌肤将牙齿衬托得更白了。

妖易闻言心头一动，吐出一面骨镜，向石昊照去。一瞬间，石昊额头上腾起圣光，一个符文出现，烙印在虚空中。

“是你！”

只听“哗啦”一声，水花四溅。妖易冲出泉池，目光冰冷地盯着石昊，已然知晓石昊的身份！

周围的那些人一见石昊的额头腾出圣光，就知道了他究竟是谁，也都大吃一惊。

“罪血后代！”

“一个肮脏、下贱、体内流着罪血的族群的后代，而且你的罪血还如此浓郁！”

一群人神色不善，眼中充满了冷意，甚至可以说满是厌恶与仇恨地盯着石昊，像是在看着一只低等而充满罪恶的生物。

“你们的嘴巴太欠抽了！”石昊冷声说道。他身形一晃，在原地留下一道残影，凭空消失了。

紧接着，在另一个方位上的那两名刚才口出恶语、敌视罪血一脉的神火境高手皆惊叫出声，好像在全力以赴地与什么对抗。

可惜，他们反应不够快，或者说速度慢了一些。

“啪！”

两人都被击中了。

他们一人挨了一个结结实实的大嘴巴，在原地转了三圈才停下来，元神也受到了震荡，有些发蒙。

要知道，他们都已经成神了，居然还遭遇了这样的一击，简直像是手无缚鸡之力的普通人一般！

别说在场的人，就连外界正在观看这一幕的各教修士也都是一惊，特别是妖龙道门的老辈人物，脸色要多难看有多难看。

刚才他们还在大笑，说这是运气、一报还一报，罪血后代这是要主动送上门去被他们的人击杀。

结果马上就发生了这样的事，这两个大嘴巴，仿佛也抽在了他们的脸上，让一群人都觉得脸上火辣辣的。

“是你在灵界杀了我教的天神?!”

在妖易的旁边，一个年轻女子发丝飞扬，脸色铁青，眼中似乎要喷出火来，充满了怨毒与仇恨，紧紧地盯着石昊。

“咦，你怎么知道？按理来说，那个时候我们都在闯关，无人可以告知你们这个消息。”石昊目光灼灼，开口道。

妖龙道门、火云洞、天国、冥族这样的大势力一般都会横跨数州，将弟子送进不同的区域参赛。

那个时候，初代妖易还有这里的其他人都不在罪州，不可能知道这件事。

外界，妖龙道门的一些元老脸色一阵难看，各教都向他们投去了莫名的目光。

显然，该教违反了规矩。在一些强大的弟子被送进无人区、接近仙道花蕾时，该教动用了禁忌手段，暗中传过话。

“你杀了我教的云孟天神，这笔账要算个清楚！”有人寒声道。

并不是神泉畔的所有人都接到了这个消息，只有至关重要的几名弟子知道此事，不知情的人此刻闻言，都大惊失色。

连门中的天神都陨灭了一人，这无疑将掀起难以想象的大风暴!

“你这丑鬼，血液肮脏、下贱，等着被诛杀吧！”那女子再次尖声道。很明显，她与死去的天神有着某种亲近的关系。

“不知死活。”石昊轻语道。

片刻后，他化成了一缕黑光，如幽灵一般飘了过去，欲向那女子出手。

“你这血脉低贱的囚犯的后人，给我去死！”那女子状若疯狂，张口祭出一把骨伞，骨伞发出白光，向石昊镇压过去。

这是天罗伞，是一种非常出名的宝具。她手中这把天罗伞是用神骨祭炼而成的，伞面撑开，如同天穹压落，符文密布，宛若满天繁星。

至于伞骨，则如一根撑天之柱，带着沉重的气息落了下来，来势汹汹。

“哧！”

然而让人吃惊的是，石昊抬掌一划，伞骨便被削断了，接着他用力一扯，伞面四裂，满天“繁星”随之崩碎。

天罗伞被毁!

“砰！”

石昊随即出脚，将虚空都砸得扭曲了，简直要崩塌一般，可以想象他的力道有多大！

初代妖易蛟龙尾巴一卷，化成一道光，带着女子疾速后退，避过了这一击。

石昊那一脚落空，虚空发出了“轰”的一声颤音，并爆发出一股狂风，将附近的一些人吹得东倒西歪。

“好厉害！”

所有人都心头剧跳，不承想这个看似生命气息微弱、跟焦炭似的人，战力竟这么惊人。

石昊并未追击，他身形一晃，出现在了那口泉池中。他盘坐其中，疯狂吞噬神力，整个人一下子爆发出璀璨的光芒。

这景象惊住了一群人，因为他散发的波动实在太剧烈了。

泉池内的液体如琼浆，黏稠而晶莹，包裹着他，霎时，纯粹的神性物质全部涌进了他的肌体，如烈火烹油一般。

一瞬间，石昊干瘪的躯体鼓胀了一些，并且蜕下一层老皮，露出了真容。

“阻止他！”

妖易化成人形，第一个动了。他张口一啸，霎时间龙吟激荡，如火山爆发，无穷无尽的符文喷涌而出，将石昊淹没了。

龙吟动九天！

这是一种宝术，攻击力惊人！

可以清晰地看到，石昊身后的那座崖壁都被震碎了，无声无息地化成了粉末，此外，更远处的几座石山也全部爆碎。

这就是龙吟之力！

不过，石昊抵住了这股巨力。即便对手是成神后的初代，他也可与之匹敌。他撑起了一道光幕，那龙吟化成的符文涟漪全部从他身体两侧冲了过去，不曾击中他的躯体。

“唰！”

一群人都冲了过去，各自祭出秘术、宝具等，一时间符文炽盛，爆发出耀眼的光芒，一齐击向了同一个目标。

“嗖！”

刹那间，石昊就从原地消失了。他的速度太快了，再次出现时，他掌指发光，一拳轰向了一个成神者的躯体。

他如同一个鬼魅，忽左忽右，变幻莫测，在此过程中，他身上焦黑的皮肤不断脱落，渐渐透出玉石般的光泽。

“噗噗……”

接连数声巨响，六七名强者倒下去了，被当场击杀。

“敢与我一战否？我必取你性命！”妖易大喝道，目光无比凶狠。再这样下去，他身边的人都会被击杀。

“有何不敢？”石昊停下了攻击。他的身体依旧有些干枯，清秀的面孔也有些憔悴，但已经发生了很大变化，此时他露出了真容，肤色也恢复了白皙。

他的身体充盈后，可以看到有些部位伤得很重，还未愈合。

然而，也正是在那一百零八处伤痕内有火焰熊熊燃烧，让他整个人看起来神圣超凡。

“嗯？他成神了？！”

不仅他周围的人心中一凛，就连外界的人也都一惊。

所有人都以为他烧坏了躯体，损伤了神道根基，不承想他竟已经成神。那一百零八处伤痕内透出炽烈的神光，正滋养他全身各处。

“我已初步成神，只是跟我想象的不太一样，还需要进一步蜕变。”石昊说着，露出了灿烂的笑容。

在场的人无不脸色阴沉。都已经成神了，居然还说要再蜕变，他究竟走了怎样的一条路？

“妖易，杀了他！为祖师报仇！”那女子尖声喊道。

“杀了他！”其他人也大吼。

他们坚信妖易无敌，因为他是初代，成神前法力就已冠绝数州，现在成神几个月了，神火旺盛，威势更加不可想象。

而眼前这个少年，分明在成神的过程中遭受了重创，身体被烧出了那么多伤痕，生命气息也很微弱，明显不够强大。

“嗷……”

伴着如海啸般的龙吟，妖易腾空扑向石昊，一场激战正式展开。

两人接连过了数十招，只见虚空中符文澎湃，骨文交织，龙吟虎啸声不绝于耳，震动了这方小千世界。

“噗！”

石昊在移动的同时也向周围的人出手，有人没能躲过，被他击杀了。

“你敢！血液肮脏的大凶后代，休得逞凶，纳命来！”妖易长啸一声，追击石昊。

然而，他的呵斥还是晚了，行动也慢了一步，石昊已再次出手，来到了那女子近前，右手一划，击开了其格挡的手臂，再轻轻一斩。

“啊……”

那女子发出了凄惨的叫声，怨恨中带着恐惧和不甘，但还是在这一斩之下殒命了。

“不！”

这一战惊动了外界，各教修士都在观看，妖龙道门的人一个个脸色发青，不能接受这种结果。

早先，他们还在嘲讽石昊成神失败，进入这小千世界纯粹是找死，见到他们这一族的初代不逃，更是不知天高地厚。

可眼下这种结果，颠覆了他们所有的猜想，让每一个人都身体冰凉。

“妖龙困天！”

战场中其他成神的强者都被石昊击杀了，只剩下妖易。此时妖易化成了蛟龙，以本体作战。

随着妖易的一声大喝，一条光束般的蛟筋从其体内冲出，挟带着密密麻麻的符文，如一条铁链般向石昊缠绕过去。

这是妖易的天赋宝术，是其身为初代的资本所在。那条蛟筋上有天生的符文，衍化成了困天神链。

这条神链自蛟筋上浮现后，快如闪电，瞬间就到了石昊的近前。

石昊稍微横移，躲过了这一击，他旁边的一座石山却直接被神链勒断了。接着神链又飞了过来，继续追击石昊。

“不知进退。杀了你！”石昊开口道。

他身上的一百零八道伤口内宛如有一百零八个小太阳，此时全部亮了起来，灿烂夺目，使得他的气息暴涨。

这是神级力量！

紧接着，石昊结印，大战妖易。只见他双手不断拍击，打在那条神链上，顿时神链铿锵作响，火花四溅。

这一幕让所有人都脸色大变。那可是一位初代的最强宝术，他居然敢这样迎击，以双手硬撼。

两人快速移动，从一座山到另一座山，不断变化方位，在此过程中，不断有山体炸开。

“血液肮脏、充满罪与过的低贱族群后代，受死吧！”妖易大吼道。

顷刻间，龙吟震动天地，妖易浑身发光，俯冲下来，同时祭出数种宝术，连天赋神通都被催动到了极致。

那条神链化成一道光束，终于缠住了石昊。

“轰！”

只见金光澎湃，石昊的背后出现了一对巨大的羽翅，上面带着黑色斑纹，他猛力一扇双翅，震断了那条神链。

“啊……”

妖易大吼出声，嘴中咯血，显然遭受了重创。天赋宝术被破，有一股力量冲进了妖易的躯体。

“我也成神了，你不是我的对手。”石昊没有过多言语，只这么轻描淡写地说了一句，语气中带着轻蔑。

妖易不甘，浑身燃烧起来，想冲天而起，但已被鲲鹏场域禁锢在了那里，摆脱不了。

“噗！”

鲲鹏翅斩过，整个小千世界一片雪亮灿烂，一瞬间，那道光彩成了天地间的唯一！

石昊就这样用鲲鹏翅斩杀了妖易。

“不！”

“啊……”

外界，妖龙道门的人大叫，更有部分人脸色苍白，几乎要昏厥过去。

第561章 食为天

山地中，只余石昊一个人傲然站立着，在他背后，巨大的黄金羽翼如垂天之云！

地上躺着一群生灵的尸体，为首的是一条庞大的蛟龙，元神已熄灭。

这是一幅非常可怕的画面：少年一脸淡然地站在斑驳的大地上，宛若魔王临世，在他的周围，妖龙道门的人已全部覆灭。

此情此景让人震撼。

石昊如一座高山般矗立于此，四野寂静无声。

“这就是你们想要的鲲鹏宝术。”

石昊盯着虚空，露齿一笑。

他的面孔十分清秀，但再没有人敢小觑他。创下了这种战绩，谁还会视他为懵懂少年？

他在无形中有一种威严，更有一种霸气，这是一路搏杀、创下辉煌战绩的同时磨炼出的气场。

“怎么会这样?!”

妖龙道门的人要疯了，所有人都急红了眼，怒火中烧，这个结果让他们无法接受。

一族初代，竟就这么陨灭了。

妖易无疑是一族翘楚，其身为初代，众人都坚信其在未来注定要崛起，将屹立数万年。

结果妖易刚成神就被人无情地击杀了。那鲲鹏翅仅仅那么一划便让其殒命了，猩红的血刺痛了妖龙道门所有人的眼。

“本就身体干枯，缺少生机，还屠了一条蛟龙，我真得好好休养一番了。”说罢，石昊“扑通”一声扎进了泉池中。

黏稠的液体如甘露一般，芬芳扑鼻，将他包裹起来。他盘坐下来，开始炼化宝液，补充身体所需。

这口泉池很圣洁，雾气氤氲，璀璨夺目，是这片小千世界中的一处珍稀宝地，妖易便是在此得了大造化、顺利成神的。

“可惜这池宝液不多了。”

石昊轻叹道。

不过，这剩下的量对他来说应该也差不多了。此刻他浑身肌肤发光，神性物质不断涌入他的躯体内。

他之前在石阶路上被道火煅烧，经脉、血肉、骨头等都遭受了剧烈的冲击，受损不轻。

但也正因为如此，他才得以在体内点燃了一百零八个光团，从而初步成神，战力也随之突飞猛进。

不过，这条路还没到尽头，他还要继续，如今只是暂时休养，让身体恢复过来，不然再这样下去，他就要耗尽元气了。

要真到了那个时候，他就会有油尽灯枯的危险。

一天一夜后，泉池内浓重的彩雾全部蒸腾而起，笼罩了这里！

石昊成神后消耗巨大，不知不觉间便将一池宝液内的所有神性物质都吸收了，让这里产生了剧烈的波动。

此时，他的身体鼓胀、充盈了起来，不再干枯焦黑，肌肤恢复了白皙透亮，如羊脂美玉一般，就连发丝也都重新生长到了腰际，乌黑而浓密。

他整个人都散发着勃勃生机，充满了朝气。

他身上的伤口基本都已愈合，不过还能看到他体内有一百零八个光团，正透过血肉发出光辉，甚是灿烂。

这伤不算致命，但毕竟是由一百零八种道火焚烧出来的，至今那些地方还有残余之力在涌动，需要休养一段时间才能恢复。

经过漫长岁月的积淀，泉池内才凝聚了这么一汪宝液，早先被妖龙道门的人耗去了很多，残留的则全部被石昊炼化吸收了。

至此，这里几近干涸。

石昊走出泉池，将那条蛟龙拎了过来，动作十分娴熟。让他遗憾的是，那蛟筋早已断裂，上面的符文也已经被磨灭了。

“六冠王是怎么做到的？他怎么就可以收集对手的原始符骨等宝物？”石昊自言自语道。

妖易的天赋宝术随着蛟筋的断开而毁掉了，他没能得到。

不过，他也没觉得多遗憾，那虽然是初代宝术，但也比不过他拥有的宝术，毕竟贪多嚼不烂。

“最近太劳累，该补一补身体了。”

石昊说道，笑得很开心。

外界所有人都哑口无言了。

妖龙道门的人看到这一幕，则一个个肺都快气炸了，眼前发黑，简直要昏过去。

“妖孽，竟敢如此！”

就连该族的天神都受不了了，怒发冲冠，恨不得飞进“仙古”，一巴掌将石昊拍死。

妖易是一族的初代，一般来说会受到全教上下的保护，几乎不可能战死，更不要说有这样的结局了。

眼前这一幕实在是一种耻辱！

威名赫赫、俯视上界的一个古老道统——妖龙道门，此时教中众人都感觉像在被人狂扇耳光，这耳光清脆而响亮，打得他们眼冒金星。

他们从来没有遇到过这样的敌人，真恨不得飞扑过去一脚踩死他。

就连其他大教的人也都面面相觑，不知道说什么好。

九个月以来，他们见过了太多的年轻翘楚，从来没有一个人像石昊这样！

这家伙看起来相当俊秀，却不能以常理度之！

妖龙道门的真神怒不可遏，可是又忍不住去看，结果一个个气得七窍生烟！

火云洞、罗浮真谷、冥族、魔葵园等门派的修士擦着汗暗自庆幸，还好自己门派中的弟子没有遇上这个家伙。

然而，好景不长。

只见那魔王般的少年手指向地面上的一具“尸体”，道：“起来吧，我知道你没死，故意留你一命，有话问你。火云洞、罗浮真谷的人都在哪里？”

此话一出，不仅趴在地上的生灵被吓得簌簌发抖，就连外界那两个道统的修士也都一颤，神色大变。

“我……我不知道。”

地上的神火境高手爬起来后，只觉腿肚子直转筋。他战战兢兢地看着这个煞星，实在是被吓坏了。

“快说！”

石昊威胁道。

外界，火云洞、罗浮真谷的人又气又怒，同时还非常担心，真怕那神火境高手全都招了，给他们的弟子带去大祸。

因为这个家伙实在太凶了，谁不为自己族中的弟子担心？

“我真不知道。”

那生灵吓得都快瘫软在地了。他是真的不知情，就怕石昊一瞪眼将他也给灭了。

石昊没再理会他，继续大吃特吃。

妖易为初代，其蛟筋和蛟骨中都蕴含着神性精华，对于现在受了一些道伤的石昊来说是大补之物。

接着，他便盘坐在那里，浑身发光，炼化血肉宝药滋补己身，想让那些伤尽快痊愈，好再次去修炼。

他浑身精气四溢，每一寸肌肤都在发光，修复伤体，此时他被一层光包裹着，看上去无比神圣。

大半日后，他才睁开眼睛。那个妖龙道门的高手一直没敢动，始终站在那里，没有逃走。

“看在你还算老实的分上，我再给你一个机会，如果你知道天国、冥族、魔葵园、兽海、天人族这些道统的弟子在哪里，那就带我过去，我可以考虑放你一条生路。”

外界但凡被点到了名字的大教中的修士都心头一跳。这家伙极度危险，谁被他钉上多半要倒霉。

除非是最强初代或者古代怪胎，不然一般人肯定不是他的对手。

“我……我好像见到过冥族的人，他们进入了一方生机勃勃的小世界。”

妖龙道门的弟子结结巴巴地说道。

“嗯，不错。带路吧。”

石昊点头说道。

外界，冥族的人一个个脸色十分难看，心中对石昊仇恨不已，同时看向了妖龙道门的人，目光不善。

“这个孽徒！”

妖龙道门的人气恼道，神色很不自在。

石昊在那个妖龙道门弟子的带领下来到了另一处古地。

这是一个生机勃勃的小千世界，里面云蒸霞蔚，山峰秀丽，草木发光，到处弥漫着灵气，还不时可以见到散发出浓郁香气的灵药、异果。

“你确定冥族的弟子来到了这里？他们不是喜欢死气沉沉的地方吗？”石昊问道。

“他们由死而生，尸体焕发生机，产生灵智，最喜欢有生机的东西。这里草药很多，他们很可能在这里寻找圣药、神药等。”

妖龙道门的弟子解释道。

外界，冥族的人脸色越发难看。

“真期待啊。我什么都吃过，就是没吃过鬼，这次一定要尝尝鬼是啥滋味。”石昊一副很期待的样子。

那个妖龙道门的弟子顿时一个趔趄，差点没被吓趴在地上。

外界的一群人也都惊呆了。

至于冥族的人，则一个个脸色发黑，出奇地愤怒。

小千世界虽然不是很广袤，但方圆也有数万里，石昊转悠了两日都没有见到冥族的人，倒是采了一堆宝药。

在此期间，他也在进一步疗伤，让身体逐渐恢复。

第三日，他们看到远方黑雾漫天，且伴着火光，隐约间还有凤鸣声传来。

“是冥族的人！”

妖龙道门的弟子叫道。

他可以确定那黑雾就是冥气。

石昊驾驭闪电，带着妖龙道门的弟子瞬息凌空而去，很快就到了目的地。他发现好像是冥族的人在追杀一个女子。

“嗯？”

他看着那女子，觉得有些眼熟。

那女子一身赤色战衣，身材高挑，双腿修长，腰肢盈盈一握，颈项雪白，面容姣好，甚是动人，正在边战边逃。

石昊想起他在下界时就见过这女子，与她有过交集，也算是故识了。

她是红凰，为上界的贵女，曾与蓝雨、水月、莹莹等几名丽人一同去过下界，跟石昊关系还算不错。

很快，红凰就冲了过来，见到石昊的刹那，她先是一愣，而后脸色发白，尖叫道：“鬼啊！”

石昊大叫晦气，身形一晃，到了她的近前。

“见鬼了，我眼花了？怎么看到了一个死人？是了，你肯定也由尸而人、成为冥族的一员了。”红凰尖叫道。

“吵什么，你见过这么英俊的鬼吗？来，让你感受一番我的阳刚与温暖。”

石昊笑嘻嘻地拉起了她洁白的藕臂，放在自己身上。

红凰大吃一惊。

对方的速度太快了，跟闪电似的，她竟没能躲得过去，于是她惊叫道：“你这死鬼……敢占我便宜?!”

“是你占我便宜好不好？喏，这样才算是我占你便宜。”

石昊说着还笑眯眯地做起了示范，一只手托起她莹白的下颌，另一只手搭上了她的肩头。

“你是……石昊？你还活着?!”

红凰仔细感应后，确定了眼前的少年身上的确是石昊的气息，不会有错。她一时间呆住了，都忘记了自己正被他托着下巴。

“自然是我。”

“天啊，你还活着！所有人都以为你死了，连上界的教主都这么认为，你居然……居然又蹦跶出来了！”

红凰又叫又跳，美丽的面孔上写满了激动。突然见到一个被所有人认为死去多年的人，她的心中实在难以平静。

“在后面追杀你的是不是冥族的人？”石昊问道。

“是，他们太可恨了，抢了我一株圣药，还追杀我。”红凰愤懑地道。

“真是太好了，我正在找他们。”石昊笑着说。

“什么？你到底是人还是鬼？”

红凰睁大了美丽的眸子，看着眼前这个少年。

“当然是人。对了，他们当中有不是人形的吧？”石昊问道。

“有！”

红凰整个人都晕乎乎的，先是被追杀，然后是“活见鬼”，现在又听到他在这儿胡言乱语，真是有点头大。

“那就没问题了。”石昊说道。

红凰扑闪着大眼，终于明白了。

她看着石昊的背影，心绪剧烈起伏。她没想到竟会在这里见到他，他还真是像过去一样狂野。

不过，此时她站在石昊的背后，竟莫名地安心，觉得什么都不用怕了，因为这少年有种无敌的风采。

第562章 冥族

不远处黑雾翻腾，一些生灵迅速接近，包围了石昊他们。

事实上这些生灵早就看到了石昊，但并没有立刻采取行动，因为他们想进行围攻，同时也想等待后方的冥族强者。

“快出手吧，他们来了很多人。冥族什么都缺，就是不缺尸体。我们赶紧趁现在突围。”红凰低声催促道，看得出她心有余悸。

这是一群阴气很重的生灵，缺少阳刚之气与温度，全都冷冰冰的，散发出寒气，就像是刚从地下挖出来的遗骸。

这群生灵当中有人形的，也有神禽与走兽，甚至还有江海中的乌贼等。

石昊毫不担心，反而笑了起来。他看到为首的那几个中，除却有一个是人形的，其他都是异类，且都相当不凡。

其中有一只黑色的大乌龟，它壳上带着金色的斑纹，头上还长着角，已经成神几个月了。

还有一只海兽，体形庞大，长得像海蛇，却有巨大的蚌壳，正冷森森地看着这里。

……

这些生灵都是庞然大物，像几座山一样立在这里，俯视着石昊与红凰。

“你，滚开！”

对面，几个冥族头领中，一个阴气很重的黑色的人形生灵抬手指了指石昊，让他离开红凰。

石昊扫了他一眼，道：“怎么滚？你来给我示范一番！”

“原本还想让你多活一会儿，现在你先死吧！”那人形生灵一挥手，顿时黑雾弥漫，有刚成神的冥族高手领命出击。

只见一只八爪乌贼带着腐烂的气息袭来，每一条爪臂都持着能将山峰砸塌的巨锤，此时它将这些巨锤抡动起来，砸向了石昊。

“咚！”

随着它的出手，地面顿时剧烈颤动起来。

“小心，这个乌贼很厉害，比那几个头领弱不了多少。”红凰神色凝重，在后面提醒道。他们已分别多年，因此她并不知道石昊如今有多强。

然而，她话音刚落，一切就都静止了。

“咔嚓！”

石昊站在原地，浑身发光，电光如长河般激荡，从他的毛孔中飞出，炽盛无比，全部击在了那只乌贼身上。

其中一道闪电竟凝聚成形，化成了一杆锋利的战矛，战矛金光璀璨，疾速飞去，没入了乌贼的体内，成功将其元神钉穿。

那乌贼一下子静止了，而后轰然倒地，砸裂了大地，激起了大片的烟尘。

全场寂静。为首的那几个生灵都震惊了，特别是那个人形生灵，此时他目光冷厉，张口吐出了一杆白骨幡。

“朋友，我们来自冥族……”人形生灵的语气明显变软了，似乎还是有点担心。只是他的话还没有说完，就被石昊打断了。

“你算什么东西？人不人鬼不鬼的，也配称我为朋友？”

“你刚才不是让他滚开吗？现在怎么变脸了？”红凰也在后方揶揄道。石昊比过去还要厉害，才使出一击而已，就解决了一名强者，让她着实受到了震撼。

“跟你客气是想互留一份情面，你别过分。”人形生灵说道，目光冷森森的。

“冥族跟我讲情面？你在说笑吗?!”石昊说道。

“锵”的一声，他手中出现了一柄剑，这柄剑由闪电凝聚而成，上面电光缭绕，炫目至极。

“杀了他！”人形生灵喝道。他对石昊非常忌惮，因为对方能掌控雷电，恰好可以克制冥族。

十几个冥人应声出列，同他一起出手，一时间黑雾沉沉，冥气滚滚，天地如被墨汁染过一般一片漆黑，且寒冷无比。

他们即便成神了，体内也还是有种阴气无法散尽，因此每个生灵体外都跳动着冥火。

那是一种黑色的火焰，与一般的火焰不同，可冷热转换，有时候甚至可以冰封大地，很是妖邪。

“杀！”

十几人同时出手，疾速冲到了石昊的近前。

石昊长啸一声，周围顿时电光交织。毫无疑问，这是雷帝宝术，阳刚而霸道，正好克制阴气重的鬼物。

“咔！”

几乎在一瞬间，他释放出的雷霆就将七八个冲过来的冥人击杀了。

石昊成神后，战力全面提升，雷帝宝术的威力自然也随之大增，比以前更加猛烈了，堪比天罚。

“嗖！”

与此同时，石昊如一支羽箭般飞出，疾速逼至那人形生灵的近前，接着手持闪电剑一刺，击穿了他的护体冥光。

“当！”

这个人形生灵扬起白骨幡，顿时，惨烈的煞气浩浩荡荡弥散开来，各种阴灵鬼怪朝石昊张牙舞爪地扑了过来，一个个都像吞噬过万千生魂。

这个冥族的头领实力不俗，远胜一般的尊者。此时他祭出了宝具，与石昊抗衡。

“轰！”

石昊释放出的雷霆如瀑布一般向四面八方蔓延，当场将所有扑来的阴灵鬼怪都炸了个干净。

“嘎嘣！”

白骨幡破裂，紧接着被石昊用两根手指夹断了。

一时间，宝术交织，黑雾翻涌，这个人形生灵动用了所有秘术，大声嘶吼着，奋力对抗。

他坚持了十四招，最后被一道璀璨的剑光斩中了。

事实上，他的确算是一方高手，能接石昊十几招而不死的同阶修士，真的不多。

“你……”他的眼睛内冥火跳动，满是震惊与惶恐。

“人形的，留着你也没用。”石昊说罢，一脚踩下，只听“咔嚓”一声，那人形生灵元神爆碎，彻底死去了。

一切都发生在电光石火间，周围的人想救援都来不及。

“发生了什么？”后方，一道身影赶来，牵着一只地狱三头犬。

“为何还没有将这女人杀死？怎么又来了一个人？一并杀掉，不能让他们走漏风声。”这个冥人身着红色甲胄，眸子银白，带着死气。

他手中牵着的地狱三头犬体格庞大，三颗头都很狰狞，散发出一种腐烂的气息。

“启禀大人，这个人很厉害，我们不是他的对手。”冥族的人皆躬身施礼，就连那只巨龟与海兽也不例外。

“我决定了，将冥族列入黑名单。你们即便已经由死而生，也还是有股腐烂的气息，倒胃口。”石昊说道。

神经粗大如他，此时也忍不住捂住了鼻子，有点受不了。

红凰闻言在后面偷着乐。

“汪！”

那只地狱三头犬吼叫了一声，三颗头喷出不同的光芒，扑向了石昊。它一跃就是数十丈高，从虚空向石昊的面门俯冲过去。

“有什么样的主人，就有什么样的狗。杀！”石昊低喝一声。

他一脚踢出，鲲鹏力爆发，“轰”的一声，当场便将这只刚成神的地狱三头犬踢死了。这个场面将所有冥人都镇住了。

对面那个身穿红色甲胄的男子见此情形，目光阴冷地盯着石昊。

“小心，这是黑暗神子手下的人，很厉害。”红凰说道。

“黑暗神子？没听说过，比冥子厉害吗？我可是连他都杀了。”石昊说道。

“什么，你是荒?!”在场的人都大吃一惊。冥族初代在元天秘境中被斩，全族皆知。

“冥土浩瀚无边，死尸无尽，据传有一些是天地初开时被埋下的，黑暗神子就是其中之一，极其恐怖。”红凰向石昊介绍道，暗示他那个人肯定比冥子要厉害很多。

“他要真来了，我一并斩杀。”石昊说道。

“狂妄！你算什么？黑暗神子大人一旦降临，你必然会被他诛杀。”那身穿红色甲胄的男子说道，眼中带着狂热。

“嗖！”

石昊没有理会他，直接出手。这群冥人根本就不是他的对手，雷电一出，他们的冥气就消散了，一个个都被击得浑身焦黑。对于他们来说，这简直是在经历天劫。

因为雷帝宝术蕴含的闪电威力无穷。

“道兄，还请留情，我冥族不愿与你为敌。”剩下的人怕了，心惊胆战地求饶。他们经历过由死而生的过程，产生了灵智，因而更加珍惜性命。

“你等着，黑暗神子大人一定会亲自降临，取你性命！”身穿红色甲胄的男子转身，展开了一幅卷轴，就要破空而去。

这卷轴类似于破空符，可以穿透虚空，带他逃离现场。

“轰！”

石昊手持一杆大戟，如复生的十凶一般，带着滔天洪水般的恐怖气息冲了过去，一下子截断虚空，“噗”的一声将他从空中劈落了下来。

这是虚空战戟，可裂虚空，自然可以截断其去路。

“我要杀你，你走得了吗?!”

“你……”这个冥人十分顽强，临死时用一面骨镜照向石昊，使骨镜上映现出了石昊的形体，并虚弱无比地道，“我已将你的形神烙印下来，黑暗神子大人已经知晓，他早晚会找上你，抽取你的三魂七魄。”

接着，那骨镜渐渐暗淡，最后化成黑光，就此消失。

“什么黑暗神子，敢过来，一并镇杀。”石昊说道。

毫无悬念，所有冥人都被他消灭了。

红凰带着忧虑看向石昊，道：“黑暗神子本是天地初开时的古尸，有可能是上一纪元的生灵，被葬在冥土下，直到这一世才产生灵智，可怕得近乎妖邪，据说他掌握了不少天生神通。”

石昊闻言，不禁一怔。

照红凰所说，那黑暗神子的肉身金刚不坏，与世同存，觉醒后他就有天生的神通，都是肉身自行使出的。

“这么说来，他上一世有着极大的本领，所以即便死去了，他的肉身也还有某种本能，可以使出他曾经拥有的神通。”石昊蹙眉思忖。

不过，他并不惧怕。无论是六冠王，还是黑暗神子，终究都是人，不是仙，他自有办法与之对抗。

当务之急是提升实力，只要他的道圆满了，便是史上最惊天耀世的人来了又何妨?

石昊扫视了一遍战场，而后盯着虚空道：“就你们冥族的最无用，一群废物！”

外界的一群人都目瞪口呆。

冥族的人闻言，简直气炸了肺。

各方修士，各教强者，全都无语，这小子太妖邪了。所有人都不由自主地看向了冥土的方向。

只见虚空中悬着一座白骨山，黑雾缭绕。冥主面色白皙，像是终年晒不着太阳，有种病态的美，但他的眸子恐怖至极。

白骨山下，所有的冥族人都脸色阴沉，盯着玉石碑上显现的少年。透过其嘴型，他们自然知道了他在说什么。

“圣药！”

小千世界内，石昊大喜。

他打扫战场时，不仅发现了红凰的那株圣药，还找到了另外两株，这实在是意外之喜。

他现在最缺什么？当然是这种蕴含神性物质的天地瑰宝。

三株圣药光彩迷蒙，清香扑鼻，蕴含着浓郁的本源精华，被他取出后，整片天地都绚烂了起来。

“难道那里是一处‘仙古’药田，所以他们才想杀我灭口？”红凰接过石昊递给她的那株圣药，略微沉吟后，做出了这样的判断。

“我们可以去看一看。”石昊看着手中雾气氤氲的圣药，说道。

三株圣药中，一株呈赤红色，跟红珊瑚似的，绽放着赤光，每对着它深吸一口气，石昊的伤势就会减弱一分，只是不知道这药的名字；还有一株黑光流转，叶片如獒犬，随风摇曳间，竟发出了阵阵犬吠声，异象惊人；最后的是一株藤，只有半米多长，但是通体黑光炽烈，如黑色的太阳一般，香气浓郁得化不开。

“想不到，犬叶藤也可以成长为圣药。”石昊相当吃惊，在下界时他就见过这种植物，但那些都只是灵药。

这三种药，只要吃下其中一种，他的道伤应该就能痊愈，可以再次去闭关。

不过，他觉得应该在走前跟红凰去探一探那处遗迹，看看那里是否真有一处古老的药田。

月圆之夜，清辉满地，树影婆娑。

这里是一处遗迹，不过已经没有建筑物了，只有一些瓦砾和一些巨树，在血月下显得很诡异。

“仙古”的世界中，没有银月，只有血月，异常凄艳。

有人说是昔日大战中溅起的仙血将月亮染红的。

“咦，真的有古怪。”红凰盯着前方，惊讶地说道。

在那遗迹的中心，不时有一缕又一缕仙光腾起，映照得整片天地梦幻无比，隐约间仿佛还能听到歌声。

“嗯？那是什么？”石昊见到了一幅奇景，震惊地道。

只见一只洁白的龟驮着一个美丽无瑕的白衣女子，正在遗迹中心移动，空气中弥漫着一股浓郁的药香。

这一刻，无论是石昊还是红凰都震惊了，他们都有种要羽化飞升的感觉。

（本册完）

一粒尘可填海，
一根草斩尽日月星辰，
弹指间天翻地覆。